MINOTAURO

GABRIEL GARCÍA DE ORO

MINOTAURO

Tradução: Danilo Vilela Bandeira
Revisão da tradução: Silvana Cobucci Leite

wmf martinsfontes
SÃO PAULO 2010

Ortografia atualizada

1ª edição *2010*

Ilustrações
ROGER OLMOS
Tradução
DANILO VILELA BANDEIRA

Revisão da tradução
Silvana Cobucci Leite
Acompanhamento editorial
Luzia Aparecida dos Santos
Revisões gráficas
Renato da Rocha Carlos
Helena Guimarães Bittencourt
Edição de arte
Katia Harumi Terasaka
Produção gráfica
Geraldo Alves
Paginação
Moacir Katsumi Matsusaki
Capa
Equipe de arte de Ediciones B

Dados Internacionais de Catalogação na Publicação (CIP)
(Câmara Brasileira do Livro, SP, Brasil)

García de Oro, Gabriel
Minotauro / Gabriel García de Oro ; tradução Danilo Vilela Bandeira ; revisão da tradução Silvana Cobucci Leite. – São Paulo : Editora WMF Martins Fontes, 2010.

Título original: Minotauro.
ISBN 978-85-7827-244-9

1. Literatura juvenil I. Título.

10-00331 CDD-028.5

Índices para catálogo sistemático:
1. Literatura juvenil 028.5

Editora WMF Martins Fontes Ltda.
Rua Conselheiro Ramalho, 330 01325-000 São Paulo SP Brasil
Tel. (11) 3293.8150 Fax (11) 3101.1042
e-mail: info@wmfmartinsfontes.com.br http://www.wmfmartinsfontes.com.br

Sumário

III. O LABIRINTO DA ALIANÇA

IV. O QUINTO INIMIGO

Em memória de José Cruz Cuesta

No labirinto, a verdadeira batalha
se dá em nossos corações.
O labirinto somos nós.

Provérbio táurico

Enquanto não se derramou a última gota de sangue do último minotauro, os humanos não deram a batalha por encerrada. Não podiam se permitir deixar sequer um deles com vida. Não. Haviam sofrido demais. Haviam sentido medo demais. E haviam perdido combates demais. Tinha de ser naquele momento ou nunca, e foi naquele momento. No vale que se tingia de sangue como se milhões de flores vermelhas tivessem sido arrancadas pelo talo. E foi naquele momento, sob um mar de soldados que cobria todo o Vale dos Três Rios, afogando os guerreiros táuricos que inutilmente tentavam manter-se na superfície. Impossível. Eram muitos. E haviam sido surpreendidos.

Não havia um único minotauro que não tivesse consciência de seu destino fatal. Um único que pensasse que conseguiria sair dali com vida. Era tarde demais para escapar. Só queriam morrer como tinham vivido: com honra. Porque, como dizia um antigo provérbio táurico, os bravos se levantam dezenas de vezes antes de morrer; os covardes apenas morrem.

No campo dos exércitos humanos, os Quatro Reis contemplavam seus homens enquanto eles devoravam as bestas táuricas. Satisfeitos, apertando os olhos para tentar enxergar o que acontecia ao longe. Cheios de orgulho pela aliança que haviam construído entre eles. Sentindo-se a salvo para sempre, como se depois daquele combate nenhum humano jamais fosse encontrar a morte.

Enquanto isso, Kriyal, o Gen AgKlan táurico, defendia seu estandarte do espírito. Não queria que caísse, não queria que tocasse o solo. Não ao alcance daqueles seres sinistros, fracos e traiçoeiros. Mas era inevitável. Já não podia fazer nada. Os estandartes do espírito das outras tribos e dos outros clãs desmoronavam, sucumbindo a uma derrota inevitável. Um a um, desapareciam num mar de aço, tragados pelos tempos, sem deixar vestígios.

Dizem as antigas lendas que o Gen AgKlan olhou para a frente com seus peculiares olhos de cores diferentes, um vermelho e outro verde. Alçou a vista em direção ao céu, ergueu seu machado de duplo corte e derrubou seu próprio estandarte. Em seguida, investiu por uma derradeira vez, levando consigo a vida de mais de cem soldados antes de morrer. Ao exalar seu último suspiro, trazia cravadas doze espadas, como as feridas que Karbutanlak recebera de Sredakal na primeira batalha dos tempos. Realidade ou ficção, o fato é que, quando o combate terminou, não restava nenhum minotauro em pé e suas cabeças já não tinham chifres. Os soldados os cortaram para levá-los para casa como recordação, ou como presente. Para demonstrar sua coragem. Para colocá-los em estantes ou vendê-los nos mercados ambulantes. Até mesmo para esvaziá-los e usá-los como copos para brindar a vitória.

E, de fato, assim o fizeram.

Porque a ameaça táurica terminara. Porque haviam sofrido demais e sentido medo demais. Porque haviam perdido combates demais e porque era naquele momento ou nunca, e foi naquele momento.

I

ALÉM DO MAR DO ABISMO

1

As antigas guerras táuricas

Por fim, os minotauros haviam desaparecido da face da terra. Passados quase trezentos anos desde a Grande Vitória do Vale dos Três Rios, os homens sabiam-se vencedores e a salvo, donos de todas as terras criadas pelos deuses de Nígaron sob o Céu Azul Eterno.

No entanto, houve uma época em que os humanos tremiam diante da simples menção da palavra "minotauro". Um tempo no qual, para enfrentar um guerreiro das tribos táuricas, era necessário um destacamento especial formado por quatro soldados e dois cavaleiros armados até os dentes e munidos de toda a coragem. Ou então eram necessárias finas flechas de prata apontadas precisamente para a fronte das bestas. Ou até mesmo, em algumas ocasiões, era preciso atingir os minotauros pelas costas, sorrateiramente, aproveitando o descuido das vítimas com a ajuda das sombras da noite. Para ter êxito, porém, os que empregavam esse método de duvidosa valentia tinham de se lambuzar totalmente com excremento de cavalo, pois os minotauros possuíam um olfato aguçado, capaz de captar a presença humana a grande distância.

Esses são apenas alguns exemplos de como os humanos recorreram à mentira, à traição, às armadilhas e à própria humilhação quando as circunstâncias exigiram. Mas conseguiram sobreviver. Venceram. Destruíram um inimigo mais forte que uma rocha, mais robusto que os sagrados carvalhos milenares. Incansável na batalha, sanguinário na vingança, inflexivelmente nobre.

Com sua rigorosa bravura, os minotauros nunca entenderam nem as sutilezas, nem os rodeios no comportamento, nem a barganha no preço da honra. E não há dúvida de que pagaram caro por seu imaculado senso de orgulho. Caro demais: com o desgaste constante de seu povo, com a perda incessante de vidas em meio a tréguas respeitadas apenas por eles, com vitórias batalha após batalha e, ainda assim, a grande derrota final no já mítico combate do Vale dos Três Rios.

As treze tribos táuricas vencidas pelos reinos humanos! Os treze estandartes táuricos pisoteados, queimados, arrastados no chão. Arrasados. Aniquilados. Exterminados. Desaparecidos. E, trezentos anos mais tarde... Esquecidos?

Ou melhor: quase esquecidos.

O professor Ühr não os esquecera. Não acreditava nas versões triunfalistas dos humanos. Era o maior especialista nas Antigas Guerras Táuricas e não pensava como todos os demais. Recusava-se a pensar como todos os demais.

Observava a história com a vantagem proporcionada pelo tempo. Os anos transcorridos permitiam-lhe julgar com objetividade, sem medo, alheio ao temor ou à superstição. Procurava analisar os relatos lendários para separar os acontecimentos históricos da ficção. Assim, aproximava-se cuidadosamente de uma realidade que quase não deixara rastros. Com seu incrível olfato, como teria feito um verdadeiro guerreiro táurico, esmiuçava a história, em busca da verdade sobre os fatos.

Ühr investira muito tempo tentando entender o grande inimigo: reconstruir a vida nômade dos povos táuricos, conhecer seus ritos, traduzir sua escrita esculpida em pedras gigantescas, sentir o poder dos estandartes das tribos guerreiras, conhecer seus deuses, órfãos havia tanto tempo, sem uma oração que os louvasse, sem uma súplica à qual atender...

À frente do Conselho de Sábios, conseguira avanços impressionantes, como a criação do primeiro alfabeto para traduzir as sagradas Pedras táuricas ou a ordenação de seus deuses por categorias de poder.

Tudo mudou da maneira mais inesperada. De repente, o rei Adhelon VI proibiu qualquer tipo de investigação relacionada com os minotauros e as guerras táuricas, e depois acusou os membros do Conselho, especialmente Ühr, de terem traído o espírito com que seu pai, o rei Arim-Adhelon o Grande, o criara.

De acordo com Adhelon VI, o Conselho se desviara da honrada tarefa que recebera de seu antecessor. Não se tratava, como fazia Ühr, de ressuscitar os deuses daquelas bestas, mas sim de compilar toda a informação possível sobre os heróis humanos e classificar o folclore popular surgido em homenagem a eles. E, na opinião do rei, essa linha de investigação não parecia importar muito ao Conselho.

Para Ühr, o decreto caiu como uma martelada. A maioria das pessoas não se deu conta dele, porque bem poucos lhe davam importância. Os súditos do reino de Nova Adhelonia não conseguiam entender como alguém podia dedicar-se ao estudo daquelas bestas monstruosas e sanguinárias, que felizmente já não existiam. Todos acreditavam que as canções e as velhas histórias já contavam tudo o que um humano precisava saber. E se as canções e as velhas histórias não contavam... para que querer saber?

Mas Ühr dedicara tantos, tantos esforços... que a ordem do rei não apenas o surpreendeu, mas também o irritou e o indignou profundamente. Não conseguia entender o interesse repentino em destruir um tipo de conhecimento tão distante no tempo e tão inofensivo para o poder do rei.

Ou não tão inofensivo?

Desde a publicação do decreto, Ühr passou a suspeitar de que talvez, e apesar de todos os seus anos de estudo, o rei Adhelon e seu inseparável Kor, o necromante, sabiam mais do que ele mesmo e, com certeza, mais do que demonstravam saber.

Mas o que os preocuparia tanto? O que sabiam que ele ainda não conseguira descobrir? Por que o rei e o necromante não contavam com seus conhecimentos? Se realmente sabiam ou suspeitavam de algo, poderiam compartilhar pontos de vistas e teorias, mas... não era o que ocorria.

O rei não queria compartilhar nada, pelo contrário. Certa vez, limitou-se a mandar sua guarda pessoal para confiscar grande parte do material que Ühr reunira, classificara e ordenara com tanta dedicação.

No entanto, o professor era teimoso por natureza. Persistente e obstinado, sua vontade parecia compensar toda a força que aparentemente faltava a seu corpo, que se estendia, delgado, até chegar a um rosto sempre sério e encovado, como se a todo instante experimentasse um ataque incontrolável de fome. Por isso, apesar das advertências e intimidações, continuava investigando. Com cautela. Com prudência e precaução. E com uma grande, enorme surpresa, ao conseguir encaixar todas as peças de uma desconcertante teoria que explicava claramente o medo repentino de Adhelon VI.

A versão oficial sempre apresentara a Grande Vitória do Vale dos Três Rios como a maior façanha da humanidade. Os acontecimentos podiam ser resumidos da seguinte maneira: os Quatro Reis humanos conseguiram descobrir o local onde todos os minotauros estavam reunidos para celebrar o Jugh-I-Del, a cerimônia que a cada oitenta luas negras, denominação táurica para a lua nova, congregava as treze tribos em homenagem ao deus Karbutanlak, Primeiro Guerreiro e criador da Terra.

Contando com a vantagem do fator surpresa, os Quatro Reis atacaram com todas as forças e armamentos de que dispunham. Homens, mulheres, crianças, todos os que conseguiam manter-se em pé e empunhar uma arma contribuíram para a batalha.

Segundo as antigas lendas, a batalha foi digna dos dois filhos do deus supremo Kia-Kai, criador dos primeiros deuses táuricos. Diziam que o vale ficou tão encharcado de sangue que, se um guerreiro tropeçasse, poderia afogar-se no lago vermelho que crescia aos pés de ambos os exércitos. E que os três rios do vale converteram-se em veias abertas no braço da terra. E que as noites se iluminaram com as centelhas das espadas em combate, dos chifres cortados, da força dos homens inspirados nos mesmos deuses de Nígaron que naquela noite ajudaram os homens na Terra... Muitas coisas se contavam e outras muitas se cantavam nos festejos que, ano após ano, comemoravam a Grande Vitória.

Ühr tinha a impressão de que a realidade fora muito diferente. Em primeiro lugar, parecia-lhe ilógico que os homens, mesmo três vezes mais numerosos, pudessem ter derrotado as treze tribos. Igualmente ilógica era a suposição de que os minotauros tivessem sido tão descuidados a ponto de se deixar descobrir tão facilmente. Nunca se soubera, nem por acaso, o local das celebrações do Jugh-I-Del. Então, como os Quatro Reis descobriram? Além disso, segundo algumas inscrições que ele traduzira, nem toda a população dos minotauros participava do Jugh-I-Del, como sempre se pensara. Só mereciam tal honra os chefes e os que seriam nomeados novos guerreiros das tribos.

O professor estava cada vez mais convencido de que, antes da batalha, os minotauros quiseram propor um tratado, uma trégua. Uma solução que não significaria o desaparecimento de uma das duas espécies. No entanto, os antigos reis aproveitaram-se da situação para emboscar o inimigo numa armadilha mortal.

Mas a teoria não acabava aí. Ühr também pensava que ao menos quatro das treze tribos não haviam seguido Kriyal, eleito Grande Guerreiro pelos treze chefes.

Os dissidentes acusaram-no de ingenuidade por imaginar que os humanos respeitariam um tratado de paz, uma vez que até então jamais haviam respeitado nada além de sua própria sede de sobrevivência. Pela primeira vez em toda a terceira eternidade táurica, as treze tribos se separavam do corpo de Karbutanlak.

As quatro tribos rebeldes foram para a primeira terra, lugar onde, segundo as lendas táuricas, estava cravado o chifre de Sredakal, gêmeo de Karbutanlak, como símbolo da vitória deste último na luta que, durante as duas primeiras eternidades dos tempos, opusera os dois irmãos até a morte pelo amor da bela deusa Miomene.

Sem dúvida, a teoria do professor era arriscada. Todos os humanos sabiam que, além do mar do abismo, só existia a escuridão protegida por demônios e monstros que permitiam apenas a entrada dos mortos. A porta de Nígaron...

Ühr não acreditava muito nos deuses de Nígaron, nem em nada parecido. Por isso, considerava provável a existência de uma terra verde e fértil além do mar do abismo, uma terra em que os quatro estandartes tremulavam esperando o momento de se vingar da traição.

Se sua teoria estivesse correta, trezentos anos depois da Grande Vitória do Vale dos Três Rios os humanos não estavam totalmente seguros, e as guerras táuricas não eram algo tão antigo quanto se pensava.

Naquele momento, o professor Ühr regressava de uma estranha viagem que o afastara de casa durante vinte e três dias. Seu filho Yaruf já se deitara e Harat, a babá, estava muito preocupada, porque o professor não dera sinal de vida durante todo aquele tempo. É aqui que começa esta incrível aventura que tem como protagonista...

2

Um herói muito pequeno

Como uma sombra que fugiu de seu corpo. Ao abrigo da escuridão noturna. Escondendo-se sob uma espessa capa preta, Kor abandonava as ruelas e entrava na floresta.

– Malditos sejam seus ossos! Seu chiqueiro podia ficar num lugar menos distante – resmungava o necromante enquanto suas botas pontiagudas se sujavam com um barro denso e pegajoso. – Estou andando há um bom tempo. Espero estar no caminho certo e que tudo isso sirva para alguma coisa.

No entanto, ainda que o trajeto lhe parecesse muito longo, não se passara tanto tempo desde que Kor abandonara sigilosamente seus magníficos aposentos na mais luxuosa ala do castelo de Adhelon. Seria a impaciência? A insegurança? Os nervos à flor da pele? Talvez um pouco de tudo. Tinha tanta vontade quanto medo de se encontrar com Qüídia. E isso o enfurecia.

Ele era Kor, o necromante! O mesmo que não hesitava em manipular reis e príncipes de acordo com seus caprichos. Ele, que soubera deslizar por entre as frestas do poder para que este lhe servisse em bandeja de prata tudo o que queria. Ele, que fazia os personagens mais ilustres do reino dançarem ao ritmo hipnótico de seus truques e mentiras.

E ele, justamente ele, estava nervoso por ter que falar com uma feiticeira que aparecera no reino como uma tempestade de verão. Repentina. Perversa. Com um poder arrebatador.

Quem era? De onde saíra aquela mulher? Onde se escondera durante todo aquele tempo? Por que ninguém jamais ouvira falar dela? De onde tirava seu poder luminoso, diamantino? Como conseguia deixar todos boquiabertos? Como atraíra as pessoas dos mais remotos cantos do reino?

Ele era o necromante do rei! Herdeiro de uma longa linhagem de adivinhos, feiticeiros e magos. Os próprios textos sagrados de Nígaron mencionavam sua família como a escolhida pelos tempos para perscrutar os desígnios do destino e assim ajudar os homens e seus reinos a alcançarem suas metas e, por fim, a plenitude.

No entanto, a realidade era muito diferente.

Kor estava mergulhado na desgraça havia muito tempo, sofrendo o pior tormento imaginável na mais profunda miséria. Porque ele, o grande necromante, perdera seu poder já fazia muitos anos.

Podia, então, continuar considerando-se um necromante?

Os espíritos já não se manifestavam. As aparições se desvaneceram, como fumaça na névoa. As linhas das mãos pareciam-lhe escritas num idioma esquecido. A melodia da realidade emudecera.

Por sorte, ninguém se dera conta de sua tragédia.

Continuava manipulando Adhelon VI e os nobres da corte como bem queria: todos continuavam a acreditar nele sem reservas. Ninguém suspeitava. Ninguém tinha ideia do que estava ocorrendo. Felizmente, porque isso teria significado sua ruína, o fim de seus dias como necromante do reino de Nova Adhelonia: uma ofensa indelével para toda sua linhagem. Não podia permitir que isso ocorresse, e, se para tanto tivesse que pedir, até mesmo suplicar, a ajuda de uma bruxa vinda do nada, assim o faria. Estava disposto a tudo para recuperar seu dom. Negava-se a perder seus dotes, resistia à ideia de que o destino os tivesse arrebatado como às crianças pequenas se proíbem as armas.

Tinha a sensação de que aquela feiticeira, cujos feitos e clarividência todos celebravam, podia dar-lhe uma resposta. Uma pequena pista. Um novo começo... Se tivesse metade da capacidade que lhe atribuíam, haveria de ajudá-lo a encontrar uma resposta para suas duas grandes perguntas: Por que perdera seu poder? Que significava aquele pesadelo que se repetia noite após noite e atormentava seus sonhos?

Ali estava a cabana.

Por fim, chegara.

"É um milagre que esses quatro panos malcosturados se mantenham em pé", pensou, surpreso, enquanto avançava a passos lentos em direção à pequena luz que espantava precariamente a escuridão da noite.

Quando se encontrou diante da entrada, hesitou. Não sabia se entrava diretamente ou se anunciava sua chegada, ainda lá de fora. Normalmente, não prestava atenção àquele tipo de coisas. Uma voz se adiantou à sua decisão.

– Entre! Sei quem você é. Suponho que tenha vindo para entrar. Atravessar essa escuridão para ficar diante da porta seria meio estúpido, não acha?

Kor sentiu o coração pular e passar a bater descontroladamente, ao mesmo tempo em que um tremor seco lhe percorria a espinha, sacudindo-o com a intensidade de um raio.

Não esperava que o convidassem para entrar. Ou melhor, que quase exigissem sua entrada. A voz, quebradiça como o som de cem vasos caindo no chão, voltou a se levantar numa mistura alquímica de grito e sussurro:

– Vamos, Kor! Vai desistir agora? Não tenho muito tempo. Portanto, entre e terminemos logo com isto. Sou supostamente uma feiticeira, uma pessoa que conhece os meandros da realidade... Não se surpreenda com o fato de eu saber seu nome... E tire a mão da cabeça.

O necromante se sentiu tolo, observado. Podia ser um truque barato.

Não vacilou. Obedeceu como nunca antes em sua vida.

O interior da tenda estava dominado por uma nuvem espessa cheirando a limão podre. No chão, um grande tapete mostrava suas múltiplas cores desbotadas. Ao fundo, sobre fofas almofadas, descansava uma mulher que podia ter tanto quarenta quanto cem anos, com a cabeça coberta por um lenço da cor de violetas murchas, uma tonalidade que parecia desprovida de luz. Usava uma infinidade de pulseiras enfeitadas com centenas de guizos que tilintavam ao menor movimento, até mesmo o do coração. Suas mãos, manchadas de ocre pelo extrato de hammala, moviam-se trêmulas.

Antes de falar, Qüídia derramou um pó sobre as mãos e em seguida lambeu-o lentamente, assim como os animais lambem suas feridas.

– Ora, vejam! Ei-lo. O necromante. O herdeiro da linhagem de que falam as Escrituras de Nígaron. Que grande honra! Sente-se, por favor. Estava esperando por você. Por favor, tire o capuz e descubra o rosto para que eu possa vê-lo. Aqui você não tem nada para esconder.

Kor sentou-se lentamente. Desde que tomara a decisão de visitar a feiticeira, imaginara muitas vezes como seria entrar naquela tenda. A realidade superava em muito suas mais fantasiosas suposições. Sentia uma força poderosa, antiga e indomável; uma energia que se concentrava no frágil corpo que tinha diante de si.

Com calma, descobriu seu rosto magro e extremamente pálido. Olhos negros se destacavam sob as grossas sobrancelhas ligeiramente grisalhas. Tinha as maçãs do rosto muito salientes e os lábios, ásperos como se sempre estivessem ressecados pelo frio, não cobriam completamente seus dentes. Passou a mão pela cabeça raspada que mostrava uma cicatriz no lado direito e disse, tentando parecer seguro de si:

– Não sabe que a hammala pode matar você?

– O extrato de hammala é perigoso, muito... perigoso. Sabe por quê? Não porque pode provocar a morte, afinal qualquer coisa pode fazê-lo. Não. O perigo da hammala é que ela às vezes oferece respostas. Ninguém mais se atreve a usá-la. Este tempo em que vivemos foge apavorado das respostas. Não queremos saber. Não queremos olhar, para não correr o risco de ver algo. Não é a hammala que mata, são as respostas, não é, amigo? Apesar de, em seu caso, serem as perguntas que o estão matando.

– Do que está falando, bruxa?

– Vou encarar este "bruxa" como um elogio, especialmente vindo de você. Mas já sabe do que estou falando. Essas perguntas que gotejam como a roupa recém-lavada nas águas do rio dos tempos: Por que perdi meu dom? Terá desaparecido para sempre? Poderei recuperá-lo algum dia?

Kor engoliu em seco e sentiu os ouvidos retumbarem. Não podia acreditar no que ouvia. Como era possível que...? Ele não contara a ninguém. Levantou-se de um salto.

– Como você sabe isso? Quem lhe contou? É impossível... Totalmente impossível...

– Sente-se. Não seja tolo – Qüídia falava com uma tranquilidade perturbadora. – Não acredito que logo você me pergunte isso. Veio até aqui, até esta cabana distante e acabada. E o fez em plena noite, como os ladrões ou alguém que esconde um grande segredo.

A feiticeira ficou em silêncio. Derramou novamente o pó na mão direita e em seguida lambeu o extrato da planta de hamma.

– Pois eu digo que, se você veio, é porque pensa que sei algo, não? Talvez pense que tenho algum poder? Um pouco parecido com o que você já teve um dia. Sim... Era um belo poder, excepcional e luminoso. Sabe o que acontece com as coisas luminosas demais, brilhantes demais? Geram sombras. Uma escuridão tão intensa quanto a luz que emitem. Você se deixou levar pelas sombras, meu caro Kor. O poder não o abandonou. Você simplesmente já não sabe reconhecê-lo em si mesmo. As sombras deslumbram mais que os meios-dias dos deuses.

Qüídia se calou.

Kor quis dizer algo, mas não conseguiu. Limitou-se a baixar o olhar, num movimento parecido com uma humildade autoimposta. Durou pouco. Alguns instantes depois, levantou a cabeça bruscamente.

– Velha bruxa miserável – disse, em tom ameaçador. – Não sei quem lhe contou tudo isso, mas agora não estou preocupado. Se encontrá-lo, vou me encarregar dele pessoalmente. Vim até aqui para saber se você é uma charlatã... uma impostora...

– Como você? – interrompeu-o a feiticeira, simulando uma ingenuidade que seus olhos desmentiam. – Porque é isso que você virou. E não consegue suportar. Você se vê... Sabe como se vê? Como um impostor. E eu? Sabe o que vejo? Vejo você, Kor. Vejo você diante do muco e das vísceras de bois sacrificados. Vejo-o levantar os braços. Fechar os olhos e... não ver nada. Você não consegue interpretar nada. Está tudo em branco, branco como a neve virgem. Então vejo-o recorrer à imaginação. Vejo-o mentindo. Dia após dia. Vejo-o inventando mentiras para que ninguém descubra que o grande Kor já não é um necromante. Que o grande Kor sucumbiu às sombras de seu luminoso poder. Que o grande Kor já não é nada. Já não é ninguém!

– Cale-se! Cale-se! Cale-se, maldita bruxa! De que inferno você saiu? Que deus obscuro a protege e sussurra em seus ouvidos os segredos do destino?

Kor, fora de si, levantou-se e agarrou Qüídia pelo pescoço. Ela não se alterou.

– Acalme-se. Sente-se e escute. Não há nada que você possa fazer. Tudo já começou, e você ainda vai desempenhar um papel importante. Por O e Karbutanlak, não podemos permitir que o menor herói se torne o maior. Além disso, ele está prestes a encontrar seus olhos. Os olhos que o vinculam a seu destino. Os olhos de Kriyal. Temos que impedir que esse destino se cumpra. Se ele se abrir... estaremos perdidos.

Kor estava atônito. Não sabia do que ela estava falando. Estaria tendo alucinações? Por que mencionava O, primeiro deus, dono e senhor do Tempo? Será que a hammala falava por sua boca? No torvelinho de palavras e nomes aparentemente desconexos, Kor reconheceu um... Mas era o nome de um minotauro. O que os filhos de Ghrab tinham a ver com ele?

– Kriyal? Não é o nome de um minotauro? Mas se eles desapareceram... Não se lembra? Na batalha do Vale... Ora... não vim até aqui para ouvir histórias para crianças.

– Por favor! Não me ofenda, ou pode ir embora! Agora mesmo! Não sei com quem pensa que está falando... Você sabe tão bem quanto eu que não é assim, que eles não desapareceram da face da terra, mas continuam sob a proteção de seus deuses. Você os viu. Não se lembra? – perguntou, sarcástica. – Claro que sim. Foi a última coisa que viu antes de perder o dom que herdou de seus antepassados. No entanto, você sempre duvidou do que viu, não? Seria o último suspiro de um poder mortalmente ferido? Você não sabia. Mas, por via das dúvidas, convenceu o rei a proibir o Conselho de Sábios, o mesmo que investigava e compilava informações seguindo as ordens daquele professor obstinado? Agora se lembra? Algo lhe dizia que você já tinha problemas suficientes tendo perdido a única coisa de que gostava em si mesmo, e que o aparecimento dos filhos de Ghrab seria demais. Melhor esperar, você pensava. Muito bem. Acabou-se a espera. Chegou o momento de agir, de fechar a porta para sempre.

Kor assentiu com uma careta.

– Vejo que você é tão boa quanto dizem – acrescentou. – Admito, não me interessava remexer nesse assunto. Todos conhecemos nosso queridíssimo rei – disse, em tom de chacota. – Não é preciso lamber a maldita hammala para saber que, se Adhelon suspeitar que minotauros escaparam através das águas do mar do abismo... Bem, se descobrir que o abismo do mar do abismo não é realmente um abismo... ficará furioso com a religião. Não preciso ter nenhum poder para saber que, se isso acontecesse, ele passaria a duvidar da religião. E não apenas da religião, mas também de todos os que, de uma forma ou de outra, nos dedicamos a ela. Iria eliminá-la! Perderíamos nossos privilégios... E, além disso, Adhelon daria início a uma batalha absurda...

– Não. Não. Não. O motivo não é esse – disse Qüídia, fazendo um gesto depreciativo com o braço. – Tenho certeza de que você saberia manipulá-lo para se sair com suas mentiras e convencer a todos do que você dizia... E blá-blá-blá... Não. O motivo é aquele sonho que se repete noite após noite. Paredes estreitas. Uma mão ensanguentada. Estou certa até aqui?

Kor apertou os olhos com raiva e arqueou uma sobrancelha. Qüídia continuou a falar:

– Nesse sonho aparece um minotauro com um chifre de ouro. Aproxima-se lentamente. Olha para você e... Então você acorda. É esse o motivo. O medo, não? Não quer saber o que acontece depois? Está tão assustado assim?

– Por acaso você sabe o que acontece em meu sonho?

– Não, claro que não. Não se pode saber o que vai acontecer, apenas o que pode acontecer. Pode-se saber o que está acontecendo, o que aconteceu. Porque cada ação deixa um rastro no tempo. Um eco distante que posso captar. Uma rocha que está prestes a cair... segundos mágicos, místicos... Isto é magia. Você a perdeu, e não pode suportar esse fato. Kor, por que me pergunta o que já sabe? Você sabe que tem que encontrar o menino e evitar que o destino se cumpra. Temos que fechar a porta para sempre, ou estaremos perdidos.

– Que menino?

– O que tem os olhos de Kriyal. O cofre da aliança está para ser aberto. Tudo está prestes a começar. Temos que impedir.

– E o que tem de especial esse menino cuja identidade ignoro? – perguntou com sarcasmo, tentando manter uma posição digna e não ser um mero servo dos planos da feiticeira.

– É complicado, mas também muito simples. Sem ele, não será possível sair do Labirinto da Aliança... E se ele conseguir sair com o poder completo... Bem, é melhor para todos os homens que ele não consiga. Acredite em mim.

– Por favor! Não me diga que acredita nessa besteira – disparou Kor, encarando Qüídia com algo parecido com medo.

– O labirinto esconde um grande poder. Será para o menino, ou talvez não: nossa missão é impedir que ele consiga. Porque, se o menino cumpre com seu destino, estaremos em apuros – acrescentou, dispensando a interrupção do necromante.

– Pois bem, vamos supor que exista esse Labirinto da Aliança, documentado em apenas um pergaminho de Nígaron, que ninguém jamais viu e sobre o qual nada se sabe. Está bem. Vamos supor... Qual é o destino do menino? Que poder é esse? Por que você precisa de mim? Não sei, acho que você está me enganando com truques de mesa de bar. Se tentar me enganar, pagará caro por isso.

Kor se levantou e dirigiu-se para a saída.

– Você não me convence, bruxa. Não há nenhum Labirinto da Aliança: nunca existiu e nunca existirá. E, caso ainda reste algum minotauro, ele não representa nenhuma ameaça... Você diz que um menino pode encontrar um grande poder. Um menino? Minotauros liderados por um menino humano? Ninguém acreditaria nisso!

– Não é nenhum engano, preciso de você. Seu destino está unido ao desse menino. Na verdade, vocês dois estão frente a frente, porque seu antigo poder ressurgirá com ele. Não é curioso que ele tenha nascido justamente quando seu dom, Kor, começou a enfraquecer? Agora o menino já fala, mas seu poder mergulhou no silêncio. Surpreso? Se não acredita, procure o humano cujo olho tem a cor do sangue quando se mistura com a água. Releia as Sagradas Escrituras de Nígaron, releia-as de verdade.

3

O cofre da aliança

Quando Ühr apareceu na porta, Harat quase desmaiou de susto.

O professor estava mais fraco que de costume, e uma barba descuidada e grisalha florescera em seu rosto encovado. Estava completamente ensopado e enormes pingos de chuva escorriam de sua frágil figura para estatelar-se no chão. Respirava com dificuldade, como se tivesse corrido uma longa distância perseguido por um espírito das sombras. Parecia a ponto de desmoronar.

A babá chegou a pensar que aquele não era o professor em carne e osso, mas apenas seu fantasma, expulso do mar do abismo por Démora ou Aromed, vai saber qual das duas... Mas, quando o professor começou a falar como se nunca estivesse estado vinte e três dias ausente sem dar notícias, a babá entendeu que não se tratava de nenhum espectro. Aquele era o perdido, distraído, esquecido e deliciosamente insuportável professor de sempre.

– Está chovendo muito. Como está Yaruf? Perguntou por mim? – disparou, de supetão. – Bem, mas o que foi? Até parece que viu um fantasma...!

Harat não sabia se ficava indignada ou se lhe dava um forte abraço, mas sentia tanto carinho pelo professor que lhe era extremamente difícil irritar-se com ele. Sem dúvida, naquela ocasião, ele merecia. Como podia duvidar que Yaruf tivesse perguntando por ele? Claro que perguntara! Para o pequeno, seu pai era tudo, pois não tinha nada além dele: sua mãe falecera no parto, de modo que o primeiro suspiro de Yaruf fora o último de sua mãe. E desde que ele começara a falar, dizendo "papai", não conseguira aprender uma palavra que fosse mais importante nem que tivesse sentido maior.

Harat, que passava muitas horas cuidando do pequeno, sabia da admiração que Yaruf sentia pelo pai. Por isso lhe doía tanto que o professor, arrastado por seus estudos, se esquecesse de que tinha em casa algo muito mais importante que os malditos minotauros.

– Claro que perguntou de você, professor! – replicou, elevando o tom de voz para demonstrar que estava ofendida por seu comportamento. – Eu também fiz muitas perguntas. Não creio que um bilhete com as palavras "Tive que sair, volto logo. Não se preocupem" seja suficientemente explicativo. Como esperava que não nos preocupássemos? E... agora entra em casa como se fosse normal e... É isso? Como se nada tivesse mudado, como se tivesse partido esta manhã...

Harat referia-se ao bilhete que Ühr deixara cravado na porta antes de sair de madrugada, seguindo uma pista que até então nem ele mesmo sabia para onde o levaria.

– É... Você tem razão – respondeu Ühr, secando os cabelos com as mãos e baixando o olhar – Mas é que eu estava com pressa... E tive a impressão de que vocês dois estariam mais seguros se não soubessem nenhum detalhe de minha viagem. De verdade, agradeço muito por seu trabalho. De todo coração. Yaruf está encantado com você. Obviamente, você receberá pelo trabalho desses dias e alguns krops extras pela preocupação – acrescentou o professor, tentando oferecer o sorriso mais encantador que pôde conceber.

– Não quero seus malditos krops, professor – respondeu. Parecia mentira, mas com sua falta de jeito o professor só conseguia deixá-la ainda mais irritada. – Só quero que você seja responsável, que cuide de seu filho e...

Harat não conseguiu terminar o discurso que havia preparado durante aqueles dias de eterna espera. Naquele momento ouviram-se gritos de desesperado terror no quarto de Yaruf.

Ühr e Harat se entreolharam.

Yaruf estava tendo outro pesadelo.

Os dois adultos correram em direção ao quarto e viram que o menino se retorcia como se quisesse escapar de cordas invisíveis: movia a cabeça de um lado para o outro, esticava os braços, socava o ar e transpirava como se estivesse trabalhando em pleno sol, além de falar atropeladamente, deixando escapar palavras sem vogais num idioma incompreensível.

Ühr sacudiu Yaruf pelos ombros. Com cuidado da primeira vez, com mais insistência da segunda e sussurrando-lhe ao ouvido uma mensagem tranquilizadora da terceira:

– Filho, acorde. É seu pai. Estou aqui. – Acariciou a cabeça do menino, fazendo cachos em seus cabelos. – Não tenha medo. É só um pesadelo, nada mais.

Funcionou.

Yaruf entreabriu os olhos e percebeu que era apenas um sonho. Ao ver seu pai a seu lado, um sorriso iluminou-lhe o rosto. Os dois se juntaram em um abraço apertado.

– Papai, encontrou o que estava procurando? – perguntou Yaruf com inquietante inocência.

– Acho que sim, filho – respondeu, sem dar muita importância à pergunta intuitiva de Yaruf.

Ühr olhou o pequeno nos olhos. Cada vez que via seus olhos, sentia uma fascinação hipnótica enorme. Não era para menos. Enquanto o direito era verde-azulado, com a cor que teria a grama se pudesse crescer no céu, o esquerdo era avermelhado, uma cortina de sangue aguado. Os médicos disseram que era muito estranho. Nenhum dos que examinaram Yaruf ouvira falar de um menino com olhos de cores diferentes. Talvez, diziam confusos, a causa devesse ser procurada na morte da mãe durante o parto.

Quando conseguiu desviar o olhar dos olhos do filho, o professor passou a prestar atenção em sua pele morena e em seus cabelos de um azeviche intenso, que se derramavam sobre ombros magros e ossudos. Apenas os lábios, grossos e vermelhos, davam alguma cor a seu belo rosto ligeiramente afilado. Tinha, além disso, uma profunda covinha no queixo, como se o próprio O tivesse selado os segredos dos tempos em sua boca.

Ühr abraçou o filho e deu-lhe um sincero e carinhoso beijo na bochecha, sob o olhar atento de Harat, que deixou escapar um ligeiro suspiro.

– Descanse. Amanhã vou lhe contar minha última descoberta, acho que você vai gostar – acrescentou, dando uma piscadela.

Apesar de já ser bastante tarde, quando o professor saiu do quarto começou a se impacientar e a ir e vir da sala de jantar para o escritório sem motivo aparente. Recolheu o pouco equipamento que levara e, com extrema delicadeza, depositou na escrivaninha um pequeno pacote coberto com um tecido encardido.

Harat conhecia muito bem aqueles sinais e sabia o que eles queriam dizer: algo passava pela cabeça do professor. Logo ele mergulharia em suas teorias, afundaria em suas reflexões, e pouco adiantaria tentar chamar sua atenção. Naqueles momentos, ele se afastava por completo, perdia-se entre os pergaminhos e hieróglifos a ponto de ouvir apenas seus próprios pensamentos.

Harat quis se adiantar para tentar convencê-lo a descansar um pouco, pois seu aspecto implorava por uma pausa, mas não deu tempo.

– Bom, mãos à obra – disse Ühr. – Sim. Tenho muito a fazer. Pode ir para casa, se quiser. Mas talvez seja melhor ficar aqui. Sim, já é muito tarde, é melhor você ficar. Boa noite. Feche as janelas antes de ir... Feche todas. Não quero que ninguém nos veja. Apague os candelabros... – acrescentou, enfatizando suas palavras espalhafatosamente antes de parar de repente, morder os lábios e mudar de opinião. – Pensando bem, é melhor não. Preciso de luz. Deixe os candelabros em paz. Tem algum martelo nesta casa? Não, esqueça o martelo. Vou ver se na cozinha há algo que sirva. E meu maldito alfabeto táurico? Ah, não! Está com os capangas do rei. Malditos aproveitadores intelectuais! Não tem problema, não se preocupe, eu o tenho aqui, Harat – comentou, apontando para a própria cabeça. – Aqui dentro. E este eles não podem me tomar.

O professor se deteve com um sorriso nos lábios ao perceber a preocupação que tomava conta do rosto da babá. Como fizera com seu filho instantes atrás, deu-lhe um forte e exagerado beijo na bochecha. Com um tom que tentava ser pausado e suave, acrescentou:

– Fique tranquila. Acho que tenho algo. Não fiquei louco, se é disso que você tem medo. Mas aí – disse, apontando para o pacote que descansava sobre a escrivaninha –, aí há um novo começo para nós. Posso garantir. Um novo começo. Confie em mim.

A conversação terminara: o professor trancou-se no escritório.

Harat permaneceu imóvel diante da porta e aguçou os ouvidos para tentar captar o que seus olhos não podiam ver. Não conseguiu grande coisa: um ou outro ruído, um xingamento isolado, ligeiros grunhidos de desaprovação... Nada mais.

Quando Harat já estava prestes a se render e deixar o professor entregue a suas loucuras táuricas, Ühr saiu do escritório.

Harat aproveitou que a porta ficara aberta para se certificar de que não havia nada estranho. Ainda que não soubesse muito bem o que procurar, ficaria mais tranquila se pudesse dar uma olhada.

Com o cenho franzido, constatou que no cômodo reinava quase a mesma desordem de sempre. Apenas uma coisa mudara: o pacote encardido que o professor trouxera da viagem estava jogado no chão. Prestou atenção também num pequeno cofre de pedra sobre a escrivaninha. Quis entrar e ver mais de perto a descoberta do professor, mas não se atreveu, então permaneceu diante da porta enquanto ele, entre murmúrios e resmungos, examinava toda a casa.

Em seguida Yaruf apareceu e entrou no escritório.

– Yaruf, o que faz acordado a esta hora? – gritou Harat, sem se atrever a segui-lo. – Não sabe que já é muito tarde? É muito tarde. Saia agora mesmo do escritório e vá para a cama, antes que seu pai se irrite. Você sabe que não pode entrar neste cômodo. Venha cá imediatamente!

– Quero ver isso – disse o pequeno, apontando para o cofre.

– Não, senhor. Se seu pai pegar você...

Tarde demais.

Ühr apareceu carregado com pergaminhos, uma faca e um pequeno cinzel.

– Que fazem aqui?

– Papai, quero ver seu tesouro... – protestou Yaruf. – O que se coloca na tampa? Onde está a chave?

– Bem que eu queria saber, meu filho... – respondeu, em vez de repreendê-lo. – Não consigo abri-lo, ainda que não tenha fechaduras... – explicou, aliviado em poder compartilhar seu drama com alguém, ainda que fosse um menino de seis anos. – Isso pertence a eles, filho. Aos minotauros... Acho que...

– Professor Ühr – interrompeu Harat, indignada, e entrou no quarto para agarrar o pequeno pelo braço. – Não diga essas coisas para o menino, porque depois ele não consegue dormir. E não me estranha, com o senhor falando desses monstruosos filhos de Ghrab!

– Não é verdade! Eu quero ficar! Quero abrir o tesouro – insistiu Yaruf, ao mesmo tempo que se libertava de mão da babá. – Deixe que eu fique com você, por favor, não direi nada.

O pequeno olhou para o pai com aquele gesto suplicante que dera tão bons resultados em numerosas ocasiões.

– Está bem... – disse o professor, estendendo muito a frase. – Fique tranquila. Deixe-o comigo. Ficará quieto e calado e não me incomodará. Não é? O coitado não tem culpa de ter herdado a curiosidade de seu pai. Amanhã vai dormir mais cedo.

Yaruf assentiu exageradamente com a cabeça, enquanto Harat lançava um de seus suspiros acusadores antes de ir embora.

O professor passou algum tempo indo da caixa até as poucas anotações que conseguira salvar da busca dos soldados. Às vezes, anotava palavras soltas.

– Sim, isso é – dizia, concentrado. – Vamos ver... Maldito cofre. Não quer abrir? Claro! Esta inscrição é a chave de tudo. Vamos ver... Esta letra é... Aqui... Não...

Houve silêncio até que, subitamente, Ühr exclamou, como se pensasse em voz alta, e sem dar importância ao fato de seu filho ouvir uma informação tão estranha:

– Pelos deuses de Nígaron! Acho que encontrei o cofre da aliança e... Isso mostraria que é possível que exista o cofre e... Isso demonstraria que é possível que exista o Labirinto da Aliança. Entende? Quando eu era menor que você, meu avô já me contava que um antepassado nosso fora um fiel servidor do arquiteto do Labirinto da Aliança. Sempre achei que se tratava de uma lenda familiar... Ninguém nunca acreditou que o Labirinto existisse. Mas quando decidi estudar os minotauros, meu filho, em parte foi porque estava atraído por esse mito... Se não me engano, aqui diz:

O MENOR DOS HERÓIS
POR O E POR KARBUTANLAK
SERÁ O MAIOR.
PARA VOLTAR A CONFIAR
O ESCOLHIDO DEVE SER O OUTRO
E O OUTRO DEVE SER O ESCOLHIDO

Ühr estava tão animado que levou as mãos aos lábios, quase como se fosse gritar, para logo em seguida continuar, simulando calma:

– E nas Sagradas Escrituras de Nígaron, no único lugar em que se menciona o labirinto, diz-se que o último grande rei táurico deixará as chaves para entrar no labirinto...

Yaruf encarava seu pai tentando entender sobre o que ele falava, enquanto este forçava a abertura da caixa sem êxito, agitava-a com suavidade, golpeava-a com cuidado com o cinzel. Ühr leu a inscrição como se recitasse palavras mágicas. Nada.

– Se este é o cofre da aliança, deveria conter algo. Não sei o que, mas alguma destas pistas... Mas não abre. E se não abre não me serve... Desse jeito só tenho um pedaço de pedra com uma inscrição enigmática, mais nada – resmungou decepcionado.

– Deixe-me tentar – disse Yaruf, colocando a cabeça entre seu pai e o cofre.

– Como? – respondeu Ühr, sobressaltado, como se tivesse esquecido a presença do filho. – Ah... Não, não, nem pensar. Além disso, por que acha que pode abri-lo?

– Por favor, papai, deixe-me tentar. Deixe, deixe. Só uma vez, e vou dormir.

– Dormir? De verdade? Sem reclamar?

– Sem reclamar.

– É uma boa proposta, especialmente para que Harat não fique brava comigo – disse, com ar de cumplicidade, piscando um olho. – Está bem. Mas vamos supor que você consiga abrir. Como explicarei aos sábios da corte que um menino teve que me ajudar em minha investigação? Destruiria minha imagem...

– Bem, eu não digo nada, e você me dá uma parte do tesouro. A parte que eu quiser – respondeu Yaruf muito sério.

– Uh... Boa ideia. Você é um bom negociante.

– Negócio fechado?

– Negócio fechado.

Yaruf apertou a mão do pai com todas as forças, enquanto o velho se perguntava onde o menino teria aprendido aquelas coisas.

Sem perder tempo, Yaruf se colocou diante da escrivaninha, abrindo um pouco de espaço para poder concentrar-se melhor. Primeiro, acariciou o cofre como se fosse um animal que devia ser domesticado. Em seguida, passou a mão pelo relevo da inscrição. Inspirou lentamente, imitando a solenidade do pai. Fechou os olhos e, aparentemente sem o menor esforço, abriu o suposto cofre da aliança, como se ele nunca estivesse estado fechado.

Depois da surpresa inicial, Yaruf e Ühr se esticaram para ver o que havia no interior. Dois objetos repousavam dentro do cofre de pedra: uma máscara de minotauro, parecida com as que as crianças usavam nos desfiles em homenagem à Grande Vitória, mas de uma beleza superior à das mais belas máscaras dos desfiles, e uma pedra circular em cuja superfície aparecia um texto gravado.

– Papai, essa máscara se parece comigo.

Yaruf, emocionado, tirou a máscara do cofre e colocou-a, do mesmo modo que um rei coloca sua coroa.

Um olho esverdeado, o outro da cor do sol ao entardecer. Ühr logo notou que no queixo da máscara estava o símbolo do estandarte de Kriyal, o Grande Guerreiro traído, o que reforçava a teoria de que ele acabara de encontrar o mítico cofre da aliança.

Sua alegria durou pouco. Imediatamente, um estampido ressoou em toda a casa. Harat urrou com todas as forças antes de se calar bruscamente.

Como um vendaval, quatro soldados entraram no escritório.

Ühr tentou defender-se, mas foi em vão. Golpearam-no e ele caiu no chão, inconsciente. Dois homens o prenderam, mas não só a ele: Yaruf também foi preso, embora se negasse a se separar daquela máscara de minotauro que já sentia como sua.

4

A máscara de Yaruf

Ühr recobrou a consciência num solo úmido e frio.

Nem por um segundo duvidou que estava preso. E, embora nunca tivesse estado ali, não teve muitas dificuldades em perceber que estava numa das antigas masmorras do castelo de Adhelon VI. Fazia tempo que o rei ordenara a construção de novas masmorras, mais distantes de sua real pessoa, para evitar o incômodo dos gritos dos condenados. Ainda assim, todo mundo conhecia tétricas histórias de torturas, de presos que passavam ali anos e anos antes de ficar sabendo de que eram acusados, ou de túneis retorcidos que não levavam a parte alguma, ou do tom avermelhado desgastado, escuro, desesperado de suas paredes, que os habitantes de Nova Adhelonia atribuíam ao sangue dos condenados. As velhas masmorras! Por que o haviam encarcerado ali?

O professor levou a mão aos lábios inchados. Doíam bastante, e ele sentiu o gosto do sangue seco. Estava com frio e com fome. E, em seguida, teve medo.

Antes de perder a consciência, vira que um dos soldados também agarrara seu filho.

Estaria Yaruf bem? Teriam-no maltratado? Estaria também numa masmorra, ou em casa com Harat? E a babá? Por que prenderiam uma mocinha e um menino? Perguntas demais!

– Malditos selvagens! – pensou, indignado.

Tentou tranquilizar-se, repassar os acontecimentos e ordená-los mentalmente: precisava pensar com clareza. Chegou à conclusão de que sua descoberta era muito mais importante do que imaginara. Do contrário, o rei não se incomodaria a ponto de enviar soldados.

No entanto, não entendia como haviam descoberto, já que ele fora tão cuidadoso. Não avisara sobre sua viagem nem em sua própria casa!

Estaria sendo vigiado? Teriam-no seguido? A resposta parecia óbvia, embora desde o princípio Ührnão se considerasse tão importante. Todos os seus estudos haviam terminado em simples teorias, puras conjecturas; nada que merecesse a atenção do rei, muito menos algo que justificasse sua prisão numa masmorra como um reles conspirador, um assassino ou um ladrãozinho sem sorte.

Além disso, se alguém achasse que ele sabia algo de interesse para a humanidade, bastava perguntar. Só precisariam convocar novamente o Conselho de Sábios das Guerras Táuricas.

Mas... e se não estivessem procurando por ele? E se estivessem procurando por...?

Não!

Era uma ideia insensata. Não estava disposto a acreditar em superstições! No entanto, em sua cabeça não paravam de martelar as palavras da parteira que ajudara no parto de Yriat. No momento em que o menino saiu do ventre da mãe, ela gritara: "Deuses sagrados de Nígaron, acaba de nascer o duodécimo Príncipe Oceânico!"... E o fato é que Yaruf, como ocorrera eternidades antes com Harion, neto de Rambutên e filho da bruxa branca Dione e do guerreiro Ktulu, nasceu segurando um coágulo de sangue na mão direita. O mesmo Harion que, segundo relatam as Sagradas Escrituras de Nígaron, desafiou Ghrab e uniu os dispersos povos humanos, conquistou a terra de mar a mar e se tornou o primeiro dos onze míticos Príncipes Oceânicos.

O mais surpreendente da história de Harion, recordava Ühr, era que ele se aliara com as treze tribos táuricas para derrotar o deus Ghrab. Os minotauros aceitaram se unir contra seu malvado criador para se libertar de seu próprio destino. E agora, preso nas masmorras do castelo e para ser sincero consigo mesmo, Ühr não podia negar que em alguma ocasião pensara (e talvez tivesse até mesmo fantasiado) que seu pequeno Yaruf era "um menino especial". Imaginara até mesmo que a parteira tinha razão. Afinal de contas, poucas crianças nascem segurando um coágulo de sangue na mão direita e, além disso, com um olho de cada cor.

... Mas esses momentos duravam pouco. Aqueles contos fantasiosos não lhe interessavam. Eram apenas mentiras.

Como seu pequeno e indefeso Yaruf seria um herói?

Nunca demonstrara nenhuma habilidade no manejo de armas. Quando brigava, voltava para casa chorando e com os joelhos em carne viva, de tanto ser derrubado. Também não era um líder entre as crianças de sua idade, nem sequer um grande orador. A única coisa é que de vez em quando dizia palavras estranhas, palavras misteriosas que aparentemente só ele entendia. Como na vez em que o viu brincando sozinho na ruela em frente de casa. Não fazia muito tempo que isso acontecera, mas até então não voltara a pensar em como Yaruf levantou a pequena espada de madeira e pronunciou sons profundos, guturais e desconhecidos. Ühr sempre pensara que a língua táurica devia soar parecida.

"Que está dizendo? Que significa esse juramento?", perguntara o professor, dissimulando a curiosidade. "Nada – respondera o menino, como se saindo de um sono profundo. – Apenas que venci meus inimigos." "Ah, muito bem, pobrezinhos... sim, é verdade. Aí estão, caídos no campo de batalha, não sobrou nenhum deles. Muito bem. Você é um herói", respondeu, para entrar na brincadeira. "Não, papai. Não os matei. Fiz com que se juntassem a mim, para conseguir um exército mais forte que possa nos libertar de nosso inimigo."

Ühr se lembrava perfeitamente do rosto de Yaruf, como o de um verdadeiro herói. Um líder. Uma resposta muito pouco habitual não só para uma criança, mas para qualquer pessoa.

Mas não... A simples ideia já lhe parecia uma bobagem.

Embora, por outro lado, o menino tivesse conseguido abrir o cofre. E sem o menor esforço! "Pelos deuses sagrados de Nígaron! Nem pensar nisso! Foi pura sorte", tentava convencer-se.

Sem ter conseguido colocar em ordem seus pensamentos, e com o coração encolhido, ouviu o eco distante de passos decididos. Vinham em sua direção.

A espera terminara.

Chaves produziram um barulho metálico na porta. Uma volta. Duas voltas.

Uma silhueta velha e encurvada empurrou a porta com dificuldade. Logo atrás sobressaíam, imponentes, dois soldados da guarda pessoal do rei.

– Vim buscar você – disse o carcereiro improvisado com uma voz tão fraca que parecia a ponto de se apagar.

Ühr assentiu. Saiu da masmorra sem pressa. Inclinou a cabeça com respeito e perguntou:

– Vocês sabem onde está meu filho e a babá dele?

Os soldados permaneceram indiferentes.

– O senhor é o professor Ühr, descendente da casa do inigualável arqueiro Gad, filho de Dag?

– Sim, sou eu – respondeu laconicamente o professor.

– Deve nos acompanhar imediatamente.

– Podem me dizer onde está meu filho, por favor? – insistiu, num tom mais suplicante e desesperado.

– Acompanhe-nos, professor. Não é conveniente deixar Sua Majestade esperando.

Sua Majestade? Por fim! Aqueles dois soldados tiravam-no da masmorra para levá-lo de novo à presença de Adhelon VI. Era uma boa notícia...

Muito tempo se passara desde que o rei tivera a deferência de recebê-lo, e quantas reflexões lhe suscitara aquela última conversa! Ainda se lembrava de quão confiante estava em suas possibilidades de ascender socialmente quando saíra da audiência. Adhelon o tratou com proximidade, em certo momento até com certa familiaridade. A maior parte do tempo o monarca se dedicara a elogiar seu trabalho, seus estudos, avanços e sua perseverança para tentar entender a maneira de pensar do inimigo.

"Será uma informação extraordinariamente útil se os velhos e negros tempos voltarem. Pode imaginar? Despertar o herói adormecido que todos trazemos dentro de nós em tempos de paz? Outro Gavalan, outro Serius-Gasé, outro Jaster derrubando com uma só machadada três minotauros... Ah, Ühr, há entre nós tantos heróis que ainda não sabem que o são...", dissera o monarca com nostalgia.

No entanto, em pouco tempo tudo mudou, como se aquela conversa jamais tivesse existido, como se tivesse sido um delírio da imaginação do professor... Desde que saíra do salão do trono, tudo fora de mal a pior. Até aquele momento, claro. Porque o professor estava convencido de que Adhelon VI, o Unificador, estava disposto a reunir novamente o Conselho de Sábios. E era bem provável que ele pensasse seriamente na possibilidade de reviver aqueles tempos passados, que o monarca recordava com nostalgia. Porque, se o haviam seguido, era lógico que conheciam seus achados, suas recentes descobertas e as hipóteses que ele aventara.

Claro! O rei queria saber o que acontecera na Grande Vitória do Vale dos Três Rios. Queria conhecer o conteúdo do cofre da aliança, o significado da pedra circular, o sentido da enigmática frase e a utilidade da máscara...

Com certa emoção perante a ideia de voltar a ser aceito na corte, Ühr pensava em tudo isso enquanto os dois soldados o escoltavam. Mas, quando se encontrou diante da porta do salão do trono, a inquietude e a preocupação novamente o invadiram por completo.

A porta cedeu lentamente sob o esforço contido dos soldados. Ühr inspirou profundamente. Após quatro anos, achava-se novamente diante do grande e célebre corredor de ouro que desembocava nos sete degraus que conduziam ao opulento trono de Adhelon VI. No entanto, qualquer pretensão de se mostrar à altura da solenidade do momento acabou-se quando o professor viu seu filho sentado aos pés do rei.

– Yaruf, meu filho! – exclamou, ajoelhando-se, incapaz de encontrar outras palavras menos óbvias.

Ao ver o pai cruzar a porta, o menino levantou-se com um salto e atravessou rapidamente o corredor, com o rosto coberto pela máscara de minotauro.

– Papai, papai! Estou aqui com o rei – disse, sem dar muita importância ao fato, enquanto abraçava o pai.

– Você está bem? – perguntou Ühr.

– Sim, claro. Estou com o rei. – Então, Yaruf aproximou-se da orelha do pai e sussurrou: – Não disse a eles que encontramos esta máscara com o tesouro. Pensam que foi você quem fez para mim. – E deu-lhe um beijo no rosto.

Ühr levantou-se com o filho nos braços.

– Bonita cena, professor. Seu filho é muito inteligente. Digno do pai, sobretudo pela obstinação e determinação de caráter. Ninguém consegue tirar esta estúpida máscara de minotauro dele. Onde a encontrou? É realmente magnífica, muito bem trabalhada e de um realismo extraordinário...

Era a afetada voz de Adhelon VI que, sentado apaticamente no trono, observava Ühr com desdém, enquanto ele se aproximava e se ajoelhava diante do rei.

– Fui eu quem deu – disse Ühr, evitando mentir.

– Ora, não sabia que você era tão habilidoso. Devo confessar que, com ela no rosto, seu filho tem um aspecto um pouco... Como posso dizer... Inquietante – respondeu o rei, que acreditara na meia verdade de Ühr. – Sei que é uma brincadeira de crianças, mas esta máscara parece especial, tem algo que... Não sei. Que me preocupa. Tem certeza que foi você quem fez? Talvez fosse melhor que ela ficasse comigo... Deixe-me ver, dê-me – exigiu, dirigindo-se ao menino. – E obedeça-me desta vez, se não quer que eu fique bravo.

Nesse momento, interveio Kor, que estava atrás do trono.

– Majestade, esta máscara não é autêntica. Tenho certeza.

O rei encarou o necromante com surpresa. Não era comum que ele fosse tão pouco protocolar e mal-educado.

– Bem, se você diz... Pode ficar com o menino então.

– Se incomoda, posso pedir que ele a tire... – disse o professor.

– Não ouviu o que eu disse antes? Não me ouve, professor? – grunhiu Adhelon, franzindo o rosto com uma expressão de indignação exagerada, antes de prosseguir, marcando muito as pausas e as inflexões de voz das frases. – Se este menino não obedeceu a mim, o Unificador dos quatro reinos humanos, quando pedi com toda a amabilidade que a tirasse... O que o faz pensar que tem mais poder que eu neste salão? Porque, neste caso, sente-se aqui, enquanto lhe imploro por clemência – concluiu, rindo da própria piada com desdém.

– Perdoe-me o atrevimento – desculpou-se o professor, apressando-se a mudar de assunto. – Sua Majestade me permitiria perguntar se Harat está bem?

– Permitiria, sim. E a resposta também é sim. Está perfeitamente bem. Ou você pensa que sou um assassino impiedoso? Foi embora com o irmão. Você já não precisará dela. Tomei a liberdade de despedi-la em seu lugar – Adhelon levantou-se e pôs-se a passear pensativamente ao redor do trono. Depois de alguns instantes, acrescentou: – E, falando em matar, sabia que eu poderia matá-lo agora mesmo? Você e a seu atrevido filho de Ghrab? E mataria sem problemas, como aquela brincadeira de máscara de homens contra minotauros.

Ühr engoliu em seco e permaneceu em silêncio, com o olhar fixo no chão.

– E não seria nenhuma injustiça – prosseguiu o rei. – Talvez deixá-lo com vida é que seja. Porque você me desobedeceu. Continuou investigando coisas que eu, Adhelon VI, explicitamente proibi.

– Majestade...

– Não me interrompa! Se quer conservar a cabeça sobre os ombros, não me interrompa! Vejamos... É que isso me intriga muito. Porque não sei como uma pessoa tão inteligente e com tanto conhecimento como você não entende uma ordem tão simples. Diga-me, professor, o que não entendeu da frase: “Fica proibido, sob risco de pena de morte dinástica, continuar investigando as Antigas Guerras Táuricas”? Não tenho nenhum problema em lhe explicar algo que por acaso você não tenha compreendido – disse Adhelon com sarcasmo, fazendo referência a seu édito que elevava o descumprimento à classe dos crimes de alta traição e estendia a pena de morte tanto ao transgressor como à sua descendência.

– Peço desculpas...

– Desculpas, desculpas... – imitou-o o rei, com desprezo. – Está bem. Não o chamei aqui para ouvir desculpas. – Adhelon voltou a se sentar no trono. Inclinou-se para a frente e disse: – Este seu filho tão esperto e inteligente não é o mesmo que matou a mãe durante o parto?

– Majestade! – protestou Ühr, sem sequer levantar o olhar.

– Majestade? Tem alguma objeção?

– A mãe dele morreu no parto – respondeu o professor, resignado.

– E é verdade que nasceu segurando um coágulo de sangue na mão direita, assim como dizem as Escrituras sobre o nascimento de Harion?

– De fato. Ainda que no caso de minha família, Majestade, isso seja sinal de desgraça, e não de grandeza.

– Sim, claro. Estes olhos ridículos que a criança tem... Coitado, parece um lobo ferido. Mas não subestime o destino nem seus estranhos caminhos. Caminhos que, por exemplo, o levaram a descobrir aquela caixa de pedra.

O rei fez um leve sinal com a mão, e um soldado lhe trouxe o cofre da aliança.

– Realmente – continuou o rei –, isso parece uma caixa. Juraria que é uma caixa. Mas não abre, não tem fechadura... Acho que você encontrou este estranho objeto em sua viagem.

Ühr acreditava que o cofre se fechara no momento de sua prisão. Era isso que o mantinha com vida. Se Adhelon não pensasse que o professor era capaz de abri-lo, já estaria morto.

– Eu também não consegui abri-la – respondeu Ühr, novamente sem dizer nenhuma mentira.

– Talvez meus soldados o tenham interrompido muito cedo. Decifrou a inscrição? Eu sim, graças ao alfabeto que confisquei de você. Muito útil, sem dúvida, e muito benfeito.

– Obrigado, Majestade – disse Ühr, esperando que as palavras amáveis do rei não fossem apenas o prelúdio de outro rompante de crueldade.

– De nada, é justo e é característica dos grandes reis reconhecer os méritos de cada um. Enfim, na caixa lê-se o seguinte: O MENOR DOS HERÓIS POR O E POR KARBUTANLAK SERÁ O MAIOR. PARA VOLTAR A VENCER, O ESCOLHIDO DEVE SER O OUTRO E O OUTRO DEVE SER O ESCOLHIDO. Tem alguma ideia do que essa frase pode significar, professor?

– Ainda ignoro o significado, Majestade. Ainda que, se me permite a ousadia, devo observar que há um pequeno erro na tradução dos símbolos. Pequeno, mas crucial. – Começou a falar com entusiasmo, esquecendo por alguns momentos a situação na qual se encontrava. – "Vencer" deveria ser traduzido como "confiar". Veja como o símbolo se inclina para cima: isso é uma inflexão, lembre-se que se trata de uma língua tonal... E estas duas palavras estão ligadas intimamente de maneira conceitual no vocabulário. Digamos que provêm da mesma família etimológica, e por isso se diferenciam pela pronúncia, que eles marcam assim – disse, desenhando no ar a forma de um caracol – em vez de assim – e rabiscou algo semelhante a uma flecha com a ponta retorcida.

– Você é um grande mestre em semiótica táurica – assentiu o monarca, convencido pela explicação. – Sem dúvida, não me equivoquei ao lhe atribuir a missão que reservei para você.

O rei levantou-se do trono. Acariciou a cabeça de Yaruf, que permanecera mudo durante toda a conversa, e acrescentou, ao mesmo tempo em que apontava para um homem alto e forte:

– O general será o responsável pelo cumprimento dos meus desejos. E isso é tudo. Adeus e boa viagem – Adhelon VI abandonou o salão sem permitir mais perguntas.

Ong-Lam manteve-se imóvel. Com a importância que o rei lhe atribuíra, sua espetacular figura parecia ocupar todo o salão. Era um homem de pele escura e brilhante. Seus maxilares eram fortes, os lábios grossos tinham a cor do fogo que se apaga e o queixo expressava firmeza, como o olhar. Apesar da corpulência exagerada, tinha um aspecto mais nobre que brutal, de guerreiro justo e compassivo na vitória, íntegro e honrado na derrota.

– Tome, professor – disse o general, estendendo-lhe um pergaminho lacrado com o selo da dinastia de Adhelonia. – O rei quer que o senhor leia este decreto antes de deixar o salão.

– Mas...

– Leia o decreto, professor – interrompeu-o Ong-Lam. – Não temos muito tempo. Temos muito a fazer.

– O que temos para fazer? — repetiu o professor, sem dar muito crédito.

– Se o senhor ler o decreto, saberá. Eu me limito a cumprir ordens – respondeu secamente o general Ong-Lam.

– Está bem. Dê-me o decreto. E que o eterno pastor Hüon me ajude a suavizá-lo, se for muito ruim – murmurou o professor, como se pensando em voz alta.

Devagar e com cuidado, Ühr desenrolou o pergaminho e começou a ler, enquanto Ong-Lam pensava na ordem que recebera de Kor: "Proteja este menino como se fosse seu. Se algo acontecer com ele, acontecerá o mesmo com sua família. Mas, se você cuidar deste menino, eu cuidarei de sua família. Posso assegurar que existe terra além do mar do abismo. Deve fazer com que o menino chegue até lá. O professor... tanto faz, se quiser matá-lo. Não tem importância..."

> Sua excelência Adhelon VI, portador de todas as virtudes de sua linhagem e de seus antepassados, comunica, ordena e decreta a Ühr, descendente da casa do arqueiro Gad, filho de Dag e antigo membro do até hoje proibido Conselho de Sábios das Guerras Táuricas, as seguintes considerações, reflexões e disposições obrigatórias:
>
> Professor Ühr, já faz tempo que chegou a meu conhecimento que você está disposto a arriscar a vida para defender estranhas e inquietantes teorias que, se vissem a luz ou simplesmente fossem julgadas prováveis, causariam o mais violento dos temores em meus súditos, colo-

cando meu poder, assim como a honra de todos os heróis da dinastia à qual pertenço, numa posição de perigosa debilidade.

No entanto, se essas teorias estiverem corretas, meu povo enfrenta uma grande ameaça que seria irresponsável e impróprio de meu julgamento real menosprezar. Assim, baseando-me nas seguintes hipóteses, ordeno as seguintes disposições:

Se é verdade que, depois de nossa enorme e honradíssima vitória, os minotauros não foram aniquilados e exterminados...

Se é verdade que o malvado e sanguinário Pruj'Hy conseguiu fugir com várias das tribos táuricas mais poderosas, traindo desta maneira Kriyal...

Se é verdade que, apesar da opinião e de todas as revelações recebidas pelos sacerdotes e pelas sacerdotisas da Sagrada Congregação de Nígaron, os minotauros conseguiram cruzar o mar do abismo, lá encontrando uma terra verde e generosa...

Se tudo isso é verdade, a única coisa que posso fazer é exigir sem reservas ou desculpas que tragam diante de minha pessoa provas confiáveis desses fatos.

Assim, com dados irrefutáveis em meu poder, serei obrigado a restabelecer o Conselho de Sábios. Uma mente brilhante como a sua será, sem dúvida, de grande ajuda para preparar o reino para a nova guerra contra os minotauros, que estaria próxima.

Mas, se você estiver enganado, não serei eu quem haverá de executá-lo. Ato tão desagradável será realizado por Démora e Aromed.

Para esta viagem decisiva, estabeleci que o acompanhem, junto com a tripulação, quinze de meus melhores homens em uma barcaça de vela tripla, uma cópia exata das usadas pelos minotauros dos quais você se declara fervoroso admirador. Segundo suas afirmações, a capacidade dessas embarcações de navegar nas piores condições e de se adaptar às mais violentas ondas faz delas a ferramenta ideal para cruzar um mar que até a presente data nenhum humano jamais conseguiu atravessar. Se as bestas conseguiram, foi com uma embarcação muito similar à que eu generosamente lhe entrego. Quero que tanto você como os homens que coloco à sua disposição tenham as mesmas oportunidades. Nem mais, nem menos.

Também decidi que seu filho Yaruf deve acompanhá-lo nesta aventura. Conhecendo a desgraça que afligiu o pequeno ao perder a mãe em seu parto, não gostaria de separá-lo agora de seu pai.

Meu fiel e leal Ong-Lam estará no comando da expedição e o acompanhará sempre, para que meus desejos e ordens se cumpram como aqui deixo escrito. Se você se negar a aceitar minhas ordens, será executado imediatamente, e igual sorte cairá sobre seu único filho, Yaruf.

Assim desejo.

Que assim se cumpra.

ADHELON VI
Grande Senhor e Unificador dos quatro
antigos reinos humanos para a glória
dos deuses de Nígaron

5

Os antigos reinos do norte

Kor chegou montado em seu maravilhoso cavalo.

Aquele animal, de um negro tão opaco que parecia devorar com avidez qualquer raio de sol, era o único ser vivo, dentre todos os que habitavam Adhelonia, que Kor apreciava sinceramente. Sussurrava seus planos para ele, como se o animal pudesse entendê-lo. Com ele compartilhava segredos que com nenhum humano se atrevera a compartilhar.

Se o cavalo ficava nervoso, ele sabia que algo ia acontecer. Se relaxava, ele também relaxava. Bastava-lhe acariciar o lombo ou pentear a crina amarelada do animal para sentir uma paz interior que não encontrava em nenhum outro canto da terra.

Certa vez, ao entrar na propriedade do rei, vira um dos empregados bater no cavalo, cheio de desprezo, para que ele se afastasse e, assim, pudesse limpar melhor o chão. Ao ver o enorme desdém com que o empregado tratava o animal, Kor dirigiu-se até ele e, sem dizer uma palavra, deu-lhe uma surra tão grande que o deixou meio morto, convulsionando no chão. Não satisfeito com o castigo imposto ao rapaz, empregou todas as energias em arrumar-lhe todos os tipos de problemas, inconvenientes e desgraças. Não descansou até que o empregado, triste e arrependido, abandonou as terras de Adhelonia e foi procurar uma nova vida além das fronteiras dos antigos reinos do norte.

No fundo, Kor tinha consciência de que aquela não era uma atitude muito normal. Ainda assim, não podia evitar.

Seu cavalo, ao qual ele não dera nenhum nome, porque nenhum lhe parecia bom o suficiente, e que ele costumava chamar com um assobio agudo, representava seu único ponto de ligação com os sentimentos mais nobres e puros que sentira quando criança. Não estava disposto a permitir que nenhum camponês grosseiro o chutasse, como uma pedra que deve ser tirada do meio do caminho.

Não, nem pensar.

O animal o alertara mais de uma vez de alguma ameaça nas sombras, algum perigo oculto que tentava surpreendê-lo. Com o tempo, levar seu cavalo a encontros importantes se transformara em algo muito parecido com uma superstição. E seu encontro com Qüídia era, a seu ver, realmente importante.

Logo chegara ao lugar indicado no bilhete.

Seria da feiticeira a mensagem que ele recebera? Seria uma armadilha? Ela viria? Como conseguira deixar na cama dele o bilhete com os detalhes do encontro? Tinha um aliado no palácio de Adhelon? Um espião?

No reino se dizia que a feiticeira desaparecera. Que sua cabana no meio do bosque pegara fogo. Que talvez ela estivesse em seu interior quando o estranho incêndio ocorrera. Que estava morta. As línguas mais maldosas chegavam a afirmar que fora Kor quem acabara com ela.

A única coisa certa é que o necromante tinha que esperar a feiticeira dar o primeiro passo. Isso o incomodava bastante. "Quem ela pensa que é? – dizia consigo mesmo, indignado. – Pode ser que um dia ela me chame e eu não apareça. Ou por acaso ela acha que vou obedecer sempre, como um cão faminto?"

Quando estava prestes a colocar os pés no chão, percebeu que o cavalo se assustara. Kor colocou-se em guarda. Do céu mergulhava um esplêndido falcão com asas em forma de flechas. Instintivamente, o necromante levantou os braços para proteger o rosto, mas o falcão pousou mansamente sobre o antebraço com o qual ele cobria os olhos.

"Maldita bruxa, deve ser outro de seus truques."

Os olhos do falcão pareciam dois pequenos e desgastados sóis, como se brilhassem desde o princípio dos tempos. Subitamente, alçou voo e Kor entendeu que, se o seguisse, chegaria até Qüídia.

E assim foi.

Sentada junto a um pequeno riacho por onde passava um filete de água estava a feiticeira. Junto dela, o falcão esperava sua recompensa em forma de carne crua.

– Bem, vejo que o pequeno *Noc* o guiou perfeitamente. Fico feliz. Sabe que esses animais são mais espertos e leais que qualquer soldado? Também podem ser cruéis quando querem, por isso são mais valiosos. Os minotauros os usam para caçar. Têm uma relação muito especial com os falcões. Devíamos aprender com eles.

– Com quem, com os falcões ou com os minotauros? – perguntou o necromante ironicamente. – Tanto faz. Não responda. Qualquer resposta me indignaria. Não creio que me fez vir até aqui para falar de falcões e de sua relação com o mundo táurico.

– Que perspicaz. Ora, você não recuperou o poder, não é?

– Muito engraçada.

– Ande, sente-se aqui. Temos que conversar.

Kor amarrou com desinteresse as rédeas num forte carvalho que inclinava ligeiramente os galhos em direção do riacho. Em seguida, sentou-se ao lado de Qüídia, procurando demonstrar a maior irritação possível.

– Como entrou em meus aposentos para me deixar o bilhete?

– Parece surpreso. A verdade é que você é muito engraçado. Qualquer coisa o surpreende. Acaba de ver que tenho um falcão tão perfeitamente adestrado que até guia você até mim... E ainda se pergunta como. Por favor, isso não tem nada a ver com feitiçaria, e sim com a relação entre homens e animais. Já sabe disso, não é? Não viu que sua janela estava aberta? O pequeno *Noc* entende perfeitamente as ordens que lhe dou e é um excelente mensageiro. Se lhe amarro um bilhete na pata, ele o leva até seu destino e o entrega cortando o laço. Não é fascinante? Não se preocupe, dentro do castelo tenho você, apenas você – concluiu, exagerando a frase.

– A mim você não tem.

– Não acho que seja a hora de discutir essas coisas de namorados.

Kor olhou para o rosto da feiticeira que, na penumbra, parecia rejuvenescer. Ela dominava as palavras com uma maestria que lhe esgotava a paciência. De nenhuma outra pessoa ele teria tolerado impertinência semelhante, semelhante arrogância na hora de falar, de responder, de dirigir-se a ele. Por muito menos, muitos homens haviam provado sua ira e sua crueldade.

– Encontrou o menino? – prosseguiu Qüídia, como que se divertindo em irritar Kor.

– Sim, encontrei-o. Fiz o que você me disse. Convenci o rei de que era conveniente que aquele professor rebelde demonstrasse suas teorias de uma vez por todas. Fiz com que ele visse que era a melhor maneira de afastá-lo e de mostrar para o povo que as ordens reais não podem ser desobedecidas assim, sem mais nem menos. Além disso, assegurei-lhe que pode haver qualquer coisa além do mar do abismo. Insisti muito para fazê-lo entender que o fato de existir terra firme além do mar do abismo não significa que a porta que leva a Nígaron não possa estar em outra parte do mar.

– E como reagiu?

– Não entendia o que eu dizia. Gritou: "O que você quer dizer com 'qualquer coisa'? Não está dizendo que as histórias do professor podem estar certas? É possível que ainda existam minotauros?" – disse Kor, imitando a voz suave de Adhelon VI. – Respondi que a bruma que cobre o mar do abismo impede que qualquer necromante, inclusive eu, veja o que existe além. E que é possível que existam muitas coisas...

– Você não mentiu.

– O que quer dizer?

– Não é possível ver através da bruma do mar do abismo. Eu nunca consegui e duvido que alguém consiga.

– Ora vejam! A grande feiticeira vencida por um pouco de névoa. Fico feliz em saber que você não é assim tão poderosa.

– Uma pessoa é tão poderosa quanto os outros acreditam que ela é. No meu caso, os outros, e até você, pensam que sou tremendamente poderosa. – Qüídia fez uma pausa e encarou Kor. Seus olhos tinham a cor dos lagos habitados por monstros. – Bom, deixe o orgulho de lado. O menino vai com ele, suponho.

– Vai, e leva a máscara dele. Estranho que suas alucinações de hammala não lhe tenham mostrado que consegui fazer o rei acreditar que se tratava de uma daquelas estúpidas máscaras que as crianças colocam para brincar.

– Vejo aquilo que quero ver. Alguém de sua confiança vai acompanhá-los?

– Sim. De toda confiança. Colocaria as mãos no fogo por ele, tenho certeza de que vai me obedecer em tudo que eu disser. Seria capaz de matar o rei se eu ordenasse. Acredite em mim.

Kor ficou em silêncio, esboçando um leve sorriso.

Ong-Lam obedeceria a todas as suas ordens. Desde o princípio!

Lembrou-se fugazmente de quando o general foi visitá-lo. Viu novamente seu rosto desesperado, totalmente desfigurado, enquanto lhe suplicava que curasse sua mulher. "Por favor, eu imploro, minha mulher é tudo para mim. Ajude-me. Ninguém sabe o que ela tem. Dizem que já não há nada a fazer, que ela está nas mãos dos deuses. Não quero que ela vá com os deuses, não quero que eles a levem, mas a mim eles não obedecem. O senhor é minha última esperança, mestre necromante." Apesar de ter se enchido de orgulho ao ouvir a palavra "mestre", Kor se fez de ofendido. "Por que não me procurou antes? Por que consultou aqueles médicos que só sabem cuidar de ovelhas com patas quebradas? Eu o desagrado tanto assim, para que não confie em mim nem quando sua mulher fica tão doente?" Divertiu-se muito vendo um homem tão nobre e correto caído a seus pés, ajoelhado e com os olhos marejados, lutando consigo mesmo para não chorar.

Por fim, fingindo uma bondade que não lhe pertencia, Kor deu um pequeno frasco que continha um pó escuro. "Prepare uma sopa e, antes que sua esposa a tome, misture todo o conteúdo. Repito: todo. Faça com que ela tome toda a sopa.""Vai funcionar?", perguntara o general com o rosto iluminado de esperança. "Claro que sim. O que mais tenho que fazer para você acreditar em mim?"

E funcionou. Naturalmente. E Ong-Lam jurou a Kor que estava em dívida com ele e que a partir daquele momento devia lealdade ao homem que salvara a vida da mulher que ele mais amava no mundo. "Você terá tempo para pagar, fique tranquilo", dissera Kor, com um sorriso.

Mas o que Ong-Lam ignorava é que fora o próprio Kor que envenenara sua esposa. Por quê? Kor tinha plena consciência de que precisava contar com o apoio do general. Controlando o exército, controlaria o rei. Um rei que não controla o exército é apenas uma criança mimada com uma coroa de ouro na cabeça. Nada mais. E, por meio de Ong-Lam, Kor controlava o exército.

No início, fora difícil convencer Adhelon a enviar seu general mais valioso à expedição, mas finalmente Kor sacou seu triunfo: "Majestade, se encontrarem algo além do mar do abismo, será melhor ter a bordo um homem com a coragem e a sobriedade de Ong-Lam. E posso assegurar que, para uma missão de tamanha importância, não há outro homem em quem eu confie."

– Bom, você parece absorto em pensamentos – disse Qüídia, interrompendo seus devaneios. – O plano vai se cumprindo. É preciso que o menino encontre o labirinto, mas não agora. Agora é o momento de ele sobreviver entre as bestas. Logo vamos acabar com ele... É claro que estive nos reinos do norte.

– Em tão pouco tempo? Impossível.

– Tenho meus próprios métodos para ir de um lado para outro, você já deveria saber. Ouça. Já lhe disse que tudo havia começado. E os antigos reinos do norte também terão seu papel. Estão se unindo e se convencendo de que pouco a pouco podem se livrar do jugo de Adhelon. A gente dessas terras não aguenta mais os pesados impostos e a escassez de alimentos. Já faz anos que as colheitas não são boas, mas as exigências de Adhelon e seus governadores continuam aumentando. Cedo ou tarde tinha que aparecer um líder que lhes mostrasse o caminho da rebelião. E apareceu, com o nome de Oroar, uma das constelações dos deuses. Ninguém sabe muito sobre ele, ou ela, mas suponho que, se Oroar for medianamente inteligente, saberá que, com o que tem, não pode fazer nada. Digamos que precisará de alguma ajuda extra. E, segundo minhas fontes, encontrou a resposta nas Escrituras. Sim. Não me olhe assim. Ele também procura o Labirinto da Aliança. E logo enviará seus espiões. No fim, acabará descobrindo, acabará sabendo que não basta saber onde está o labirinto...

– Na verdade, me surpreende que os antigos reinos queiram se rebelar. A última vez que tentaram não se deram nada bem. Na realidade, ainda estão pagando por isso, então é melhor que não se queixem dos impostos: é a única maneira de nos assegurarmos de que eles não formarão um exército e continuarão obedecendo às ordens de Adhelon. Mas o que não entendo em seu plano é pensar que o menino estará bem se chegar à outra margem do mar do abismo. Se é verdade o que você diz, se a teoria do professor está certa e os minotauros se instalaram ali depois da batalha dos Três Rios... assim que Yaruf colocar o pé nessa terra os minotauros acabarão com ele. Não acho que sejam exatamente simpáticos em relação aos humanos.

– É um risco que temos que correr. Na verdade, é a única maneira de saber se ele é o escolhido. Se não for, morrerá. Mas é necessário que ele vá o quanto antes.

– Já disse que me encarreguei disso. O professor e seu filho já devem estar no meio da bruma. Receberam um decreto do rei...

– É verdade, um decreto real e tudo. Muito bem. Agora só nos resta esperar. Se ele for quem deve ser... Devemos agir. Se não, tanto melhor.

– Quando voltarei a vê-la?

– Quando for necessário. Continue com sua vida.

A feiticeira desapareceu nas trevas, pois já era noite fechada. Kor ficou pensativo, observando um céu extremamente iluminado, como se algum deus desastrado tivesse derrubado uma caixa de estrelas.

Oroar? Os antigos reinos do norte preparando uma rebelião? Essa informação podia ser importante. Ele podia dizer a Adhelon que seus poderes lhe haviam revelado que um novo líder surgira e que seria conveniente esmagá-lo antes que conseguisse mais poder. Sim, seria muito bom. Ele teria mais credibilidade. Ganharia mais tempo para recuperar seu poder. Porque agora estava convencido de que no labirinto encontraria a resposta para seu problema. E não só a resposta, mas um novo dom, renascido e esplêndido, superior a todo o poder que já existira em sua linhagem. Seguira as orientações da feiticeira e relera as Sagradas Escrituras de Nígaron e as passagens nas quais se falava do misterioso Labirinto da Aliança:

> Separadas estarão as duas raças por abismos intransponíveis até que volte a se abrir o Labirinto da Aliança. Separadas estarão até que regresse o arquiteto e construa uma ponte entre ambas. Separadas estarão até que se encontrem os cinco inimigos para selar uma nova aliança que traga um novo rei e um novo poder imortal.

6

O mar do abismo

Dois dias de navegação sem sobressaltos. Nada mais. No terceiro dia, uma espessa névoa rodeou a embarcação de vela tripla.

A bordo, tanto os soldados quanto a tripulação permaneciam em silêncio. Apenas uma ordem aqui, uma queixa ali, uma tosse nervosa lá... Nada mais.

Era como se todos aguçassem os ouvidos para captar o que os olhos não conseguiam distinguir. Qualquer palavra podia distraí-los de algum sinal de perigo. Sem dúvida teriam preferido enfrentar um exército poderoso, por mais forte que fosse; um inimigo imbatível, sanguinário, brutal, um monstro de três mil cabeças e dentes afiados disposto a saciar a fome dos tempos. Ou enfrentar a fúria que cria as tormentas. Desta forma, ao menos teriam algo a temer ou contra quem lutar. Mas aquele mar os inquietava. Os marinheiros contavam histórias terríveis e, embora todos conhecessem alguma, como a de Dui, o retornado, ninguém se atrevia sequer a pensar nelas.

A bruma turvava a luz, conferindo à água um aspecto perverso e lúgubre, igual aos rumores e às histórias sobre o professor que corriam a bordo. Alguns garantiam que ele tinha um pacto secreto com os deuses de Nígaron e que suas vidas eram o pagamento que Ühr prometera em troca de resgatar sua falecida esposa do reino dos não vivos. Outros não hesitavam em acusá-lo de insistir e insistir com o rei para que o deixasse ir em busca da mítica ilha de Darcalion, que as Sagradas Escrituras situam logo antes das portas de Nígaron. Segundo a lenda, inúmeros tesouros esperavam em Darcalion por quem tivesse a ousadia de atracar em suas costas de águas negras; riquezas de tamanha beleza que não havia olhos humanos capazes de resistir a seu brilho, tão dourado e persistente como a luz do sol. O rei aceitara financiar a expedição em troca de uma generosa parte do butim. Também havia quem fizesse Yaruf alvo da boataria, acusando-o de estar marcado pelos deuses. O medo do próprio monarca, que soubera de tétricos augúrios da parte de Kor, o impulsionara a organizar toda a expedição para se desfazer do menino, que ameaçaria seu poder no futuro.

Paradoxalmente, a única esperança da tripulação era que o objetivo da expedição fosse, de fato, encontrar o caminho que os minotauros haviam utilizado para sair com vida do Vale dos Três Rios. Desse modo, teriam uma chance. Pequena e ridícula, sem dúvida, mas ao menos uma chance. Porque, se o mar do abismo levava à grande catarata defendida por Démora e Aromed, capazes até mesmo de devorar o nome que Moramed deu às águas que eles singravam, ninguém se salvaria. Se, por outro lado, o mar do abismo terminava em terra firme e habitável, onde os minotauros haviam desembarcado, pelo menos poderiam se defender, lutar ou escapar.

Com toda essa inquietante atmosfera, alguns perderam a cabeça. Dois soldados tiveram que ser presos, para que não se jogassem na água: sentiam-se tão indefesos que preferiam morrer afogados a continuar com aquela viagem em que só se ouviam, de vez em quando, os lamentos do barco, como se estivesse se queixando ou tremendo de medo.

Alheio a todo este clima estava o pequeno Yaruf.

No começo, Ühr o repreendia por correr, por inclinar-se para ver as suaves ondas que a barcaça criava ou por grunhir com sua máscara de minotauro para algum soldado. Depois, pensou que não valia a pena e decidiu vigiá-lo a distância, sem interromper suas brincadeiras nem sua diversão. Mas ele não era o único a observar o menino. Ong-Lam também não tirava os olhos da criança. Fosse onde fosse, o general estava próximo. Uma vigilância que começava a ir além de suas obrigações. Não eram o mar sem nome, a névoa, o abismo, os monstros ou os minotauros que inquietavam o general. Era Yaruf quem o hipnotizara.

Qualquer outro menino teria se agarrado às pernas do pai sem se atrever a dar um só passo. Enquanto os soldados tremiam de medo de ver a névoa, ele brandia sua espada improvisada, como se quisesse parti-la ao meio. Plantava-se diante de qualquer um, encarando-o fixamente, com um sorriso. Movia seu pequeno corpo com uma elegância natural. A mesma nobreza que um rei, ainda que destronado, mantém. Uma grandeza tão grande que qualquer monarca teria matado para ter apenas a metade ou até um terço dela. Além disso, Ong-Lam continuava a se perguntar por que o menino era tão importante para Kor. E, se era tão importante, por que o expunha a uma viagem tão perigosa.

– Professor, quanto tempo o senhor calcula que os minotauros demoraram para cruzar o mar do abismo? – perguntou respeitosamente Ong-Lam.

– Não sei exatamente. Tenho algumas dúvidas, mas não creio que tenham sido mais de sete dias.

– E por quê?

– Depois da Grande Derrota, não conseguiram juntar grandes provisões. Talvez Pruj'Hy tenha começado a retirar sua gente dias antes da batalha. Ainda assim, não creio que tenha sido muito organizada. Muito provavelmente já fazia tempo que os minotauros sabiam da existência de terra firme além desta ameaçadora paisagem que nos rodeia, e justamente por isso Kriyal, o Grande Chefe, quis firmar o tratado de paz. Eles se retirariam para além do mar e nós ficaríamos na outra margem. Mas, claro, se ficasse comprovada a existência de terra firme... seriam contraditas as histórias da serpente, de Démora e Aromed, e todas aquelas com as quais a Sagrada Congregação de Nígaron trata de nos assustar.

– O senhor sabe que, como general do rei, representante do grande deus O na terra e máxima autoridade da Congregação, não posso permitir este tipo de comentários – reprovou-o o general, como se obrigado por seu cargo e sem muita convicção nas palavras.

– Com todo o respeito, general, foi o senhor quem me perguntou. Embora eu admita que possa estar errado.

– Tente ser mais prudente e prossiga, por favor.

– Os minotauros são seres fortes e corpulentos. Precisam ingerir enormes quantidades de alimentos. Mais de sete ou oito dias com o estômago vazio e com rações de água escassas e eles teriam morrido em alto-mar. Imagine esta barca repleta de minotauros famintos e sedentos... Não podem ter demorado muitos dias para cruzar o mar. Estou convencido de que, antes de embarcar, já sabiam quanto tempo demorariam para chegar.

– E esta névoa insuportável, a que se deve? Meus homens estão nervosos... O senhor acredita mesmo que há uma terra onde possamos nos abastecer?

Ühr preparava-se para responder quando Yaruf, que se aproximara correndo, adiantou-se:

– Terá sua oportunidade. Mas não será fácil. O senhor já sabe que, quando O fez o tempo, o fez em abundância.

Ong-Lam não soube o que responder.

– Sinto muito, general – desculpou-se Ühr. – Yaruf tem uma imaginação... Passa o dia inteiro inventando brincadeiras que, suspeito, só ele entende.

Yaruf colocou a máscara e se afastou de seu pai e do general, fazendo grunhidos parecidos com os de um filhote de animal selvagem.

– Acho que ele sente muita falta da mãe, como sempre me dizia a babá – prosseguiu Ühr. – Pode ser, como posso saber... Suponho que uma mãe seja sempre uma mãe.

O general e o professor sorriram um para o outro. Ühr deu um suspiro e tossiu. Quis acrescentar mais uma coisa, mas uma sacudida da embarcação o impediu.

Os dois saltaram pelos ares. Ühr olhou em volta. A última vez que vira seu filho, ele estava se inclinando pela borda da barca.

– Yaruf! Yaruf! – gritou, apontando para o mar. – Onde está meu filho?

Mas sua voz se perdeu no caos que reinava na embarcação. Ong-Lam se colocou de pé. Outra investida, desta vez de menor intensidade. O general conseguiu manter sua obscura figura em equilíbrio.

– Vigia, vigia! Que demônio está nos atacando!

– Não tenho certeza, general. Não se vê nada. Daqui não consigo ver nem a água.

– Procure o menino – ordenou.

O vigia pôs diante dos olhos a luneta de navegação.

– Onde está meu filho? – repetia impacientemente Ühr, que conseguira se colocar de pé.

– Estamos procurando por ele, professor – respondeu o general, que imediatamente gritou: – Todos no convés!

Ong-Lam fez a recontagem da tripulação. Estavam todos lá, menos Yaruf. Alguns cortes, meia dúzia de hematomas... Além disso, parecia que a embarcação tampouco sofrera danos importantes. Ong-Lam mandou três soldados verificarem o barco. Os outros foram dispostos ao redor do convés para procurar o menino no mar.

Al'Jyder, o segundo no comando a bordo, protestou:

– Deveríamos dar meia-volta e regressar. Creio que chegou o momento de voltar para casa.

O general encarou Al'Jyder, manteve a calma e disse:

– Eu sou o único que pode dizer quando é a hora de voltar para casa, segundo. Está claro?

O segundo no comando franziu o cenho e disse, num tom ironicamente amável:

– Está muito claro, senhor. Mas esta expedição é uma estupidez. O senhor não vê que aqui acaba o mundo, meu general? – replicou, exagerando as duas últimas palavras.

– Todo dia o mundo acaba para alguém, segundo no comando Al'Jyder. Nesta embarcação, só eu digo quando o mundo acaba, entendido? – disse, exagerando igualmente o cargo de Al'Jyder para demonstrar-lhe que não se intimidaria de maneira nenhuma.

No entanto, a tripulação estivera atenta à conversa, e o argumento de Al'Jyder causou grande comoção. Todos lhe davam razão e tinham a esperança de que Ong-Lam aceitasse sua ideia, dando a missão por encerrada. Mas a esperança durou pouco. O general desembainhou a espada. Colocou a lâmina no pescoço do segundo a bordo e disse:

– Tenho ordens a cumprir e não vou permitir que ninguém me contradiga – afirmou, olhando para os marinheiros. – Não tolerarei uma só insubordinação! Se alguém quer discutir... que discuta. Não vacilarei em cortar-lhe o pescoço. Fui claro?

– Foi perfeitamente claro, general – respondeu com certa impertinência Al'Jyder.

– Então procurem esse menino. Agora! – ordenou o general.

A tripulação obedeceu, resignada. Depois de alguns instantes que pareceram eternos para Ühr, os três soldados que haviam verificado o barco voltaram.

– Não encontramos nada, general – disse o mais alto e fraco dos três, enquanto coçava o queixo. – No barco não está, procuramos em todos os cantos.

Ong-Lam assentiu com a cabeça e encarou o professor com preocupação, prestes a lhe dizer algo que foi interrompido pela voz grossa de um dos ajudantes de cozinha.

– Desculpe, general, mas acho que vejo algo ali.

Ühr foi correndo. Começou a gritar na direção para a qual apontava o dedo gordo e caloso do ajudante. Uma sombra flutuava no mar.

– Yaruf, Yaruf – gritou o professor com todas as forças. – Pode me ouvir?

Não houve resposta. Tentou novamente, desta vez com tanta força que foi difícil terminar a frase. Quando estava se recuperando do esforço, ouviu-se a fraca voz de Yaruf:

– Papai..., estou aqui.

– É ele. É ele – gritou o ajudante de cozinha. – Vejam, está tentando mexer a mão. Não está muito longe... É a bruma.

– Meia-volta. Meia-volta. Homem ao mar! – ordenou Ong-Lam.

A barcaça de vela tripla começou a virar lentamente, mas, justo quando se preparavam para resgatar o pequeno, Al'Jyder disse:

– Vamos para casa. Deixem o menino aí e detenham o general. – Agora era ele quem desembainhava a espada e dava ordens com autoridade.

Ong-Lam não pôde reagir. Dois soldados o prenderam e o desarmaram antes que ele pudesse ao menos se dar conta de que houvera um motim, certamente planejado desde que a embarcação partira da costa do abismo.

– Isso é um insulto, uma traição que não ficará impune. Todos que participarem ficarão marcados pela desonra. Nesta embarcação sou eu o representante do rei! Exijo que me soltem imediatamente – exclamou, resistindo inutilmente.

– Não, não. Não mais. Agora sou eu que recebo ordens do rei. Sinto muito, general. Nossa missão era nos desfazer do menino, nada mais.

– Não, isso não está certo – replicou o general. – Minha missão era levá-lo a terra firme, onde os minotauros...

Ong-Lam emudeceu diante do rosto de Ühr, que não entendia o que estava acontecendo.

– Como sabe... como está tão seguro de que há terra do outro lado do mar do abismo? E por que meu filho tem que chegar lá?

Ong-Lam permaneceu em silêncio. Não podia responder àquela pergunta, ou sua mulher correria perigo...

No entanto, o professor entendeu que ele não chegaria até Adhelonia: acabariam com sua vida antes. Os marinheiros diriam que haviam chegado muito próximo do abismo, mas conseguiram escapar, e que haviam sofrido apenas duas baixas. O menino e o professor não haviam aguentado a dureza da viagem e haviam sido vítimas de Démora e Aromed. Assim se colocaria fim aos rumores, às suposições e aos estudos. Esse era o cruel castigo que o rei lhe reservara.

– Eu imploro – disse o professor, ajoelhando-se. – Ele é pequeno, não aguentará muito tempo. Olhe para mim, estou pedindo de joelhos. Se quiser, me atire no mar, mas permita que meu filho chegue a salvo.

O professor não encontrou a quem implorar. Todos desviavam a vista, fugiam de suas súplicas e olhavam para o outro lado. Al'Jyder sorriu com desprezo e deu meia-volta. Não havia nada a fazer.

Ühr se levantou e tentou escapar de seus captores, em vão. No entanto, Ong-Lam conseguiu. Dois homens não eram suficientes para ele. Com um movimento inesperado, saltou pela borda da barca e desapareceu nas cinzentas águas do mar do abismo.

7

Num lugar tão profundo

Só.

Isolado num mar sem nome.

Ong-Lam se sentia como um continente prestes a ser engolido por uma maldição ancestral, em águas que, ainda que mansas, inquietavam.

Como se deixara arrastar por semelhante loucura? Quem retorcera seu destino, para que ele acabasse deste modo?

Ainda assim... acaso tivera outra opção?

A culpa era sua, exclusivamente sua. Perdera o controle de seus homens por causa do medo, do terror... Esse traidor implacável que espera pacientemente para dominar os homens, por mais poderosos que sejam. Talvez tivesse superestimado seus soldados. Mas, uma vez rebelados, o que ele poderia ter feito?

Obedecer ao impulso. Nada mais. Sem pensar. Acatando uma estranha voz interior, profunda, abissal. Percebida pela primeira vez, mas como se estivesse à espera durante muito tempo.

Maldito seja!

Socou a água enquanto a grande barcaça de vela tripla se afastava. Isso não ajudava muito. Se Kor não recebesse provas de que ele salvara a criança, ficaria verdadeiramente irritado e descontaria na esposa e no filho que ela esperava. Num lampejo, lembrou-se de quando lhe anunciaram que logo teria um bebê e das palavras de sua mulher: "Deixe o exército. É perigoso. Não quero que o pequeno cresça sem pai, pequeno ou pequena. Ainda não sabiam, não tinham como saber, apesar das palavras de Kor ao saber da notícia: "Vai ser menino, sem dúvida." E, claro, como o necromante sabia tudo, não duvidou sequer por um instante de que seria um menino.

O lampejo desapareceu. A barca mudara de rumo. Voltavam para casa.

Certamente jogariam o professor do convés. Certamente diriam que o bravo general Ong-Lam morrera no cumprimento do dever... Isso se o ambicioso Al'Jyder não decidisse engrandecer sua carreira diminuindo a do general. Mas, se existia alguma piedade naquele traidor, falaria bem dele.

"Jogou-se na água para salvar o menino. Não sabemos se conseguiu, vocês sabem como é aquele Ong-Lam... Talvez tenha estrangulado as serpentes e aberto as portas de Nígaron para todos."

Isso bastaria? Tentar cumprir uma missão e cumpri-la eram duas coisas bem diferentes. Ainda que, enquanto estivesse vivo, pudesse continuar cumprindo o dever que lhe fora dado.

Esse pensamento o apaziguou e fortaleceu sua postura. Chegou à conclusão de que faria tudo novamente. Se sua vida se repetisse e continuasse se repetindo indefinidamente, continuaria pulando do convés para resgatar o pequeno Yaruf. E não porque Kor o encarregara daquela tarefa. Não por causa das ameaças do necromante. Não tinha dúvidas de que, se não existisse aquela pressão, teria feito a mesma coisa. Porque aquele menino o enfeitiçara. Porque possuía a força dos nomes repetidos em voz baixa e o estranho heroísmo dos que são vencidos na defesa da terra onde seus antepassados foram enterrados. Aquele menino que o conduzira a seu fim entre águas geladas e monstros lendários era o caminho que o general escolhera. A trilha que, no fundo, sempre soubera que devia percorrer. Como se já tivesse vivido antes, como se O tivesse repetidamente tropeçado em sua linha de vida.

Agora era tarde para lamentar, tinha uma missão a cumprir.

Bateu os pés tentando colocar-se sobre a água, para ter mais visibilidade.

Acertou.

Não muito longe, parecia haver um pequeno vulto. Gritou. Uma voz infantil respondeu com algo parecido a "papai?".

Nadou naquela direção.

O general se aproximava.

A cada braçada distinguia com mais clareza a figura de Yaruf.

De repente, Ong-Lam notou que algo roçava em suas pernas. Socou a água nervosamente, tentando espantar o que quer que fosse, mas não adiantou. Sentia cada vez mais aquele roçar frio e viscoso nas mãos, nos pés. Estava ficando preso em alguma coisa.

Eram algas que se emaranhavam por todo o seu corpo. Pegajosas e incômodas, mas permitiam flutuar com maior facilidade.

Finalmente chegou aonde estava Yaruf. O menino estava completamente envolto por algas, que o mantinham à tona. Tinha livre apenas o braço direito, o mesmo que, ao nascer, segurava o coágulo de sangue. Naquele cenário, com a máscara, o céu nublado e o silêncio rompido apenas pelo vaivém da água, Yaruf parecia um herói, um mito inventado para provocar no coração das pessoas um estado de ânimo a meio caminho da admiração e da coragem.

– Você está bem, Yaruf? Vim resgatá-lo – disse Ong-Lam, e um meio sorriso lhe aflorou nos lábios pelo absurdo da promessa.

– Estou bem, senhor. Obrigado. – Yaruf tiritou de frio e mordeu o lábio inferior. – As algas impedem que eu afunde – acrescentou.

Ong-Lam achou estranho que o menino não perguntasse pelo pai.

– Você gosta muito dessa máscara, não?

– É meu brinquedo da sorte – respondeu.

– De verdade? E acha que ele poderia nos dar um pouco de sorte agora mesmo?

Yaruf não respondeu. O couro da máscara estava completamente empapado. Tinha o aspecto de um minotauro triste ou doente, talvez as duas coisas ao mesmo tempo. Um chifre se lascara e estava bem mais curto que o outro.

– Bom, se sairmos dessa, vou lhe dar outra máscara, melhor que a que você tem.

– Está bem – respondeu o menino, ainda tiritando de frio.

Yaruf já estava havia bastante tempo no mar do abismo. Nunca ficara tanto tempo na água, e sentia um frio que se infiltrava até a medula, fazendo-o tremer como se estivesse muito assustado. Mas não estava. Encontrava-se tranquilo e passava a sensação para o general, que de alguma forma era contagiado por aquela segurança.

Os dois permaneceram algum tempo calados. Ong-Lam queria dizer algo, quebrar aquele silêncio que, dadas as circunstâncias, tinha algo de tenebroso. Mas não foi ele, e sim Yaruf quem quebrou a mudez.

– Será que meu pai está bem?

"Que horror!", pensou Ong-Lam; não lhe dissera nada sobre seu pai, nem uma palavra de consolo, nem uma mentira piedosa.

– Ah, claro! – exagerou o general. – Seu pai me disse que está muito bem e que o espera em casa para o jantar... – disse, tentando tirar algum humor de uma situação tão pouco propícia para isso. – Olha, é uma sorte você estar aqui. Seu pai garantiu que você é muito inteligente; com certeza vai ter alguma ideia para sairmos dessa e nos livrarmos destas malditas algas enroladas em nossos corpos. Parece que é o couro velho das serpentes de três cabeças e dois...

No meio da frase, Ong-Lam arrependeu-se de trazer à tona o tema de Démora e Aromed. As algas, que se enredavam cada vez mais em seus corpos, também os ajudavam a se manter flutuando. E, à medida que chegava a noite, começaram a abrigá-los, acabando com seus tremores; aquelas algas os protegiam.

Ong-Lam tentava manter-se acordado, mas a batalha contra o sono não pode ser vencida nem pelo melhor dos soldados. Ainda assim, os dois conseguiram resistir procurando refúgio num suave cochilo.

Num momento em que Ong-Lam abriu os olhos, não soube onde estava. A lua brilhava enorme, aureolada e tão próxima que dava a impressão de que bastava esticar o braço para encostar em sua barriga prateada. Por fim, o general lembrou-se de que estava no meio do mar do abismo. Tinha o corpo entorpecido.

De repente, ouviu algo parecido com o quebrar das ondas. Sim. Aquele era o som da costa.

– Yaruf, acorde. Venha comigo. Ou este sonho é muito profundo, ou isso é a costa – disse Ong-Lam, tentando desfazer-se das algas que o envolviam.

Yaruf abriu os olhos.

Com movimentos lentos, começou a seguir o general, ainda que no princípio não estivesse muito consciente do que estava acontecendo.

O céu limpara. As estrelas brilhavam e já não havia algas flutuantes além das que haviam se desprendido de seu corpo.

Yaruf engoliu água e começou a tossir, enquanto o general tentava incentivá-lo:

– Vamos, vamos. Ânimo, a costa está cada vez mais perto.

Yaruf se deteve. Continuava tossindo, tentando tirar da garganta o gosto áspero do sal. Ong-Lam acrescentou:

– Suba. Eu levo você.

O menino montou nas fortes costas do general, que usou todas as forças para nadar tão rápido quanto seus braços e pernas permitiam.

"Maldito professor – pensou o general. – Ele tinha razão! Além da bruma existe terra firme. E ele não precisou recorrer à magia para descobrir isso. Se tivéssemos continuado, poderíamos contar para todos! Estúpidos! Agora continuarão pensando em monstros marinhos, grandes abismos, serpentes de três cabeças e dois nomes. Não sei se a terra de Nígaron existe ou não, mas duvido que seja esta.

Ong-Lam estava agitado, mas seus pensamentos foram interrompidos quando Yaruf exclamou:

– Senhor, cuidado, um monstro se aproxima!

Era a primeira vez que Yaruf falava com a voz tomada pelo medo.

– Fique tranquilo, falta pouco para chegarmos à praia.

Assim que terminou de pronunciar a última palavra, cem dentes afiados se cravaram em sua perna. Levou a mão à cintura. Ainda conservava o punhal. Uma criatura que nunca vira na vida estava mordendo sua perna. Era um animal enorme, com grandes escamas que cortavam a superfície do mar e olhos esbugalhados, furiosos e com grandes pupilas desgastadas. O general viu que seu próprio sangue avermelhava a água prateada. A dor era insuportável. Yaruf caiu de suas costas e afundou momentaneamente na água.

– Vá! Vá embora daqui! Nade o mais rápido que conseguir e não olhe para trás!

Yaruf obedeceu. Nadou e nadou como nunca antes fizera. A distância se ouviam os gritos de Ong-Lam e os do animal marinho. O menino não olhou para trás até que reinasse o silêncio nas águas. O odor da morte chegava até ele: a besta e o general, os dois estavam mortos.

Yaruf, como as ondas na praia, rompeu em prantos, mas continuou nadando até que seus braços sucumbiram ao esforço. A praia estava próxima... Deixou-se levar até terra firme.

Em seguida, lentamente, cambaleando primeiro, engatinhando depois, saiu da água. A máscara pendia de seu pescoço. Colocou-a, como fizera no sonho. Yaruf estava exausto. Queria dormir, mas não podia.

Com o olhar, percorreu a longa costa que se perdia na noite negra. Intuiu a presença de uma floresta, espessa e profunda, que começava onde terminava a praia. A brisa lhe acariciava a cabeça, esfriando seus cabelos, e lhe roçava a pele, enrugada depois de tanto tempo na água. Em outras circunstâncias, teria pensado que não existia lugar mais bonito em toda a terra conhecida pelos homens. Subitamente, ouviram-se passos. Não ficou surpreso de saber que alguém o esperava.

A areia se revolveu nervosa entre suas mãos. Um sopro profundo inundou o bosque. Algo corria. Algo estava prestes a vir ao encontro dele.

Yaruf se levantou, dirigiu-se para a entrada do bosque e subiu numa pequena rocha. Instintivamente, assegurou-se de colocar a máscara. Respirou fundo, ocultando o medo num lugar tão profundo que não o encontraria nunca mais. Uma enorme figura emergiu da escuridão, como uma maldição.

Então... Pela primeira vez em trezentos anos, os olhares de um humano e de um minotauro voltaram a se cruzar.

8

O humano sobre o qual falam as pedras

Humano e minotauro ficaram imóveis.

Respiravam, se observavam... Uma mesma curiosidade os impelia a se aproximarem. Um mesmo receio os mantinha distanciados.

Yaruf estava impressionado pela nobreza da figura do minotauro que, erguido sobre as robustas patas, mantinha-se cravado no chão como se tivesse saído das entranhas da terra. Seus enormes olhos negros eram como profundos lagos na penumbra: inquietavam tanto quanto fascinavam, assustavam tanto quanto atraíam. Suas mãos se aferravam a um machado de duplo corte tão grande quanto o próprio Yaruf que, sem piscar, observava os afiados chifres que se perdiam na noite.

Assim ficaram os dois, reconhecendo-se, contemplando-se. Tentando identificar no outro o terror que sua espécie causara a seus antepassados.

Subitamente, com extremo cuidado, o minotauro aproximou sua mão de Yaruf e apontou para a máscara. Um grave grunhido saiu de sua boca rasgada, parecida com uma gruta profunda na montanha. Yaruf apertou os maxilares e aguçou o olhar, enquanto o minotauro se aproximava ainda mais. O frágil corpo de Yaruf se mantinha tão firme quanto a rocha na qual ele se erguia.

A mão do minotauro acariciou a máscara como se fosse uma cicatriz que trouxesse à lembrança antigas recordações, velhos pesadelos e novas ameaças. Através dela, Yaruf sentiu o toque de mãos fortíssimas que, apesar de tentarem se manter inexpressivas, transmitiam dúvida, temor e desconcerto. Finalmente, arrancou-a do rosto com um movimento enérgico.

Ao ver o rosto de Yaruf descoberto, o minotauro atirou a máscara no chão e bateu no próprio peito, emitindo rugidos tão profundos que ecoaram dentro do peito do menino, antes de empurrá-lo com desprezo. Yaruf teve que dar um passo para trás para manter o equilíbrio. A situação fugia ao controle. O minotauro tornava-se agressivo diante da aparente passividade de Yaruf que, no entanto, sentia que aquela agressividade era fruto da desconfiança, não da crueldade. Talvez graças a esse pressentimento, o pequeno humano decidiu se comunicar com o minotauro. E pensou que a melhor maneira seria imitar seus gestos bruscos, seu olhar nobre, sua expressão decidida. Assim, estufando o peito e levantando a cabeça, disse:

– Sou Yaruf, filho de Ührl!

O minotauro encarou-o fixamente, esticou o pescoço grosso, ergueu as costas, cheirou o ar com nervosismo. A voz de Yaruf, um pouco suave demais, ainda que cheia de bravura e atrevimento, o surpreendera.

– Sou Yaruf, filho de Ühr – insistiu o menino, para enfatizar a vontade de chegar a um entendimento.

Repetiu seu nome outras três vezes e em seguida estendeu a mão. O minotauro entendeu o gesto. Numa mistura de suspiro e murmúrio, tentou repetir:

– Yuf... Yuf...

Esforçando-se para soletrar o mais claramente possível, Yaruf repetiu de novo seu nome, e o minotauro foi acrescentando os sons que faltavam até conseguir pronunciar a palavra completa.

– YARUF! YARUF! – Em sua voz, o nome soou como uma invocação.

O pequeno sorriu, com timidez no início e um pouco mais abertamente depois, quando o minotauro, satisfeito, lhe devolveu o sorriso.

Em seguida, Yaruf aprendeu um nome que a partir de então haveria de acompanhá-lo em bons e maus momentos: Worobul.

O minotauro recolheu a máscara que antes lançara com desprezo e ofereceu-a a Yaruf. Este, agradecido, levantou-a em direção às estrelas que brilhavam, pontilhando a escuridão do céu. Fez isso sem pensar. Foi um ato automático, que simplesmente agradecia o gesto de seu novo amigo. No entanto, o minotauro abaixou a cabeça e ajoelhou-se levemente.

Não foi a única surpresa.

Imediatamente, ouviu-se o ecoar de passos que se aproximavam. Worobul abandonou a reverência.

Bufou, levantou a cabeça para o céu e ergueu o machado antes de encarar Yaruf. Hesitou. Olhou para a praia, para a margem, para o bosque... Com seu enorme e peludo pé direito, cavou na areia, como se quisesse enterrar o menor indício de medo que pudesse ter, ao mesmo tempo que lançava um sonoro rugido. A resposta não demorou a chegar: uma, duas e até três vozes trovejantes lançaram o que pareciam ser gritos de guerra.

Correndo furiosos como cavalos selvagens, três minotauros surgiram das profundezas do bosque e plantaram-se, estupefatos, diante de Yaruf. Naquela noite, a praia pareceu afundar sob a maré dos preconceitos e do temor.

Yaruf percebeu que, ao lado dos três minotauros recém-chegados, Worobul parecia um adolescente que fugira de casa em busca da primeira aventura. Muito mais corpulentos e com grossos e majestosos chifres, desembainharam o machado que traziam pendurado nas costas. Um deles começou a gritar com Worobul, levantando o braço desarmado. Parecia o mais perigoso dos três, fosse pela mancha negra que atravessava todo o lado direito de seu rosto de pelagem esbranquiçada, fosse por sua maneira de ofegar antes de emitir sons que o humano não entendeu, mas que diziam:

– Malditos sejam você e seu estandarte! Isso é o que nós achamos que é? Você trouxe um humano para a ilha? Sabe o que isso significa? Estas malditas criaturas nunca vêm sozinhas! Como chegou aqui? Responda! – urrou.

Worobul, mantendo-se sereno e orgulhoso, respondeu:

– Não sei, HuKlio. Como acha que eu poderia trazer um humano para cá? Pense um pouco antes de me acusar sem razão. Desconheço o mau espírito que o fez cruzar o mar.

– Pior, jovem Worobul – interrompeu Gálorion, o minotauro mais robusto e o único de pelagem escura. – Muito pior. Suas palavras brilham como a lua. HuKlio o acusa levado pelo medo, sem dúvida. Mas se esta criança chegou até aqui significa que nos encontraram, que cruzaram o mar e venceram seus falsos dogmas... Talvez tenham deixado de acreditar que a terra termina ali onde seus temores e seus deuses não lhes permitem chegar. Cedo ou tarde descobrirão que além da bruma do mar há terra firme.

– Com todo meu respeito, honrado Gálorion – replicou Worobul, baixando os olhos em sinal de humildade –, esta criança parece estar perdida. Não parece ser o enviado de nenhuma missão de reconhecimento. Não creio que as bestas humanas tenham conseguido vencer as crenças que lhes envenenam o coração e adoecem o espírito.

– Espero que esteja certo, jovem Worobul – respondeu Gálorion, cuja preocupação saltava dos enormes olhos cor de mel recém-tirado da colmeia.

– Se me permitem acrescentar algo em minha defesa – disse Worobul –, também não sei qual espírito maligno me atraiu até ele, mas está claro que esta noite é meu Ang-Al, e nada que aconteça é casual. Vocês sabem disso melhor que eu! Tudo que eu encontrar esta noite é para mim, e deverá servir para fazer de mim um guerreiro honrado, justo e destacado. Foi o chefe de minha tribo, meu próprio pai, que me provou. Consultou as estrelas, o sangue de Sredakal que tinge o céu de negro. Consultou a feiticeira Sadora, inclusive a fumaça das fogueiras altas... E decidiu que aqui devia começar meu Ang-Al. E aqui encontrei algo que nem as estrelas esperavam... Se o Ang-Al é meu destino, esta criança também é. Ninguém que se diga filho de Karbutanlak pode renunciar a ele.

Muito agitado, Worobul terminou de falar, ofegando e apontando para Yaruf, que se mantinha na rocha sem hesitar, como se entendesse cada palavra do minotauro. E, ainda que não entendesse, tinha certeza de que ele o defendia diante dos outros três, sobretudo diante daquele com a mancha no rosto, que lhe lançava olhares mais afiados que as lâminas de seu machado. E foi exatamente este quem tomou a palavra.

– Talvez eu tenha me precipitado um pouco ao acusá-lo de ter trazido um animal destes para a ilha – desculpou-se HuKlio. – De acordo. Mas não tenho nenhuma dúvida de que a lei de nossos antepassados não inclui humanos. O Ang-Al não inclui humanos! Como poderia um humano fazer de você um melhor guerreiro?

– Não sei, HuKlio, todos desconhecemos os caminhos do Ang-Al, inclusive você – respondeu Worobul, com impertinência.

– Darruil, pegue aquela criança humana antes que escape e nos apunhale pelas costas, como é de costume na espécie dele – disse HuKlio ao outro minotauro que ainda não interviera, ignorando as palavras de Worobul.

– Alto! Nem pensem em mexer um dedo, se têm algum apreço por seus poderosos chifres – disse Worobul com autoridade.

– Está me parecendo muito atrevido, Worobul – replicou HuKlio. – Ninguém diria que você ainda não é um guerreiro com estandarte próprio. Talvez seu pai o tenha mandado aqui para começar sua prova, mas o Ang-Al só terminará quando você terminar seu Ang-aladê. Lamento ter que recordar que até então você não terá um estandarte próprio. Você ainda não é um guerreiro...

– A criança me pertence – insistiu Worobul.

– Creio que não – replicou HuKlio, girando o machado na mão.

– Worobul, HuKlio... – interveio Gálorion, para evitar o combate. – O Ang-Al é o momento mais importante na vida de qualquer minotauro. Mas com essa atitude vocês estão esvaziando todo o sentido desta noite – Fez uma pausa e embainhou o machado numa grossa capa de pele que trazia pendurada nas costas. Em seguida, respirou profundamente e acrescentou: – É melhor levar a criatura diante do estandarte que não deve tocar a terra. Que se decida ali.

Um silêncio seguiu as palavras de Gálorion: mencionara-se o estandarte, o primeiro de todos, aquele nascido do sangue da primeira das treze feridas que Sredakal infligiu a Karbutanlak; o sangue que caíra sobre a própria mão do Primeiro Guerreiro e não chegara a tocar o chão. Daquela ferida brotara o primeiro e mais importante dos estandartes, o que não deve tocar a terra, o que une todas as tribos sob sua influência e seu poder, aquele que, segundo conta a lenda, se caísse e tocasse o chão, faria desaparecer toda a espécie dos minotauros para sempre.

– Eu, como parte do triunvirato responsável pelo cumprimento do Ang-Al deste futuro guerreiro – disse Gálorion, retomando o discurso –, penso que a descoberta da criança humana indica a vontade das estrelas de que, a partir de agora mesmo, seu próprio estandarte do espírito fique ligado ao estandarte da tribo de Worfatran, e assim você possa fundar sua própria família e ser considerado um guerreiro dentro da tribo.

– Estou de acordo – disse HuKlio, detendo o movimento do machado. – Levaremos a besta humana diante dos sábios. Mas vamos levá-la morta. Não podemos confiar. Ou já se esqueceram de como eles conseguiram vencer nossos antepassados?

Worobul não teve tempo de reagir. HuKlio fez o machado girar no ar, agarrou-o pela lâmina e lançou-o contra Yaruf, que não pôde se esquivar do potente golpe da empunhadura. Caiu fulminado sobre a pedra, ao lado de sua máscara de minotauro.

– Poderia ter acabado com ele com a lâmina – gritou HuKlio, levantando os braços com orgulho. – Mas não quero sujá-la com as manchas deste sangue desprezível. Vou matá-lo como um animal... A pancadas!

Com um movimento rápido, recuperou a arma e agarrou Yaruf pelos cabelos, tirando-o da pedra bruscamente. O menino conteve as lágrimas e engoliu os gritos; limitou-se a dar socos no ar para tentar escapar das garras do minotauro de rosto manchado, mas todos os seus esforços foram em vão. No exato momento em que HuKlio se dispunha a matar o menino com um golpe seco do cabo da arma, o machado de Worobul surpreendeu-o, golpeando-o e arrancando-lhe o machado das mãos.

– Como se atreve, seu verme! – gritou HuKlio, jogando Yaruf na areia.

– Este humano não é como os outros, aqueles sobre os quais nossos pais nos falaram. Você não pode matá-lo.

– E o que ele tem de especial? – perguntou, com desprezo.

– Isso – disse, apontando para a máscara caída na rocha na qual antes estava Yaruf. – Se não estou muito enganado, esta é uma das máscaras da aliança de que tanto nos falaram... E seus olhos... Se prestar atenção em seus pequenos olhos, verá que eles têm a cor dos olhos de Kriyal.

Os três minotauros ficaram petrificados ao ver a máscara e perceber que o que Worobul dizia sobre os olhos era verdade. Houve um longo e reflexivo silêncio, que se rompeu com estas palavras de HuKlio:

– Pode ser uma armadilha. Lembre-se do que sempre nos disseram: os humanos são traidores e covardes; fazem qualquer coisa para vencer. Talvez tenham enviado este menino para começar outra guerra e para nos enganar de novo com a esperança de um pacto...

– "Um novo humano virá com uma nova aliança" – recitou Worobul, lembrando o vaticínio das Pedras Sagradas. – Não percebem? Talvez estejamos diante do humano de que falam as Pedras! – exclamou, num tom quase suplicante.

– Seu pai lhe ensinou tudo o que um grande guerreiro deve saber, sem dúvida – era a voz de Darruil, o terceiro minotauro que apareceu vindo do bosque e o único que ainda não interviera. Sua pelagem era tão negra que parecia uma sombra erguida na noite. No entanto, seus olhos suavizavam a escuridão do rosto com um olhar tranquilo e um semblante relaxado e paciente. – Que bom que conhece as palavras das

Pedras Altas! E justamente por isso precisamos agir com prudência. Concordo com Gálorion: temos que levar a criança diante dos chefes das tribos.

Darruil também guardou o machado. E encarou o humano com uma expressão pensativa.

Yaruf, que tentava seguir a cacofonia de rugidos como se eles pudessem ter algum significado, tentou levantar-se. Não conseguiu. HuKlio agarrou seu pescoço com raiva, levantando-o do chão como um troféu. Em seguida, começou a gritar, fora de si:

– Nenhum humano é o escolhido! Nenhum! E não importa o que digam as Pedras! Aquela velha profecia fracassou em seu tempo e causou tantas mortes quanto o mais selvagem dos guerreiros. Por culpa daquelas superstições ficamos tanto tempo escondidos que até nossos próprios deuses nos deram as costas. Por quê? Porque têm vergonha de nós. Somos guerreiros! E guerreiros brigam, lutam, matam... Não fazem acordos. Se o fraco Kriyal quisesse brigar, teria recebido todo o apoio de Pruj'Hy. Mas ele foi um covarde, quis se render sem sequer pegar em armas... E este é o vergonhoso resultado. Caro Worobul – HuKlio mudou de tom subitamente, simulando uma calma que não tinha nem nos momentos de tranquilidade –, espero que entenda que não tenho nada contra você, toda minha fúria é contra este humano e sua raça! – urrou, agitando Yaruf no ar e lançando-o no chão em seguida. Yaruf perdeu a consciência.

HuKlio ergueu o machado com tanta força que poderia parecer que ele mesmo cortara a meia-lua que pairava no céu. Worobul estava longe demais para tentar detê-lo e já jogara o machado longe.

– Está bem. É meu machado. Eu matarei o humano – disse o jovem minotauro antes de se conformar com a ideia de matar o menino.

9

Ainda não perder

HuKlio estendeu a mão para oferecer o machado a Worobul, que o agarrou com força. No entanto, o primeiro não soltou a arma, desconfiando das intenções do jovem minotauro que tivera o olhar incendiado pela situação.

– Tem certeza de que será capaz de matar um humano? – perguntou HuKlio, segurando o machado pelo cabo.

– Você verá agora mesmo, grande guerreiro – respondeu Worobul, que sustentava o machado por uma das afiadíssimas folhas de aço.

– Se continuar a fazer tanta força, vai se machucar. Não se segura um machado pela lâmina – disse com ironia.

Worobul não deu importância às advertências de HuKlio e se aferrou com mais força à lâmina. Olhou sua mão. Espessas gotas de sangue caíam na areia escurecida pela noite. Num rompante, deu um forte puxão no machado. Percebeu como a lâmina afundava em suas unhas, mas conseguiu arrancar a arma de seu adversário, mostrando uma determinação que assombrou HuKlio.

Worobul plantou-se diante de Yaruf. O golpe do machado de HuKlio produzira uma profunda ferida em sua testa. O sangue desenhava um rio que ziguezagueava por seu rosto. O minotauro se ajoelhou e colocou a mão debaixo do nariz do menino. “Ainda respira”, pensou, e levantou-se para dirigir-se a HuKlio.

– Não vou matar uma criança indefesa. Não na noite de meu Ang-Al, não em meu Ang-aladê – disse o jovem minotauro com convicção. – Se o matasse, isso me marcaria como guerreiro, e... eu não gostaria de levar em meu estandarte a inscrição "O que mata crianças indefesas". Esta noite deve fazer de mim um guerreiro honrado, defensor das leis e dos costumes de nossa espécie, não um assassino.

– Eu me sentiria enganado se tivesse acreditado que você cumpriria com sua palavra – replicou HuKlio. – Por acaso prefere levar em seu estandarte a inscrição "O amigo dos traidores"? – Levantou os olhos em direção ao céu. – Está bem – afirmou com determinação. – Farei isso por você, e você não vai me impedir, Worobul. Não é tão estúpido assim. Sabe que se usar seu machado contra mim será castigado. Você ainda não é um guerreiro, eu sou.

HuKlio sorriu maliciosamente para Worobul. Mas em seu sorriso havia uma dúvida: será que ele ergueria seu machado contra um minotauro para defender um maldito humano? Não. Não seria capaz. Não podia ser capaz! Com certeza fingia aquela postura para tentar impressionar no dia de seu Ang-Al.

Encarando Worobul fixamente, HuKlio avançou em direção do corpo de Yaruf. Levantou o machado. Com todas as forças, descarregou um poderoso golpe contra a cabeça do pequeno. Mas, antes de alcançá-la, encontrou o machado de Worobul, que parou o golpe. Tamanha foi a violência do encontrão entre as armas que um punhado de pequenas faíscas brilhou no ar.

– Maldito amigo dos humanos. Não pensei que você fosse capaz de ir tão longe. Terá que enfrentar o estandarte que não deve tocar o chão. Mas antes terá que se ver comigo.

– HuKlio, Worobul! – exclamou Gálorion com autoridade. – Pensem muito bem no que estão prestes a fazer. Creio que terão que se explicar diante do estandarte se seguirem este perigoso caminho que todos sabemos aonde leva. Peço aos dois... Nem Darruil nem eu poderemos intervir durante a batalha. Todos os presentes conhecemos a lei – o minotauro fechou os olhos e, levantando as mãos, entoou um dos versos inscritos nas Pedras: – "Apenas aqueles que decidem começar a batalha podem decidir quando terminá-la."

Mas nem os versos sagrados puderam acalmar os ânimos dos dois adversários. HuKlio lançou-se sobre Worobul e os dois rolaram pelo chão, perdendo os machados. Sem tempo sequer para respirar, agarraram-se pelos braços e imobilizaram-se mutuamente. Neste breve instante, seus olhares se cruzaram, mostrando o fogo que ardia em suas entranhas. HuKlio respirou fundo para tomar forças e conseguiu safar-se de Worobul dando-lhe uma cabeçada no meio da testa. Com Worobul aturdido, HuKlio levantou-se da areia, não sem antes desferir uma potente chifrada que rasgou o rosto do rival.

A ferida era profunda, e Worobul pôde sentir o próprio sangue se espalhando por todo seu rosto. Tentou levantar-se sem sucesso, porque HuKlio agarrou-o pelos chifres, colocou metade do corpo debaixo de Worobul e fincou o joelho no peito do jovem minotauro para em seguida girá-lo no ar e lançá-lo de costas contra o chão.

O golpe foi surdo, brutal. Worobul deu um grito. Apertou os olhos e cerrou os dentes para amortecer a dor. Sem tempo para se recuperar, sentiu o pé de HuKlio na garganta. Custava-lhe respirar. Tentou escapar, mas foi inútil. Limitou-se a dar violentos socos no ar para continuar lutando, para ser um rival digno, para ainda não perder. No entanto, HuKlio não mostrava o menor sinal de piedade. Apertava com força cada vez maior. Os socos no ar de Worobul eram cada vez mais fracos. As forças o abandonavam. De repente, percebeu que sua garganta foi liberada. HuKlio tirara o pé não por compaixão, mas para saborear a vitória. Em seguida, desferiu um forte soco nas costas de Worobul, que rolou pelo chão. Worobul tentava ganhar tempo para não ficar novamente debaixo das unhas do inimigo. Porque era nisso que a luta os convertera. Não em adversários, nem em rivais, mas em inimigos mortais. Por um humano! Esse pensamento invadiu sua cabeça. O que tinha aquela criança humana para que Worobul lutasse contra um dos melhores guerreiros de todas as tribos? Algo o impelia a não matar a criança. A verificar se a máscara que ela trazia não era uma das antigas máscaras da aliança. Do jeito que o combate se desenrolava, talvez ele jamais soubesse.

Estirado no chão, viu que HuKlio pegara o machado.

– É isso que você queria? – aproximou-se, gritando fora de si. – Queria morrer hoje, traidor? Posso matá-lo. Ninguém me condenará. As Pedras falam sobre como devem ser os combates. E devem ser como quando Karbutanlak matou Sredakal. Seu próprio irmão! E aquele combate foi justo, limpo e honrado. Igual a este. Estou errado, Gálorion? Estou errado, Darruil?

Gálorion assentiu. Não havia dúvida sobre o que ditava a lei. Uma luta justa era uma luta justa. E HuKlio fora melhor que Worobul. A lei era clara ao indicar que apenas ele podia poupar a vida de seu adversário, embora normalmente nenhum minotauro fosse muito piedoso com os rivais, já que Karbutanlak não tivera piedade do próprio irmão.

No entanto, o discurso vingativo e triunfalista permitiu que Worobul se levantasse. Seu corpo cambaleava, e ele tentou cravar os pés na areia para manter o equilíbrio, mas não conseguiu.

Era como se Worobul se preparasse para receber o golpe de misericórdia. HuKlio levantou o machado. Worobul deu um passo para trás. Preparou seu corpo para o impacto. A lâmina desceu do céu, cortando o ar como uma maldição. Worobul esperou o momento preciso para se esquivar do golpe letal. Conseguiu. Mas a lâmina roçou-lhe o ombro, produzindo-lhe mais uma ferida. O machado se cravou na areia com tanta energia que HuKlio perdeu o equilíbrio. Worobul aproveitou para agarrar as robustas patas de seu oponente, erguê-lo e girá-lo no ar. HuKlio se surpreendeu ao constatar que estava no chão. Tentou agarrar o machado de novo, mas Worobul impediu-o cravando a pata em sua mão. Um grito de dor. Sua mão fora quebrada.

– Vou levar o menino – disse o jovem minotauro, erguido, enquanto tentava recuperar o fôlego. – Não quero matar você. Deixe-me ir. Vou me apresentar diante de minha tribo e levarei a criança perante o estandarte que não deve tocar a terra. Se a criança deve morrer ali mesmo, morrerá.

– Se quiser levar a criança, terá que me matar – respondeu HuKlio, sem se conformar com a derrota.

– Deixe-a ir. Isso está indo longe demais. E pode ser que vocês não saibam o caminho de volta. – Era a voz de Darruil, que observava o duelo preocupado com seu desenlace e com a inimizade que poderia causar entre as tribos. – O jovem Worobul falou com sabedoria. Que se decida sob o estandarte. O menino não precisa morrer hoje.

– Não se metam. – HuKlio levantou-se cambaleando. – Este é um assunto entre mim e ele.

– Não, HuKlio. Nós também fazemos parte disso – interveio Gálorion, com a mesma serenidade de seu companheiro. – Darruil já recitou o que dizem as Pedras: "Apenas aqueles que decidem começar a batalha podem decidir quando terminá-la." Worobul ganhou. Apenas ele pode decidir quando terminar o duelo. Você teve sua oportunidade e a desperdiçou. Agora, deixe que ele vá com a criança. Disse que se apresentará diante do estandarte, e sua palavra é suficiente. E, se a criança deve morrer, morrerá. Não tenha a menor dúvida.

Worobul ficou satisfeito ao ouvir os outros dois membros do triunvirato. Deu as costas para HuKlio e foi em direção de Yaruf. Mas HuKlio venderia caro sua derrota. Sacou uma faca de lâmina arredondada e cabo de couro branco de uma das munhequeiras de aço que tinha a águia de duas cabeças de sua tribo gravada. Worobul notou como a areia se movia e, com ela, seu inimigo. Virou-se, agarrando o machado com as duas mãos. Enquanto HuKlio conseguiu cravar-lhe a faca muito próxima do coração, Worobul cortou-lhe o chifre direito.

Os dois caíram feridos na areia manchada de sangue. Worobul ergueu-se retorcendo-se de dor, arrancou a faca de seu peito e jogou-a no chão com desprezo. Sabia que vencera. A maior das desonras se abatera sobre HuKlio. Perdera uns dos chifres, e isso seria motivo de vergonha e reprovação para ele, como ficara estabelecido desde a luta entre Karbutanlak e Sredakal.

Worobul pegou Yaruf, que ainda estava ferido no chão. Colocou-o nos ombros e disse:

– Amanhã faremos a viagem que o levará até o primeiro estandarte que brotou do sangue de Karbutanlak.

Worobul tentou abandonar o cenário de seu primeiro duelo da maneira mais digna possível. Mas a ferida gemia, roubando-lhe as forças, fazendo todo seu corpo fraquejar. Até o peso de Yaruf começava a ser um fardo insuportável. Talvez uma responsabilidade que não lhe cabia. Mas já era tarde para isso. Tomara uma decisão. Não podia voltar atrás. Devia continuar. Dar um passo depois do outro, mantendo o equilíbrio. Mas cada passo exigia uma energia que ele deixara na luta. Agora lutava também contra seu próprio corpo.

E o mundo começou a se mexer.

O céu desceu. O chão subiu. Viu-se caminhando entre as estrelas. Enquanto caía, numa ação instintiva, desfez-se de Yaruf para não esmagá-lo com o peso de seu corpo. Em seguida, uma grande e profunda inconsciência o dominou, enquanto ele se estatelava na areia.

Quando Worobul acordou, encontrou-se recostado num confortável colchão de palha coberto com um fino e suave tecido amarelo, cor que indicava que ele se encontrava sob os cuidados de Sadora, a feiticeira mais jovem de todas as tribos, que de repente entrou no quarto.

Lançou ao ferido um olhar travesso e inteligente, enquanto acariciava seus pequenos chifres decorados com pulseiras de prata antiga:

– Bem, o que temos aqui? Um verdadeiro guerreiro – disse. – E tem os olhos praticamente abertos... Finalmente voltou. Bem-vindo ao seu clã. Estávamos todos preocupados com você.

Worobul, então, percebeu onde estava.

Construída de ladrilhos de barro, a casa da feiticeira tinha um único cômodo grande. Diante dele, erguia-se uma estante de madeira de carvalho vermelho abarrotada de remédios, misturas e unguentos para feridas. Um bonito tapete representava Miomene, a deusa criadora dos rios e a primeira na terra a cuidar de um ferido, seu marido Karbutanlak. Próximo da cama, apoiado num suporte de pedra e com a cabeça coberta, descansava *Yuyuy*, um dos melhores falcões de seu pai e o que lhe fora prometido quando ele superasse o Ang-Al. Ao ver o animal, Worobul se animou e tentou sorrir, mas em seguida doeram-lhe as feridas.

– Sadora... – respondeu, tentando voltar a esboçar um sorriso apesar da dor que invadia todo seu corpo. – Sim, já voltei. Não sei de onde nem com qual finalidade. Cheguei a pensar que Hímone estava zombando de mim, com uma pequena morte tão real quanto a vida.

– Você se enganou de irmã! Esteve nos braços da velha Hámera. A encarregada de curar os deuses decidiu servir-se da saúde do novo guerreiro Worobul, e acho que teve dificuldade em deixá-lo abandonar seus serviços para os deuses... – Sadora riu, coçando o escuro e pequeno focinho. – Bem, grande guerreiro. Toda a tribo está esperando por você. Querem saber o que aconteceu.

– Como está a criança? – perguntou Worobul, impaciente.

Sadora mudou de semblante e encarou-o inquisitivamente.

– Não sei. Acho que Hámera não está tão disposta a deixá-lo ir. Ou isso, ou os deuses dele estão mais doentes que os nossos.

– Está vivo?

– Por enquanto parece que sim. Na verdade, todos querem acordá-lo para poder matá-lo. Embora isso dependa em parte de você. Mas agora descanse. Farei com que Yaruf chegue vivo ao estandarte que não deve tocar a terra. Ainda que os deuses não queiram, agora ele está sob minha proteção.

Sadora virou-se na direção da grande estante cheia de tigelas de barro. Cada uma delas guardava plantas, ervas, terra de diferentes solos, água da chuva de cada uma das estações...

Escolheu duas tigelas e dirigiu-se para a saída. Nesse momento, porém, Worobul a deteve com uma pergunta.

– Yaruf? Como sabe o nome do menino? Conseguiu falar com ele?

– Não, a criança não fala nem em sonhos. Mas ainda que eu seja mais nova que você sou uma feiticeira, tenho meus próprios meios.

Sadora sorriu, semicerrando os olhos da cor da terra recém-molhada, e abandonou a tenda com as tigelas, sem dar a Worobul a oportunidade de continuar com as perguntas.

Durante todo o tempo em que Worobul esteve se recuperando de seus ferimentos, o jovem minotauro só recebeu visitas e cuidados de Sadora. Como ordenava Hámera, a jovem feiticeira era a única que podia ter contato com o doente. Nem sequer seu pai, Worfratan, chefe da tribo, tinha permissão para entrar na tenda. Tampouco sua mãe, Jadomed. Nem Selimed, sua irmã mais velha, ou Worfrasen, seu irmão mais novo. Ninguém, exceto ela, podia contar-lhe o que acontecia fora da tenda. Mas, quando Worobul insistia, ela respondia com um antigo provérbio táurico: "Agora é a hora de se recuperar, logo será a hora de agir. A preocupação não o deixará fazer nem uma coisa nem outra." E assim terminavam quase todas as conversas entre os dois. Até que, por fim, um dia Sadora entrou na tenda e disse:

– Guerreiro Worobul, Hámera já não precisa de você. Pode abandonar esta casa. Como sinal de gratidão pela fortaleza que lhe proporcionou com seus ferimentos, ela o torna mais perigoso para seus inimigos e mais valioso para seus amigos. Agora, saia e enfrente seu destino.

10

A um suspiro do chão

Worobul ainda não cruzara o limiar da porta quando deparou com seu pai, o poderoso Worfratan, que viera acompanhado de outros três chefes de tribo.

– Filho – disse com uma voz profunda e cheia de autoridade –, estamos muito felizes que Hámera tenha permitido que você continue conosco.

Os dois se cumprimentaram afetuosamente, agarrando-se com força pelos chifres. Worfratan sussurrou-lhe ao ouvido:

– Não sei como vamos sair deste buraco em que nos metemos. Aconteça o que acontecer, quero que saiba que estou muito orgulhoso de você.

– Obrigado pelo *Yuyuy,* pai. Você sabe que adoro esse falcão desde que ele nasceu – disse Worobul, num sussurro emocionado, antes de acrescentar: – Sabe como está a criança humana?

Worfratan não respondeu. Separou-se do filho e, voltando-se para os chefes, disse:

– Agora que meu filho se recuperou, podemos sentar-nos as quatro tribos, que deveriam ser doze, ao redor do estandarte. Chefes! – gritou com autoridade a fórmula sagrada para convocar o conselho. – Coloco-os esta noite sob o escudo e o sangue de Sredakal. Sentados sob o chifre que Karbutanlak nos ofereceu como morada. Iluminados pelo sangue que atingiu as alturas para nos iluminar com seu exemplo.

Que todas as decisões anteriores nos permitam tomar o melhor rumo. Pelas eternidades!

– Pelas eternidades! – responderam os três chefes.

Apenas quatro das doze tribos nascidas das doze feridas de Karbutanlak sobreviveram à traição ocorrida no Vale dos Três Rios. Muito se discutiu sobre a possibilidade de se voltar a fundar, a partir das quatro tribos, todas as tribos fundamentais. No entanto, os estandartes já não existiam. Haviam sido destruídos. Queimados pelas hordas humanas que não deixaram um só minotauro vivo. Um só chifre sem cortar. Nenhuma pele sem arrancar... Ao chegar à nova terra, nenhum dos quatro chefes se dispôs a ver sua tribo reduzida, e pensaram que seria melhor ter quatro tribos fortes do que doze tribos frágeis. Mas muitos ansiavam, pela glória e pela honra do Primeiro Guerreiro, voltar a ver doze chefes sob o estandarte que não deve tocar a terra, e que se levantava naquele momento ao lado de uma grande fogueira, reinando do topo sobre os chifres dos chefes sentados em semicírculo.

Caíra a noite. O kalanue estava nas mãos de Sadora, que o preparara cuidadosamente com água do mar, terra vermelha, água de chuva de verão e de inverno e com o sangue do braço esquerdo dos quatro chefes. Servido numa vasilha de madeira com os símbolos de cada uma das tribos presentes: a águia de duas cabeças, os machados cruzados, o triângulo de estrelas da constelação das eternidades e o falcão capturando uma serpente. Quem tomasse a palavra deveria dar um gole na mistura, fazer um ligeiro bochecho e cuspir na fogueira. Dessa maneira, todos demonstravam que suas palavras sairiam puras. Sem mentiras. Sem intenções secretas. Palavras novas, alento novo purificado pela fórmula ancestral do kalanue.

Sob o estandarte, com o torso nu, de joelhos e com as mãos atadas a um grande tronco que lhe cruzava as costas, estava Yaruf. Não havia dúvida em seus olhos, nem medo, nem raiva, apenas um toque selvagem, de animal encurralado que, compreendendo subitamente o frágil equilíbrio dos mortais, reserva um último golpe. Todos, exceto Worobul, afastavam o olhar quando cruzavam com seus olhos, como se fosse uma maldição ou a entrada num labirinto do qual jamais poderiam sair. Como se não quisessem reconhecer neles os olhos de Kriyal.

Os primeiros a entrar no círculo foram Gálorion e Darruil. Rodeados pelos chefes das tribos, relataram tudo o que acontecera, evitando tomar uma posição favorável a alguma das duas tribos que se enfrentaram. Em seguida foi a vez de HuKlio, que falou cheio de ódio, acusando Worobul de ser trapaceiro e desleal por defender a vida de um humano. Do contrário, como poderia ser explicada sua derrota?

Por fim, chegou a vez de Worobul, que tomou a vasilha, brindou a todos os presentes e cuspiu na fogueira com toda a força, consciente de que a proposta que faria ao conselho causaria alvoroço:

– Quando o Ang-aladê me foi designado, pensei que era uma brincadeira. Eu queria um teste difícil. Um desafio que colocasse minha coragem à prova. Em vez disso, me mandaram ir em direção à estrela de Gasarde e, quando chegasse ao mar, na praia do novo começo, passar a noite inteira em claro, enfrentando meus próprios medos. Mas que medo eu poderia ter de passar uma noite diante do mar? Cheguei a ficar bravo com meu pai. Acusei-o de querer me proteger, de me dar privilégios absolutamente inaceitáveis. Ele – disse apontando com a vasilha – respondeu que eu nunca deveria menosprezar aquilo que uma noite pode esconder. E assim foi. Na praia, encontrei uma pequena criança humana que nos fez estremecer. Causou lutas. Enfrentamentos. Até que, finalmente, tivemos que nos reunir sob este estandarte sagrado.

"Acreditem em mim. Não sei se este humano que encontrei na praia é aquele que trará a nova aliança. Desconheço os desígnios do senhor das eternidades. No entanto, sei que isso aconteceu durante meu Ang-Al – aproximou-se de Yaruf e ajoelhou-se a seu lado, provocando burburinho entre os presentes. – Por isso, peço que me permitam fundar um clã sob meu próprio estandarte, que estará sob as ordens da tribo de meu pai, como mandam as Pedras. E que, como primeiro membro, leve o humano. É isso que lhes peço. Sei que alguns de vocês não estarão de acordo, mas algo me diz que, quando crescer, esta criança será importante para nós. Que o kalanue purifique suas palavras e os faça falar com sabedoria.

Worobul terminou o discurso e estendeu o braço, oferecendo a vasilha para quem quisesse falar. Os quatro chefes se entreolharam. Ninguém se atrevia a tomar a palavra. Depois de um silêncio que para o jovem minotauro pareceu eterno, Worfratan agarrou a vasilha de kalanue e falou:

– Mentiria se dissesse que as palavras de meu filho não me surpreenderam tanto quanto surpreenderam vocês. Normalmente, um jovem que quer fundar seu próprio clã propõe a união com uma minotauro. Isso é o normal. Meu filho não pediu isso. Com certeza, agora muitos de vocês estão decepcionados. Sei que você, por exemplo – disse apontando para Orjakan, o chefe da tribo de HuKlio –, tinha grandes esperanças de que a amizade entre meu filho e sua preciosa filha Júnane se convertesse num novo e poderoso clã. Acredite, eu também esperava que isso acontecesse, e até onde sei Worobul tinha essa intenção antes de seu Ang-Al. Mas com este pedido que fez a todos os chefes das tribos o guerreiro Worobul – disse, tentando evitar dizer "meu filho" –, porque aos olhos de minha tribo ele já cumpriu seu Ang-Al, demonstra quão importante ele crê que este humano é para nosso futuro. Ou não lhe seria mais fácil derrubar o humano do trono dos deuses e continuar com sua vida? Vocês não acham que, se ele está disposto a colocar sua amada Júnane em segundo plano, é porque o humano é...

– É que ele dava muito pouca importância a minha filha – interrompeu Orjakan, com raiva. – Tão pouca que foi capaz de arrancar um chifre de HuKlio, como se ele fosse um traidor vulgar.

– Não levarei suas palavras em consideração – replicou Worfratan. – Não estão purificadas pelo kalanue. Digo apenas que, se para ele a criança humana é tão importante, então para mim também é – disse apontando para Yaruf, que se mantinha atento a tudo o que ocorria, como se entendesse as palavras que eram ditas sob o estandarte.

Orjakan pediu o kalanue a Worfratan e, com um gesto brusco, tomou-lhe a vasilha.

– Eu me oponho a qualquer outra solução que não seja matar o humano. Foram eles que nos traíram. Foram eles que nos obrigaram a atravessar o mar. Foram eles que nos expulsaram das terras onde nasceram e morreram nossos antepassados... – foi em direção a Yaruf e o agarrou pelos cabelos, puxando-o para cima e obrigando-o a se colocar de pé. – As Pedras Altas falam de muitas coisas... Mas, sinceramente, alguém aqui acredita que esta criança magricela e pálida foi escolhida para alguma coisa? Por favor! Com certeza eles o abandonaram no mar para que seus deuses o devorassem... Sua única utilidade é ser morto no trono dos deuses.

"Devemos levá-lo até o trono, derrubá-lo e continuar com nossas vidas. Temos, isso sim, que nos preparar para a guerra, porque esta paz fictícia durará muito pouco... Quando um chega, cedo ou tarde chegam outros atrás. Vocês sabem. Os humanos são assim. Não têm raízes, são como árvores arrancadas. A única coisa que lhes importa é caminhar e caminhar, destruindo tudo o que encontram pelo caminho. Sem se assentar. Sem jamais se sentir em sua terra. Não é à toa que pensam que pertencem a outra terra... A Nígaron, se não estou enganado... Para eles, esta terra é passageira. Não a sentem como sua e não a respeitam. Pois se gostam tanto assim das planícies que existem depois da morte... Façamos um favor ao maldito filhote humano jogando-o do mais alto trono dos deuses. E tenho dito!

Ao terminar, soltou Yaruf com desprezo. Entre Worfratan e Orjakan havia muitas diferenças para chegarem a um acordo. Os outros dois chefes de tribo, Gadiluan e Erdirer, não queriam ficar ao lado de nenhuma das duas tribos em conflito, e preferiram não tomar o kalanue.

De acordo com a lei, se os chefes não encontravam juntos uma solução, o responsável pela tomada de decisão deveria ser o membro mais velho de todas as tribos. E esta era Nárena, uma minotauro que pertencia à tribo de HuKlio, embora ninguém duvidasse de sua sabedoria e imparcialidade. Todos os presentes olharam ao redor para ver onde estava a anciã. De repente, a feiticeira saiu da casa de Sadora, e não houve quem não fizesse uma careta de estranhamento. O normal seria que ela estivesse presenciando o debate do conselho sob o estandarte.

Nárena entrou no semicírculo acompanhada por dois minotauros adolescentes que a apoiavam pelos braços, pois tinha dificuldade em andar. Orjakan afastou um dos acompanhantes e amparou-a até o estandarte, enquanto lhe dizia em voz baixa:

– Espero que a senhora tenha consciência de quão importante é esta decisão para nossa tribo. Espero que...

Não pôde acabar a frase. A minotauro o afastou com um movimento cheio de desprezo e gritou-lhe, diante de todos:

– Deixe-me em paz. Parece que seus chifres crescem para dentro. Dê-me a maldita bebida. Direi o que tenho que dizer e ponto. Se você não soube chegar a um acordo, não é culpa minha. Agora quem fala sou eu... Se você quisesse decidir, que fosse mais velho.

A minotauro, de pelagem acinzentada e com os chifres desgastados, mas com um olhar brilhante e desperto, bochechou e cuspiu com descaso na fogueira antes de começar a falar, enquanto Orjakan, envergonhado, voltava para seu lugar.

– Estive na tenda da feiticeira Sadora. Uma minotauro muito inteligente. Muito jovem. E, apesar disso, grande conhecedora dos segredos dos deuses e de seus caminhos ocultos. Sempre me pareceu muito simpática.

Nárena se deteve para engolir saliva. Todos os que estavam ao redor da fogueira se entreolharam intrigados, indagando-se se a anciã não estaria delirando. Mas ela continuou a falar, sem se alterar.

– Sim, Hámera gosta mais desta jovem do que de todos os outros feiticeiros. Nunca vi nem ouvi falar de algo semelhante. Ela tem, não sei como explicar... uma relação especial com os tempos, com as eternidades. Mas vamos ao cerne da questão. Do contrário, vocês poderão pensar que esta velha minotauro perdeu a cabeça... Ouvi seus urros. Sua discussão. E em seguida me pus a pensar. Sabia que, no fim, seria eu quem teria de intervir. Porque vocês são incapazes de chegar a um acordo. Sem violência, não conseguem acabar uma discussão. Ei, você, me dê um pouco mais desse negócio, que estou com a boca seca – ordenou a Worobul, apontando o kalanue.

O minotauro entregou-lhe a vasilha, e ela bochechou mais uma vez.

– Muito bem, mas fique aqui perto de mim. Quero dizer-lhe algo. Resumindo... Worobul, você será exilado. Sim, filho, não me olhe assim. Terá que viver, no mínimo, a quatro tiros de arco de qualquer clã, de qualquer tribo. Cada um dos chefes lançará uma flecha, e onde cair a quarta... Lá você viverá com o humano, como se fosse seu próprio filho.

Worobul encarou a anciã estupefato, com os olhos abertos como duas luas cheias sobre o mar quando é noite. Mas Nárena não se importou. Andou na direção de Yaruf e, com muita dificuldade, sentou-se a seu lado, dizendo em seguida:

– Fique tranquilo, vocês não viverão sozinhos. Sadora os acompanhará. Esqueça Júnane, é uma minotauro tão bela quanto manipuladora. As três deusas preferem que Sadora e você se unam. Ela curou a criança humana e arrancou você dos braços de Hámera. E tudo porque a feiticeira que devia atendê-lo ficou doente justo antes de seu corpo aparecer no povoado. Como vê, seus caminhos se uniram, agora vocês devem caminhar juntos. É isso que decido. Sei que ninguém ficará contente ou satisfeito. Todos dirão que sou uma velha com os chifres comidos pelo pouco tempo que me resta nesta terra. É isso que me assegura que minha decisão foi justa.

Quando saía do círculo, sob o olhar atento e incrédulo de todos, a minotauro acrescentou:

– Ah, mais uma coisa! Ninguém poderá se aproximar deste novo clã até que a criança humana saiba nossa língua e tenha, no mínimo, dobrado de tamanho. Se alguém infringir esta determinação, dito agora e que se inscreva numa das Pedras Sagradas, perderá os dois chifres. Agora sim. Apaguem a fogueira, afastem o estandarte, tudo foi resolvido.

Quando Nárena acabou de falar, produziu-se um alvoroço fenomenal. Efetivamente, assim como ela previra, ninguém estava contente. Uns queriam a morte do humano, outros pensavam que o castigo para Worobul era exagerado e outros chegavam a reclamar que HuKlio tivesse direito a uma revanche para salvar sua honra.

Orjakan, por sua vez, levantou-se furioso para renegar as antigas leis, insultar a anciã e enfrentar qualquer um que tentasse apaziguar os ânimos. Também acusou Sadora de ter se intrometido entre Worobul e sua filha e de ter enfeitiçado a anciã para que ela dissesse tamanhas besteiras. Worfatran, ao contrário, nem protestou. Limitou-se a afundar o rosto entre as mãos, chegando até a duvidar da decisão que tomara ao impor o Ang-Al a seu filho: "Se o fizesse subir o rio Retra, como todos me aconselhavam, agora não estaria passando por isso."

HuKlio, indignado, advertiu todos de que, cedo ou tarde, o clã maldito de Worobul pagaria, assim como todo aquele que se atrevesse em algum momento a lhes prestar algum tipo de ajuda.

– Meu chifre foi cortado pela traição – mentiu, apontando para Worobul a minotauro, e pela traição vingarei minha honra. É melhor que o humano não aprenda a falar, porque, quando aprender uma única palavra, estarei lá para lhe cortar a cabeça!

Mas Worobul estava surpreso demais para prestar atenção às ameaças de seu inimigo. Seu olhar se emaranhara com o de Sadora, que continuava a se perguntar como fora possível que nem as runas, nem as raízes de hujil, nem as visões da fogueira das luas obscuras lhe tivessem adiantado nada do que estava acontecendo. Ainda assim, vindo de um lugar íntimo e secreto, algo se acendeu entre os dois, com uma intensidade que os fez sorrir sincera e timidamente. Em seguida, a feiticeira lembrou que Yaruf continuava imobilizado, atado ao tronco e observando a cena sem compreender nada. Worobul entendeu o sinal e conseguiu chegar até o humano. Libertou-o e tentou afastá-lo carregando-o nos braços. Mas no caminho topou com HuKlio, que bufou contrariado e disse:

– Vá embora, traidor! Tire essa criatura da minha vista. Leve-o para o exílio. Não queremos vê-lo por aqui, ou eu mesmo o matarei. Aí então não haverá minotauro, por mais velha que seja, que possa salvá-lo afastando-o de meu machado.

Worobul não respondeu. Não queria entrar na discussão nem dar motivos para HuKlio começar outro duelo. Limitou-se a seguir seu caminho. Mas HuKlio não estava disposto a facilitar as coisas.

– Acha que isso vai ficar assim? – recriminou-o, apontando para a base do chifre cortado. – Um dia esta criatura me pedirá clemência, e o fará em minha própria língua, para que eu possa entendê-lo.

Sem poder controlar a cólera que o consumia, empurrou Yaruf com violência contra o peito de Worobul, que foi obrigado a dar um passo para trás para não perder o equilíbrio. Com passos curtos e inseguros, o jovem minotauro tentou continuar de pé. Quando pensou que já controlara a situação, tropeçou com o estandarte que não deve tocar a terra e caiu, enquanto Yaruf se soltava de seus braços. Worobul levantou a vista e viu como o estandarte se partira na base e ameaçava desmoronar. Ninguém podia acreditar que a maior de todas as desgraças estava prestes a acontecer. E nenhum minotauro estava próximo o suficiente para evitar o desastre. Worobul tentou esticar o braço, mas o estandarte se inclinava lentamente para além de seu alcance. Pouco a pouco, foi cedendo até que, com um horrendo assobio, arranhou os ares e caiu justamente onde se encontrava Yaruf. Este, para evitar que o estandarte caísse sobre seu corpo, levantou as pernas e conteve o estandarte com a sola dos pés. A um suspiro do chão, o humano impedia o maior dos desastres imagináveis. Nunca o estandarte estivera tão próximo do solo como naquele momento. Estupefatos, cientes do que significaria tamanha desgraça, todos estavam dependentes de Yaruf.

Worobul levantou-se e fez gestos para Yaruf, pedindo--lhe que não se mexesse. Yaruf entendeu que aquilo era muito importante para o minotauro que duelara para salvar sua vida e tentou manter-se na mesma posição. Mas estava cansado, comera pouco e suas pernas falhavam, tremiam e, com elas, o estandarte. Worobul conseguiu chegar a tempo, levantar o estandarte e cravá-lo com força no chão. Até HuKlio respirou aliviado, enquanto Worobul dizia:

– Maldito seja! Quero apenas cumprir aquilo que disse a mais anciã entre nós, tal como mandam as leis escritas por nossos pais e pelos pais de nossos pais. Todos sabemos que nada é por acaso! E isso que acaba de acontecer aqui também não é. Enquanto alguns – censurou, apontando para HuKlio e toda sua tribo – são menos fortes que sua raiva e seus impulsos de vingar um duelo justo, limpo e honrado como os filhos do senhor das eternidades, outros, como esta criatura que muitos de vocês querem assassinar sem saber por quê, evitou a única coisa que sabemos que não pode acontecer: que este estandarte, vermelho como o sangue que Karbutanlak derramou depois daquele duelo, toque a terra. Agora eu partirei, para onde quer que as quatro flechas toquem o solo. Sadora e o humano serão meus acompanhantes até que ele aprenda a falar.

Acompanhado pelo mais respeitoso dos silêncios, Worobul ergueu Yaruf e partiu em busca da jovem feiticeira. Sem saber exatamente por quê, os dois encostaram suas testas e agarraram-se pelos braços, como se soubessem que, a partir daquele momento, não teriam lugar melhor para descansar.

II

O CLÃ MALDITO

1

A arena dos deuses

Yaruf afundou os pés na água do rio. Ele já não se lembrava, mas houve uma noite em que os quatro chefes de tribo lançaram quatro flechas e determinaram que Worobul, Sadora e ele mesmo teriam que habitar o vale que se encontrava na face norte do elevado monte do trono dos deuses, o lugar em que os minotauros, uma vez estabelecidos nas terras situadas além do mar do abismo, haviam escolhido para fazer os rituais e as celebrações em honra aos deuses. Muitos protestaram e exigiram que o ritual fosse repetido, mas Nárena negou-se terminantemente, recitando como única resposta um dos provérbios táuricos: "Às vezes, nosso desejo e nosso destino estão tão distantes quanto o céu e a terra. Elimine seus desejos; aceite seu destino."

Sem dúvida, entre todo o vale do trono dos deuses, aquela curva escondida de terra era seu canto favorito. Talvez porque as árvores, cujos nomes ele mal conseguia lembrar, se erguessem em direção ao céu como se suas raízes se colocassem nas pontas dos pés. Ou porque, a partir daquele local, pudesse ver a pequena horta mágica (como ele gostava de dizer) na qual Sadora obtinha raízes e plantas para elaborar poções e remédios para quase tudo. Ou simplesmente porque era naquele lugar que podia dar asas à sua imaginação e se lembrar de tudo aquilo que Worobul lhe contava.

Não se cansava nunca.

De vez em quando, Yaruf pedia, quase suplicava, para escutar mais uma vez a história de como os dois haviam se encontrado na praia. De como haviam se falado pela primeira vez. Do quão violento fora o duelo com HuKlio. Mas, acima de tudo, ele adorava escutar a parte em que ele, e apenas ele, impedira que o estandarte que não deve tocar a terra caísse no chão e, ao contrário do que dizia seu nome, viesse definitivamente abaixo, como a fruta que cai dos galhos para ser comida pelo gado.

"Nunca, nem nas mais violentas batalhas de que se tem notícia, nem sequer durante as mais fortes dores de Sredakal, quando a terra treme ao recordar sua derrota na batalha, nunca, em nenhum momento, o estandarte esteve tão próximo do chão – evocava Worobul, emocionado e um tanto exagerado. – Você, e apenas você, entre todos os que estávamos lá, conseguiu contê-lo, com esses pés que parecem tão fracos e que, no entanto, suportaram todo o peso de nossa história."

Worobul contava todas estas e outras histórias, enquanto Sadora assentia com a cabeça e adicionava pequenos detalhes à narrativa. Mas, por maiores que fossem as insistências de seus pais (como ele os considerava, sem nenhuma reserva), era incapaz de lembrar o menor detalhe que fosse daquelas coisas extraordinárias que lhe contavam. Para ele, era como se imaginar protagonista de uma antiga lenda inscrita na grande pedra do clã, aquela na qual se esculpem os grandes feitos de seus membros e na qual Worobul narrou a história da praia e do julgamento e de tudo o que aconteceu quando eles se estabeleceram em suas novas terras (além disso, para que ficasse à vista dos deuses, Worobul esculpiu que Yaruf era um membro táurico do clã e que quem o ofendesse ofenderia todos os antepassados do clã e, consequentemente, da tribo). Ele era incapaz de ser o herói de tais histórias! Por que, se realmente fora um herói, ninguém lhe agradecia? Por que tantos queriam expulsá-lo? Por que seu clã continuava a viver afastado de todos os demais?

Se essas perguntas lhe pareciam quase impossíveis de responder, era-lhe ainda mais estranho se imaginar vivendo entre humanos.

Seria possível que algo semelhante tivesse realmente ocorrido?

Era óbvio que, por mais que se sentisse tão parte da tribo quanto o mais chifrudo dos membros, ele não era um minotauro. Tampouco tinha dúvidas de que era um humano. Não. Sabia perfeitamente que havia outros como ele na outra margem do mar do abismo. Que não era o último homem nas terras dos deuses. Embora uma coisa fosse saber disso tudo, outra bem diferente fosse não se sentir estranho. E sentia-se muito desconfortável imaginando-se longe da proteção de Worobul, dos ensinamentos de Sadora, do vale dos deuses; de sua casa.

Seu passado, ao longo de sete anos, ficara escondido em algo muito mais distante do que a recordação de um sonho intranquilo ao chegar a manhã. Por mais que se esforçasse, era incapaz de arrancar uma só imagem, uma só recordação, uma só palavra... E então, sem que pudesse evitar, uma enorme tristeza o invadia.

Worobul não cansava de repetir que na praia, como gesto de boas-vindas, HuKlio lhe dera um fortíssimo golpe de machado na cabeça. Seguramente, o impacto brutal fizera suas recordações desaparecerem. Mas para Yaruf a machadada não resolvia seus problemas, suas interrogações ou suas dúvidas.

Quem haviam sido seus pais? Eles o teriam abandonado? Alguma vez ele fora amado? Por que o tinham mandado viver entre os minotauros? Estaria ele perdido, e seus pais estariam procurando por ele? Teria se comportado mal? Teria feito algo tão espantoso que seu castigo fora a expulsão da tribo humana?

Perguntas demais.

Nem mesmo Sadora, com seus conhecimentos que conseguiam arrancar da escuridão a pouca luz que podia existir, conseguia iluminá-lo com uma resposta:

"Há coisas que os deuses não contam nem para mim – assegurava, muito séria. – Às vezes, os deuses parecem caprichosos. Mas apenas para nós, que não entendemos os planos que eles marcaram nas estrelas. Não esqueça que as perguntas nos tornam fortes, nos empurram para a frente. E algumas respostas nos paralisam, como a água que congela. Com certeza, para você a água congelada parece muito forte, muito dura. Mas não é. Ela quebra. Se pensar bem, a água congelada é muito, muito frágil. Você pode até agarrá-la! É a água que se move, a que desce em torrentes caudalosas que é forte, e não há na terra um senhor que a domine", dizia, recordando um dos mais populares provérbios táuricos: "O fogo tem senhor, a água não."

Frágil! Frágil! Frágil!

Disso sim Yaruf podia falar. Esta sim era uma palavra cujo significado mais profundo e verdadeiro ele conhecia. Tudo graças à sua própria experiência.

Depois que Worobul cravara o estandarte diante da casa que seria a sua, os deuses demoraram muito pouco tempo para honrar o clã com o nascimento dos gêmeos Yased e Desay. Quase ao mesmo tempo, Yaruf percebera que, quanto mais seus irmãos crescessem, menor ele se sentiria.

Agora que os dois já o superavam amplamente em força, altura e brutalidade, todos os seus dias haviam se convertido em inverno. E o mais frio dos gêmeos era, sem dúvida, Yased, que tentava de todos os jeitos tornar sua vida impossível. "Por sua culpa estamos isolados das outras tribos. Você trouxe a vergonha para nosso clã. Não entendo por que não o mataram na praia, é o que qualquer minotauro que quisesse servir a seus deuses teria feito. Mas você se aproveitou da fraqueza de meu pai. Na verdade, tenho certeza que o contagiou com sua fraqueza. Ele poderia ter sido um grande guerreiro, mas agora é apenas um marginalizado que não pode conviver com seus iguais. Se gosta dele, vá embora, deixe-nos em paz e volte a viver com seus pais de verdade, se é que você tem algum", esforçava-se em repetir sempre que se irritava, exercendo toda a crueldade que seu gênio permitia.

Assim, não era de estranhar que as brigas entre os dois fossem cada vez mais frequentes. No princípio, não passavam das ofensas verbais. Logo vieram os empurrões. As coisas foram progredindo e, poucos dias atrás, os dois haviam ingressado em território perigoso ao começar uma briga que só foi interrompida após a interferência de Worobul. "Algum dia, besta humana, meu pai não estará aqui para defendê-lo. Meu pai. Ouviu? Neste dia, eu matarei você e limparei o nome da minha linhagem", dissera-lhe Yased com os olhos banhados em ódio.

Worobul escutou aquelas palavras e castigou Yased severamente, mesmo sabendo que não podia fazer nada para conter a fúria do filho. Sobre os gêmeos não pesava nenhuma proibição. Eles podiam manter contato com as outras tribos e os outros clãs. E ali haviam escutado muitas opiniões sobre o grande tema de todas as conversas: Yaruf.

Obviamente, poucos eram a favor de que o humano continuasse vivo. Ninguém falava da grande ajuda que ele poderia proporcionar se algum dia os outros de sua espécie conseguissem cruzar o mar do abismo. A maioria preferia falar de abominação. De ofensa. De catástrofe. E de que, enquanto o menino não desaparecesse da terra, todos os clãs estariam ofendendo os deuses.

Worobul tinha consciência disso. Inutilmente, tentava não dar muita importância. Mas sabia que Yased era influenciável e que aqueles comentários funcionavam como um veneno que lhe endurecia o coração. O jovem minotauro quase se sentia com a missão divina de tornar a vida do humano impossível. Qualquer outra atitude seria desleal com sua linhagem e seus antepassados. Infelizmente, Worobul sabia que, quanto mais tentasse convencê-lo a mudar de atitude, mais ele odiaria o humano, razão pela qual Worobul tentava agir como se tudo estivesse bem.

Por outro lado, Desay, de natureza mais sossegada, não tinha esses problemas. Conseguia até mesmo, em uma ou outra ocasião, se dar bem com o humano. Mas a agressividade de seu irmão o impedia de passar bons momentos com o humano mais frequentemente. Se tinha que escolher entre um dos dois, sentia-se com o dever de apoiar seu gêmeo, independentemente de quem tivesse razão.

Para se afastar de tudo isso, Yaruf se refugiava naquele canto onde agora afundava os pés. Ali se sentia a salvo. Protegido. Seguro de poder passar alguns momentos em paz fantasiando livremente com a possibilidade de ser um príncipe exilado pelo bruxo malvado. Sim. Podia ver com clareza. Aproximava-se o momento de recuperar seu trono e de unir humanos e minotauros num só reino. E quando chegasse o momento todos o tratariam com respeito. E, quando passasse, não haveria uma só pessoa que não se inclinasse, pensando: "Aí vai Yaruf, o grande príncipe. Corpo de humano, coração de minotauro."

Pensava exatamente nisso quando um potente assobio o fez sair de seus delírios de realeza.

Não se sobressaltou.

Cada vez que descansava perto do rio esperava ouvir aquele som, e sempre se alegrava quando o ouvia.

Para Yaruf, Hanunek era o irmão que ele não encontrava nos gêmeos Yased e Desay.

Hanunek também fora o centro de comentários maliciosos. Sua malformação na perna direita era entendida como um sinal catastrófico para sua tribo.

Não podia correr. Nem saltar. Nem perseguir aqueles que o insultavam e riam dele. Na realidade, não podia sequer andar sem arrastar a perna com muito esforço. Para disfarçar esse gesto que tanta angústia trazia aos membros de sua tribo, Hanunek usava uma enorme muleta, aparato reservado para os feridos em combate. Isso lhe valeu o mal-intencionado apelido de "raser lajun", que na linguagem dos humanos poderia ser traduzido como "ferido sem batalha".

A verdade é que a sorte se aliara a eles naquele dia em que Hanunek pastoreava as ovelhas de seu clã, um trabalho que costumava caber às mulheres de cada tribo. O destino quis que uma das ovelhas escapasse, e que Hanunek não pudesse fazer nada para evitar. Yaruf, que o observava a distância, não hesitou em persegui-la como um raio. Capturou a ovelha fugida e a devolveu ao rebanho.

Assim começou uma amizade que foi crescendo dia a dia, mesmo quando não estavam juntos, que era quando percebiam quanto sentiam a falta um do outro. Tudo isso apesar de Hanunek pertencer à tribo de HuKlio, que se estabelecera como chefe depois de seu pai Orjakan renunciar ao posto, ato que despertara suspeitas, pois era bastante incomum. E, embora muitos o acusassem de "estar velho demais para enfrentar os novos tempos", corriam rumores de que o próprio filho o obrigara a se retirar, sob a ameaça de desafiá-lo para um combate mortal.

Outro fator que ajudou a amizade entre Yaruf e Hanunek foi que as proibições impostas por Nárena, com o passar dos anos e, especialmente, após a morte da anciã, se suavizaram. Era bastante normal que Worobul e Sadora recebessem visitas de familiares e amigos de sua tribo. E, naturalmente, todos queriam ver de perto o humano sobre o qual as Pedras Altas falavam.

Yaruf se levantou para receber seu amigo, mas ficou surpreso ao vê-lo sem as ovelhas, franzindo o cenho numa expressão entre preocupada e nervosa e cravando a muleta impetuosamente na terra ainda molhada pela chuva da noite anterior.

– O que você tem? Não me diga que agora perdeu todo o rebanho – gritou de longe, tentando fazer algum gracejo capaz de mudar o semblante do amigo.

Hanunek não respondeu. Apertou o passo cambaleando com a muleta, quase tão alta quanto o próprio Yaruf. Quando finalmente chegou, Yaruf o cumprimentou afetuosamente agarrando-lhe os chifres, enquanto Hanunek, na ausência de chifres, pôs-lhe as mãos sobre a cabeça.

– Ora, vamos, que cara é essa? Parece até que encontrou o chifre de Sredakal fora do lugar...

– Não, não é isso, mas quase, meu amigo – respondeu, tentando recuperar o fôlego. – Acho que não trago boas notícias...

Yaruf encarou Hanunek de maneira interrogativa e, em seguida, para tirar o dramatismo de suas palavras, disse:

– Ora... Não me diga que vai me contar que Yased não me suporta... Isso sim seria in-su-por-tá-vel – exagerou brincando.

– Mas é por aí mesmo – respondeu, sem dar espaço para mais brincadeiras.

– Fale, amigo.

– Pois bem... O que acontece é que HuKlio tem dito que o que ficou gravado numa das Pedras Altas... Lembra...

– Sim, claro que lembro. Meu pai me explicou muitas vezes. Ninguém pode brigar comigo, ou tocar num só fio de meus cabelos até que eu domine perfeitamente a língua táurica e dobre de tamanho. Foram feitos até dois sinais naquela Pedra. Um marca a altura que eu tinha naquela época, outro marca a altura necessária para...

Hanunek ficou calado, para que o próprio Yaruf pensasse no que acabara de dizer.

– Oh, oh.

– Exato. Oh. Oh. "Para que qualquer minotauro possa desafiar você para um duelo" – terminou a frase que o amigo deixara pela metade.

Houve um silêncio incômodo.

Yaruf mordeu o lábio inferior com nervosismo. Franziu o cenho e então, apesar de temer já saber a resposta, perguntou:

– Por acaso você viu a marca na Pedra?

– Sim, claro que vi. Eu e todo mundo. Não se fala de outra coisa na tribo.

– E já estou daquele tamanho? – tentou perguntar como se não se importasse e como se não soubesse de antemão a resposta.

– Sinto dizer que já passou daquele tamanho, Yaruf. Até agachado, você passa da marca. Temo que tenha crescido bastante desde que mudou para cá. Até demais, se não quisesse se envolver em duelos. Agora HuKlio diz que a proibição escrita na Pedra desapareceu. Não cansa de lembrar que ele foi um dos poucos que cumpriram escrupulosamente o que a Pedra determinava, e que agora nada o impede de desafiar você para um duelo mortal.

– E você acha que ele vai me desafiar?

– No começo pensei que não, que um grande guerreiro como ele não se rebaixaria a desafiar um humano que ele poderia esmagar mesmo com os chifres cobertos de palha...

– Ei! – protestou Yaruf. – Que pelo menos não seja assim tão simples...

Os dois se encararam e, apesar de as notícias não deixarem muito espaço para o humor, soltaram uma sonora gargalhada.

Em seguida, o minotauro continuou:

– Não sei, amigo. Eu não apostaria em sua vitória. Você mal levantou um machado em toda a vida. E ele é um dos melhores guerreiros das tribos, você sabe...

– Mas quem sabe não desiste de me desafiar...

– Já disse que pensava que ele não o faria, mas...

Hanunek deixou a frase no ar e olhou para o chão.

– Mas? – inquiriu Yaruf. – Vamos, não me deixe assim...

Hanunek suspirou e disse, num tom bem mais baixo que o do restante da conversa:

– Mas também não ando muito bem nas adivinhações... Porque, se vim o mais depressa que pude, foi para...

– Por favor, fale logo – protestou Yaruf, incapaz de aguentar tanto mistério.

– Então é isso, vou dizer logo. Neste momento, HuKlio está vindo para cá, acompanhado dos chefes de cada clã que pertencem à tribo. Quer formalizar o desafio e demonstrar que toda sua tribo o apoia.

– Agora?

– Agora.

– Agora mesmo? – voltou a repetir Yaruf, sem acreditar no que lhe contava Hanunek.

– Sim, Yaruf. Agora mesmo. Na verdade, se fôssemos altos como estas árvores, poderíamos ver como eles se aproximam, trazendo os estandartes de cada clã.

Hanunek nem sequer terminara a frase e Yaruf já subia no grosso tronco de uma das árvores, a que estava mais bem localizada na entrada do vale.

– Caramba! – exclamou surpreso o minotauro. – Nunca tinha visto você subir numa árvore assim, parece até um esquilo...

– Tenho truques escondidos. Alguma vantagem tinha que ter por ser um humano – disse, sem parar de subir até onde os galhos começavam a ficar mais finos.

A copa da árvore era tão espessa que Hanunek tinha dificuldades em identificar em que ponto seu amigo se encontrava. Mas entendeu que não devia dizer nada. O silêncio de Yaruf significava que ele conseguira ver a aproximação da comitiva.

E assim era.

Trepado na árvore, mantendo o equilíbrio entre os galhos, podia distinguir uns cinquenta estandartes.

Hanunek tinha razão. Todos os clãs que faziam parte da tribo liderada por HuKlio estavam ali. E, no meio deles, erguia-se soberbo o estandarte da tribo no qual brilhava uma águia de duas cabeças, bordada com fio do ouro sobre um vermelho poderoso, como se tivesse sido arrancado de um entardecer de outono.

Yaruf não conseguia mexer nem o mindinho.

Todos aqueles clãs queriam que ele morresse! Tudo bem, pertenciam todos à mesma tribo, mas eram tantos... que impressionariam qualquer um. "Eles – pensava Yaruf – não querem um duelo, querem que eu morra, e pronto. Pretendem fazer de conta que é um duelo justo, mas não é. Que chance tenho eu num combate? Se não consigo nem levantar um desses machados que meus irmãos já manejam com destreza!"

Paralisado pela visão, continuou observando com a absurda esperança de que aquele grupo brutal desse meia-volta no último momento e abandonasse suas intenções.

Mas parecia muito improvável. Sobretudo depois que eles se plantaram diante da casa, cravaram os estandartes no chão e um deles gritou algo que Yaruf não pôde entender.

"Bem, esse deve ser HuKlio", murmurou Yaruf.

– O que você disse? – gritou Hanunek, pensando que seu amigo se dirigia a ele. – Está vendo alguma coisa?

– Sim – respondeu finalmente Yaruf.

Como parecia que o humano não explicaria mais nada, o minotauro teve que insistir em tom de queixa:

– E o que está vendo? Estou morrendo de curiosidade aqui embaixo.

– Desculpe. Agora estou vendo como todos os clãs de sua tribo cravaram o estandarte bem em frente da minha casa. Também posso ver que aquele que leva o estandarte da tribo, que suponho ser HuKlio...

– Tem uma mancha negra atravessando seu rosto e um chifre de ouro? – perguntou Hanunek, esperando um "sim" como resposta.

– Não consigo ver seu rosto direito, mas, sim, tem um chifre de ouro.

– Então é ele. Teve que colocar um chifre de ouro para substituir o que seu pai arrancou durante a luta que tiveram por sua causa.

– Eu já sabia... Parece idiota com essa coisa brilhante na cabeça... Está esperando que meu pai saia de casa.

– E?

– Espere... Espere... Agora a porta se abriu. Sim, ali está meu pai. Não está com seu machado. Saiu desarmado. Minha mãe também saiu...

– Não poderá desafiar você se não o encontrar. Você ainda tem tempo para escapar.

– E me esconder durante toda a vida?

– É uma opção.

– Não acho. Ofenderia minha tribo – disse indignado, tentando afastar aquela tentação da cabeça. – Eles sofreram muito por minha culpa. Não acho que depois disso tudo mereçam tamanha desonra. Você sabe que não aceitar um combate justo é o pior que um minotauro pode fazer.

Yaruf se surpreendeu com as próprias palavras. Considerava-se realmente um minotauro? Tinha a obrigação de aceitar o duelo? Tinha que morrer na arena dos deuses, onde se celebravam os combates pela honra?

– Então, o que você vai fazer? – insistiu Hanunek, interrompendo os pensamentos de Yaruf.

– Não decidi ainda. Vou pensar enquanto desço da árvore.

2

A arma mais poderosa

Sadora entrou em sua horta cuidadosamente cultivada, um círculo quase perfeito. Com passos curtos e delicados, abriu caminho até o centro exato, onde examinou os quatro montículos de pedras que marcavam na terra a constelação que brilhava mais intensamente no céu.

A noite não tardaria a chegar.

Era o momento perfeito. Ela sabia.

Escolheu duas pedras. O quartzo branco, como uma nuvem cristalizada, seria para Worobul: uma pedra poderosa, reservada para trabalhos poderosos. O jade, afiado e esverdeado, para Yaruf: fortaleceria seus nervos, suavizaria suas emoções extremas, atrairia boa sorte e canalizaria seus pensamentos para um melhor conhecimento interior. Submergiu-as numa tigela de madeira de carvalho cheia de água do mar e, erguendo-a em direção ao céu, elevou seu cântico:

Guardais imutáveis a energia dos tempos.
Calais os segredos revelados.
Estais nas entranhas da terra.
Vivendo no mar, não vos afogais.
Batei-vos entre vós e dais à luz o fogo.
Estivestes no princípio. Estareis no final.

Em seguida, depositou a tigela na terra úmida, com muito cuidado, para que nem uma só gota fosse derramada. Ali, na intempérie da noite e banhadas pela potente luz da lua cheia, as duas pedras se carregariam da energia positiva de que tanto Worobul como Yaruf necessitariam em sua viagem.

Estava nervosa, alterada; muito preocupada. Tudo começara. Finalmente. Depois daquilo, nada mais seria igual. E não apenas para Yaruf. Algo se partiria pela metade. Era uma sensação de alerta, de momento definitivo. Uma intuição de que a presa está próxima, de que o lobo da mudança se aproxima babando entre os dentes afiados. De que a montanha estava prestes a se converter em vulcão. Tudo chega. E agora havia chegado. Mas, além disso, estava indignada e ofendida.

Não entendia como HuKlio pudera chegar a um nível tão baixo. Para Sadora, aquela atitude era imprópria, indigna de um minotauro. Ofendia os deuses e os antepassados. Utilizar a arena dos deuses para satisfazer seu orgulho ferido! Por mais que se ajustasse às leis escritas nas Pedras Altas, aquilo não estava certo. Não, por Karbutanlak, não estava nada certo!

"Acha-se tão forte – pensava a feiticeira, contrariada – e se deixa arrastar pela vaidade e pelo rancor com tanta facilidade. Não conseguiu vencer o pai quando teve a oportunidade, e agora, tantos anos depois, quer humilhar o filho."

– Venho desafiar a besta humana – dissera HuKlio, urrando com toda a força de seus pulmões diante de um impassível Worobul. – O filhote cresceu e, segundo dizem, fala perfeitamente nossa língua. Já não existe nenhuma proibição. A lei está ao meu lado. Assim ordenou aquela velha louca sob o estandarte que não deve tocar a terra. Cumpri. Obedeci à lei escrita nas Pedras Altas. Agora, faça o que tem que fazer, e não se oponha a que eu termine o que você não quis fazer.

Na cabeça de Sadora ainda ecoavam aquelas palavras, pronunciadas com um ódio profundo e ressecado pelo passar do tempo. Tampouco conseguia esquecer as vozes dos demais chefes de tribo, plantados diante de sua casa com os estandartes enfeitados para uma ocasião que consideravam tão importante, apoiando seus AgKlan enquanto brandiam os machados no ar.

– HuKlio, chefe de todos os clãs que estão sob a proteção de seu estandarte, seja bem-vindo a minhas terras – respondera Worobul, usando a fórmula tradicional para se dirigir a um chefe de tribo. – Muito tempo se passou, e espero que possamos chegar a uma solução que não envolva a morte de nenhum dos que estão aqui.

– Não, Worobul. Nem pensar. Você não me engana com essas velhas normas de cortesia. Mas fique tranquilo, nenhum dos aqui presentes vai morrer. A mim só interessa desafiar o humano e... ele não parece estar por aqui... Vamos, faça um favor a todos nós e diga-nos que o enviou para o outro lado do mar com um golpe de chifre.

Sadora lembrava como Worobul se limitara a continuar encarando fixamente os olhos do AgKlan. Imóvel. Quase sem respirar. Plantado como um carvalho centenário em tempos de seca.

– Não pode me negar um duelo ao qual tenho direito por lei – insistira HuKlio ao ver que seus comentários não surtiam nenhum efeito. – Todos estes estandartes são testemunhas. Os espíritos que neles habitam o observam. Por isso peço, exijo um duelo justo com aquele que você adotou como se fosse seu próprio filho, ofendendo com essa atitude inaceitável seus filhos legítimos.

Sadora entendeu perfeitamente que HuKlio se referia a Yased. Ela tentara de todas as formas fazer com que os dois irmãos se dessem bem, que tentassem ver além de suas aparências, tão diferentes. Porque se os dois tivessem se visto com seus olhos teriam percebido que eram muito mais parecidos do que imaginavam. E, seguramente, do que desejavam. Orgulhosos. Inquietos. Observadores. Inteligentes. Um pouco caprichosos e bastante convencidos.

Todos os seus esforços haviam sido inúteis. Quanto mais tentava fazer com que se aproximassem, mais se afastavam. E já estavam tão distantes que Yased falara com uma tribo rival, como a de HuKlio, apenas para prejudicar Yaruf. Sadora lembrou-se da expressão no rosto de Worobul diante daquelas palavras. Haviam sido mais dolorosas que um golpe no estômago, mas ele aguentou e disse, empertigando a voz:

– Não sei como pode ser um duelo justo lutando contra um filhote de besta humana, como você o chama, que nem sequer passou pelo Ang-Al e, portanto, não é um guerreiro. Se quiser, pode duelar comigo. Desse modo será uma luta justa. E, além disso, lhe proponho o seguinte: se eu ganhar, o menino fica; se eu perder, ele vai.

– Vocês escutaram? – dissera, virando-se para os chefes de tribo. – Quer voltar a lutar contra mim! Será que tem uma nova armadilha preparada para me derrotar? Não, Worobul. Sinto muito, mas não luto contra trapaceiros. E com respeito a seu filhinho a lei é muito clara: "Se um minotauro se sente ofendido por outro membro de uma tribo, seja ele guerreiro ou não, tem direito a um duelo."

– Não sei como ele pode tê-lo ofendido, levando em conta que você só o viu uma vez na vida e que, além disso, naquela época ele ainda não falava nossa língua.

– Ele me ofende só de existir! Ofende a mim. Ofende meus antepassados e ofende os deuses que você diz servir. Não sei por que estamos falando sobre isso. O duelo tem que ocorrer...

– Além disso – continuara a insistir Worobul, com a intenção de que HuKlio perdesse a cabeça, o atacasse e assim pudesse duelar contra ele –, você esquece que a lei mencionada faz referência a nós, os minotauros. E, segundo ouvi você dizer e repetir até ficar sem saliva, Yaruf, meu filho... não é um minotauro...

Worobul ainda não terminara a frase quando a voz de Yaruf gritou de longe:

– Sou sim, pai. Claro que sou. E um dia terei um estandarte próprio. O mais poderoso jamais visto nas terras entre água e água.

Todos se viraram para o humano, que descera correndo a pequena ladeira que protegia a casa dos ventos do norte. Mais atrás, tentando seguir os passos do amigo, vislumbrava-se a figura de Hanunek.

– Ah, finalmente! – exclamara HuKlio, levantando os braços. – Pensei que você tinha ido se esconder, como um rato. Mas não. Aqui está... E acompanhado, além do mais. O filhote e o raser lajun... Que bonita cena! Estou muito contente de voltar a vê-lo, faz muito tempo que espero por esse momento... Yaruf – dissera, como se cuspisse o nome, em vez de pronunciá-lo. – E você, o que faz aqui? – perguntara a Hanunek.

– Está comigo... Grande AgKlan – respondera Yaruf com ironia. – E, pelo que posso ver, o destino foi mais generoso com você do que com Hanunek, ao dar-lhe um chifre de ouro... Ah, não, que besteira. É que aquele que os deuses lhe deram meu pai arrancou. Perdoe minha estupidez.

Quando Sadora percebeu o sarcasmo e a impertinência no modo como Yaruf se dirigia a HuKlio, soube que não haveria retorno. Era ele. Yaruf teria que enfrentar tudo aquilo que o destino lhe reservara. A resposta de HuKlio foi cruel.

Até mesmo agora, lembrando-se do acontecido, Sadora estremecia só de pensar em como HuKlio se aproximara de Hanunek e lhe dera uma patada na muleta, fazendo-o cair no chão, ao mesmo tempo que dizia:

– Você está com uma besta humana. Tornou-se amigo de um selvagem. De um daqueles que aniquilaram nossos antepassados. Que os traíram e os obrigaram a abandonar as terras nas quais foram plantados nossos primeiros estandartes. Você deveria se envergonhar! Mas não se preocupe. Posso assegurar que, depois que seu amiguinho morrer, você será o próximo. Primeiro, quero que você o veja morrendo. Você desobedeceu a seu AgKlan, e a isso se paga com a vida e com a honra... Mas já que esta última você nunca teve, cobrarei apenas sua vida.

HuKlio desferiu outro forte golpe contra as costas do jovem minotauro, fazendo-o gemer horrendamente.

Nem Sadora nem Worobul puderam fazer nada. Cada tribo, cada clã soluciona seus problemas de acordo com seu AgKlan. No entanto, Yaruf não pôde deixar de fazer o que fez.

Com um movimento ágil e veloz, levantou a muleta de seu amigo com o pé, levou-a até suas mãos e deteve o segundo golpe que HuKlio estava prestes a disparar contra Hanunek. O grande AgKlan ficara perplexo. Por alguns instantes, custou-lhe entender que o humano pudesse se mover com tanta agilidade. Quando HuKlio se preparava para reagir, Worobul se colocou entre eles:

– Basta! Haverá um duelo. Mas já que você gosta tanto da lei... será segundo a lei. O duelo será daqui a duas luas negras, na arena dos deuses. Todos os chefes de tribo terão que comparecer. Não se preocupe, Yaruf estará preparado. Será um bom duelo. Digno dos antepassados das duas tribos que se enfrentam. Mas, para que até esse dia Hanunek não sofra nenhuma agressão por ser amigo de Yaruf, ele ficará sob nossos cuidados. Se você ganhar o combate, poderá matá-lo, como anunciado. Antes disso, se você quiser matá-lo, terá que duelar comigo.

Worobul se expressara com contundência.

HuKlio sabia que não podia recusar a oferta. Conseguira aquilo que queria. Continuar insistindo em pequenos detalhes poderia diminuir sua popularidade entre os clãs.

– De acordo – concordara, orgulhoso. – Assim será. Por mim, melhor que você fique com o aleijado. Assim não temos que desperdiçar nossa comida com ele.

Em seguida, dera meia-volta fazendo um sinal com o braço e abandonara as terras do vale acompanhado de todos os seus chefes.

Sadora, recordando o que ocorrera, lançou um profundo suspiro, que foi interrompido por um:

– O que você tem, mãe? O que faz aqui fora?

Era a inconfundível voz de Yaruf, que saíra para contemplar o aparecimento das estrelas, símbolo da vitória do Primeiro Guerreiro e protetoras da terceira eternidade dos tempos, nascidas do sangue de Sredakal que manchava as lâminas do machado de seu gêmeo.

– Você não é um feiticeiro, mas tenho certeza de que adivinha meus pensamentos – respondeu Sadora, acariciando os longos cabelos negros de Yaruf.

– Não se preocupe, Worobul disse que sempre é possível vencer, e que a água...

– Sim, que a água mais calma desgasta a mais alta e robusta montanha. Conheço esse provérbio táurico, mas ele não me tranquiliza muito. Ganhando ou perdendo, você nunca mais será o mesmo.

– Não vou perder – disse Yaruf, simulando uma segurança que não sentia. – Além disso, é possível que o combate nem aconteça, todos sabemos que ele não é justo.

Sadora encarou o humano, surpresa com sua ingenuidade. Worobul e HuKlio haviam dado suas palavras de que o duelo iria ocorrer, e isso era o justo: fazer aquilo que foi acordado. Preferiu não insistir e deixá-lo tranquilo, ainda que fosse apenas por aquela noite.

Mas Yaruf teve muita dificuldade em dormir.

Rolou na cama como uma pedra encosta abaixo.

As imagens de seu enfrentamento contra HuKlio sucediam-se em sua cabeça num torvelinho. Devia ter dito tal coisa... Devia ter feito tal coisa... Devia ter suplicado, lutado, cuspido, mordido, chorado... Por mais absurda que fosse a alternativa, ele a engendrava em sua cabeça, tão ocupada que era incapaz de adormecer.

No entanto, o que mais o tranquilizava era pensar que Worobul não permitiria que o duelo ocorresse. Estava quase seguro disso. Se tivesse chifres, teria apostado os dois.

Sim! Worobul só aceitara o desafio para ganhar tempo, para pensar em alguma maneira de deter aquela injustiça. Um duelo no qual uma das partes não tem a mínima chance não é justo, sequer é um duelo. É uma execução, e ele não fizera nada para merecer ser executado. Ao contrário, fora ele quem conseguira impedir que o estandarte tocasse o solo. E esse fato, pensava Yaruf, pesaria a balança a seu favor. Com certeza. E estava tão seguro que, confortado por essa ideia, conseguiu mergulhar num sono profundo para descansar dos problemas, ainda que apenas por alguns instantes. Porque, quando Worobul o acordou e o sacudiu para que ele levantasse da cama, Yaruf teve a impressão de que acabara de fechar os olhos.

– O que... O que está acontecendo? – murmurou, sem saber ao certo se aquela situação fazia parte de um sonho.

– Não temos tempo a perder. Você tem que vir comigo – sussurrou Worobul, para não acordar os demais.

Quando percebeu que aquilo era tão real quanto o desejo que tinha de voltar a dormir, Yaruf esfregou os olhos e protestou:

– Como conseguiu levantar tão cedo?

– Não levantei cedo.

– Mas nem amanheceu ainda...

– Primeira lição. Nem sempre o que parece, é. Não levantei cedo, simplesmente não fui dormir. Vamos, levante-se. Temos muito a fazer.

Yaruf obedeceu, sem conseguir entender o motivo de tanta pressa. Mas não era hora de discutir.

Com o sono pesando-lhe sobre as pálpebras, lavou-se um pouco na bacia de pedra. Colocou suas já gastas calças marrons e saiu. Sentiu como o ar invadia seu peito, fazendo-o lamentar que não estivesse em sua cama.

Worobul o esperava.

– Venha comigo.

– Mas aonde vamos? – insistiu de novo Yaruf.

– Cada coisa a seu tempo. Agora é hora de me acompanhar, depois será hora de saber.

Maldito fosse! Para que servia uma frase tão profunda? Yaruf se irritou tanto que parou e, cheio de raiva, deu um forte chute numa árvore que cruzara seu caminho. Imediatamente se arrependeu. Worobul deu meia-volta e o encarou. Não disse nada, mas Yaruf entendeu que o que acabara de fazer fora uma estupidez. Nem a árvore tinha culpa, nem parecia ser uma boa solução.

– Sinto muito – admitiu Yaruf.

– Não sinta por mim, e sim pela árvore e por seu pé.

Em seguida, Worobul continuou andando pelo bosque, até chegar a uma pequena clareira.

Amanhecera, e o sol, embora ainda fraco, começava a abrir seu grande olho amarelo. Yaruf achou estranho que seu pai carregasse o machado na mão.

– Chegamos. É aqui que começa o seu caminho – disse Worobul com seriedade.

– Aonde vou? – perguntou, sem conseguir entender absolutamente nada do que estava acontecendo desde que acordara.

– Acho que se lembra de que tem um duelo no qual sua vida estará em jogo e, por tabela, também a honra de Sadora, dos gêmeos e a minha. Quando um membro de uma tribo se envolve num duelo, o faz em nome de toda a tribo.

Yaruf gelou. Não podia acreditar que o duelo realmente aconteceria. Não era justo. Como ele, que não podia nem com seus irmãos pequenos, derrotaria HuKlio?

– Sei que agora você pensa que é impossível derrotar um AgKlan brutal como HuKlio – disse Worobul, adivinhando os pensamentos de Yaruf. – A vitória começa nos pensamentos; muito antes de entrar na arena dos deuses, a batalha se dá em sua cabeça. É isso que temos que treinar primeiro. E a noite me deu a solução. Desde que o encontrei na praia, cuidei de você. Sabia que tinha que fazê-lo. Não consigo explicar, mas nunca duvidei que esse era meu dever. Como se um deus desconhecido tivesse sussurrado em meu ouvido. No entanto, agora já não posso continuar a protegê-lo como antigamente. Antes, eu lutava em seu lugar, porque você não tinha força nenhuma. Antes eu falava em seu nome, porque você não conhecia nossa língua. Antes eu o protegia, porque você era incapaz de se proteger. Agora, a melhor maneira de continuar a proteger você é ensiná-lo a se proteger por si mesmo. E para isso você precisa começar a acreditar. Tome, tente erguê-lo.

Worobul jogou o machado no chão, cravando-o na terra.

Yaruf ficou observando, desconfiado. Sabia o que Worobul queria: não importa a idade de um minotauro, quando ele é capaz de erguer um machado, começa a educação guerreira que termina com a prova final do Ang-Al. Mas nunca antes seu pai tivera a intenção de ensiná-lo a lutar. Ele não se preocupava. Não achava razoável. Sentia-se cômodo assim. Por que esta mudança de atitude? Erguer um machado? Impossível. Mas também sabia que Worobul não o deixaria em paz até que ele tentasse. Por isso, aproximou-se do machado. O cabo ficava na altura de seu queixo dividido. Levantou os braços. Pegou a arma e fez toda a força de que era capaz. Enquanto isso, Worobul o observava pensativo. Yaruf só olhava para o machado. Os compridos cabelos negros caíam sobre sua testa. O esforço retesava os músculos de seus braços queimados pelo sol. Todo seu corpo estava tenso. Mordia os lábios, vermelhos e brilhantes, como se fosse possível tirar mais força deles. Já não pensava em erguer o machado, apenas em tirá-lo do chão.

O machado não cedia. Yaruf tampouco. Insistiu. Num último esforço, conseguiu arrancá-lo do chão com tanta violência que machado e humano saíram voando.

– Cada guerreiro tem sua arma. Mas não é o guerreiro que escolhe, e sim a arma – disse Worobul, enquanto Yaruf se levantava para tentar erguer o machado desta vez. – Você não ouviu o que acabei de dizer?

– Sim, mas como posso vencer um minotauro se não consigo nem erguer uma arma? – perguntou, para demonstrar que era uma estupidez aceitar o combate.

– Você não pode erguer essa arma. Mas há outras que com certeza vão escolhê-lo para levá-lo à vitória.

Worobul deu um salto e arrancou um galho de um imponente carvalho. Jogou-o em direção de Yaruf, que num ato reflexo agarrou-o no ar.

– Vê? Esta é sua arma. Ela foi até você, você foi até ela. A arma o escolheu.

– Mas é um galho... – protestou Yaruf.

– Corrija-me se estiver errado, mas foi com algo parecido com um galho que você conseguiu deter o golpe de HuKlio.

– Sim, é verdade, mas...

– Mas... Você não acha que um galho tenha a dignidade de uma arma, não é? No entanto, veja...

Worobul desapareceu atrás do carvalho e saiu com um enorme fardo.

– Tome, é para você. Faz tempo que fiz. Nunca usei. Sempre achei que não tinha nenhuma razão para ter fabricado algo assim. Estava enganado. Tudo o que fazemos, mesmo se achamos que não faz sentido, se conecta. Cedo ou tarde, tudo se conecta. Os pontos se unem, como acontece com as estrelas. Sozinhas, são apenas as gotas do sangue de Sredakal, mas quando se unem com linhas imaginárias... servem para nos guiar, para nos mostrar segredos que só se escrevem no céu.

Impaciente, Yaruf desembrulhou o fardo e descobriu um lindo bastão negro, brilhante, quatro palmos mais alto que ele. No meio, era laminado com um cabo de prata maciça polida, onde seu nome estava inscrito em língua táurica, ao lado dos seguintes dizeres:

A ARMA MAIS PODEROSA
É AQUELA QUE NÃO PRECISA SER USADA

Sem refletir, começou a passar sua arma entre os dedos até agarrá-la com as duas mãos, o que lhe deu um aspecto de guerreiro que fez Worobul sorrir.

– Acha que essa hutama bastará para derrotar HuKlio? – perguntou Yaruf, não muito convencido de que o presente que acabara de receber fosse uma arma letal. Estava mais para uma hutama, literalmente "bastão queimado".

– Uma das coisas que qualquer guerreiro que recebe uma arma deve fazer é dar-lhe um nome. Você acaba de dar. Hutama. Espero que sirva para acender o fogo necessário para fazer de você um rival temível. Vou ensinar você a pensar como um guerreiro e a descobrir onde reside sua força autêntica, que não é exatamente a força dos músculos.

– Não gosto muito do nome, mas... Vamos treinar aqui todos os dias? – mudou de assunto, sem se preocupar muito.

– Não. Vamos embora destas terras. Voltaremos para o combate.

– Ficaremos fora de casa por duas luas? – perguntou incrédulo.

– Sim. E quase poderemos ver as terras do Ordamidon.

Yaruf ficou calado. Nunca ouvira seu pai pronunciar o nome daquele espírito antigo, que ninguém mais cultuava. É verdade que ele tinha escrito aquele nome na arena, que se referia a ele como "o deus sem orações". Todos sabiam que ninguém podia entrar nas regiões do Ordamidon sem colocar a vida em risco; esta vida e a próxima, pois assim determinou o pacto que Karbutanlak fez com ele: o Ordamidon permitiria que os filhos do Primeiro Guerreiro vivessem em paz, longe das guerras com os homens, mas ninguém podia entrar em suas terras nem chamá-lo, com exceção dos sacerdotes e dos feiticeiros, os mortais sagrados. Se alguém pronunciasse seu nome, a maldição dos séculos cairia sobre essa pessoa, e no entanto Worobul...

– Cuidado, atrás de você!

A mudança de tom foi brutal.

Yaruf não sabia se isso era uma das outras lições misteriosas de seu pai. Não teve tempo de pensar. Como se o próprio Ordamidon descesse dos céus, Yaruf viu que unhas afiadas como a mentira cravavam-se em suas costas.

– Ah! Pelos deuses! O que... O que está acontecendo?

Foi a única coisa que pôde dizer antes de cair no chão e ver um falcão sair em disparada e desaparecer nos céus.

– Que foi isso? – disse, passando a mão nas costas e vendo que ela se manchava com seu próprio sangue.

– Não sei. Talvez alguém esteja caçando por aqui... Talvez um falcão sem dono o tenha confundido com uma presa fácil.

– Maldito seja!

– Não se preocupe. Por isso não gosto muito de pronunciar o nome desse deus estranho que estava aqui antes de nós. Traz má sorte – disse Worobul, tentando não parecer preocupado com o fato de ter visto um falcão atacando um humano.

"Isso é um mau presságio", pensou o minotauro consigo mesmo.

3

O sangue de Yaruf

"A neve que derrete com a chegada da primavera deixa mais indícios que aquela maldita bruxa", pensava Kor cada vez que se lembrava de Qüídia.

Tanto tempo se passara desde seu último encontro, que algumas vezes ele chegava a acreditar que tudo fora apenas um sonho, um produto de sua imaginação: um monstro surgido de seu desejo de recuperar o poder perdido. Por que tinha que destruir o poder? Podia ficar para ele. Matar o menino e converter-se ele mesmo num perigo para a humanidade, se necessário. Converter-se num perigo para qualquer um que ousasse discutir sua posição e sua autoridade. Converter-se, definitivamente, no novo rei. Se seu plano tivesse dado certo... Ah! Aí sim teria tido uma oportunidade de recuperar seu dom. Uma opção pequena. Diminuta. Escondida nos profundos corredores do mítico Labirinto da Aliança, mas ao menos uma opção. Mas aquela oportunidade, que o destino lhe oferecera e que se anunciara no confuso sonho que durante tantas e tantas noites o inquietara, desaparecera. Tudo virara fumaça junto da feiticeira. O sonho e a esperança.

No entanto, não lhe custara muito acostumar-se a viver fingindo. Sobreviver com habilidades que não lhe podiam ser tiradas, porque faziam parte dele. Como a pele. As unhas. Como a respiração.

Saber o que as pessoas precisam escutar em cada momento ou o que não querem ouvir novamente. Usar as palavras em benefício próprio. Perceber que não há poção nem feitiço mais poderoso que uma frase dita na hora certa.

Não pode uma palavra fazer chorar o mais forte dos homens? Não pode provocar um ataque de riso que deixe o mais corajoso dos guerreiros caído no chão, sem forças para se defender? Não é verdade que uma frase pode destruir a segurança que uma pessoa tem em si própria e nos outros, plantar a semente da dúvida e fazer dela brotarem o ciúme e a desconfiança? E tudo isso sem usar as mãos. Sem sequer tocar no adversário.

Claro que sim!

E a quem importava a verdade ou a mentira? Eram apenas conceitos que ele usava a seu favor. Simples artimanhas que, convenientemente alinhavadas, tinham lhe trazido muitos, mas muitos benefícios.

"Sorte que a vontade dos homens é maleável como a argila. Se houvesse na corte um necromante de verdade, um só, eu seria desmascarado num segundo. Mas não há. Sou o único. O último. O herdeiro das sombras. Ou eu, ou ninguém", dizia para si mesmo, numa combinação de sinceridade e triunfalismo.

Não, não havia, claro que não havia.

Encarregara-se disso pessoalmente. Porque todo aquele que despontava nas artes das sombras, todo infeliz que demonstrava ser capaz de percorrer os atalhos da realidade, o insensato que se atrevia a balbuciar a língua com a qual se pronunciam os nomes verdadeiros das coisas... Todos, sem exceção, a desgraça empurrara em direção à morte. Um acidente trágico, uma absurda e mortal briga de bar, a aparição de uma doença repentina e fulminante... Sem deixar pistas. Apenas um resultado funesto. Não havia nenhum que se salvasse. Todos eram eliminados antes de conseguir desenvolver seus poderes.

Kor entendera perfeitamente que a única forma de manter seu poder de mentira consistia em impedir que alguém tivesse um de verdade.

Além disso, desde que, anos atrás, advertira Adhelon VI de que os reinos do norte estavam preparando uma rebelião para se levantar contra o que consideravam ser impostos excessivos, sua capacidade de encarar o destino e adivinhar seus tortuosos caminhos ficara livre de qualquer questionamento. E, se era verdade que os exércitos reais não conseguiram prender o esquivo e desconhecido líder Oroar, a informação de Qüídia servira para que ele ganhasse por muitos e muitos anos a admiração da corte e até mesmo o respeito do exército, que agora era comandado com mão de ferro por um impetuoso Al'Jyder.

Naturalmente, também não tivera dificuldades em colocar sob sua influência o substituto de Ong-Lam. Bastaram, como na maioria dos casos, algumas palavras bem ditas. Palavras que, embora soassem amigáveis, tinham o coração forrado de uma ameaça amarga e violenta:

"Parabéns por sua promoção. Acredite em mim quando digo que fiz todo o possível para que ela se realizasse. Foi justa. E, ainda que você deva esta alegria apenas a seu talento e determinação, às vezes é importante que alguém apregoe as virtudes de um indivíduo para que os ouvidos mais duros ouçam a voz da razão. No entanto, a partir de agora, espero, desejo e confio que você não esqueça o funcionamento das coisas. O verdadeiro. O real. Vi tantos como você despencarem pelas escarpas dos acontecimentos! Mas gosto de você. Não gostaria que algo de ruim lhe acontecesse. Por isso, quero dar-lhe um presente que sirva para desejar-lhe a sorte que, graças a seu impressionante dom para comandar, sua coragem e valentia, não será necessária. Assim, não resta a menor dúvida de que nossa jovem e surpreendente amizade será fortemente selada. Preste atenção, escute e nunca esqueça: reis vêm e vão. Às vezes, são derrubados por seus próprios filhos. Outras vezes, por amigos íntimos. Se as coisas não funcionam, o povo, que adora dramatizar as coisas e apontar com os dedos sujos um culpado por todos os seus males, pode até pedir sua cabeça. Rebelião, revolta, sublevação, revolução... Todos ficam como loucos. Mas com os conselheiros na sombra é diferente... É igual ao que acontece com os bons generais, que podem sobreviver aos clarões ofuscantes dessas mudanças. Para isso, você deve apenas saber manter-se, a cada momento, do lado certo dessa linha imaginária que existe entre a lealdade e a estupidez".

Kor dissera essas coisas a Al'Jyder pouco tempo depois de ele chegar das águas do mar do abismo.

O mar do abismo!

Teria acabado com Ong-Lam?

Teria devorado aquele menino que deveria ser a porta do lendário Labirinto da Aliança?

Teria terminado a profecia, o caminho que ele escolhera para recuperar o poder? Com o destino que ele fabricaria para si próprio para ser simplesmente invencível para sempre?

Por favor!

Kor nunca tivera dúvidas.

Yaruf, Ong-Lam e o professor Ühr estavam mortos. Qüídia sabia. Tinha consciência de que seu trabalho fora concluído. O labirinto afundara no mar, junto com eles. Por isso desaparecera sem deixar rastros.

Pensava isso até aquela manhã quando, ao levantar os olhos, viu um falcão, que mais tarde entendeu ser *Noc*, deixar cair de suas garras um pequeno pedaço de pergaminho.

Por todos os deuses!

Depois de tanto tempo, voltava a ter notícias de Qüídia. Desenrolou a mensagem com cuidado excessivo, como se manipulasse um forte veneno. Em seguida, leu e releu as seguintes palavras, tentando destrinchar o significado profundo e misterioso dos dizeres da feiticeira:

> O labirinto não está fechado. O caminho continua.
>
> Reúna-se comigo no lugar onde nos vimos pela última vez. Amanhã, antes do amanhecer, quando as coisas começam a se iluminar e adquirem suas verdadeiras formas, esquecendo os enganos das sombras.

Por um lado, Kor ficava irritado em receber ordens de Qüídia. Ela pensava que podia dispor dele quando bem entendesse. Mas por outro lado... A mensagem era promissora.

Então as portas do labirinto não estavam fechadas? Ele continuava a ter chance? Ou seria alguma artimanha da bruxa? Uma nova alucinação produzida pela hammala? Não parecia. A mensagem soava preocupada. Sincera.

Não tinha mais o que dizer. Teria que ir ao encontro. Não havia tempo a perder. Apenas uma coisa o preocupava: o que ela queria dizer com "os enganos das sombras"? Era um simples modo de dizer, ou teria ela se dado conta de seus planos? Bom, era preciso averiguar e, no pior dos casos, fazer o que ele sempre fazia: negar tudo.

Naquela noite, como em todas as ocasiões nas quais tinha um evento importante no dia seguinte, Kor preferiu não dormir. Segundo suas próprias palavras, isso se devia ao seguinte: "A falta de sono turva a razão, entorpece a mente e, assim, emergem as coisas importantes. Desaparece o superficial e você pode encarar, cara a cara, a verdadeira natureza das coisas."

Fiel aos seus costumes, manteve-se alerta durante toda a noite. Preparando-se. Não queria surpresas, e suspeitava que Qüídia pudesse tentar algum dos golpes de efeito que ela tanto apreciava.

Muito antes da hora marcada, Kor partiu para o lugar do encontro. Queria chegar antes dela, como se assim pudesse se adiantar àquilo de tão importante que ela tinha a dizer. Como se assim pudesse estar preparado.

Não conseguiu nem uma coisa nem outra.

Qüídia estava sentada exatamente no lugar em que se haviam visto pela última vez. Kor teve a sensação de que o tempo não passara, sobretudo quando ela começou a falar como se desse continuidade a uma conversação interrompida por algo tão insignificante como uma tossezinha, por exemplo.

– Yaruf está vivo. Impressionante, não?

Kor não acreditava no que acabara de ouvir.

Tentou digerir aquela frase que lhe trazia tantas esperanças como se ela não tivesse muita importância, ao mesmo tempo que imitava uma conversa típica entre duas pessoas que não se veem há muito tempo:

– Tudo bem, Kor? Como esteve nesse tempo todo que passou? Bem, Qüídia, muito bem. E você, onde esteve? Estava preocupado, tanto tempo sem ter notícias... Ah, caro necromante, é uma longa história. Você sabe, sou uma feiticeira e vou de um lado para outro e sou muito misteriosa. Pois então, amigo Kor, sabe aquele menino, sim, aquele que foi junto com o pai para além do mar do abismo? Então, ele está vivo. Quem diria, não? E sabe como sei que ele está vivo? Porque com certeza você deve achar estranho que eu saiba, pois, com a memória boa que tem, não esqueceu que meus poderes não conseguem ver o que ocorre ou deixa de ocorrer além daquela espessa neblina... Mas ainda assim voltei da neblina dos anos que passaram para lhe dizer...

Kor abriu as mãos dramaticamente e deu por encerrada a imitação. Em seguida, acrescentou:

– E então, Qüídia? Gostou da minha conversa? Não precisa ser exatamente desse modo... Algo parecido já estaria bom. Não acha?

– Exatamente. Você disse.

– Fico feliz de que você me dê razão... – interrompeu, antes de ser interrompido novamente.

– Meus poderes não conseguem ver nada do que acontece naquele mar – continuou, indiferente, como se a conversação que Kor tivera consigo mesmo realmente tivesse acontecido, e como se Kor não a tivesse interrompido. – Mas as asas de *Noc* são poderosas. Não há névoa que o detenha. Já faz algum tempo que venho notando uma força poderosa que não para de crescer. No começo, eu não acreditava. Segundo o relato de Al'Jyder, Ong-Lam e Yaruf morreram no mar do abismo. Algo não se encaixava. Alguma coisa estava fora de lugar. Não tive dúvidas. Mandei *Noc* averiguar. Meu amigo alado foi viajar para além do mar do abismo. Ele foi meus olhos, meus ouvidos, meu olfato, minhas mãos, meus braços... Uma prova. Eu precisava de uma prova para saber se essa sensação que crescia em meu interior era um aviso ou um simples falso alarme.

– A hammala, já lhe disse que ela não faz bem para a cabeça...

– Sem dúvida, meu querido *Noc* é muito mais inteligente que a maioria dos bípedes que se dizem humanos, incluindo você, que desde que chegou não para de dizer besteiras. Mas vou continuar a falar, como se você fosse inteligente. *Noc* sabia perfeitamente do que eu precisava.

– E com certeza o bom, o excelente *Noc* lhe trouxe uma mecha de cabelo de Yaruf, ou um pedacinho de sua unha – ironizou Kor, tentando manter uma posição digna na conversa e não se ver totalmente submetido a Qüídia.

– Está vendo? Eu disse... Se como bípede você não é grande coisa, como falcão seria um desastre. Não seja imbecil! Com isso eu não teria nem como começar. Ou acha que sou uma donzela apaixonada que quer preparar uma poçãozinha de amor? Por favor! *Noc* me trouxe a única coisa que fala por si mesma e diz tudo o que se quer saber sobre uma pessoa: um pouco de sangue. O sangue sempre diz a verdade. Uma gota já me bastava. E ele me trouxe várias... Gotas de uma ferida de Yaruf, que está vivo e tornando-se um verdadeiro guerreiro táurico.

– Ah, não me diga que estão crescendo pelos nas pernas do menino e chifres na cabeça... Isso sim seria engraçado.

– Você ainda acha que estou brincando. Não estou. Todo nosso mundo, tudo que conseguimos está prestes a voar pelos ares. Você já devia saber que a cada sete anos não resta nada em nosso corpo que seja velho. Tudo foi substituído. Até o mínimo detalhe, até o menor fio de cabelo, até a menor parte de nós já não existe. E, no entanto, não deixamos de ser nós mesmos. Renovados. Isso é magia. E também é mágico que, a cada instante que Yaruf passa com os minotauros, mais ele se torne um deles. Sim. Afasta-se a cada dia dos homens. Tem menos apreço por eles. Considera-os distantes. Como outra espécie. Se ele abrir o labirinto e ficar com o poder... Então talvez sejamos nós, os humanos, que tenhamos que nos retirar, vencidos e humilhados, para alguma terra onde possamos viver escondidos. Sempre com medo de que nos encontrem. Em suma, como eles viveram durante tantos anos.

– Está bem, mas o que podemos fazer? Acho que, se você veio até aqui, é porque sabe o que temos que fazer.

– Claro. Não ouviu? A cada dia, a cada insignificante momento que passa, por mais desagradável que seja, ele se sente mais e mais parte de sua tribo. Esqueceu quase por completo sua essência humana. Não importa o que acontece entre os minotauros, se é bom ou ruim. Não é verdade que até o mais infeliz e desafortunado dos homens continua a se sentir um homem? Pois é isso que acontece com Yaruf em relação aos que ele considera seus iguais. Seu pai é um minotauro, sua mãe é uma minotauro, seus irmãos são minotauros, por que então ele não deveria se sentir um minotauro?

– Você sabe isso tudo? Que ele tem pai e mãe? Que tem irmãos? Umas poucas gotas de sangue lhe dizem tudo isso? – perguntou o necromante, tentando descobrir se aquilo tudo era verdade ou apenas um truque.

– Disse e repito: o sangue nunca mente. Sabe por quê? Porque o sangue nos conhece. Percorre nosso corpo, fluindo nos rios que povoam nosso interior. Há sangue por todas as partes. Não podemos fugir dele. Está em nossa cabeça, em nosso coração, em nossas pernas, em nossos olhos. Sabe mais sobre nós do que nós mesmos. Você é um necromante... Tudo bem que tenha perdido seu poder...

Qüídia fez uma incômoda pausa. Kor não soube o que responder. A feiticeira continuou:

– Mas quando você ainda o tinha sua especialidade era perguntar para os mortos, ver nas entranhas dos corpos dos animais, percorrer o caminho estreito que vai da vida à morte e, nesse percurso, fazer perguntas, formular respostas. Mas meus caminhos são diferentes. Não sou uma necromante. Eu falo com a essência das coisas. Com este mundo. Com a substância. E a substância dos seres vivos é a água e o sangue. Fluidos divinos. Respostas e perguntas que se emaranham e se confundem no fluxo e nas veias dos rios. Eu os escuto. Você nunca percebeu como os rios e as veias são parecidos? Definitivamente, são. O sangue me conta muito sobre as pessoas e a água da terra e o desígnio dos deuses, ou por acaso a água não é a única parte do céu que podemos tocar na terra?

– Muito bem, bravo. Excelente exposição. Se tudo que você diz é verdade, que devemos fazer agora?

– Muito fácil. Temos que fazer com que o menino tenha contato com os humanos. Não podemos deixar nenhuma ponta solta. Devemos despertar o humano que está tão adormecido a ponto de desaparecer. Devemos gerar dúvidas nele. Muitas dúvidas. Porque elas levam ao receio, e o receio leva à ansiedade, e a ansiedade leva à autodestruição... Assim, dessa forma, talvez ele fracasse no labirinto. Se conseguir entrar, claro. Mas fique tranquilo, disso eu me encarrego. Você deve fazer a segunda coisa importante, e a verdadeira razão pela qual eu o trouxe até aqui. Você deve salvar o rei.

– Quê? Salvar Adhelon? De quê? De quem? – disse, quase sem poder acreditar no que acabara de ouvir e na súbita mudança que acontecera na conversa.

– Salvá-lo de si mesmo. De seu corpo enfermo. É uma enfermidade silenciosa. Cercou-o.

Qüídia fez aparecer em suas mãos um pequeno frasco transparente com umas poucas gotas de um líquido espesso e branco.

– É importante que você coloque na primeira refeição do dia todo o conteúdo do frasco.

– Mas... É impossível que ele esteja doente. Não parece, absolutamente. Agora seria uma tragédia. Não tem descendentes. Se morrer, haverá guerra.

– Quer ajudá-lo? – disse Qüídia, estendendo mais uma vez o frasco para Kor.

– Não será mais algum de seus truques? – perguntou desconfiado, mas arrancando o frasco das mãos da feiticeira. – O que é? Por que quer ajudá-lo? – Kor estava desconcertado e suas perguntas eram desconcertadas.

– Ele também é importante. Tem seu papel nisso tudo. Quando o labirinto se abrir, aparecerá um novo reino. É o que dizem as Sagradas Escrituras. E ele está doente. Se você quiser entrar no labirinto, é muito, mas muito importante que faça o que digo.

– E você, como vai ajudar Yaruf?

– Com meus próprios meios. Você se encarrega deste rei, eu me encarrego do outro.

– O que você quer dizer?

– Com o quê?

– Com essa história de "este rei e o outro".

– Eu disse isso?

– Sim, Qüídia, disse. Disse: "Você se encarrega deste rei, eu me encarrego do outro." Perdi meu poder, não minhas orelhas. Gostaria de saber de que lado você está. Não gosto de suas meias-palavras, suas sutilezas. Suas insinuações.

Qüídia calou-se por um instante e arqueou o olhar. Solene e inquietante. Em seguida, com uma inocência que não era sua, disse:

– Bom, não dê muita importância a isso. Talvez eu quisesse dizer que você se encarrega de um, e eu do outro. Talvez você tenha razão e essa hammala é mesmo ruim para minha cabeça. É uma pena que você não acredite em mim. Porque salvar o rei... Isso sim é definitivo.

Kor ficou calado encarando a feiticeira, sem saber o que realmente ela quisera dizer.

4

O melhor mestre de si próprio

Yaruf e Worobul começaram a andar com o sol e só pararam com a lua. Passo a passo percorriam, assombrados, caminhos novos. Contemplavam, boquiabertos, paisagens majestosas, com montanhas que coroavam a terra. Descansavam, esgotados, nas margens de rios de águas cristalinas. E dormiam, tranquilos, sob um céu que os contemplava com seus infinitos olhos brilhantes.

Para Yaruf, os primeiros dias foram de uma dureza extraordinária. Não estava acostumado com essas caminhadas intermináveis. Cada amanhecer, quando chegava a hora de marchar, notava que lhe doíam até os fios dos cabelos. Como se não fosse suficiente, Worobol só o deixava comer aquilo que ele conseguia com seu próprio arco. Isso lhe trouxera mais de um desgosto. Por exemplo, certa vez, morto de fome e cansado de desperdiçar flechas tentando pescar na margem do rio, pegou sua hutama e se pôs a golpear freneticamente a superfície do rio. Um enorme sorriso se desenhou em seu rosto ao perceber que, com um de seus furiosos golpes, um peixe fora abatido e jazia sobre a grama. A alegria durou pouco. Worobul, implacavelmente rígido, agarrou o peixe com suavidade e devolveu-o à água antes que Yaruf pudesse alcançá-lo. Yaruf, incrédulo, protestou com raiva.

– Você não tinha esse direito! Estou morrendo de fome! Esse peixe era meu. Quem pescou fui eu.

– Quem não tem esse direito é você – respondeu Worobul, sem se importar com os protestos.

– Como assim? Isso não está certo...

– Não me interrompa. Não quando você tiver desobedecido a uma das poucas coisas que deve saber um guerreiro, ou aqueles que querem se tornar guerreiros.

– O quê? – disse Yaruf mais humildemente, temendo ter feito algo que não devia.

– O arco e o falcão. Já ouviu falar deles? Com certeza já ouviu.

Yaruf assentiu com a cabeça e baixou os olhos. Worobul tinha razão. O costume táurico só permite caçar a distância; em nenhuma hipótese permite lutar contra aquele que servirá de alimento. O corpo a corpo destina-se apenas aos inimigos, e os animais não são inimigos: seu sacrifício serve para a alimentação. Por isso, apenas o falcão pode entrar em contato com a presa. Yaruf sabia que estava errado ao usar a arma para caçar, quando sua missão é apenas proteger. Somente as peles das vestimentas rituais de combate devem pertencer a um animal caçado com violência, pois desse modo a coragem da presa é transmitida ao guerreiro que a veste.

– Yaruf, não deixe que a fome lhe sirva de desculpa para desobedecer às leis – disse-lhe Worobul. – Porque assim você sempre encontrará uma boa desculpa para ignorá-las. Hoje será por causa da fome. Amanhã, por causa do frio. Da próxima vez, simplesmente porque você quer. E assim, pouco a pouco, você se converterá em algo que tenho certeza de que você não quer ser. Mas, se vier a sê-lo, será tarde demais para dar meia-volta e desfazer o caminho percorrido. Acredite em mim. E não esqueça que o arco e o falcão são para procurar comida. Não a arma.

– Mas eu não tenho um falcão! – replicou, tentando encontrar uma última oportunidade para se justificar.

– Porque ainda não ganhou um. Primeiro tem que aprender a usar o arco, depois o falcão.

– Pois bem... Acho que os falcões não gostam muito de mim. O arranhão que levei daquele maldito filho de Sredakal ainda está doendo.

Naquele momento, faminto e cansado ao extremo, Yaruf esteve muito próximo de desistir. De dar meia-volta. De voltar para casa. Mas tinha consciência de que, se voltasse sem se ter convertido num guerreiro capaz de cuidar de si próprio, HuKlio o mataria no combate. Se escapasse e decidisse se esconder nos bosques e nas planícies... O que iria comer, se era incapaz de acertar com arco e flecha peixes que mal se mexiam? E voltar para os humanos era uma possibilidade que nem lhe passava pela cabeça.

Por sorte, depois daquele episódio, Yaruf conseguiu apurar a pontaria e compreender as palavras que Worobul lhe repetia depois de cada erro: "Você não acerta porque pensa na presa. Deve pensar na flecha. Não respire. Mantenha o pulso firme. Apure a mente. Refine o pensamento. Assim acertará em tudo aquilo que pensar. E isso não vale apenas para a comida."

Depois que Yaruf passou a comer sua própria caça, Worobul assegurou: "Agora que é capaz de se alimentar, será capaz de entender."

Assim, a partir daquele momento, Worobul aproveitava qualquer pequeno detalhe para lhe contar um mito, alguma lenda ou a origem de alguma lei táurica. Yaruf adorava escutar aquelas histórias, embora ficasse surpreso por nunca tê-las ouvido antes.

– Por que não me contou essas coisas antes? Eu teria gostado de ouvi-las – protestava Yaruf, maravilhado com tudo aquilo que ia descobrindo.

– Tudo tem seu tempo. Quando alguém ganha de presente algo de que não necessita, sabe o que acontece? Não usa o presente. E, se não usa, esquece. Para que eu deveria contar-lhe algo que logo depois você esqueceria?

A história, como Yaruf as chamava, da qual ele mais gostava era a do falcão e de Gasadiel, o último Gen AgKlan que escolhera as tribos táuricas e que dera origem ao estandarte de sua tribo. Nas palavras de Worobul, soava mais ou menos assim:

– Gasadiel foi o maior de todos os Gen AgKlan. Forte como as montanhas, ágil como o vento que se mistura nos campos e tão inteligente que não hesitava nem mesmo em se corrigir quando tivesse sido injusto. Tamanha era sua grandeza. E foi então que numa ocasião, depois de uma caçada com seu falcão *Faqüua,* decidiu parar para descansar à sombra de uma pedra da qual jorrava uma pequena fonte. Cansado e sedento pela caçada, quis encher sua vasilha de ouro com aquela água, tão transparente que se parecia com ar fresco. Lentamente, aproximou-a dos lábios rachados pelo frio e pelo forte sol quando, do céu, mergulhou seu falcão, agarrou a vasilha e jogou-a ao chão, deixando Gasadiel surpreso pela reação de seu amigo.

"Os generais que acompanhavam o Gen AgKlan ficaram admirados. Imagine! Ninguém se atreveria a contrariar Gasadiel. E aquele falcão fizera algo tão estranho que poderia custar-lhe a vida. Mas Gasadiel decidiu apanhar a vasilha e tornar a enchê-la. De novo, ao tentar beber a água, o falcão desceu das nuvens como um relâmpago e atirou a vasilha de ouro ao chão. Os generais soltaram um grito de surpresa.

"Gasadiel, ofendido pelo comportamento daquele que fora seu falcão por tantos e tantos anos, gritou: 'Se alguém, seja ou não falcão, seja ou não companheiro de caça, seja ou não meu amigo... Se alguém, repito, voltar a me arrancar a vasilha das mãos e me impedir de beber a água desta fonte, vou atravessá-lo com esta flecha. Estão avisados.' Assim, tentou beber de novo. Dessa vez, no entanto, desconfiando de seu amigo *Faqüua*, Gasadiel observava o céu com os cantos dos olhos. Ao perceber que, de fato, e tal como temia, o falcão se lançava do céu uma vez mais, pegou o arco e atravessou-o com sua flecha. *Faqüua*, como um peso morto, caiu do outro lado da pedra de onde emanava a fonte. Qual não foi a surpresa de Gasadiel ao ir buscar o cadáver de *Faqüua* e verificar que, a seu lado, uma cascavel envenenava a água com a boca aberta! Então, quando Gasadiel percebeu que *Faqüua* se atrevera a contrariá-lo apenas para salvar-lhe a vida, rompeu em prantos. E chorou, Yaruf, por duas razões. Primeiro, porque matara injustamente o falcão que tanto o ajudara. Segundo, por ser tão desconfiado e não entender que, se um amigo se comporta de maneira estranha, é porque tem suas razões, ainda que nos seja difícil compreender, ou até mesmo que seu comportamento nos ofenda. Lembre-se dos fatos dessa história mas, sobretudo, não esqueça o que eles significam."

Essa história encantava Yaruf. Apesar de não serem poucos os que asseguravam que todas aquelas histórias, as muhar haluks, nunca tinham acontecido, Yaruf não se importava. Ele gostava de imaginar Gasadiel arrependido por sua desconfiança e agradecido pela valentia do amigo, embalsamando-o e recobrindo-o de ouro para cravá-lo sobre o estandarte do espírito de seu clã, chorando desconsolado e, apesar disso, sem perder um único pedaço de sua majestade de Gen AgKlan.

No entanto, a história que mais o inquietava era a da expedição de Yaduvé e o Ordamidon. Existem várias versões, cheias de matizes e pequenos detalhes que se entrecruzam e, em alguns casos, se contradizem, mas ela poderia ser resumida da seguinte maneira:

A primeira coisa que os minotauros fizeram ao chegar às suas novas terras foi se afastar da costa. Não era conveniente deixar muitas pistas, pois havia o risco de os humanos descobrirem e decidirem persegui-los e caçá-los. Assim, dirigiram-se ao interior e chegaram às terras nas quais se encontravam assentados agora. Mas queriam saber o que havia mais além, por isso enviaram uma grande expedição liderada por Yaduvé. Essa expedição, que contava mais de uma centena de minotauros de todas as tribos, partiu com a missão de verificar se existiam terras melhores no interior. Ou se, pelo contrário, algum perigo estava à espreita. Mas o lendário feiticeiro Malen-Daben, antepassado de Sadora, poucos dias depois da partida da expedição teve uma visão em sua cabana. Naquela visão, o Ordamidon se apresentou a ele pela primeira vez e explicou-lhe seu pacto com Karbutanlak.

Por muito tempo eles aguardaram notícias da expedição de Yaduvé, esperando que os maus augúrios de Malen-Daben não se confirmassem. Mas continuavam esperando. E ninguém mais duvidava que o Ordamidon tivesse sido feito com os espíritos daquela primeira e última expedição ao interior das novas terras táuricas.

Yaruf era incapaz de entender por que Worobul queria se aproximar daquelas terras, com as quais ninguém se importava e cujo nome teriam esquecido, se pudessem.

– Por que você quer ir até as terras do Ordamidon? Acha que algum dos nossos pode ter sobrevivido ao espírito?

– Não vamos entrar nas terras, fique tranquilo. Circularemos a montanha que marca seu princípio, nada mais. Garanto que ninguém vai nos encontrar e que ficaremos bem.

E assim, caminhando, iam passando os dias.

Yaruf treinava e treinava com sua hutama, enquanto Worobul percebia, maravilhado, com que facilidade o menino era capaz de fazê-la girar nas mãos, e como humano e arma iam se tornando uma coisa só.

A cada dia, Worobul desafiava Yaruf, para ensiná-lo a se movimentar, a aproveitar sua agilidade diante da envergadura. "Os defeitos – repetia sempre – usados a seu favor podem ser suas principais virtudes. Se você é pequeno, seja rápido. Se não é forte, seja ágil. Se é diferente dos outros, seja único."

Worobul foi aumentando o nível dos combates, até que um dia teve que se esforçar de verdade para vencer Yaruf, que entendera com perfeição tudo o que dia a dia lhe fora ensinado. Então o minotauro decidiu que chegara o momento de mudar de mestre.

– Olhe para o céu, Yaruf. A lua está negra, o que significa que gastamos a metade do tempo que roubamos de HuKlio para o combate. Hoje tive que me esforçar muito para vencê-lo. Estou impressionado com seus progressos.

– Tenho certeza de que da próxima vez minha hutama vencerá seu machado — brincou o humano, satisfeito com os elogios.

– Não creio que haverá uma próxima vez, ao menos não espero que haja.

– O que quer dizer? Não gosto de como estas palavras soam.

– Soam satisfeitas. Felizes. Convencidas. Soam como se tivesse chegado a hora de mudar de mestre.

– Mas só faz uma lua que estamos juntos, você acabou de dizer...

– E também acabo de dizer que você aprende rápido. Os outros demoram muito, muito tempo para avançar tudo o que você avançou como se já soubesse o caminho. Como se ele sempre tivesse sido parte de você.

– Acho que não estou entendendo mais nada. Além disso, aqui não há nenhum mestre além de você. Não sei, não entendo – disse Yaruf, já ficando irritado.

– Ora, pensei que você fosse mais inteligente – brincou Worobul. – A partir de amanhã, você continuará sozinho. Quando a lua estiver negra novamente, terá que voltar à arena sagrada para enfrentar HuKlio, e que os deuses o ajudem.

– Mas... – Yaruf tentou protestar, irado, mas não conseguia encontrar nem palavras nem argumentos. – Isso não é assim. Não pode ser assim. Sozinho? Eu? Não posso ficar sozinho! Pensei que você ia me ajudar com meu treinamento. Ainda não sou um guerreiro. Ainda não sou capaz de vencer nem HuKlio, nem ninguém... Que tipo de mestre é esse? Você disse que eu ia mudar de mestre, não deixar de ter um.

– Está vendo como é inteligente? Você mesmo acaba de dizer. "Ainda não sou capaz de vencer ninguém." Exato! E enquanto eu o acompanhar você continuará sendo incapaz de vencer. Seu principal inimigo é seu próprio medo. Porque quando uma pessoa sabe que é capaz de vencer deve perguntar-se: "Agora que posso vencer; agora que posso enfrentar todos e derrotar muitos; e agora, o que faço com este poder? Responda a esta pergunta e volte para casa quando a próxima lua negra aparecer.

– Não. Não. Espere. Não posso ganhar de muitos. Além disso, esse não seria o problema. Porque talvez eu possa vencer alguns, mas não HuKlio, e se não o vencer não terei outras oportunidades. Além disso... E se alguma coisa acontecer comigo? E se uma fera selvagem me matar? E se eu me enganar e sem querer colocar os pés na terra do Ordamidon? Ainda preciso aprender!

– Suas palavras me comoveriam se fossem fruto da humildade. Mas são fruto da insegurança. E a melhor forma de vencê-la é dar luz a essa insegurança. As coisas realmente importantes se aprendem sozinho. O melhor mestre de si mesmo é você. Nunca canse de ouvir essa verdade, porque ela é uma daquelas que fortalecem os que a conhecem. E se você morrer por aí... Olha, se isso acontecer, e não acho que vá acontecer, quer dizer que você não tem nenhuma chance de vencer HuKlio. E, francamente, prefiro que você seja morto por um animal selvagem do que por um minotauro estúpido – disse Worobul sorrindo. – Também não se preocupe com o Ordamidon. Está vendo aquela montanha? Enquanto ela não ficar às suas costas, não há razão para temer. É o limite das terras que nos pertencem, de acordo com o pacto que fizeram os deuses. Agora, vamos dormir.

– Mas o que significa "prefiro que você seja morto por um animal selvagem"? Isso é uma estupidez. Você é meu pai, deveria preferir que ninguém me matasse...

– Boa noite, Yaruf. Estou com sono, e amanhã uma longa viagem de volta para casa me espera, e uma viagem ainda mais longa que a minha o espera. É melhor que nós dois descansemos.

– Mas espere um momento... Um momentinho só e pronto...

– Sabe qual é seu problema nesses momentos? – disse Worobul, começando a se deitar.

– Sim, sei qual é. É que você vai me deixar aqui, no meio destas terras que não são minhas e que nem quero que sejam. Se naquele dia em que me deu a hutama tivesse me avisado que iria me abandonar, eu teria voltado para casa.

– Verdade? Não acredito, sinceramente. Mas, bem, não estou obrigando você. Você pode voltar para casa quando quiser. Você mesmo.

Worobul disse isso e deitou-se para começar a dormir, dando as costas para Yaruf, que não podia estar com pior humor. Não podia acreditar que aquilo estivesse acontecendo. Claro que não voltaria para casa! Aquelas palavras eram uma armadilha. "Você mesmo." Aquilo era uma armadilha!

Maldito fosse!

Irritou-se com tudo e com todos. Deuses. Minotauros. Ordamidons. HuKlio... Sim, especialmente com ele. Por que estúpida razão o desafiara? Ele não queria estar ali. Queria estar em casa. Não queria entrar na arena sagrada. Não queria matar nem morrer. Sua vida fora relativamente tranquila. Sem dúvida, preferia um milhão de vezes ter que brigar com seus irmãos e sentir-se afastado de todos a ter que estar ali. No meio do nada. Sozinho. Abandonado.

Enquanto Worobul o ensinara, parecera divertido. Uma aventura. Algo diferente. Mas agora já bastava, não queria mais estar longe de casa. Queria voltar. Não gostava da ideia de acordar e verificar que Worobul o abandonara.

Que podia aprender? A caçar coelhos? Isso já sabia fazer. E não achava que HuKlio lutasse como um coelho. Um coelho com chifre de ouro... Ao imaginar HuKlio como um coelho gigante, Yaruf soltou uma gargalhada involuntária, surpreso com a imagem e com o absurdo da situação, embora logo tenha voltado a seu estado de irritação e decidido que não dormiria.

Não. Não facilitaria tanto as coisas para Worobul, que esperava partir sem fazer barulho.

Tentou manter-se acordado durante toda a noite. Mas estava cansado, tão cansado... que não percebeu que o sono se aproximava na ponta dos pés, rodeando-o lentamente, até dominá-lo sem piedade.

5

A primeira ferida

Yaruf despertou sobressaltado.

Deixara o caminho livre para Worobul abandoná-lo.

Estava agitado, nervoso. Sua respiração se entrecortava, enquanto com os olhos procurava o pai.

Não encontrou nada, exceto um círculo desenhado na terra, onde se encontrava um colar com um magnífico jade verde no centro. Uma inscrição feita com pequenas pedras advertia:

"Os que não se encontram estão perdidos."

Yaruf se irritou.

Outra adivinhação idiota! Estava farto. Num rompante, esteve prestes a dar um forte pontapé numa rocha. Conteve-se. Não era a melhor solução. Isso aprendera. Machucar o pé acrescentaria dores e incômodo a seus problemas, em vez de resolvê-los. Não era a melhor solução.

Aonde ir? O que fazer? Como passar o tempo?

Até aquele momento, limitara-se a seguir o rumo marcado. Tanto fazia se fosse para lá ou para cá. Agora, supunha-se que ele era seu próprio mestre. E os mestres sabem aonde ir. Ele não sabia.

Colocou o pingente, compreendendo que fora Sadora quem o fizera chegar até ele, por meio de Worobul.

Com o pé, e com alguma raiva, apagou a inscrição no chão. Olhou ao redor. Suspirou profundamente. Não podia retornar até que a lua voltasse a estar negra, e faltava tempo demais para que ele ficasse quieto sem fazer nada. Teria que ficar tempo demais sozinho.

A ideia de ficar entediado o entediava. Muito. Ficou muito tempo perdido, imóvel, perplexo entre a paisagem serena. Quase sem pensar em nada, como se daquela maneira o tempo passasse mais depressa. Mas então viu a montanha que não deveria ficar às suas costas se ele não quisesse entrar nos territórios do Ordamidon e começou a pensar...

Parecia uma ideia absurda, mas era a única que tinha naquele momento, então decidiu dar voltas em torno dela. E pensou na infinita solidão daquele deus antigo. Sem um povo escolhido. Sem sacrifícios em sua honra. Sem súplicas. "Os deuses precisam dos mortais tanto quanto nós precisamos deles", sentenciou Yaruf, sem deixar de olhar para cima.

Foi tomado por uma vontade irresistível de escalar a montanha. De olhar mais além. Worobul dissera apenas que não devia pisar naquelas terras. Não dissera nada sobre dar uma olhada. Afinal de contas, deus e humano estavam sozinhos. Talvez encontrasse algum rastro da expedição de Yaduvé. E se voltasse com notícias... Quem sabe, talvez as outras tribos pensassem que sua existência valia para alguma coisa além de ser o centro dos comentários maliciosos e funestos.

Não teve dúvidas.

Já tinha para onde ir. Um objetivo. Um caminho para percorrer.

Com o ânimo renovado, começou a andar.

Mas era como se, a cada passo dado, a montanha retrocedesse dois, e ele precisou de dois dias inteiros para chegar até a base e começar a subida. O caminho mais longo, porém, foi feito em sua cabeça.

Enquanto seus pés percorriam uma trilha sem perigos aparentes e de uma beleza virginal, sua mente andou por lugares escuros e estreitos; ladrões que o assaltavam em forma de perguntas na metade do caminho.

Como eram os que haviam sido seus deuses? Não Karbutanlak. Não Miomene. Não Sredakal. Os seus próprios. Os humanos. Os deuses entre os quais nasceu também o teriam abandonado? Os deuses táuricos o teriam adotado, como fizera Worobul? Será que o mundo todo se esquecera dele? Seria ele um mortal sem nenhum deus que o protegesse, um deus ao qual recorrer na aflição e agradecer na fortuna? Um deus perante o qual se arrepender? E pior ainda foi quando ele começou a se perguntar se também Worobul o abandonara ali à própria sorte. Como um sacrifício para o Ordamidon. Como uma oferenda. Em quem poderia confiar?

Nunca tinha pensado nisso. E embora no fundo soubesse que era impossível, que era uma bobagem... Apesar disso tudo, o simples fato de pensar nessa possibilidade já o machucava. E começou a se sentir mal.

Seu peito pesava. Seu estômago se revolvia. Uma violência desconhecida se misturava com seu sangue. Uma força que ele nunca antes sentira. Negra. Pesada. Lúcida e agressiva como o sol das tormentas. Uma raiva que em algum momento o fez chorar, mas não de dor. Era algo muito diferente da dor. Sentia-se tão só... que começou até a sentir saudades de seus pais humanos. Aqueles que não tinham nem sequer um rosto em sua memória, mas que, enquanto ele percorria o caminho, fantasiava encontrar, pedir que não o abandonassem de novo. Sonhava com braços humanos que o abraçassem forte. Sentia-se tão só... como se nunca tivesse deixado de estar só.

De vez em quando se tranquilizava e tentava pensar. Lembrar de Worobul. De Sadora. De seu amigo Hanunek. Voltar para os bons momentos, as horas de diversão. Até mesmo as brigas com seus irmãos. Algo de verdade, no fim das contas.

Mas, quando pensava que tudo aquilo já passara e que seu corpo recusara aquela força como se fora uma doença, a terra voltava a tremer. Sua cabeça voltava a se enevoar. E não conseguia encontrar nenhuma coisa positiva, um único lugar ao qual se agarrar para não cair no abismo sobre o qual ele tremia. Suava. E respirava como se o ar estivesse acabando.

Assim passou os dois dias que o aproximaram da montanha.

Chegou ao entardecer.

Estava cansado. Esgotado de tanto pensar. Farto de que sua cabeça desse voltas loucamente em círculos cada vez menores, como uma ovelha encurralada na festa do Kadasta Resta.

Decidiu que o melhor seria passar a noite ali e deixar a subida para o dia seguinte. "Sem sol também não poderei ver muita coisa", disse consigo mesmo, tentando pensar como Worobul pensaria.

Procurou um lugar ao abrigo do vento e da possível chuva. O céu estava negro. Foi procurar lenha para preparar uma fogueira que o protegesse dos lobos e dissuadisse as feras da floresta mais atrevidas.

O jantar não seria um problema.

No meio da tarde, caçara um maravilhoso coelho branco. Já podia começar a cozinhá-lo, como vira seu pai fazer durante todo o tempo em que viajaram juntos.

Tudo estava pronto. Era o momento de tirar as pedras dos pequenos sóis, as hata-matuya, e acender um bom fogo com elas.

Um pouco mais tranquilo do que estivera durante todo o dia, Yaruf deixou o fogo esquentar, enquanto seu olhar se perdia no baile das chamas que iluminavam a noite. Conseguiu deixar a mente vazia. Como um corpo ao sol.

Só queria comer algo antes de dormir. "Amanhã será outro dia, e faltará um dia a menos para voltar."

Quando o jantar ficou pronto, ofereceu o primeiro pedaço de alimento e o primeiro gole de água à terra, seguindo a tradição que, com esse gesto, glorifica o Primeiro Guerreiro, Karbutanlak, e agradece à terra por alimentar os animais e por fornecer a água utilizada pelos minotauros. Mas, antes que pudesse dar a primeira mordida, ouviu algo se movendo entre os arbustos.

Seria um lobo?

Pegou a hutama. Deixou o arco no chão. Levantou-se. Colocou-se diante dos arbustos e tentou perscrutar a escuridão.

"Será o vento balançando algum galho?", pensou Yaruf, dando a volta. Imediatamente, voltou a escutar um som. Desta vez, conseguiu distinguir melhor. Era pesado e com um leve tilintar metálico. "Isso não é o som dos passos do vento."

– Tem alguém aí?

Não esperava uma resposta. Queria apenas assustar quem quer que rodeasse seu acampamento, embora começasse a duvidar que fosse um animal.

O que poderia ser?

O Ordamidon?

Não acreditava. Os espíritos divinos não fazem barulho. Worobul? Muito menos. Não faria sentido, e, além disso, tinha certeza de que, se seu pai decidisse segui-lo, o faria com mais discrição e sigilo.

"Você está exagerando – tentou convencer-se, ao perceber que os passos haviam parado. – Foi só minha imaginação, os bosques de noite contam muitas coisas", disse para si mesmo, lembrando-se de um dos mais poéticos e amáveis provérbios táuricos; um dos primeiros que as crianças aprendem, para arrancar de suas mentes o medo dos bosques à noite. Assim, elevou a voz a um murmúrio e recitou, para afastar o medo:

Os bosques falam à noite,
os rios cantam durante o dia.
Os bosques contam à noite
o que os rios lhes cantam durante o dia.

Quando estava praticamente convencido daquela ideia, voltou a ouvir passos. Desta vez mais fortes, evidentes, sem nenhum tipo de dissimulação. Cada vez mais próximos. Mais decididos. Mais metálicos.

"Maldito seja! Que tipo de animal tem patas de metal?" Yaruf deu um passo para trás. Colocou-se em posição de defesa. Sua hutama apontava para os arbustos, que agora se agitavam nervosos.

Estava preparado para enfrentar qualquer animal, por mais feroz que fosse. O que não esperava era ver como aparecia, fantasmagoricamente iluminado pela fogueira do acampamento, um altíssimo e descomunal minotauro.

Os dois ficaram paralisados.

Yaruf adiantou um pouco a perna esquerda, a direita preparada para a investida. Segurava a arma firmemente, com as duas mãos apontando para o inimigo. Mas baixou a hutama ao perceber que o som metálico que tanto o inquietara era apenas dos pesados grilhões que o minotauro trazia nas patas. Estavam velhos, carcomidos pela ferrugem, de tal forma que pareciam fazer parte dele. "Quem ousou prender um filho de Karbutanlak como se fosse um...?" Yaruf, totalmente desconcertado, não soube como terminar a frase porque nos clãs táuricos não se usavam grilhões nem para acorrentar animais. Apenas em alguns casos, e para servir de exemplo, para levar algum prisioneiro diante do estandarte que não deve tocar a terra, mas isso era algo que não se via muito habitualmente. E ele nunca presenciara tal fato.

Perguntava-se isso, embora fosse incapaz de imaginar a resposta. Era algo tão sabido, tão aceito, que nem sequer estava escrito em alguma Pedra. Não passava pelos chifres de nenhum minotauro tratar daquela maneira qualquer membro de outro clã, de outra tribo, por maior que fosse a inimizade entre os dois.

Finalmente, Yaruf decidiu se apresentar.

– Sou Yaruf, do clã de Worobul, da tribo de Worfratan. Estou aqui porque tenho um duelo na arena dos deuses e quero estar bem preparado. Quem é você?

O minotauro abriu os olhos, como que surpreso ao ouvir um humano falando em sua língua. Mas não houve resposta.

Em seguida, avançou sobre Yaruf, que não teve problemas para se esquivar da investida. O minotauro não estava armado. Tinha apenas os chifres, grandes e afiados. Mas eram suficientes para matar.

Yaruf resistia a lutar. As leis táuricas eram claras a esse respeito: quando um membro de um clã tem um combate na arena dos deuses, não pode parar de lutar até que a arena imponha um ganhador. Se um minotauro se sente ofendido por outro que tem um duelo marcado na arena dos deuses, sua única opção é desafiá-lo para um duelo após o primeiro combate, correndo o risco de que a ofensa fique pendente para sempre, no caso de morte de seu adversário.

– Quem é você? – insistiu. – De onde vem? A que tribo pertence? Não posso lutar, tenho um combate na arena dos deuses e você tem que respeitá-lo. Vamos, fale!

Yaruf conseguira esquivar-se do primeiro ataque. No seguinte, deteve o golpe, virou-se, tomou posição e, com as costas do minotauro à sua frente, deu-lhe um forte golpe com a hutama. O minotauro, surpreendido, caiu de joelhos no chão e urrou fortemente.

– Vamos, você não pode me derrotar – disse Yaruf, orgulhoso. – E não quero derrotá-lo. Vamos conversar.

O minotauro se levantou cambaleando e voltou a se colocar em posição de ataque.

– Mas de novo... – gritou Yaruf, decepcionado, embora pela primeira vez na vida se sentisse muito superior a seu rival.

– Volte para Nígaron, de onde nunca deveria ter saído. Não vai entrar.

Nígaron!

Um clarão sacudiu a cabeça de Yaruf. Aquela palavra... Aquele nome, já o ouvira antes... Em sua vida anterior à praia... Antes de ser encontrado por Worobul... Antes de tudo. "Nígaron."

Enquanto Yaruf, paralisado, tentava percorrer na memória o caminho que aquela palavra mágica deixara aberto, o minotauro aproveitou para lançar outro ataque.

Yaruf reagiu tarde. Os chifres de seu oponente sacudiram o ar como um raio, e um deles roçou-lhe as costas, provocando uma ferida superficial, mas dolorosa.

Yaruf levou a mão ao local do ferimento. Seus dedos se tingiram de um espesso sangue vermelho, como ele nunca antes vira e como jamais voltaria a ver. Apenas seu sangue.

Algo obscuro e profundo fez suas pernas tremerem.

Lembrou de uma das lições de Worobul, uma daquelas às quais ele não dera muita importância. Agora, no meio de uma batalha, percebia todo seu valor. "Conhece-se um guerreiro de verdade depois da primeira ferida. Depois dela, muitos têm medo, o que os converte em covardes. Outros gostam e vivem dependentes dessa excitação, o que os torna imprudentes. Apenas os que estão no centro, no meio do medo, têm coragem diante dos perigos e prudência diante da temeridade. Com sua primeira ferida, você entenderá."

Fortalecido pelas palavras que emanavam de sua cabeça, como água fresca de uma fonte inesperada, voltou a se concentrar no combate. A ferida doía. Depois teria tempo para isso.

Outra investida do minotauro. Lenta, sem força. Totalmente previsível.

Yaruf sabia que, se acertasse os golpes um par de vezes, poderia derrotá-lo rapidamente. Assim, conseguiu esquivar-se do golpe do minotauro e colocar sua hutama entre as pernas dele, fazendo-o tropeçar. O minotauro caiu de bruços no chão. Quis levantar. Não conseguiu.

Yaruf percebeu que nas costas do minotauro afundavam-se duas cicatrizes profundas e dolorosas, como se ele tivesse sido castigado a chicotadas, como o pior dos criminosos. Pareceu-lhe estranho, e Yaruf não pôde deixar de dizer, com certa compaixão:

– Quem lhe deixou essas cicatrizes nas costas? Quem o acorrentou? Fale.

Um suspiro por resposta.

– Você perdeu, renda-se! Diga-me, o que é Nígaron?

O minotauro endureceu o olhar, apertou a mandíbula e tirou de um lugar remoto forças suficientes para se contorcer no chão e lançar Yaruf pelos ares.

Caído, o humano não conseguia acreditar em como fora estúpido ao confiar no minotauro. Num suspiro, as coisas haviam mudado. O minotauro tinha a hutama, estava de pé e se aproximava dele. Yaruf se arrastou para trás. Queria levantar-se, mas não tinha tempo. O minotauro ergueu a arma e descarregou um potente golpe que se espatifou no chão, porque Yaruf foi hábil o suficiente para se esquivar. No entanto, não pôde evitar que seu rival colocasse uma das patas sobre seu pescoço e apertasse fortemente. Yaruf, com suas mãos diminutas ao lado daquelas patas enormes, tentava aliviar a pressão que ameaçava sufocá-lo. Não conseguia.

Impossível.

Em força bruta, até um minotauro ferido era superior a ele. Quando Yaruf, impotente, já estava a ponto de se abandonar à derrota, o minotauro caiu fulminado por uma grande flecha, quase uma lança, que lhe atravessou as costas.

Quem estava ali?

Yaruf se levantou com um salto. Encarou o minotauro. Estava morto. Olhou para o céu, temendo que outra flecha caísse. Havia algo atrás dele. Quis dar meia-volta. Antes de conseguir, alguma coisa golpeou a parte de trás de sua cabeça.

Yaruf perdeu a consciência e desabou no chão.

6

Em terra proibida

Cloc, cacloc, cloc, cacloc...

Onde estava? O que era aquele ruído repetitivo e constante? Por que o chão se mexia?

Yaruf abriu os olhos.

Sua cabeça doía. Estava rodeado por uma luz suave, quase como a primeira carícia que se faz num animal recém-domesticado.

O que acontecera?

Num primeiro momento, só conseguia se lembrar da luta que perdera por culpa de sua falta de concentração, por seu estúpido excesso de confiança.

"Estava prestes a ganhar... Já tinha ganhado! E relaxei... Se Worobul estivesse aqui, brigaria comigo, e com razão – resmungou, muito irritado consigo mesmo pela oportunidade perdida de conseguir sua primeira vitória. – Não estava esperando, no Primeiro Combate! Parecia que se rendera. Que a luta já acabara."

Também lhe vieram à cabeça palavras que Sadora sempre repetia: "Filho, não seja impaciente nem precipitado na vitória. Não se esqueça que, até a última e mais insignificante das lascas, um chifre continua sendo um chifre. A parte do inimigo que você menos espera pode vencê-lo. Aquele momento ao qual você menos dá importância... pode ser o crucial. Nada está acabado até estar terminado."

Em seguida, lembrou-se da flecha que acabou com a vida de seu adversário. E dos grilhões. E do momento em que alguém, ou algo, o golpeara por trás, deixando-o fora de combate.

"Que covarde!" – resmungou, rangendo os dentes.

Mas quem? Quem matara o minotauro? Quem o prendera ali? O que ele estava enfrentando? Devia agradecer? Justo antes de o minotauro cair fulminado por uma enorme flecha, ele estava prestes a ser vencido, atacado por sua própria arma. Alguém o salvara, ou alguém o mantivera com vida para... O quê? Não conseguia pensar em nada.

Contorceu-se no chão. Tentou se levantar, mas estava enjoado. Aquele movimento fazia sua cabeça dançar.

Cloc, cacloc, cloc, cacloc...

CATACLOC!

O chão veio para cima.

Yaruf perdeu o pouco equilíbrio que conseguira. De joelhos, cuspiu no chão com raiva. Tinha a boca ressecada. Começava a ficar furioso.

No entanto, a queda o balançara, e ele demorou a abrir os olhos.

Agora sim.

Estava rodeado de madeira. Madeira e madeira. Madeira por todos os lados. O chão, o teto... Era como estar dentro de uma árvore que tivesse decidido começar a andar. "Estou numa carroça, como se fosse alimento para levar ao povoado."

Quem o puxava?

Quando o ritmo do cloc catacloc voltou à normalidade e ele conseguiu se colocar de pé, percebeu que o sol e o ar eram filtrados por pequenos buracos. Yaruf cambaleou até o maior deles e viu como o dia transcorria tranquilo, aprazível. Quem diria que alguém estava preso após ter sido traído e derrubado?

Dali não conseguia ver nada além da paisagem. Nenhuma pista do que estava acontecendo. O que conseguiu ver foi a outra face do monte que marcava o início das terras do Ordamidon.

"Oh! Oh! Por todos os deuses!", lamentou-se Yaruf, sem encontrar palavras melhores.

Não havia dúvida. Estava adentrando a terra proibida. Estava fazendo a única coisa que Worobul lhe dissera para não fazer.

Não era sua culpa! Não queria estar ali! Era apenas um prisioneiro de... Sentiu um nó no estômago. Tensão e impaciência.

Não estava gostando nada daquilo.

Estava se afastando da proteção de seus deuses, se é que algum dia a tivera. Mas, sobretudo, afastava-se da proteção de qualquer minotauro que pudesse vir resgatá-lo. Aquele caminho levava a um lugar no qual ninguém se atreveria a ir buscá-lo.

Um território sem lei, sem normas, sem inscrições nas Pedras Altas... Teria que se salvar sozinho.

Não havia tempo a perder. Tinha que fugir. Correr sem olhar para trás. Não era covardia. Ele enfrentaria quem quer que fosse, e ninguém voltaria a surpreendê-lo. Sentia-se preparado para viver ou morrer na arena dos deuses. Mas contra o Ordamidon? Não acreditava estar preparado para aquilo.

Fosse como fosse, precisava voltar às terras de Karbutanlak.

Com fúria, lançou-se contra a parede que parecia ter mais fissuras, mais sol na superfície. Aquela era a mais fraca. "Quando atacar, ataque contra o ponto mais fraco ou o ponto mais forte – ensinara-lhe seu pai. – Não ataque o ponto médio, pois conseguirá resultados medíocres."

Uma vez. Duas. Três vezes.

Com os ombros, tentava fazer as madeiras cederem. A cada investida, todo seu corpo era sacudido como num pequeno terremoto. O ritmo se alternava. O balanço virava tremor. Mas não demorava a voltar à normalidade.

Uma. Duas e três vezes mais.

Tudo igual.

O braço, avermelhado depois dos fortes golpes, doía. Quem se importava? Tanto fazia. Apenas queria sair. Faria o que fosse preciso, e se para isso precisasse machucar o ombro estava disposto a pagar o preço. Depois Sadora o curaria com seus unguentos e misturas.

Lançou-se de novo.

Desta vez, tomou todo o impulso que pôde. Colocou o cabelo para trás. Abaixou a cabeça. Levantou os olhos. Com o pé direito, fez o movimento de escavar o solo, como tantas vezes vira Worobul fazer.

Preparou o corpo para o golpe. Encheu o pulmão com aquele ar viciado. Segurou a respiração, convencido de que conseguiria derrotar a madeira.

Estava preparado e, no entanto, seu plano simples veio abaixo. Algo falhou em seus cálculos.

Não pôde dar nem um passo. Tudo se deteve de repente, numa quietude nervosa.

– Ei, aqui dentro. Alguém pode tirar-me daqui? Sou Yaruf, filho de Worobul, da tribo de Worfratan. Ei! Estou aqui dentro!

Não houve resposta.

Voltou a lançar-se contra a parede, com violência e raiva. Esperava que alguém dissesse algo. Que o repreendessem. Que o tranquilizassem. Que o ameaçassem. Que o mandassem ficar quieto. Algo! Não aguentava não saber o que estava acontecendo.

Outra vez. E mais uma vez.

Nada.

Ligeiros rumores, quase inaudíveis, mas ninguém se dirigia a ele.

Um estalo, um golpe seco no lombo de algum animal. Voltou a soar o cloc, cacloc, cloc, cacloc...

Yaruf se sentou no chão irritado. Impotente. Não podia fazer nada. As paredes resistiam a suas investidas. Os que estavam fora não lhe davam ouvidos. Continuava a andar em direção a um destino que desconhecia. Pelo menos, sua hutama rolara até seus pés com o movimento. "Bem, não perdi minha arma, e olha que ela esteve prestes a me ferir. Minha própria arma!" Yaruf agarrou-se a ela e pensou que, assim que alguém decidisse entrar ali, pediria explicações.

O tempo passou.

Quanto? Yaruf não sabia.

Tudo parecia igual. Monótono. Circular. Envolvente.

Nada acontecia. Só o maldito balanço.

De quando em quando, espiava através de um dos buracos para ver se algo mudava na paisagem. E cada vez que verificava que tudo seguia igual tranquilizava-se pensando que, se aquela exuberância continuasse a existir, o lugar ao qual se dirigiam não poderia ser tão ruim assim.

Se o que lhe haviam contado era verdade, Yaruf esperava encontrar uma paisagem desolada. Um ambiente cruel, sombrio, em que tudo indicasse que nas entranhas daquele lugar vivia o deus insaciável e solitário que se supunha ser o Ordamidon.

O que viu foi pior.

Num certo momento, o ar começou a cheirar a pele queimada. A luz se acinzentava de forma sutil, mas inevitável. Havia algo inóspito no ambiente, selvagem, voraz. Chegou até a ver uma grande extensão de árvores cortadas, que resistiam sobre o terreno empobrecido, mutiladas e envergonhadas. Seus olhos não podiam acreditar no que estavam vendo. Era um espetáculo triste, que de repente se tornou impiedoso e brutal, quando apareceram ao longo do caminho gigantescas estacas que atravessavam as cabeças de minotauros descornados.

Não havia um, nem dois, nem sete. Dezenas e dezenas de minotauros decapitados, com os olhos perdidos num infinito que não conseguiam encontrar, decoravam o caminho de maneira macabra.

Quem fizera aquilo?

Quem eram os infelizes que haviam encontrado sorte tão cruel? O Ordamidon? Seria um deus capaz de fazer semelhante loucura, semelhante barbaridade?

Depois do horror, a calma.

A paisagem voltou à normalidade, e assim chegou a noite.

Yaruf não queria dormir. Primeiro, porque o que vira através dos buracos na madeira o impressionara. E segundo, porque precisava estar atento a qualquer ruído, a qualquer alteração da tranquilidade da noite.

"Tenho que estar preparado – pensava, para conseguir ânimo e manter-se em vigília –, talvez eu tenha uma oportunidade de escapar. Mas se eu dormir estarei à mercê dessa coisa que me pegou."

Yaruf se sentou atento, tentando ver com os ouvidos, atravessar as paredes. Tentava descobrir a quem ou a que pertencia o menor dos ruídos, o mais suave murmúrio ou o mais leve movimento que fosse produzido.

Assim, por mais que seus captores tentassem não fazer nenhum tipo de ruído, conseguiu deduzir que havia dois minotauros como aquele que o atacara. Seus grilhões quebravam a escuridão. "Devem ser companheiros do minotauro que me atacou, seus passos soam da mesma forma, metálicos." Também deduziu que haviam acendido fogo e cozinhavam alguma coisa. Talvez um coelho, ou um javali... Isso já não sabia. Pela forma que murmuravam, pôde deduzir que estavam assustados. Talvez estivessem assim por culpa dele.

"Acho que estes dois não esperavam encontrar um humano, com certeza estão mais surpresos que eu. O mais lógico é que me levem para seu chefe. Ali poderei explicar quem sou e por que estava rodeando estas terras."

A única coisa que Yaruf não entendia era como aqueles dois podiam não saber quem ele era e, sobretudo, por que estavam nas terras do Ordamidon. "Seriam descendentes da expedição de Yaduvé? Por que não se unem aos demais clãs? Como ninguém nunca teve notícias deles, se realmente sobreviveram à expedição? Serão espíritos com aparência táurica? Servos do Ordamidon? Um clã maldito para toda a eternidade?"

Era difícil saber. Mas o fato de ter identificado o mesmo som metálico dos grilhões nos pés dos minotauros o tranquilizara. Estava convencido de que, se fossem realmente minotauros, como tudo parecia indicar, poderia dialogar com eles ou vencê-los com sua hutama. Na verdade, Yaruf queria enfrentar um minotauro novamente. Estivera a ponto de ganhar. Fora rápido nos movimentos, nos reflexos, inteligente com sua arma. Apenas o excesso de confiança o fizera perder, apenas a vontade de vencer o traíra.

"Worobul já dizia, meu pior inimigo sou eu mesmo. Se não perder a atenção, se me mantiver atento, com certeza ganharei de qualquer um, e pode ser até que ganhe de HuKlio."

Yaruf ia pensando nessas coisas quando os murmúrios suaves se converteram num potente grito:

– Quem anda aí? Somos membros da Ordem dos Cinco Inimigos. Alto! Saia da escuridão em que se esconde.

Era uma voz profunda, táurica, um pouco agitada e com certo medo. A Ordem dos Cinco Inimigos?

Yaruf ficou surpreso com a maneira como o minotauro se apresentou. Não citou seu clã, ou sua tribo, como era de costume. Não. Pelo contrário, citou a Ordem dos Cinco Inimigos, como se isso bastasse para afastar o intruso. A voz, fortalecida pela ausência de uma resposta, continuou:

– Ouvimos você. Vá embora, ou servirá de comida para a besta.

"Ouvimos – pensou Yaruf, orgulhoso. – Isso significa que há mais de um. Apostaria minha arma que são dois. Mas quem será a besta? Estão se referindo a mim?"

– Bem, acalme-se, vai ver foi o vento, ou sabe-se lá o quê. – Era a outra voz. Mais calma, e como se estivesse acabando de mastigar algo. – Terminemos de comer. Se for uma fera, não se aproximará. Temos um bom fogo. Agora vamos continuar em silêncio.

– Está bem, mas você sabe que não gosto de andar nestas terras. Quero voltar para a Ordem... Nunca se sabe o que pode circular por aqui. E você já conhece as histórias que contam...

– São histórias para assustar as crianças. Não vai me dizer que acredita em tudo isso...

– Ah, sim, se estas terras são tão normais, então o que é isso que levamos aí dentro? Isso não é normal.

Yaruf não conseguiu resistir e, como se fizesse parte da conversa, protestou:

– Ei! Claro que sou normal... Sou Yaruf, filho de Worobul, e tenho que voltar para os meus. Tenho um duelo contra HuKlio na arena dos deuses... Vocês têm que me deixar ir.

– Shhhh. Cale-se já! – disse a primeira voz para a segunda. – Veja o que você fez. Não podemos falar com essa coisa, ou já sabe o que pode acontecer.

– Que pode acontecer com vocês? Ei! Respondam-me. Ou ao menos me deem algo para comer. Estou com fome e com sede... Deixem-me sair daqui.

Nada. Os dois minotauros haviam se calado novamente, e Yaruf ficou em silêncio, frustrado, irritado e faminto, até que se ouviu um forte golpe, um sibilo e a primeira voz dizendo:

– Gátere, Gátere! Mataram-no! Amigo. Covardes! Quem são vocês? Saiam das sombras. Venham aqui, se têm coragem. Meu machado os espera!

Yaruf se colocou de pé. Pegou a hutama. Seria a mesma coisa que matara seu rival no bosque? Não tinha como saber. Só conseguia sentir o cheiro do sangue do minotauro morto e o medo do minotauro vivo. Ouviu-se o som de patas, um animal que Yaruf não era capaz de identificar. Mas era veloz, ágil e brutal.

O minotauro pegou o machado e gritou:

– Quem é? De onde sai?

Não houve resposta. Ouviu-se o aço cortar a noite tranquila. Os alaridos da batalha. Os grunhidos dos ataques, da defesa.

Quem estava ganhando?

Quem ele deveria defender?

Dentro de sua prisão, Yaruf movia-se como uma fera enjaulada. Esperava o resultado da batalha. Viriam buscá-lo?

Voltou a reinar o silêncio. Ouviram-se passos, mais rápidos que os de um minotauro, mas muito mais fortes que os do próprio Yaruf. Com um potente golpe, alguém quebrou a madeira.

Yaruf não esperou, saltou da carruagem com a hutama nas mãos, atacando aquele que matara seus sequestradores.

Não sabia por quê, mas se sentia mais próximo dos minotauros mortos do que daquele desconhecido que tentava entrar em sua prisão.

Estava confuso.

Tinha que lutar primeiro e perguntar depois.

Em sua posição de defesa, pôde ver uma figura coberta com uma longa túnica movendo-se na noite como uma maldição.

Não era um minotauro. Não se parecia com nada que ele vira antes. Era uma sombra dentro das sombras da noite. Não se apresentou. Lançou-se num ataque feroz, mas a sombra se moveu ágil, esquivando-se perfeitamente da investida. A sombra carregava um grande machado, mas parecia não querer usá-lo para atacar, limitava-se a se esquivar dos golpes.

Yaruf começava a ficar cansado. Não conseguia atingi-lo. Não conseguia encontrar uma posição de ataque que lhe desse vantagem. Aquela figura, coberta com uma túnica e iluminada pela fogueira acesa pelos dois minotauros, dava um aspecto irreal, onírico, à situação. A túnica balançava com a brisa suave e dela saía uma mão que não parecia táurica. Seria humana? Subitamente, aquele ser saído das profundezas da noite pronunciou uma frase num idioma que pareceu muito distante a Yaruf... A língua de sua infância. A lembrança de um lar perdido. De um homem magro e de alguns papéis. De um quarto com uma pequena janela. Aquela era a língua de seus pais. Aquela sombra era um homem.

– Acho que deveríamos parar de lutar. Podemos nos machucar, Yaruf.

Yaruf? Aquele era seu nome, e escutá-lo o deixou imóvel.

– Não sabe quem sou, não é mesmo?

Yaruf negou com a cabeça. Estava paralisado. Vencido. Da túnica emergiu um rosto negro como a noite na qual lutavam.

– Um dia salvei sua vida. Sou Ong-Lam.

7

As serpentes que povoam as cabeças dos homens

"Quando sua vida está em jogo, o sigilo é seu maior aliado. Se quero conservar a cabeça sobre os ombros, devo mover-me em silêncio, sem acordá-lo, sem que ele sequer perceba que estou aqui."

Não parava de repetir aquela frase para si mesmo para não cometer nem a menor falha, para não provocar nem o mais discreto dos ruídos. Efetivamente, se alguma sentinela descobrisse que Kor estava na biblioteca do castelo de Adhelon VI, o mataria sem prévio aviso. Depois, não tinha dúvidas de que pendurariam seu corpo na maior estaca da praça pública. Como um vulgar ladrãozinho de gado, como um traidor. E se a sentinela não o matasse seria ainda pior. Seria preso. Em seguida, torturado. Arrancariam sua pele em tiras; finas, longas, muito dolorosas. Ninguém haveria de lhe poupar o menor sofrimento.

"Miseráveis! Onde esses ratos estavam antes? Antes, ninguém se atrevia nem a me olhar nos olhos, com medo de que eu os fulminasse ou os transformasse em pedras no meio do caminho! Covardes! Agora sim se sentem fortes! Mas veremos, veremos quem acabará pendurado pelos pés."

A mente de Kor era um torvelinho de ira e fogo, indignação e violência contida. Seria capaz de dar socos na terra até parti-la em dois. Ainda não era hora. Logo teria tempo de fazer o chão tremer. Por todos os deuses, faria a terra tremer!

Logo chegaria a doce hora da vingança. Agora, era preciso bater em retirada, para atacar depois. Retroceder não para escapar, mas para tomar impulso. Força. Energia. E quando conseguisse, quando o poder se concentrasse em suas mãos, todo o poder, os céus estremeceriam como tormenta nenhuma jamais fora capaz de fazer estremecer. Para sempre.

No entanto, ainda era difícil acreditar em sua situação. Conceber a ideia de que em apenas cinco dias, cinco demoníacos dias, tudo o que ele demorara uma vida inteira para construir desmoronara. Não sobrava rastro de seus dias de glória tranquila. Não sobrava pedra sobre pedra. Aqueles tempos haviam terminado.

Não queria lamentar. Para quê? Em parte, sentia-se um pouco culpado por tudo o que acontecera. O melhor, o mais prático, o mais inteligente, seria aprender a lição e se esforçar para que o destino nunca mais o surpreendesse distraído. Teria toda uma eternidade para se recuperar. Para mudar as coisas. E é o que ia fazer imediatamente. Procurar a eternidade e, uma vez encontrada, desfrutá-la, brincar nos campos como um garotinho brinca nos campos logo depois da chuva.

Era capaz de continuar. Sentia-se com forças para atravessar o caminho. Era o momento de reunir os pedaços de sua vida desmoronada e construir outra. Mais forte. Mais sólida. Capaz de aguentar as investidas dos tempos.

"Meu erro foi me acomodar. Desdenhar do verdadeiro poder. Da verdadeira magia. É um sinal. Meus antepassados gritam para que de uma vez por todas eu leve minha linhagem ao ponto mais alto. Não a serviço de um rei. Não às ordens de ninguém, nem de nada. Apenas a serviço de minha vontade e de minha linhagem."

Como pudera deixar enganar-se de tal forma?

O frasco que aquela bruxa lhe dera, e que ele agora levava consigo para lembrar-se de que não podia confiar em ninguém além dele mesmo, não era uma cura para o rei.

Adhelon não estava doente. Estava morto.

Fora envenenado, e fora a mão de Kor que, diante de todos os médicos da corte, colocara o veneno na comida do rei. Ainda podia ver-se, presunçoso e orgulhoso, anunciando a todos:

– Nosso querido rei, o grande Adhelon VI, está muito doente. As vozes secretas dos mortos me disseram. O sonho dos demônios e desses espíritos que Démora e Aromed cospem neste mundo, para terror dos descrentes e benefício dos necromantes, me revelou. Escutem, pois, o que lhes digo. Aqui, dentro deste frasco de vidro, e apenas aqui dentro, está o remédio para Nossa Majestade.

– Nós somos médicos e não achamos que Sua Excelência esteja doente. Pelo contrário, a última sangria que realizamos nos mostra, quase sem lugar para dúvidas, que ele goza de uma grande saúde, digna de um deus – haviam protestado os médicos, furiosos.

– Seus mimos não vão salvar o rei, seus idiotas. Vocês só conseguem ver este mundo que não é real, que é uma mera sombra da realidade. Um lampejo de Nígaron. Como uma árvore refletida na água num dia de tempestade. Tolos! Se não me engano, e me corrijam se estiver enganado, vocês não são necromantes. Desconhecem os atalhos e os esconderijos da tragédia. Eu não. Estúpidos! Sou o necromante do rei. Vocês dizem que tiraram sangue de seu corpo, e que ele tem a cor vermelha própria de quem não está doente. E por acaso o céu muitas vezes não está perfeitamente azul, como nos dias tranquilos, e de repente se torna escuro? Vocês não sabem nada sobre sangue. Sabem apenas aquilo que o sangue lhes diz, e, acreditem, seus ignorantes, isso é muito pouco.

Fora isso que lhes dissera.

Seguro de si, erguendo o frasco que recebera de Qüídia. Acreditando naquela bruxa como o próprio rei acreditava nele. Sim, porque diante de todos Adhelon dissera:

– Confio em Kor. Serviu-me fielmente durante todos esses anos. Se ele diz que estou doente, então estou doente. Que me dê a cura. Não quero morrer. Mas se isso for uma trapaça... Se for uma armadilha, no que não acredito, não tenha dúvidas, Kor, que meus cães comerão suas entranhas como se fossem tripas de porco. Essa é minha vontade, e que fique aqui registrada para posterior cumprimento, caso eu não me cure da doença que Kor tem certeza que tenho.

Os médicos protestaram tanto quanto puderam, até que finalmente, impotentes, obedeceram às ordens de Adhelon.

– Ao menos ficaremos aqui para testemunhar tudo o que fizer este homem que chamam de necromante – disseram, rodeando o rei.

Assim, sete testemunhas viram como o necromante derramou o líquido sobre a comida do rei. Sete testemunhas viram como o rei, imediatamente após engolir o último pedaço do faisão, começou a convulsionar. A tremer. A tossir como se sua alma fosse sair pela boca. Em questão de poucos segundos, caiu no chão. Frio. Inerte. Morto.

"Eu devia ter imaginado. Aquela bruxa ganhou minha confiança. Falou da rebelião para que eu acreditasse nela. E quando conseguiu me colocar de joelhos... cortou minha cabeça."

Por sorte, enquanto os médicos debruçavam-se sobre o rei para tentar reanimá-lo, Kor conseguira escapar do salão. Tinha que sair do reino, mas não queria partir sem as Sagradas Escrituras de Nígaron.

"Ali reside o poder. Qüídia tinha pavor de que o labirinto pudesse ser aberto. Com certeza adivinhou minhas intenções de tomar o poder que reside lá dentro. Descobriu que minhas intenções eram outras, por isso me preparou esta armadilha. Pensa que se livrou de mim, e que assim tem um rival a menos. Está enganada. Serei seu pesadelo. Vou abrir o labirinto. Custe o que custar. Tomarei para mim o poder. E quando tiver o poder... vou esmagá-la como um verme. Não importa com que ajuda. Com a ajuda dos minotauros e dos deuses caídos, serei o próximo rei. Não importa qual seja a escada para subir até o trono. Subirei de qualquer forma."

Por fim, numa das estantes mais altas da biblioteca, encontrou a caixa de ouro que guardava os mais de cem pergaminhos que compunham as Sagradas Escrituras de Nígaron. "Aqui estão – suspirou em voz alta. – O manuscrito original, a voz de O anotada pelos primeiros homens que habitaram a terra. Se existe um caminho até o labirinto, sem dúvida irei encontrá-lo nestas palavras."

Sem perder tempo, desapareceu e saiu das muralhas de Adhelonia por um corredor subterrâneo que ele mesmo mandara construir tempos atrás.

"Tenho que admitir que a bruxa tinha razão em algumas coisas. Tudo o que fazemos em nossas vidas são pontos que se unem... Quem diria que este túnel iria me ajudar tanto hoje? Quem diria que minha vida seria salva graças a ele?"

Protegido pela escuridão da noite, caminhou em direção às profundezas do bosque. Longe da curiosidade dos homens. Longe da inveja e da vingança. Distante de tudo isso, para retornar como rei.

Num pequeno e tenebroso canto, conseguira levantar uma cabana para proteger-se e ler as Escrituras tranquilo. Estudá-las. Não deixar nenhum detalhe passar. A partir daquele momento, sua vida dependeria daquilo. Precisava de concentração, e tinha certeza de que ninguém iria procurá-lo ali. Não nas terras em que, segundo garante a lenda, o pastor Asda continua pagando sua penitência até os dias de hoje.

Dia após dia. Noite após noite, examinou as Escrituras. Tomando notas e mais notas. Dentre os mais de cem pergaminhos, apenas um mencionava o Labirinto da Aliança.

Não poucos estudiosos, sacerdotes, feiticeiros e até mesmo reis haviam dito que o labirinto era apenas uma fábula simbólica para a qual era quase impossível haver explicação. Alguns chegaram a propor que aquele pergaminho, estranho ao conjunto das Escrituras, fosse afastado, extraído, separado dos demais pergaminhos.

"Não faz sentido que os antepassados nos falem de uma aliança com os inimigos. Nem o labirinto, nem seu arquiteto, nem a existência de guardiões são mencionados em outras passagens das Escrituras. Alguém teria colocado aquele manuscrito entre os pergaminhos originais para destruir o significado real das Escrituras: devemos acabar com os minotauros."

Essa era uma opinião expressa mais de uma vez, embora por uma razão ou outra o pergaminho do labirinto continuasse a fazer parte das Sagradas Escrituras. E não era menor a dificuldade em dar uma explicação para algumas palavras que pareciam unidas pelo acaso, contraditórias e herméticas.

Apesar de Kor se concentrar, de mal piscar, não conseguia decifrar frases como:

O Labirinto da Aliança é a desunião,
a espada, a guerra. O último fim do sangue.
É o próprio sangue. Quem entra se queima, quem se
afasta congela. Mas o fogo vence o gelo.

Engana-se quem pensa que os inimigos irão
se abraçar. Que os tempos sejam testemunhas
de que os inimigos serão inimigos para
sempre. Cinco portas.
Os inimigos não podem compartilhar
nem a mesma entrada.
Abrace seu inimigo, enfrente seu amigo.

Para um ficará o poder.
Para ele, a glória e a infelicidade.
O reino e a solidão.

Um irá se encontrar. Os demais...
já não entraram perdidos?

Encerrado neste pergaminho está o caminho
para o labirinto.
Encerrado no labirinto
está aquele que entrará sob o signo
dos príncipes.
Sem ele, sem a linha do horizonte que une
céu e mar,
ninguém poderá sair, nem os que já estão fora.

Dentre todas as frases sem sentido, a última o fizera perder muito tempo. Não entendia. Era incapaz. No texto não havia nada que se parecesse nem de longe com um caminho ou algo semelhante.

Mas uma noite, quando estava absorto, lendo repetidamente aquela última frase, como se pudesse encontrar uma pista apenas colocando os olhos sobre o papel, o frasco do veneno escorregou de suas mãos e se quebrou exatamente em cima do pergaminho.

"Como posso ser tão estúpido?", lamentou Kor.

Naquele instante, viu como uma minúscula gota que ficara dentro do frasco se expandia sobre o pergaminho. Expandia-se e expandia-se, como se no lugar de uma gota tivesse caído todo um copo cheio d'água.

"Oh, não! Oh, não! Por todos os deuses!"

A tinta estava sendo apagada!

As letras estavam desaparecendo!

Kor soprou, esfregou, tentou deter aquela tragédia.

"Um pergaminho tão antigo como o homem está sendo destruído!" Não pôde fazer nada, apenas ver como, no fim, quase todas as letras desapareceram. Quase todas as linhas.

Meneou a cabeça. Passou suavemente as mãos sobre o pergaminho, como se pudesse curá-lo.

"Frasco maldito! Apagou o pergaminho da mesma forma que apagou a vida de Adhelon. Juro que se..."

Não pôde continuar, porque de repente percebeu que as letras restantes faziam mais sentido que as que haviam sido apagadas:

O SUPÉRFLUO FOI APAGADO.
O CAMINHO REVELADO.
ENTRE A NÉVOA SE ERGUE UMA ILHA.
NA ILHA SE ERGUE O LABIRINTO.
CRUZE AS SERPENTES QUE POVOAM AS CABEÇAS
DOS HOMENS.
SEU DESTINO O ESPERA.

Com um salto, colocou-se de pé.

Tinha encontrado. Agora tudo fazia sentido. As serpentes que povoam as cabeças dos homens... As superstições. Os medos. O mar do abismo! Cruzá-lo para encontrar a ilha de Darcalion. Ali estava a chave. Ali estava o labirinto. Era para lá que tinha que ir.

8

Desmascarado

Ao amanhecer, Ong-Lam despertou Yaruf.

– Bom, já descansamos bastante. Não é prudente continuar aqui. Com certeza os outros minotauros darão pela falta de seus companheiros e virão buscá-los. Acho melhor a gente se esconder e sair do meio do caminho. É preferível que pensem que todo o mal que acontece nestas terras é culpa do Ordamidon. Além disso, em meu refúgio tenho uma coisa que lhe pertence, e quero devolver.

– Que coisa? – perguntou Yaruf, surpreso.

Ong-Lam demorou para responder. Não porque não soubesse a resposta. Não. É que aquele menino com o olho da cor de um entardecer de verão continuava a hipnotizá-lo com o olhar. Apesar do tempo, Yaruf mantinha intactas a inocência e a nobreza do menino que cruzara o mar do abismo com ele. E isso transportou o general para dias passados. Antes de embarcar. Antes de começar uma aventura da qual não sabia se sairia com vida. Antes de tudo. E lembrou-se de sua mulher e de seu filho. Inevitavelmente, fez para si a pergunta que se fizera tantas e tantas vezes na solidão daquelas terras que lhe pareciam selvagens e inóspitas. Depois de tanto tempo, a incerteza continuava a estrangular seu coração: estariam bem, a salvo? Ou Kor, supondo que ele não cumprira a missão de cuidar de Yaruf, os teria eliminado?

Não tinha como saber. O necromante era imprevisível, tanto na alegria quanto na irritação. Teria de continuar em dúvida.

– Que coisa? – insistiu Yaruf, ao ver que Ong-Lam ficara imóvel. – Que coisa você tem que seja de mim?

A incorreção da frase de Yaruf fez Ong-Lam sorrir. Embora o menino falasse perfeitamente a língua dos homens, às vezes se atrapalhava, se enganava, por não poder usar o tom muito mais profundo e gutural que estava acostumado a usar; sem dúvida, influência do táurico que falara durante tanto tempo com o clã que o adotara.

De toda forma, era surpreendente para o general ver como a memória dos homens pode permanecer adormecida por muito tempo, mas não para sempre. E tinha certeza de que, cedo ou tarde, Yaruf acabaria se lembrando de tudo o que acontecera nos seus dias em Adhelonia.

– Ah... É uma supresa. Assim você fará com mais vontade o caminho que, já digo aqui e agora: não é nada fácil.

Yaruf assentiu com a cabeça, com autoridade. Observou o lindo cavalo de pele negra e sentiu-se um pouco idiota por não o ter reconhecido ao sair da carroça com a hutama nas mãos.

Lembrava-se perfeitamente dos homens no lombo daqueles nobres animais. Podia ver, com a clareza de recordações quase próximas, que os humanos eram mais ágeis, mais velozes, mais fortes graças aos cavalos. Mas fazia tanto tempo que não via um... Nos clãs táuricos, eles não eram domesticados. Não era de estranhar. Nenhum cavalo, por mais forte que fosse, conseguiria suportar o descomunal peso de um minotauro.

– É lindo, não é? Há várias manadas de cavalos selvagens ao norte. Vamos ver se há algum para você. Este é maravilhoso. Não há animal melhor que o cavalo. Os homens e os minotauros lutaram tanto para determinar qual das duas era a melhor espécie... E o único animal que realmente vale a pena é o cavalo. Enfim, a verdade é que não dei nenhum nome para ele, mas ele também não me deu nenhum nome, então estamos em paz. He, he... Com uns poucos assobios nos entendemos. – Ong-Lam acariciou a crina do animal e deu-lhe dois golpes secos no lombo. Em seguida, soltou um assobio agudo e o animal se colocou sobre suas patas traseiras, como se estivesse feliz de escutar aquele som. – Gostaria de montar? Não tenho sela aqui, mas depois que você se acostuma percebe que é melhor assim. A relação é mais próxima, mais pessoal. Sei que você não entende o que estou dizendo, mas se subir vai entender. E verá.

Por enquanto, Yaruf preferia observar o cavalo em vez de montar em seu lombo. Assim, recusou o convite e os três começaram a andar.

Exatamente como advertira Ong-Lam, não era um trajeto simples. O terreno parecia não querer visitantes inoportunos. Subia, se retorcia. Erguia-se impertinente, como uma cascavel prestes a atacar uma presa hipnotizada.

Apenas depois de uma boa caminhada e de várias bifurcações que desorientariam o melhor dos viajantes, chegava-se a uma passagem vertiginosa que margeava um precipício profundo e vertical no qual a vista se perdia. Aquela era a única forma de ter acesso à espessa e branca catarata atrás da qual se ocultava a entrada da caverna em que Ong-Lam vivera durante todos aqueles anos.

– Aqui nem o melhor dos rastreadores táuricos o encontraria – exclamou Yaruf impressionado, antes de cruzar a imponente cortina d'água.

– Nem táurico nem não táurico. A vida nestas terras não é nada simples. Aqui, pelo menos, posso dormir tranquilo. Descansar. Relaxar e deixar para trás a tensão constante que é a luta pela sobrevivência. – Ele mesmo riu daquelas palavras, que soavam profundas e solenes demais.– Bem, deixemos as grandes frases para lá. Veja, daqui temos uma vista excelente, quase como se fosse uma torre de vigilância. Se alguém quiser subir de dia, poderei vê-lo. E ninguém se atreveria a fazer este caminho de noite. A escuridão pode trair seus passos. O menor descuido e você pode acabar descendo pelo caminho mais rápido.

Quando entrou na caverna, Yaruf notou que as paredes estavam repletas de símbolos que, embora lhe parecessem vagamente familiares, ele não podia reconhecer nem interpretar. Ong-Lam percebeu a cara de estranhamento do menino e disse:

– Escrita humana. Vejo que você esqueceu. Bom, é normal. Eu só não esqueci porque pratiquei muito. Sabe, antes, quando eu estava no comando dos exércitos de Adhelon, não dava muita importância para a escrita nem nada parecido. Mas aqui aprendi muitas coisas. Escrever nas paredes úmidas desta caverna foi minha única companhia durante todos os anos em que estive sozinho. Sim, reconheço, você é a primeira visita que recebo – brincou Ong-Lam, desarrumando o cabelo de Yaruf com um gesto carinhoso, quase paternal. – Pode parecer loucura, mas quando escrevo com esta pequena pedra afiada é como se estivesse falando com outra pessoa. Como se até mesmo descobrisse coisas sobre mim que eu nem imaginava existir.

– O melhor mestre de você é você mesmo... Essas coisas Worobul me ensinou.

– Exato, muito bem dito. Sábio guerreiro esse tal Worobul.

– Os minotauros só podem ler, a escrita é reservada para os feiticeiros de cada tribo, que escrevem o que lhes dita o chefe de cada tribo ou de cada clã.

– Olhe, está vendo este símbolo aqui? É você. Coloque seu nome aqui: Ya... ruf. Em seguida, anotarei que o encontrei.

Yaruf ficou observando a parede, enfeitiçado por aquele símbolo que falava dele, que era ele. Não conseguia reconhecê-lo, reconhecer-se. Algo em sua cabeça dançava, tentando encontrar o ritmo de suas lembranças... Mas... Não conseguia. Abandonou as tentativas e disse:

– O que você tem que me pertence e que é uma surpresa?

Ong-Lam assentiu com a cabeça.

– Tem toda a razão do mundo. Prometi algo e tenho que cumprir.

Após dizer isso, desapareceu nas profundezas da caverna, enquanto gritava:

– Espere aqui, você vai ver como vai gostar da surpresa. Esperei todo esse tempo, mas até agora não tinha encontrado o momento certo para entregá-la...

Depois de alguns instantes, Ong-Lam voltou com um embrulho todo esfarrapado nas mãos.

– Tome, abra. Vamos ver se você se lembra. Tenho certeza que, assim que abrir, vai se lembrar.

Com muito cuidado, Yaruf retirou aquele embrulho sujo e velho, e dele surgiu... sua máscara de minotauro.

A mesma máscara que ele usava no dia em que conhecera Worobul. A mesma que HuKlio lançara ao mar, irado. Aquela máscara que... sim, lembrava-o de um homem magro abrindo uma caixa... Ou seria ele mesmo quem abrira? Em seguida, alvoroço, gritos, insultos. Guerreiros entrando em sua casa. Ele agarrando-se àquela máscara, como se dela dependesse sua salvação. Um homem num trono. As imagens passavam tão depressa que Yaruf conseguia retê-las na cabeça apenas por alguns instantes.

Não pôde evitar. Com as mãos tremendo, colocou a máscara. Lentamente, com solenidade. Sentia algo muito forte que emanava dela, empurrando-o. Não sabia de onde vinha, mas era como se a realidade tivesse sido desmascarada e lhe mostrasse um rosto inquietante, que somente ele podia ver.

– Foi assim que cheguei a estas terras – disse Yaruf, atrás da máscara.

– Parece com você. Um olho de cada cor. Talvez signifique algo.

Yaruf sabia que aquilo realmente significava alguma coisa, mas não sabia o quê.

Atrás daquela máscara, sentia-se protegido de qualquer mal. Com a certeza de cumprir algo que ele tinha que fazer. Com aquela máscara, não poderia sofrer nenhum mal. "Ela veio a mim no momento em que mais preciso", pensou quase sem querer.

– Parece um rei de antigamente com esta máscara. Uma lenda como as que contam as Sagradas Escrituras de Nígaron. Para dizer a verdade, tenho minhas dúvidas. Minhas próprias teorias sobre o que nós dois estamos fazendo aqui. Tive muito tempo para pensar. Tudo acontecerá a seu tempo.

Em seguida, Ong-Lam acendeu uma fogueira e preparou algumas ervas para "beber algo quente, que sempre faz bem para o corpo", enquanto falava e falava.

– Depois de tanto tempo calado, é muito bom poder falar com outro ser humano.

Ong-Lam falava de Adhelonia. Do rei. De Kor, o necromante. Nomes que para Yaruf não significavam nada. Mas ele também falava de Ührr, aquele que fora seu pai, mas que, agora, Yaruf já não sabia se era uma lembrança real ou uma imagem distorcida, quase idealizada.

– Era um grande estudioso, um erudito. Ninguém sabia mais sobre minotauros do que ele. Tenho certeza que ele conhecia melhor a cultura táurica do que muitos minotauros. Foi ele quem advertiu que aqui, exatamente onde nos encontramos agora, existiam minotauros. E ele foi o primeiro a falar da possibilidade de que o Labirinto da Aliança realmente existisse.

– Você fala como se ele já não existisse – protestou Yaruf, que se negava a acreditar que aquele homem pelo qual ele sentia um incompreensível afeto, acima de qualquer dúvida, estivesse morto.

– Bem, perdoe-me. Você tem razão. É só uma forma de dizer. Quem realmente está morto, pelo menos para todos os outros homens, exceto você, sou eu. Já lhe disse que seu pai ficou no barco e que não tenho a menor ideia se ele está vivo ou morto... Quem poderia saber? Talvez agora seja o novo rei.

– Você procurou por mim durante todo esse tempo? – Yaruf mudou de assunto radicalmente. – Como chegamos aqui? E este que você diz que é meu pai? Como é a terra dos homens?

Yaruf tinha tantas dúvidas... Ong-Lam já lhe explicara muitas coisas, mas o menino queria sempre mais. Acabava de escutar uma resposta e já disparava uma enxurrada de novas perguntas.

Ong-Lam, com a paciência que só os que viveram sozinhos durante muitos anos têm, fazia o relato de seus solitários dias naquelas terras. Das descobertas que fizera, dos perigos aos quais sobrevivera e das dificuldades que tivera que superar, começando pelo monstro marinho que o atacara nas águas do mar do abismo.

– Quando acordei atordoado sob a cúpula celeste, ouvi como as ondas rebentavam na praia. Que alegria! Estávamos salvos! No mínimo, pensava cheio de otimismo, morreremos com um pé na terra, como fazem os guerreiros. Negava-me a aceitar que o destino tivesse me reservado uma morte no mar, como um pescador. Eu era um soldado, Yaruf. Um general dos exércitos reais de Adhelonia. Se tivesse que morrer, se tivesse que entrar em Nígaron, que fosse pela porta da frente: lutando contra um minotauro. E não pela porta de trás, fedendo a peixe. Glória para minha linhagem e para meus antepassados. Mas afogado... Não. Estive quase lá, acredite. Aquela besta marinha me atacou com a boca afiada. Gritei para que você nadasse e não olhasse para trás. E vi você. Nadar e nadar. Então fiquei tranquilo. Minha missão era protegê-lo. E enquanto aquele monstro abissal estivesse entretido com minha perna você estaria a salvo. Por sorte, consegui me virar e pegar o pequeno punhal que sempre trago preso na batata da perna, veja, este aqui, guardei-o durante todo esse tempo. Com uma arma na mão, voltei a me sentir poderoso. Cravei-a no meio dos olhos da besta. Consegui penetrar em sua grossa pele de pedra. Ele boiou, fulminado e morto, com os olhos em branco, aqueles olhos que nunca mais voltariam a enxergar... Eu, exausto, me deixei arrastar pela maré até a praia. Procurei por você. Não o encontrei. Tentei andar. Não consegui. Tinha perdido muito sangue. Desmoronei. Quando acordei, não havia rastro de você. Mas encontrei a máscara.

– E se meu pai ficou no barco...

– Exato. Tentou escapar de seus captores, mas não conseguiu. Vários homens atacaram-no, bem mais fortes do que aqueles que me atacaram.

Ong-Lam tinha certeza de que Ühr morrera nas mãos de Al'Jyder. Talvez o tivessem jogado pelo convés. Talvez o tivessem entregado ao rei ou ao necromante. Não tinha como saber, mas não queria dizer ao menino que quase com toda a certeza seu pai já perambulava pelas terras eternamente férteis de Nígaron. Também não queria que o menino achasse que seu pai era um covarde, ou que lhe faltara coragem para se jogar nas águas do mar do abismo. O general tentou responder, da melhor forma que pôde, a todas as perguntas que Yaruf fez sobre Ühr, especialmente quando, insistentemente, quis saber:

– Mas ele não me abandonou, não é? Ele gostava de mim, não é mesmo?

– Você não pode nem imaginar quanto. Onde quer que esteja, onde quer que se encontre, não tenha dúvida de que não parou de pensar em você nem um minuto.

Yaruf alegrava-se ao ouvir aquelas palavras. Não sabia a razão, mas eram muito importantes para ele.

– E minha mãe? Sabe algo sobre ela?

– Morreu quando você nasceu – disse Ong-Lam, breve e conciso.

– Certo. E o que mais aconteceu depois que você venceu aquele peixinho? – mudou surpreendentemente de assunto.

– Bem, então... Passaram os dias – continuou relatando Ong-Lam, livre de transmitir más notícias a Yaruf. – Estava vivo, e isso significava que eu continuava tendo uma missão: proteger você. Como uma vez me lembrou seu pai: "Um segundo a mais de vida é vida." Assim, até que não provasse para mim mesmo que você estava morto, continuaria a procurá-lo. Finalmente, um dia cheguei a um assentamento táurico muito pequeno. Era como se estivessem afastados dos demais. Por fim o encontrara! Minha primeira reação foi raptá-lo e levá-lo comigo. Mas logo pensei. Para quê? Não tinha como sair dali. E aqueles minotauros cuidavam de você e o tratavam como se fosse um deles. Por isso, decidi deixá-lo com eles. Você era membro de um clã. Afastado, mas um clã, no fim das contas. De quando em quando, ia vê-lo. Vigiava você. Movimento-me muito bem entre as sombras, acredite. Tive que aprender a ser ágil, a não fazer barulho. A confundir-me com as rochas. Às vezes, como naquela noite, lutei contra minotauros, mas eles nunca souberam que sou humano. Nunca gostei de fazer isso, mas não podia permitir que me descobrissem. Enfim... Espiei-os e, pouco a pouco, aprendi a língua deles. E, se não falo bem, entendo bastante. Tirei proveito das histórias que contam sobre o Ordamidon, por isso decidi ficar deste lado do monte. Aqui há muito menos minotauros, e posso ficar mais tranquilo. Os que o raptaram são os descendentes de uma antiga expedição...

– A expedição de Yaduvé! – interrompeu excitado Yaruf.

– Exato. É esse o nome que ouvi mais de uma vez. A expedição, pelo que entendi, estava destinada a reconhecer o terreno e procurar terras melhores ou ameaças que pusessem em risco os outros clãs. Mas encontraram algo que os levou a ficar lá. Uma coisa que os mantém afastados dos demais.

– O que é? Por que não disseram nada? Qual é...?

– Calma, calma – disse Ong-Lam sorrindo. – Uma pergunta de cada vez. Não se preocupe, vou contar tudo que sei, e se esquecer de alguma coisa com certeza suas perguntas farão com que me lembre imediatamente. Segundo o que soube, encontraram uma estranha construção. Um antigo labirinto no qual não podem entrar... É o Labirinto da Aliança. O labirinto que seu pai procurava! Para Yaduvé, encontrá-lo foi sua maior alegria, mas também sua maior desgraça. Porque na entrada há uma pedra enorme que diz que a tribo composta por outras tribos que encontrar o labirinto terá que protegê-lo até que os cinco inimigos cheguem...

– Você já esteve lá?

– Não. Nunca vi o labirinto. Há uma enorme vigilância.

– São como uma ordem, uma religião que adora o labirinto como se ele estivesse vivo. Não deixam ninguém entrar. Acho que com o tempo fizeram do labirinto uma espécie de deus. Chamam a si próprios de clã maldito. Dizem que dentro do labirinto existe um grande poder, que se ouvem gritos e ruídos que fazem os corações estremecerem... Não sei, estou apenas repetindo o que ouvi. Viu como estes daqui têm grilhões? É uma espécie de provação. Para ser guardião do labirinto, eles são acorrentados por vários dias e várias noites. Os grilhões os lembram que eles estão presos ao labirinto. Que têm uma missão a cumprir. Também sacrificam seu povo. Empalam-nos no meio do caminho, é uma espécie de ritual...

Nesse momento, um falcão emergiu da cortina d'água. Os dois humanos se assustaram com a visita inesperada.

– Este falcão me atacou faz alguns dias – disse Yaruf, colocando-se de pé e pegando a hutama para tentar derrubar o animal.

Não conseguiu. Com um mergulho furioso, o animal arrancou a vasilha que Ong-Lam usava e logo em seguida a soltou.

– Que significa isso? – perguntou Yaruf. – Ele me ataca e rouba sua vasilha.

– Gostaria de estar errado, mas isso me parece coisa de necromantes e feiticeiros. Creio que já sabem que estamos aqui. Também não é a primeira vez que o vejo. Na verdade, estava perseguindo este falcão quando encontrei você lutando contra aquele minotauro. Eu poderia jurar que alguém quis que nos encontrássemos definitivamente.

9

Dois caminhos

Yaruf esteve durante vários dias com Ong-Lam sem sequer pensar em seu clã, e lembrando-se vagamente de algumas das histórias, ditados e provérbios táuricos que aprendera de seus pais. Não que não sentisse falta deles. Não. Era outra coisa. Era algo que percorria suas entranhas, arrastando-se a partir de um lugar muito profundo, tão profundo que não conseguia explicar de onde vinha, mas que o aproximava de um momento de calma, de águas limpas e transparentes. Longe de seus meio-irmãos, de HuKlio e de todos os minotauros que dariam um chifre para vê-lo morto, sentia algo muito parecido com a alegria. Com o repouso. Com a tranquilidade. Tudo isso apesar de sua vida com Ong-Lam ser mais dura e sacrificada do que a vida que levava na tribo. Sempre se escondendo. O tempo todo atento para não ser visto. Descoberto. Escondido de dia, silencioso à noite. No entanto, até lhe parecia divertido. Porque gostava de estar com Ong-Lam, e fazer qualquer coisa ao lado dele era divertido, diferente e especial. Quando Ong-Lam estava por perto, tudo parecia novo e excitante. Além disso, junto com aquele homem, da cor da fogueira que se apaga no meio da noite, podia fazer milhares e milhares de perguntas sobre os seres humanos. Ele adorava aquela oportunidade. Qualquer coisa que pudesse perguntar, por mais estúpida que pudesse parecer, perguntava com uma fascinação exagerada:

"Em Adhelonia também acendem o fogo com uma hatamatuya?" Ou também: "Meu amigo único entre os minotauros diz a mim que os homens bebem sangue de cachorros mortos. É verdade?" "Os homens têm medo dos minotauros?" Fazia até perguntas que não tinham uma resposta exata: "Quem ganharia a batalha? Os homens investem com a cabeça para lutar?"

Não importava o momento ou o lugar, Yaruf sempre encontrava uma pergunta para fazer. E, fosse qual fosse a resposta, ela sempre lhe interessava e fazia com que se sentisse um pouco mais parte dos homens, um pouco mais membro do reino de Adhelonia. Muitas vezes suspirava com a melancolia de um exilado:

– Que sorte você teve de poder estar em Adhelonia. Lá eu gostaria de voltar. Não de ficar muitos anos lá. Com certeza gostaria muito. Algo me diz isso em minha cabeça. E então, com certeza, ninguém iria querer me matar pelo simples aspecto que tenho ou deixo de ter.

Ong-Lam escutava tudo pacientemente. De vez em quando corrigia algo em seu modo particular de falar. Mas também não exagerava. Não queria interrompê-lo. Acostumara-se ao torvelinho incorreto da linguagem de Yaruf. Tentava, no entanto, fazer com que o menino não idealizasse os homens. Depois de tantos anos de solidão, depois de tanto tempo observando aqueles seres majestosos e descomunais, chegara à conclusão de que não havia tantas diferenças entre homens e minotauros. Os dois mostravam as mesmas falhas e virtudes. Bondade e maldade se alternavam neles sem razão aparente. De fora, como observador, ele podia ver com a claridade do sol do meio-dia como ambas as espécies repetiam as mesmas lutas pelo poder. As mesmas desconfianças. As mesmas lealdades e idênticas traições. Queria que Yaruf valorizasse as coisas em sua justa medida:

– Não pense que os homens são sempre bons e nobres e que os minotauros são sempre bestiais, impiedosos e assassinos. Não é assim. De jeito nenhum. Ousaria dizer que é exatamente o contrário. Veja. Só quero que pense numa coisa.

Imagine que, no lugar de isso tudo acontecer com você, tivesse acontecido com um minotauro. O mesmo. O mesmo caso que o seu, mas ao contrário. Não sei, preste atenção no que digo..., não sei se haveria uma só família em qualquer reino humano que o adotasse como fizeram Worobul e Sadora. O estranho não é que alguns queiram matá-lo, o que é realmente incrível, e que diz muito a seu favor, é que ainda não o tenham feito. Acredite em mim. Um minotauro entre os homens não teria durado nem dois dias. Estaria morto ou dentro de uma jaula, para que todos pudessem ver "o autêntico monstro sobre o qual falam as Sagradas Escrituras de Nígaron". E não pense que com você seria muito melhor agora... Não. Se o encontrassem agora mesmo... Quem sabe o que fariam! Colocariam você numa masmorra. Fariam milhares de perguntas. Acusariam você de ser amigo das bestas, de ter traído as Sagradas Escrituras... Qualquer coisa é possível. Porque a imaginação que os homens têm, a criatividade que os faz superar o fato de serem muito inferiores fisicamente aos outros animais, também os trai.

Yaruf não queria escutar aquilo. Não entendia exatamente do que Ong-Lam estava falando. Sim. Entendia as palavras, mas não conseguia compreender a que elas faziam referência. Não. Não queria saber de nada daquilo. Preferia que Ong-Lam lhe falasse dos grandes feitos humanos. Dos palácios impressionantes. Da elegância dos reis e da opulência dos exércitos. Todos aqueles mundos que pareciam saídos de sonhos, de fantasia. Tudo tão maravilhoso que qualquer outro tipo de vida parecia ridículo.

Outra coisa que ele gostava de fazer era caçar à noite. Nunca fizera isso antes, e achava muito mais fascinante que de dia. No começo, não entendia, mas o general explicou desta forma:

– Os que viram você estão mortos, caçando junto com os deuses, se é que o mereceram em vida. Com esses, não temos que nos preocupar. Temos que nos preocupar com todos os demais, que são muitos. Acredite. Não tenho dúvidas de que cedo ou tarde notarão sua ausência. Enviarão alguém para procurá-lo. E, neste caso, é imprescindível que não nos vejam. Temos que fazer parecer que todo o mal que acontece é coisa do Ordamidon. Para nós, é muito importante nos mantermos ocultos. Assim podemos manter uma certa vantagem. Se por acaso imaginassem que há humanos por aqui, viriam atrás de nós. Começaria a caçada. E nossa vida ficaria muito mais complicada.

Outra coisa que fascinava Yaruf em sua nova e curta vida junto a Ong-Lam era montar a cavalo. No princípio, hesitou. Resistiu. Parecia-lhe errado subir no lombo de outro animal para ser mais veloz. Mas Ong-Lam insistiu tanto que, um dia, quando Yaruf ainda dormia, o general apareceu com um lindo cavalo. Forte, com patas robustas, de um castanho manchado por longas faixas de pelo branco. Era um cavalo jovem, destemido e fácil de montar. Também era rápido e teimoso.

– É como você – dizia Ong-Lam. – Se vocês se encontraram, é para formar uma grande equipe. Quando o vi pastando nas pradarias do norte, pensei em você. Foi repentino. Pensei: "Se Yaruf fosse um cavalo, seria este cavalo. Com certeza." Encontrei-o longe de sua manada, creio que estava sozinho. E não foi muito difícil fazê-lo me acompanhar. Apenas tive que lhe dizer: "Conheço um menino que é como você, mas em forma humana" – terminou entre risadas.

Entre Yaruf e o animal nasceu uma relação muito especial quase instantaneamente. Entendiam-se. Complementavam-se. Gostavam um do outro. Talvez porque, como dissera Ong-Lam, aquele era um cavalo solitário que queria deixar de estar só. Talvez porque, como ocorrera a Yaruf, o cavalo fora obrigado a deixar sua manada. E uma vez só, sem a proteção dos outros, preferira acompanhar o general sem reclamar.

O fato é que Ong-Lam não conseguia se lembrar de um caso em que um homem se tornara tão bom cavaleiro tão rapidamente.

– Ora, parece que você nasceu no lombo de um cavalo! Entendeu perfeitamente do que se trata essa arte sagrada. Sim, sagrada. É uma história longa e um pouco complexa que logo contarei para você, mas acredite em mim quando digo que entre o homem e o cavalo não há deuses de intermediários, pelo menos não deuses conhecidos, e ainda assim, de forma misteriosa, é uma relação mais sagrada do que a que o homem desenvolve com qualquer outro animal. O melhor de tudo, o que mais me alegrou, foi que você não cometeu... o grande erro! Aquele que até os melhores cavaleiros cometem. Qual é? Veja, muitos homens se sentem senhores, quase proprietários do animal. Querem mandar e querem que o animal obedeça. Não é assim. Quem domestica quem? Sim, você vai me dizer que é o homem que domestica o cavalo, porque o obriga a ir aonde quer, e isso o converte em seu senhor. Mas por acaso não cuidamos do cavalo, não lhe damos comida, não penteamos seu pelo, não curamos suas feridas? Quem domestica quem? Ninguém. É um pacto, uma relação de amizade que vem desde o princípio dos tempos sob o Céu Azul Eterno. Uma aliança indestrutível. Apenas os cavaleiros, não os bons, ou os ruins, mas os cavaleiros de verdade, conseguem entender isso. Acredite, no campo de batalha a pessoa na qual você mais confia pode decepcioná-lo. Mas seu cavalo, não. Sempre está lá, preparado para atacar quando necessário e fugir se for preciso. Cuide dele que ele cuidará de você.

Yaruf, seguindo o exemplo de Ong-Lam, não colocara nome no cavalo. "Nomear é outra forma de possuir as coisas. Aprendi isso na corte de Adhelon. Se ele não diz seu nome, então talvez não queira ter um." Mas Yaruf tinha um problema: como as características físicas dos minotauros os impediam de assobiar, ele também nunca aprendera a fazê-lo. Por mais que tentasse, não conseguia produzir aquele som agudo com a boca, como o de um pássaro escondido entre nuvens muito altas. No entanto, inventou uma série de ruídos com os lábios, que bastavam para que ele se comunicasse com o cavalo.

Entre caçar, montar a cavalo, perguntar coisas sobre os homens e treinar e treinar com a hutama, os dias iam passando. Ou, melhor dizendo, iam escapando como água entre os dedos. Tudo era perfeito. Como num sonho... Mas foram exatamente os sonhos que devolveram Yaruf à realidade quando certa noite acordou sobressaltado, gritando:

– Dentro! Estão todos dentro! Dentro!

Ong-Lam aproximou-se do canto onde Yaruf dormia e tentou acalmá-lo:

– Calma, você está sonhando. Está tudo bem. Sou Ong--Lam. Está me escutando?

Yaruf percebeu onde estava. Na caverna, junto com seu amigo. Levantou-se tonto e um pouco enjoado. Sem saber por quê, foi procurar sua máscara. Com ela nas mãos sentia--se um pouco mais tranquilo.

– Parecia muito real. Desculpe se acordei você.

– Não tem problema, mas...

– Tenho que ver o labirinto – interrompeu Yaruf, sem se importar com o que Ong-Lam pudesse dizer. – Tenho que ir até lá. Esse sonho foi real demais para não lhe dar atenção.

– Estou de acordo.

– Como assim?

– Você sonhou com paredes feitas de pedra crua? Viu a si mesmo como parte de cinco silhuetas? Você era uma das silhuetas, não é? Sonhou com tudo isso? Sob um estandarte próprio...

Yaruf ficou surpreso com tudo o que Ong-Lam sabia sobre seu sonho. Jogou-se para trás. Examinou o rosto do general. Como era possível? Pela primeira vez desde seu reencontro, duvidou dele:

– Quem lhe contou tudo isso? Quem é você?

Ong-Lam percebeu a desconfiança do menino.

– Não, por favor. Não pense que sou um feiticeiro nem nada parecido. A resposta é muito mais simples. Faz tempo que sonho com coisas estranhas, e essa que você acabou de sonhar é uma delas. No começo, eu me levantava suando, agitado e gritando, mas agora não. É o maldito Labirinto da Aliança. Suponho que sentimos seu poder. Estamos perto dele, e nossos sonhos percebem este fato. Mas não sei o que significa. Não sou um necromante.

– Acho que preciso ir até o labirinto. Tenho certeza – disse apertando os olhos, como costumava fazer quando falava de coisas sérias.

– Sim, pode ser que sim, mas você está se esquecendo de uma coisa...

– Que coisa?

– Não sei onde fica o labirinto.

– Então temos que procurá-lo.

Ong-Lam encarou Yaruf. O menino pronunciara aquela frase com tanta segurança... tanta autoridade... que alguém poderia pensar que fora Yaruf, e não ele, quem dirigira os exércitos de Adhelon VI.

– Certo. Procuremos por ele. Vou acompanhá-lo. Você sabe que tenho uma missão, e quero continuar a cumpri-la. Mas não sei se você não deveria fazer algo antes.

– Que quer dizer?

– Não é a primeira vez que você grita durante a noite. Na verdade, você é bastante escandaloso – brincou o general, tentando fazer com que Yaruf relaxasse um pouco e tirasse aquela tensão do rosto.

– Desculpe se incomodo você... – respondeu Yaruf, muito mal-humorado.

– Não seja bobo. Venha aqui e sente-se ao meu lado. Acho que você não me falou sobre algo que para você é muito importante. Tão importante que tenta escondê-lo embaixo de palavras. Qualquer tentativa é inútil. Minha mãe sempre dizia que as coisas que tentamos esconder de nós mesmos voltam em forma de pesadelo. Se você não vai atrás do que tem que fazer, no fim o que precisa fazer acaba vindo atrás de você.

– Não entendo. Que sorte que conheceu sua mãe.

– Bom, não seja injusto. Você sabe que eu não queria dizer isso. Pode ser que você esteja me enrolando. Vou dizer com bastante clareza para que entenda: você tem um combate na arena dos deuses. Mas parece que está com medo de um certo HuKlio.

– Não tenho medo de ninguém – disse, desta vez sem errar nenhuma palavra da frase, como se ela tivesse brotado da parte mais amargamente humana de seu ser.

– Então...

– Então o quê? – disse Yaruf, irritado como nunca antes estivera. – Deixe-me em paz. Não sei. Não acredito no que você diz. Em nada. Você é bruxo.

– Fique calmo, Yaruf. Não sou bruxo. Já disse isso. Sou seu amigo. Sou eu, Ong-Lam. Se você tem um combate, tem um combate. E é isso. Se não quer ir, não vá. Mas não sei se você não quer ir.

– Deixe-me em paz. Eu não tenho nada de medo.

– Você pode ganhar. Vi você lutando com sua arma, a hutama. Você é bom. É rápido e inteligente. Move-se com facilidade e sabe ler muito bem seu oponente. Nos treinos que fizemos, ganhou de mim várias vezes... Você só tem que querer ganhar.

– Não quero voltar com as bestas! Não sou um deles. Você diz que sua missão é me proteger? Não acredito. Quer que me matem. Como todos.

– Não é verdade. Não quero que o matem. Como pode dizer isso? Você está se comportando com uma criança malcriada. Existem coisas que devem ser feitas. Se você tem um duelo e não comparece... que vão pensar de você? Que vão pensar de todos os homens? Que somos covardes, é claro. Nunca, jamais, nenhum homem entrou na arena dos deuses, que eu saiba. E não faça esta cara. Claro que sei o que é a arena dos deuses! Não é preciso ser bruxo para saber. Os humanos sabem certas coisas sobre os minotauros, sabia? Lutamos contra eles... E os vencemos.

– Com traição!

Yaruf não conseguia acreditar no que acabara de dizer. Estava defendendo os minotauros? Estava justificando sua derrota?

– Pode ser que sim – respondeu Ong-Lam. – Mas o que está claro é que um guerreiro não foge. Não dá as costas a duelos. Enfrenta-os.

– Deixe-me em paz. Não devo explicação nenhuma. Você não é nada. Vou procurar o labirinto.

– Mas...

Não houve tempo para mais nada. A conversa terminara.

Yaruf saiu da caverna. Estava tão irritado... Quem aquele humano pensava que era? Ninguém tinha que lhe dizer o que ele tinha que fazer ou deixar de fazer. Ninguém tinha que lhe dizer o que era a honra ou a covardia. Ele sobrevivera em meio àquelas bestas malditas. Não queria entrar na arena dos deuses. Ninguém podia obrigá-lo. Quem obrigaria? Quem tinha autoridade sobre ele? Sua mãe morrera no seu nascimento. E seu pai, seu verdadeiro pai... Era um covarde que não se atrevera nem a se jogar nas águas do mar do abismo quando fora preciso. Quando ele precisara dele, seu pai falhara. Como todos. Quem podia obrigá-lo? Seus deuses? Quem eram seus deuses? Ele não tinha deuses. Estava livre daqueles seres caprichosos e mesquinhos, que passavam toda a eternidade pensando em como castigar suas próprias criações. A vida eterna... Ele estava fora daquilo. Excluído. O que aconteceria se morresse? Que deus ficaria responsável por sua alma? Que deus iria protegê-lo? De novo, como quando Worobul o deixara no meio do bosque, sentiu-se totalmente só. Olhou para o céu. Estrelado como se os seres eternos tivessem derrubado uma tigela cheia de estrelas... Tão imenso e escuro. Ninguém o compreendia.

Tinha que ir ao labirinto. Ele era como o labirinto. Perdido entre suas próprias paredes. Sozinho e sem a esperança de que alguém pudesse encontrar um caminho tortuoso e enganador que talvez não levasse a lugar nenhum, apenas voltas e mais voltas sem sentido. Uma solidão estéril. Sem fruto nem esperança de nada.

Jogou-se por um instante na grama umedecida pela noite. Quis se esticar até onde conseguisse. Só queria ficar um pouco mais tranquilo. Mas notou que, ao se esticar, algo se cravara em suas costas.

Maldito fosse!

Levantou-se rapidamente. Que era aquilo? Um raminho?

Não. Era o pingente que Worobul lhe dera quando o abandonara no meio do bosque. O enfeite dera a volta em seu pescoço e ficara cravado em suas costas. Sua pedra de jade. A que Sadora fizera.

Pensou em Sadora. "Bah! – disse, tentando destruir qualquer tipo de sentimento –, outra bruxa que com certeza quer que eu morra." Mas não acreditava realmente naquelas palavras, e isso o fez se sentir um pouco estúpido.

Decidiu montar em seu cavalo e partir por ali. Iria procurar o labirinto. Já estava decidido. Não compareceria ao combate contra HuKlio. Não era justo. Se ele queria lutar, que viesse buscá-lo. E, se Worobul se enfurecesse, que não o tivesse deixado no meio do bosque. No meio do nada. No meio de parte alguma.

Rapidamente, subiu no cavalo e começou a trotar em direção noroeste. "Vamos ver o que há neste labirinto. E vou matar todos os minotauros que cruzarem meu caminho." Matar? Minotauros?

Como quando se joga uma pedra sobre as águas de um rio, seus pensamentos pularam em direção de Hanunek. Seu amigo. O raser lajun. Se ele não lutasse, seu amigo morreria. Se não ganhasse, ele também morreria.

"Pelas eternidades!" Era sua responsabilidade? Era apenas mais um minotauro. Um aleijado. Um marginalizado. Um fraco que não conseguia se defender sozinho. Quase como um humano no meio de minotauros.

Quase como ele.

Freou o cavalo.

Se fosse em frente, encontraria o labirinto. Se voltasse, encontraria a arena dos deuses. Faltavam apenas dois dias para a lua negra. Para o combate.

Dois caminhos.

Que fazer?

10

Entre os deuses

Não conseguia forçar mais a vista. Trepado numa grande rocha, Worobul tentava ver alguma mudança na paisagem, algum detalhe, por menor que fosse, que desse a esperança de que Yaruf estava voltando para casa. De que o jovem humano estava preparado para entrar na arena dos deuses. De que tinha aceitado o desafio.

A paisagem permanecia imutável, apesar das esperanças do minotauro. Em sua cabeça, no entanto, um turbilhão de perguntas furiosas e indomáveis se remexia, um estampido selvagem que fazia seu coração tremer. Teria fugido? Teria decidido se esconder para sempre? Teria tomado o caminho dos covardes, da desonra, do faltar com a palavra empenhada? Estaria bem? Será que algo acontecera com ele? Teria terminado seus dias devorado por lobos?

Tudo podia ter acontecido.

Já não tinha certeza de mais nada.

Começava a pensar até que abandoná-lo no bosque talvez não tivesse sido a melhor opção. Mas o que poderia ter feito? Não podia continuar ensinando aquele humano.

Já não se considerava capaz. O humano o superava muito. E, além disso, não tinham muito mais tempo.

Yaruf tinha que ser o mestre de Yaruf. Yaruf tinha que descobrir o poder armazenado no interior de Yaruf. Um poder descomunal. Profundo e transparente. "Algumas almas encharcam suas águas para parecer profundas", dizia o velho provérbio táurico; mas esse não era o caso de Yaruf. Não. Seu poder era insondável e ao mesmo tempo radiante.

Desde que o encontrara na praia, tivera certeza de que no humano existia a luz dos deuses. Aquela aura de que falavam as velhas histórias. Algo perturbador, clamoroso.

Worobul renunciara a tudo por causa daquele pressentimento, que o acompanhara desde aquela noite, desde seu Ang-Al. Por isso, agora estava tão nervoso. Por isso queria e temia, ao mesmo tempo, que a paisagem revelasse a silhueta do filho.

Se Yaruf perdesse na arena dos deuses, se HuKlio o derrotasse, todos aqueles anos teriam sido em vão. Todo seu sacrifício. Aquela voz que lhe repetia uma e outra vez que ele estava fazendo o certo teria sido um erro. Uma mentira. Por causa daquela certeza, enfrentara seu clã. Enfrentara todos os clãs de todas as tribos! Suportara ir viver afastado, fora da inspiração das Pedras Sagradas. Fora de tudo. Aguentara tanto! Até mesmo que um de seus filhos o reprovasse com o olhar, que o desprezasse com os gestos. Com o tom de voz. Com todo seu ser. Mas Worobul sempre se mantivera firme em sua decisão.

Nunca duvidara que estava fazendo o que era certo.

Mas... E se o humano era só isso, um humano qualquer? Apenas mais um que chegara à praia pela inveja e pelas estratégias traiçoeiras típicas dos homens, que tinham pouco a ver com o destino das raças?... Tudo viria abaixo. E Worobul tinha tantas dúvidas!

Além disso, que destino? Acreditava naquilo? Nunca ninguém vira ou ouvira falar do Labirinto da Aliança. Era uma história estranha. Confusa. Uma velha lenda. Uma falsa esperança. E a máscara... Quem sabe? Ele abrira mão de tudo por causa de uma intuição. Talvez apenas acreditasse em Yaruf. Nada mais. E, no entanto, desde aquele dia, nada voltara a indicar que Yaruf tinha alguma coisa a ver com alguma aliança. Pelo contrário. Sua presença trouxera apenas desunião, brigas e reprovação. Nada que pudesse fazer pensar, nem remotamente, em nada parecido com uma aliança.

Talvez HuKlio tivesse razão.

Talvez todos tivessem razão e devessem tê-lo matado na praia. Com o mar como testemunha. Ponto final para todos os seus problemas. Porque, se depois de tudo Yaruf morresse na arena dos deuses...

Apenas o carinho e o amor paterno que ele lhe dera durante todos aqueles anos teriam sentido. Mas um guerreiro, um minotauro, não deveria entender daquelas coisas. Deveria estar acima daqueles sentimentos. O próprio Karbutanlak não matara seu irmão?

Mas, se Yaruf não se apresentasse para a batalha, para o duelo, para o seu desafio, seria muito pior. Pior do que se morresse nas mãos de HuKlio. Não poderia perdoá-lo por isso. Não aparecer na arena dos deuses! Não cumprir com seu dever era digno da pior das espécies. Seguramente, e isso fez o guerreiro estremecer, era algo digno de um humano.

– Ele virá. Não se preocupe. Com certeza virá.

Worobul tirou o olhar da paisagem e viu Sadora plantada sob a pedra, vestida com uma túnica amarela que o lembrava daquela que ela usava na tenda anos atrás, quando ele estivera ferido e levara Yaruf ao povoado.

– Você se vestiu com suas cores – disse Worobul, abandonando seu posto e plantando-se firmemente na terra.

– Exato. Isso você adivinhou. O outro não. Esta é a mesma túnica com a qual curei você. Guardei-a durante todo este tempo para uma ocasião especial. E hoje creio que vamos ter uma ocasião especial. Não tem problema. Perdoo seu engano porque naquele dia, se bem me lembro, você estava um pouco ferido – disse brincando.

– Não tenho certeza de que ele vá aparecer esta noite.

– Eu sim.

– Você o viu nas Pedras? O sangue de Sredakal contou-lhe algo? Sabe se ele está bem? Por que não me disse que usou seus poderes?

– Não usei meus poderes. Sei que ele está bem. Sei disso porque ele é um menino forte, inteligente e teimoso. Sei que virá esta noite porque confio nele. E a confiança é um poder de adivinhação superior a qualquer outro, acredite.

– Eu também confio nele – protestou Worobul.

– Então? O que faz em cima desta rocha?

– Bem, é que não sei...

– Você mesmo me disse várias vezes. Sua arma e ele parecem uma coisa só. Quase ganha de você. É inteligente. Sabe caçar. Conhece os perigos da floresta.

– Sadora, não é a floresta que me preocupa. É ele. Ele ainda é muito jovem. Não sei se está preparado. Não sei o que passou por sua cabeça durante todo esse tempo. Sabe? Sempre achei que o pior inimigo de Yaruf era ele mesmo.

– Claro que está preparado. Você foi o mestre dele, não? Não é preciso ser uma feiticeira para saber, nem é necessário consultar nada para perceber. Yaruf virá à arena...

– E ganhará?

– Isso não depende da magia. Depende dele.

– Como estão os gêmeos?

– Bem, creio que Yased tem dúvidas. Começa a temer que Yaruf ganhe na arena dos deuses.

– Por quê?

– É óbvio. Se Yaruf vencer o grande HuKlio, significará que ele estava enganado, e que agiu mal. Que deveria ter lhe dado uma oportunidade. Mas se perder... Também não gosta da ideia, acho. Perder um membro de sua tribo, por mais que você o odeie, vai contra a honra, contra o estandarte.

– Entendo. Todos temos nossos labirintos.

Worobul ficou calado, vendo como o sol apagava sua luz lentamente. A noite se aproximava. O momento se aproximava e não havia nem rastro de Yaruf.

– Pai, pai. Está tudo preparado, temos que ir à arena dos deuses. Quando o último raio de sol desaparecer, começará o combate.

Era a voz excitada de Desay, que viera buscá-los.

– Acha que ele chegará a tempo?

– Sim, com certeza – disse Worobul, agarrando carinhosamente seu filho por um dos chifres. – Onde está seu irmão?

– Já está lá. Faz bastante tempo que partiu. Queria chegar logo.

– Muito bem, então vamos. Yaruf não tardará a chegar – afirmou, encarando Sadora.

Acompanhado por Sadora e Desay, Worobul chegou ao cenário da batalha. Tudo estava pronto. Uma incrível multidão de minotauros se amontoava ao redor da arena dos deuses. Os gritos e a algazarra ecoavam no crepúsculo do dia, que se apagava de forma irremediável.

A arena dos deuses estava perfeitamente marcada no chão. Um grande círculo, formado por pedras de diferentes formas, que explicavam as histórias dos dois oponentes, sinalizava o local do conflito. O ganhador poderia destruir a história do perdedor. Apagá-la da História. Arrancá-la da memória dos demais minotauros.

Worobul abriu caminho entre a multidão e foi sentar-se junto a seu pai, Worfratan, que esperava sob o estandarte da tribo.

– Se seu protegido não aparecer, o nome de seu clã ficará manchado e toda minha tribo ficará sob suspeita irreversível de covardia. Você tem consciência de que é preciso toda uma eternidade para construir uma reputação, mas apenas um segundo para destruí-la para sempre?

– Sim, pai. Tenho consciência. Acredite em mim, ele virá. Estou convencido. Agora estou.

– E por que está tão convencido, posso saber?

– Porque eu fui mestre dele, pai.

Worfratan emudeceu diante da resposta contundente do filho. E, justo quando quis acrescentar algo, todos os minotauros presentes começaram a gritar tão forte que teriam abafado os ruídos da mais violenta das tempestades.

Worobul se colocou de pé. Sadora também. Teriam visto Yaruf chegar?

Não.

Era HuKlio que avançava pelo caminho de archotes reservado para os que iam entrar na arena. Altivo, orgulhoso e pisando forte, como se tivesse a intenção secreta de que, por onde seus pés passassem, nada jamais crescesse. Entrou na arena, para delírio de todos os presentes. Plantou-se no meio do círculo. Ergueu o machado e dirigiu-se para Worobul:

– Onde está o humano? Eu devia ter imaginado. É um covarde, mas não me surpreende, é como você. Você não teve a coragem de degolá-lo na praia, de simplesmente cortar sua cabeça, como se faz com os inimigos. Agora ele não é homem suficiente para entrar aqui, neste lugar sagrado. Que os deuses sejam testemunhas de como seu estandarte fica manchado para sempre e, por tabela, o de sua tribo, Worfratan.

Worobul se calou. Preferiu não responder. Apenas esperava a chegada de Yaruf. Não queria cair nas provocações de HuKlio.

– Você – disse HuKlio, apontando para Hanunek, que permanecia nervoso, vigiado por dois minotauros, um da tribo de HuKlio e outro da tribo de Worfratan –, seus dias nesta terra acabaram. Como eu disse, primeiro matarei Yaruf, em seguida você.

Hanunek não respondeu, limitando-se a buscar os olhares confortadores de Worobul e Sadora, que o haviam protegido e cuidado dele durante duas longas luas negras.

Mas então a terra se calou.

No final do caminho de archotes apareceu uma silhueta magnífica, acariciada suavemente pelos últimos raios de sol que se desvaneciam.

Era Yaruf, montado no lombo de seu cavalo e usando uma máscara de minotauro que Worobul e HuKlio imediatamente reconheceram.

Os poucos minotauros que ainda estavam sentados se colocaram de pé. No meio de um silêncio profundo, cavalo e cavaleiro avançaram lentamente pelo caminho de fogo até chegar ao início da arena dos deuses. Yaruf nunca vira tantos minotauros juntos, amontoados ao seu redor, bufando, murmurando... Podia ouvir suas patas, sua força e sua vontade de que o combate começasse logo. Era como cruzar um corredor entre os deuses. Ele gostava. Não sabia por quê.

Desmontou do cavalo com um salto, desembainhou a hutama que trazia pendurada nas costas e passou a manuseá-la habilmente. Em seguida, tirou a máscara. HuKlio mexeu o focinho, nervoso, e cavou a terra com a pata direita. Sempre pensara que o humano não se atreveria a entrar na arena dos deuses. Desde que Worobul pedira duas luas negras de prazo, não tivera dúvidas de que tinha a intenção de ganhar tempo para que seu protegido escapasse para o mais longe possível. Não tinha nem descartado a possibilidade de que Worobul mandasse a criança de volta para os humanos, para além do mar do abismo. De todo modo, sempre pensara que teria que perseguir e matar o humano em algum lugar afastado de toda glória e de toda honra. Mas não. Agora, o humano estava ali. Numa atitude desafiadora. Preparado para lutar como um autêntico minotauro. Ou, melhor ainda, como um herói. Como uma das lendas a que se referiam as velhas canções. Como um guerreiro de verdade. Em questão de segundos, o poderoso chefe de tribo deixara de se sentir tão seguro. Sem entender por quê, estava intimidado pela figura baixinha e magrela daquela besta sem pelos, sem chifres, sem honra.

– Vim para quitar minhas dívidas com você, grande AgKlan – disse Yaruf, apontando com a hutama e jogando sua máscara diretamente nos braços de Worobul.

HuKlio emudeceu ao ver como Yaruf entrava na arena, colocando o pé direito cuidadosamente na frente do esquerdo. Em seguida, o menino fez um ruído com a boca e seu cavalo desapareceu pelo mesmo caminho de archotes pelo qual viera seu cavaleiro.

– Já que você, HuKlio, pediu o combate. Já que você estabeleceu a pena para meu amigo Hanunek caso eu perca a vida nesta noite... Eu também quero exigir minhas condições. Uma vez que, como estabelece a lei, dentro destes limites somos iguais e nada nos diferencia..., quero pedir a recompensa por minha vitória.

– Você não vai ganhar – disse HuKlio, erguendo ameaçadoramente o machado e reagindo, por fim, à presença do humano.

– Então não se importará com meu pedido.

Antes que HuKlio pudesse responder, e num ato de claro desprezo, Yaruf prosseguiu:

– O que vou pedir é muito fácil de cumprir, e se todos aqui escutarem com atenção verão que é algo justo... Em primeiro lugar, quero que meu clã e todos os seus membros, caso eu saia daqui com a vitória, sejam readmitidos na tribo de uma vez por todas. Já chega de vivermos afastados. Se posso entrar na arena, meu clã pode viver com os demais clãs da tribo.

Houve um burburinho afirmativo, como se a multidão estivesse de acordo com o que fora dito.

– Além disso, exijo um estandarte próprio, com um lugar próprio para me instalar. Quero as terras onde hoje vive meu clã, já que eles partirão com os clãs de Worfratan.

O burburinho foi diferente. De surpresa e de certa indignação diante da proposta daquele humano descarado. Como um humano poderia ter um estandarte táurico?

– E para que você quer um estandarte próprio, posso saber? Não pode ter descendentes. Ninguém vai querer estar sob sua proteção, por favor... É ridículo.

– Quero um estandarte para entrar no Labirinto da Aliança. É isso que diz meu sonho, e assim deve ser.

O burburinho se converteu em gritos de indignação e em vaias. Do que falava aquele humano? A qual obscura estratégia obedecia?

– Sei que o labirinto existe. Sei que um clã maldito o protege... Sim, o mesmo que em outros tempos foi liderado pelo grande Yaduvé.

HuKlio, fazendo um gesto para acalmar os ânimos dos outros minotauros, disse:

– Eu devia ter imaginado que você tentaria um desses truques. Agora você vem e nos fala do labirinto. Diz que sabe onde se encontra o clã de Yaduvé... Balela! Não vai conseguir me confundir, nem distrair nossa atenção. Você vai morrer.

Worobul encarava Yaruf com estranhamento. Não o reconhecia. Era outro. Seguro e quase tão orgulhoso quanto

HuKlio. Do que estava falando? O que teria acontecido durante aquela lua negra? Seria verdade o que estava dizendo, ou era apenas mais uma armadilha de humanos?

– Pois que assim seja. Se tenho que morrer, esta é uma grande noite.

Os dois minotauros tomaram posição.

Sadora e Frasera, a feiticeira da tribo de HuKlio, jogaram sal na arena.

Os dois duelistas ergueram as armas em direção ao céu, apontaram um para o outro, abaixaram a cabeça e, por fim, o combate começou.

III

O LABIRINTO DA ALIANÇA

1

O minotauro

"Nem o mais valente dos soldados que tive sob minhas ordens teria o atrevimento de entrar nesse círculo. Eu mesmo, depois de enfrentar tantos e vencer todos os que se colocaram no meu caminho, não teria coragem de erguer a arma, por medo de ofendê-los. Ele é diferente."

Ong-Lam soube disso desde o primeiro dia em que se reencontraram. Desde que Yaruf saiu da carroça, hutama nas mãos, disposto a lutar contra o Ordamidon se necessário. E teve no momento em que o menino abandonou precipitadamente a caverna, com uma irritação tão exagerada e visceral.

Yaruf poderia protestar quanto quisesse, lançar quantas maldições fosse capaz. Por mais que tentasse dissimular suas convicções com palavras grosseiras e desagradáveis... Era impossível para ele agir de outra maneira. Era incapaz de agir diferente.

Iria ao combate.

Sem dúvida! E iria porque pertencia a um clã. Porque se sentia vinculado a uma tribo. Porque aprendera o que significava a honra; que caminhos ela segue e que atalhos são proibidos.

Ong-Lam tinha plena consciência: Yaruf era um minotauro.

Não tinha dúvidas.

Durante os dias em que haviam compartilhado a caverna, histórias, caçadas, comidas... Durante aquele tempo, tão longo e efêmero ao mesmo tempo, como costuma ocorrer com os instantes fugazes que duram para sempre na memória, ficara muito claro para Ong-Lam.

O olhar de Yaruf era o de um minotauro. Ele pensava como um minotauro. Bufava como um minotauro. E, além disso tudo, lutava como um minotauro.

Ong-Lam não parava de se fascinar com o menino.

Talvez tivesse sido esta a razão que levara o general a segui-lo secretamente, sem interromper seus pensamentos ou atrapalhar sua preparação.

Sem incomodar.

Queria apenas vê-lo em combate. Observar seus movimentos. Seus ataques. Suas defesas. Queria vê-lo dançar com a hutama. Queria estar presente no momento em que Yaruf por fim libertasse toda aquela energia acumulada durante tantos anos, ao longo de tantas decepções e silêncios prudentes.

Mas, acima de tudo, queria ver Yaruf vencer.

Sim, vencer. Uma voz em sua cabeça sussurrava que o menino dos olhos avermelhados não podia ser derrotado. E tanto fazia que fosse contra aquele tal de HuKlio. Ele não teria nenhuma chance. Porque Yaruf vencera suas dúvidas, e isso o preparara para vencer qualquer inimigo.

Agora, Ong-Lam estava ali, encarapitado nos galhos de uma árvore que afundava suas profundas raízes na terra. Estava de prontidão, para não perder nenhum detalhe de um acontecimento que nunca antes ocorrera e, provavelmente, jamais voltaria a ocorrer: um humano lutando na arena dos deuses.

O general encontrara um bom assento.

Do alto daqueles galhos grossos, via quase completamente o campo de batalha. Seu instinto de sobrevivência nas sombras dizia que, enquanto os minotauros estivessem distraídos com o combate, ele não seria descoberto. Poderia ficar tranquilo e apreciar o espetáculo. Porque aquilo tinha muito disso, de grande espetáculo. De descarga emocional para todos os presentes que, de alguma maneira, colocavam suas preferências sobre um ou outro duelista.

A figura de HuKlio, com seu chifre de ouro, destacava-se diante da pequena silhueta de Yaruf, que, no entanto, impressionava por sua tranquilidade e calma. Ong-Lam sabia o que a maioria dos minotauros estava pensando ao ver o humano: aquela aparente descontração nas feições e nos gestos era apenas fruto do grande nervosismo que Yaruf sentia ao perceber que, em breve, iria morrer e enfrentar sabe deus que deuses.

Ele sabia a verdade.

Em todas as ocasiões em que os dois haviam se enfrentado, o general ficara surpreso com a calma e a quietude de suas ações que, no entanto, eram capazes de se converter num vento poderoso e destrutivo em questão de segundos. Num conjunto de movimentos velozes e certeiros, que desarmavam a defesa do inimigo e o deixavam à sua mercê.

Já não havia tempo para mais nada.

Começava o combate.

HuKlio tomou a iniciativa.

Aparentemente, o AgKlan não estava disposto a se deixar amedrontar nem pela entrada triunfal do humano nem pelas notícias que ele trouxera, explicando como os descendentes do clã de Yaduvé haviam se convertido nos guardiões do labirinto. Verdade ou mentira, aquelas notícias deixaram HuKlio cheio de dúvidas.

Seria aquela besta humana a tão esperada portadora da aliança? Ong-Lam pôde adivinhar, pelos gestos do minotauro, as incômodas perguntas que passavam por sua cabeça. O modo como ele mexia na terra com a pata e a maneira como rasgava o ar com seus chifres, bufando, entregavam seu nervosismo.

Para acabar com as incertezas, o minotauro decidiu atacar. Desferiu um ataque impetuoso e imponente, mas foi uma investida impensada, movida mais pela vontade de terminar a luta o mais cedo possível do que pelo ataque em si. Yaruf estava totalmente concentrado. Nada o distraía. Para ele, o alvoroço e os rugidos ao seu redor não existiam. Havia apenas o minotauro com o chifre de ouro.

Com um leve movimento de corpo, quase sem tirar os pés do chão, esquivou-se do adversário. Não se deixou surpreender. O "ohhh" de todos os minotauros presentes chegou com força até os ouvidos do general.

Bom sinal. Era uma exclamação que demonstrava surpresa e admiração ao mesmo tempo. Logicamente, ninguém concebera a possibilidade de apostar na vitória do humano, e aquela primeira resposta deixava claro que o combate não seria um passeio triunfal para HuKlio.

Pouco a pouco, Yaruf ia semeando a dúvida em todos.

As posições na arena mudaram.

Yaruf ficou à esquerda dos estandartes.

HuKlio se deteve por um instante. Esperava que Yaruf fosse atacar. Mas o menino não atacou. Manteve-se firme, plantado na arena como se fizesse parte dela, segurando a hutama com ambas as mãos e esperando que seu rival decidisse tomar a iniciativa mais uma vez.

Assim foi.

HuKlio lançou-se ao ataque novamente, erguendo o machado a meia altura e mudando de direção no meio da investida. Uma boa manobra, que quase alcançou o objetivo. Yaruf titubeou. Quase caiu ao chão. No último momento, encontrou o equilíbrio. Outra exclamação do público. Sem tempo para reagir, e vendo que Yaruf não se colocara numa postura de defesa correta, HuKlio girou sobre si mesmo, lançou o machado no ar e o agarrou, surpreendentemente, pela lâmina, desferindo em seguida um forte golpe com o cabo, que atingiu Yaruf e o fez cair de costas no chão. Todos os minotauros, exceto Hanunek, que preferia não ver o combate, puseram-se de pé, e Ong-Lam perdeu a visão da arena.

Por alguns segundos, esteve às cegas, apenas com a visão de seus pensamentos:

"Vamos, Yaruf, levante-se. Se ficar no chão, estará perdido. Não cometa esse erro. Levante-se. Malditos minotauros... Sentem-se logo!"

Conseguia ver apenas as silhuetas com chifres na noite que se tornava cada vez mais escura e os gritos de entusiasmo dos que torciam pelo AgKlan, que no momento eram quase todos. Não sabia o que estava acontecendo e não sabia o que aquele burburinho significava.

Soaram então estranhos instrumentos, que o general nunca ouvira antes, e, felizmente, todos os minotauros voltaram a se sentar.

"Menos mal... Vamos ver..."

Pelo que podia entender, Yaruf se levantara rapidamente do chão e evitara um novo ataque de HuKlio dando-lhe uma rasteira com a hutama. Porque, quando o minotauro voltou a seu campo de visão da arena dos deuses, ele se levantava do chão contrariado e surpreso.

"Assim que se faz! Muito bem!"

Yaruf estava adquirindo confiança.

Caíra uma vez, mas também fizera seu adversário cair. Estavam empatados.

Por fim, Yaruf iniciou um ataque verdadeiro.

Deu um golpe por cima e foi parado pelo machado, mas sabia que HuKlio responderia daquela forma. Mal as duas armas se encontraram, Yaruf deu meia-volta, baixou a hutama e lançou um potente golpe contra as costas de HuKlio, que cambaleou mas continuou em pé. Imediatamente, o minotauro acertou o rosto do menino com suas garras, provocando um grande sangramento. Mais uma vez, ouviram-se o alvoroço e os instrumentos que pareciam ordenar a todos os presentes que se sentassem.

Vendo o sangue de seu inimigo, HuKlio urrou com tanta força que suas palavras chegaram sem dificuldade aos ouvidos do general:

– Olhe bem para este sangue, besta humana. Veja como ele mancha a arena sagrada dos deuses. Olhe bem, porque é a última vez que você vai ver... seu sangue!

Voltava a se sentir seguro e poderoso, e a não duvidar de sua vitória. Repelira um ataque com contundência e fizera seu rival sangrar. Com isso, esperava colocar dúvidas na cabeça do humano.

Yaruf não se abalou.

Voltou à sua posição habitual de defesa: pé esquerdo levemente avançado em relação aos ombros, perna direita suportando o peso de um possível impulso e a hutama cruzada no ar na diagonal, a direção de suas pontas coincidindo com a de suas pernas.

Esperou.

HuKlio percebeu que aquela era uma estratégia tosca para alongar o combate, para permanecer na defensiva:

– Vamos! Não se atreve? Tentou uma vez, e olhe para você agora, sangrando como Sredakal... Não quer mais?

HuKlio dizia isso enquanto andava, altivo, de um lado para o outro. Olhando para o público e arrancando alguns gritos de incentivo. Sabendo-se vencedor. Desfrutando e esperando pelo erro de Yaruf, isto é, que tentasse atacar enquanto HuKlio falava, pensando que o minotauro estava distraído. Mas não estava. Yaruf sabia.

"Não faça isso. Aguente. Ainda não", pensava Ong-Lam entre murmúrios, como se Yaruf pudesse ouvi-lo.

– Bom, já que não me ataca, terei que atacá-lo. Todo o mundo viu, não é? Depois não quero que seu papai venha e diga que fui muito duro com o filhote humano, não é mesmo, Worobul?

"Aguente. Você está protegido. Evite o ataque. Não se impaciente."

– Muito bem. Vou atacar então.

HuKlio escavou com a pata a arena dos deuses. Desta vez, não era um sinal de nervosismo. Era o anúncio de um ataque brutal.

"Que está fazendo, Yaruf? Ficou louco?"

Ong-Lam abriu os olhos, como se não acreditasse no que via. Quando HuKlio começou sua investida, Yaruf abandonou a posição de defesa e saiu correndo na direção do minotauro. De frente. Cara a cara. HuKlio apertou ainda mais o machado em suas enormes garras. Mas Yaruf, um pouco antes de o encontrão se produzir, cravou a hutama na arena e serviu-se dela para dar um grande salto e golpear o minotauro. Caiu de pé, com agilidade. O minotauro diminuiu de velocidade, surpreso, e Yaruf aproveitou para afundar um dos cantos da hutama nas costas de HuKlio, fazendo-o gemer de dor e deixando-o de joelhos no chão. Sem dar tempo para o minotauro reagir, passou a hutama entre seus chifres e fez uma forte alavanca, imobilizando seu rival e empurrando sua cabeça para trás. Em seguida, soltou-o e voltou a sua posição de defesa.

Pela primeira vez em todo o combate, os minotauros se admiraram com a capacidade do humano, e alguns até lançaram tímidos gritos de incentivo para Yaruf.

HuKlio levantou-se atordoado. Não sabia o que estava acontecendo.

Ao ver a atitude de Yaruf, Ong-Lam quase caiu da árvore. Nunca vira o humano saltar com a hutama, e era um movimento tão original, tão belo, que ele não soube sequer o que pensar. Num só momento, com uma só manobra, as coisas haviam mudado completamente. HuKlio voltou a se encher de dúvidas, a ficar mais preocupado em se perguntar como um rival tão inferior fisicamente podia enfrentá-lo de igual para igual, do que com a luta em si.

Novamente, Yaruf estava imóvel. Sem fazer nada. Sem se mexer. Esperando o momento certo. Esperando aproveitar a força de seu adversário em benefício próprio.

HuKlio avançou.

Desta vez, menos decidido. Yaruf correu novamente na direção dele. Fez o mesmo movimento. Aprendida a lição, HuKlio ergueu o machado ao ver Yaruf cravando a hutama na arena. Queria atingi-lo em pleno voo. Atravessá-lo. Cortá-lo pela metade.

"Não repita duas vezes..."

Yaruf não saltou. Usou a arma para se abaixar, deslizar no chão, passar por entre as pernas do minotauro e voltar a estar às suas costas, diante dos bramidos de júbilo do público, que começava a gostar da luta. Desta vez, Yaruf não atacou com nenhum golpe, não afundou a hutama nas costas de HuKlio. Limitou-se a esperar que o minotauro se virasse. E ele se virou. Furioso, desferiu uma cabeçada que roçou ligeiramente o peito descoberto de Yaruf. Fez apenas uma ferida superficial. Mas Yaruf reagiu e surpreendeu a todos com um certeiro golpe no meio dos chifres de HuKlio, que deu alguns passos para trás.

De novo, cada um em sua posição.

HuKlio já não sabia o que fazer.

Atacar? Defender?

Ong-Lam podia vê-lo perfeitamente. Podia perceber que o grande minotauro, três vezes mais alto que Yaruf, estava hesitante. Não sabia como iniciar as manobras. Na verdade, não sabia sequer se devia iniciá-las. Evidentemente, o AgKlan era o tipo de guerreiro que, quando não é capaz de tomar a iniciativa durante o combate, se sente perdido e confuso. Exatamente como ele se sentia àquela altura do duelo.

Mas, desta vez, foi Yaruf quem tomou a iniciativa.

Correu em direção de HuKlio, que tentou golpeá-lo com o machado. O jovem humano conseguiu deter o golpe e, com três rápidos movimentos, desarmou seu inimigo, que não entendia nem como perdera o machado. Após desarmar o minotauro, Yaruf desferiu outro forte golpe no centro da cabeça de seu inimigo. E voltou a se afastar.

– Renda-se!

Era a primeira vez que Yaruf falava durante o combate na arena dos deuses. Sua voz soou potente e cheia de autoridade.

Um sorriso se esboçou no rosto de Ong-Lam.

"Será possível que ele se atreva a exigir a rendição... Não conte com isso."

– Nem em sonho...

Foi a nervosa resposta de HuKlio, que recuperou sua arma. Sem pronunciar uma só palavra, voltou a se lançar sobre Yaruf, que não teve mais problemas para se esquivar dos golpes sem ordem nem sentido do AgKlan.

Os minotauros começavam a acreditar na vitória do humano, e muitos chegavam mesmo a desejá-la. Aquele menino estava demonstrando, no terreno sagrado da arena dos deuses, que podia ser um grande guerreiro. Que era um grande guerreiro!

"Arremate a fatura, menino. Agora que o dominou, acabe com ele."

HuKlio aproximou-se de Yaruf. Com o machado abaixado, como se não fosse atacar.

"Pode ser um truque. Cuidado. Não confie."

Quando chegou perto, HuKlio parecia disposto a conversar.

Não foi o que aconteceu.

Com uma das patas, levantou um monte de areia e lançou-a no rosto de Yaruf, que não podia esperar um ato tão desleal e traiçoeiro.

Soou um "uhhh" de desaprovação.

– Quem é o humano traidor agora, seu miserável! – gritou Ong-Lam, esquecendo que estava escondido e que era preferível não chamar a atenção se não quisesse ser descoberto.

HuKlio não se deixou intimidar pelas vaias.

Aproveitou que Yaruf tentava tirar a areia dos olhos e não conseguia ver praticamente nada, e deu-lhe uma forte patada no centro do estômago, que deixou o humano caído e retorcendo-se de dor.

– Com os humanos, as regras não valem...

Era uma maneira de se justificar, mas os minotauros não concordaram muito e dirigiram ao AgKlan mais gritos de desaprovação.

"Levante-se. Vamos. Esqueça da dor. Se você não levantar..."

HuKlio caminhou novamente em direção do humano, desta vez com o machado sobre a cabeça.

Yaruf pegou a hutama e conseguiu deter a lâmina que se cravaria no meio de sua testa. Com extrema agilidade, deu uma cambalhota para trás e ficou agachado, à espera. Recuperara a margem necessária para defender ou atacar. Decidiu atacar. Lançou-se contra seu rival. Repetiu, pela terceira vez, a manobra de cravar a hutama. Desta vez, decidiu usá-la para tomar impulso e saltar, mas HuKlio adivinhou suas intenções e ergueu o machado. Mas Yaruf não queria evitar o minotauro. Ao mesmo tempo que se esquivava do machado no ar, desferiu com os pés um potente chute no chifre de ouro de HuKlio, que deu duas voltas antes de cair ao chão e soltar o machado. Yaruf jogou a hutama no chão com desprezo.

"O que está fazendo... Pegue a arma... Se ele se levantar..."

Foi direto ao machado, um muito parecido com aquele que não conseguira levantar duas luas negras atrás, quando começara seu caminho em direção à arena dos deuses. Ao erguê-lo, fez tanta força que a ferida em sua bochecha sangrou com mais intensidade, desenhando uma linha grossa de vermelho que lhe cruzava o rosto. Levantou o machado. Subiu no tórax do minotauro, que estava no chão, atordoado. Então, Yaruf gritou a plenos pulmões um provérbio táurico, ao mesmo tempo que baixava o machado com força:

– Que aquilo que os pais fizeram seja repetido pelos filhos!

2

O estandarte

Quase todos os minotauros que se amontoavam ao redor da arena dos deuses ficaram um pouco decepcionados com o resultado final do combate.

Não porque Yaruf venceu. Não porque o humano se erguesse com o triunfo. Não. Esse fato entusiasmou muitos, sobretudo aqueles que, durante muito tempo, haviam sido humilhados por HuKlio e seus seguidores. A vitória de Yaruf, para falar a verdade, fez com que até seus mais ferrenhos detratores começassem a ver naquela criança humana, de aspecto frágil e indefeso, um verdadeiro guerreiro, que não era nem tão criança nem tão humano.

Fora o melhor combate já visto naquelas terras, sem dúvida. Digno dos grandes combates dos quais os mais velhos de cada tribo haviam ouvido falar. Alguns dos comentários que mais se repetiram ao longo da extensa noite de festa e de celebração em homenagem a Kia-Kai que, como mandava a tradição, seguiu-se ao enfrentamento assim o demonstravam:

"Nota-se imediatamente que foi criado por um grande guerreiro como Worobul! Esse combate tem que ser inscrito nas Pedras Altas! Que sabedoria na hora de se mover, com certeza aprendeu com Sadora! Nenhum humano luta assim, não se pode negar, tem mais de minotauro que de humano... Não foi em vão que viveu mais tempo no meio dos clãs que em seus reinos sujos..."

Se a maioria dos minotauros ficou levemente decepcionada, foi porque ninguém morreu na arena. Era algo pouco usual. Embora fosse permitido que o ganhador poupasse a vida do perdedor, ele não seria nem um pouco bem-visto se fizesse isso. Se nem Karbutanlak poupou a vida do irmão...

Yaruf não matou HuKlio quando teve a oportunidade.

Limitou-se a recitar o provérbio táurico que tantas vezes ouvira de seus pais e, em seguida, cortar com uma poderosa machadada o chifre que restava ao minotauro. Cortou-o pela raiz, com um golpe tão duro e seco que deixou todos mergulhados num silêncio sepulcral. Incapazes de reagir. Em seguida, recolheu sua hutama e saiu da arena dos deuses com a mesma determinação com a qual entrara.

Aí sim. Todos explodiram numa algazarra de rugidos, alaridos e bramidos que teria ensurdecido até a lua, se ela tivesse aparecido no céu.

Yaruf, alheio a todas as demonstrações de entusiasmo, aproximou-se de Worobul e, sem dizer uma palavra, abraçou-o. Em seguida, emocionado, mas mantendo-se firme, disse:

– Pai, acho que finalmente entendi tudo o que você me dizia. Sem você, com certeza não teria vencido. Obrigado.

– Eu vi tudo. Parabéns. E, se você venceu, é porque teve um grande mestre – murmurou muito, muito baixinho o minotauro, colocando a mão em sua cabeça.

– Fiquei um pouco bravo quando você me deixou... – Yaruf tentou se justificar.

– Errar faz parte do processo.

– Eu, sim, errei.

Era a voz de Yased, que estivera atento durante todo o combate, observando os movimentos, inclinando-se nervoso quando Yaruf recebia um golpe, suspirando quando o humano conseguia encaixar uma boa sequência de golpes com a hutama. Percebendo que, apesar de tudo o que fora feito e dito, Yaruf pertencia à sua tribo. Pertencia ao seu clã. E, além de tudo, demonstrara ser um guerreiro excepcional.

– Poucos, muito poucos dos que estão aqui poderiam vencer HuKlio. Você conseguiu. Apesar das trapaças de

HuKlio, que deixaram a honra de seu estandarte no chão. Mas você persistiu até a vitória. Quero parabenizá-lo, do fundo do meu coração, irmão.

Yased agarrou Yaruf pela cabeça, como se o humano tivesse chifres. Com este simples gesto, declarava aceitar que o menino era um minotauro. Yaruf agradeceu e apertou os chifres do irmão com força, repetindo uma velha fórmula que Sadora lhe ensinara:

– Nunca contra nós mesmos.

– Nunca contra nós mesmos – repetiu o jovem minotauro.

Enquanto isso, membros da tribo de HuKlio o retiraram da arena. Perdera os sentidos, embora ainda respirasse. Para ele, a derrota seria muito difícil de digerir. Mas não mais difícil do que seria para Yaruf digerir a vitória. Ganhara, mas sentia-se estranho. Todos vinham falar com ele com certo temor, como se o menino pudesse machucá-los. Elogiavam-no e celebravam sua forma de lutar, lembrando que ninguém nunca vira HuKlio ser derrotado.

– Worobul venceu-o na praia. Eu o venci aqui. Ele sempre os convenceu de que meu pai trapaceara, mas provei que não. É possível vencê-lo apenas cortando um de seus chifres, sem precisar matá-lo. Meu pai o venceu, e eu o venci.

Respondia com uma impertinência que inquietava Worobul, porque agora que Yaruf se sentia forte corria o risco de se tornar um ser arrogante com os demais e destrutivo consigo mesmo. Preferiu não dizer nada. Haveria tempo para isso. Agora, o menino tinha que desfrutar sua grande noite de glória. Mas, na verdade, mesmo que quisesse advertir seu filho sobre os perigos da vaidade, não teria conseguido. Yaruf desapareceu da festa, da celebração que se fazia em homenagem a Kia-Kai e a ele próprio.

Fugiu nas profundezas da noite.

Não queria companhia. Não queria cumprimentos. Sentia-se atordoado. Queria estar sozinho, não se sentir sozinho. E, no meio de tanta admiração, começava a sentir uma solidão asfixiante. Queria respirar. A floresta, a escuridão eram o oxigênio do qual ele precisava para manter a cabeça em ordem.

Em seguida, ouviu um assobio que lhe parecia próximo e familiar:

– Como se sente? Você sonhou acordado com esse momento muitas vezes, não? Pois aqui está ele, não se esqueça de que tudo passa. A glória e o fracasso.

Era a voz de Ong-Lam.

Apoiado no tronco da mesma árvore na qual estivera trepado, acariciava o cavalo de Yaruf.

– Creio que ele lhe pertence. Encontrei-o pastando tranquilamente por aí. Eu e ele estávamos tão certos de sua vitória que preferimos esperar um pouco afastados. Você sabe que não gostamos de multidões... E menos ainda de minotauros. Enfim, foi uma entrada discreta, mas uma saída... Esta foi triunfal.

Ong-Lam ficou encarando Yaruf, que tentava manter o semblante sério e inexpressivo que utilizara durante todo o combate. A ferida sangrava menos, mas deixara seu rosto completamente manchado de vermelho.

– Vamos, não me diga que não está feliz de me ver! Ou pelo menos que não está feliz de vê-lo, seu cavalo! Lembra dele?

Mas Yaruf não reagia.

– Ah, já sei. É a ferida. Está doendo.

Ong-Lam continuou encarando o rosto obscurecido pela noite de Yaruf, que tentou dizer algo. Não conseguiu. Seu queixo começou a tremer. Sua respiração acelerou e, num certo ponto, começou a chorar como se nunca tivesse chorado antes.

O general abraçou o menino e entendeu que seus nervos e excitação saíam de seu corpo em forma de lágrimas sinceras, que emanavam de uma fonte secreta.

Quando finalmente se acalmou, esfregou os olhos com a mão direita e disse, com a voz ainda entrecortada:

– Perdão. Isso não é de guerreiro. Estou chorando como um bebê.

– Pensei que você tivesse perdido a língua no combate. Fico tão feliz de ouvir minha língua tão mal falada, como só... você sabe fazer.

Yaruf recuperou o sorriso. Desculpou-se.

Comportara-se de maneira injusta. Não era certo partir no meio da noite, isso não era forma de se comportar. Depois de tudo o que Ong-Lam fizera por ele...

– Não tem problema, você precisava fazer aquilo. Há momentos em que todos precisam estar sós consigo mesmos. Lembre-se daquilo que você mesmo me disse: "O melhor mestre de uma pessoa é a própria pessoa."

– Isso dizia Worobul que disse Worfratan...

– Grandes guerreiros, sim, senhor. Para mim, foi você quem disse. Outro grande guerreiro.

– Obrigado. O que você quer fazer agora?

A mudança foi radical, como sempre acontecia com Yaruf, que parecia estar sempre duas frases adiantado na conversa e pular as partes que não lhe interessavam. Naquela ocasião, sua pressa era justificada. Era uma boa pergunta. De resposta difícil.

Ong-Lam tinha consciência de que Yaruf precisava de um pouco de tempo antes de partir em busca do labirinto. E, durante esse tempo, o general não poderia ficar rodeando aquelas terras, não sem ser descoberto. Na verdade, fora uma imprudência enorme seguir Yaruf até o combate. Por mais que ele não soubesse, se outro humano fosse descoberto, muitos voltariam a suspeitar. O caminho que Yaruf traçara com tanto esforço e sacrifício ficaria comprometido.

– Acho que vou para minha caverna.

– Não, vem ao labirinto.

– Você vai amanhã?

Yaruf ficou pensativo. Por um lado, queria empreender sua expedição imediatamente, mas por outro sabia que precisava de tempo. Não podia se deixar arrastar pela impaciência.

– Uma lua negra. Dentro de uma lua negra vou ao labirinto. Vou reunir vários minotauros. Não posso ir sozinho.

– Muito bem, assim está bem. Começa a pensar como um verdadeiro líder.

– Você diz que muitos minotauros estão vigiando. Você e eu sozinhos...

– Exato. Não creio que nos deixariam passar tão facilmente, embora eu já comece a esperar qualquer coisa de você. De acordo. Dentro de uma lua, espero que venha me buscar, apesar de achar que, quando você entrar nas terras do Ordamidon, encontrarei você antes que me encontre. Deve avisar seus seguidores, vou me unir ao grupo... Não quero ter que matar ninguém de seu clã.

– Não preocupe. Eu cuido disso.

– Espero que sim.

Yaruf e Ong-Lam se fundiram num forte abraço, e em seguida o general desapareceu sem deixar rastro, como se nunca tivesse estado ali. Yaruf colocou a língua entre os dentes manchados de sangue e fez um estalido agudo.

Seu cavalo surgiu das profundezas da noite. Com um potente salto, o humano montou no lombo do animal.

Vários dias se passaram, durante os quais Worobul se dedicou a tentar convencer Yaruf a acompanhá-lo, a esquecer a ideia de ficar sozinho, afastado naquelas terras.

– Por que não vem conosco? Agora não precisa mais ficar aqui. Podemos viver com os outros. Lá estaremos mais protegidos. Estamos muito perto das Pedras Altas...

– É melhor assim. Quero ficar aqui. Gosto desta terra. E, além disso, tenho um estandarte próprio. E você sabe que um clã precisa ter suas próprias terras.

O estandarte de Yaruf era bastante simples.

Sobre um fundo de tecido vermelho, desenhava-se uma circunferência em negro. Dentro, reluzia um círculo bordado com uma pedra de jade verde. Não uma pedra qualquer. Sua pedra, aquela que Sadora fizera e que Worobul deixara para ele com aquela misteriosa frase escrita no chão.

Yaruf dizia que preferia não colocar animais em seu estandarte, porque o único animal do qual ele gostava era seu cavalo. Não de todos. Apenas do seu. Aquele símbolo representava, para ele, a união. Não apenas de homens e minotauros, mas também da harmonia em que devem estar todos os guerreiros. Mas o menino não tinha apenas um estandarte: possuía também doze minotauros que decidiram se unir a seu clã e abandonar HuKlio, em virtude, sobretudo, da desonestidade que ele demonstrara durante a batalha. Entre eles estava Hanunek, que dizia em palavras agradecidas e um pouco exageradas: "Devo-lhe muito mais que a vida."

– Além disso, logo terei de ir. Tenho que procurar o Labirinto da Aliança.

– Vou acompanhá-lo – assegurou seu pai.

– Eu gostaria muito. Preciso de mais minotauros. Não vai ser simples.

– No começo, quando você disse isso no meio da arena, pensei que era um truque. Não gostei da ideia de usar truques para colocar dúvidas na cabeça de seu oponente...

– Eu disse a verdade. E nunca quis colocar dúvidas na cabeça de HuKlio. Eu pensava que, dando essa notícia, tudo seria interrompido. Que todos decidiriam procurar o clã dos descendentes de Yaduvé, o clã maldito, como eles dizem.

– Vejo que ainda não conhece os minotauros desta tribo. Não querem nem ouvir falar de aliança. Não querem saber de pacto nenhum com os humanos... Estas não são suas terras. Não são a primeira terra nem nada parecido. O chifre de Sredakal não está aqui. Inventaram essa história para que quase todos aceitassem sair daqui. Isso não deixa de ser uma humilhação. Antes éramos nômades, agora quase não nos locomovemos. Estamos praticamente paralisados. Creio que o rótulo de raser lajun poderia ser aplicado a todos nós. No fundo, têm medo dos homens. Nunca admitiremos, mas todos nós nos sentimos um pouco inferiores a eles...

– Isso vai mudar. Você verá. Olhe para mim... Agora me aceitam. Tudo mudou.

– É diferente. Para eles, você é apenas mais um. Já não olham por fora, veem o interior, que é o que lhes interessa. Na realidade, nada mudou.

– Mudará quando eu entrar no labirinto.

– Como sabe?

– Eu sei. Tenho que ir lá. Tenho que começar a preparar tudo. Sabe alguma coisa sobre HuKlio?

Worobul explicou que HuKlio fora visto nas terras próximas à praia do mar do abismo. Uma vez recuperado, abandonara o território. Cerca de duzentos minotauros o haviam acompanhado. Jurou vingança e prometeu voltar para ser seu Gen AgKlan.

– Sim, mas por enquanto você não precisa se preocupar.

O que Worobul não quis dizer foi que HuKlio acreditou em cada uma das palavras de Yaruf. Decidira procurar o labirinto e tomar para si o poder que, segundo as lendas das quais ele antes desdenhava, poderia fazer dele o ser mais poderoso entre todos os que habitavam a terra.

3

Caminho de Darcalion

O ladrão se beneficia com a tormenta.

Raios. Trovões. O golpear incessante das enormes gotas d'água esmagando-se contra as janelas. Os latidos de cães assustados... Qualquer ruído se dilui. Qualquer falha do ladrão passa despercebida. A chuva pode ser culpada por tudo.

Kor se sentia assim.

No reino de Adhelonia, chovia, e muito. Ele tivera sorte.

Não apenas por ter conseguido decifrar de maneira tão casual e inesperada o pergaminho das Sagradas Escrituras de Nígaron, não. A sorte o acompanhara um pouco mais além. Só esperava que ela continuasse firme ao seu lado.

Realmente, se o trono de Adhelon VI tivesse tido um sucessor claro, se um filho, por exemplo, tivesse imediatamente ocupado o lugar do rei morto, a perseguição teria sido implacável. Teriam se lançado contra ele como lobos famintos. Ainda que fosse apenas para dissimular, ou para aparecer de forma positiva diante de seus súditos, ainda que o novo rei tivesse desejado com todas as forças a morte de Adhelon... Kor não tinha dúvidas de que o recém-coroado teria como primeira prioridade de seu reinado pendurar o necromante traidor na estaca mais alta da praça. Sem poupar nenhum horror na execução. Ordenando ao carrasco que fosse o mais impiedosamente desagradável possível. Seria uma maneira de advertir seus inimigos. De dar uma lição. De deixar claro que o novo rei seria implacável e que seria melhor não tentar nada contra seus interesses.

Mas o destino estava do lado de Kor.

A ordem de busca e captura que o deixara inquieto durante os primeiros dias virara fumaça. Ninguém mais parecia se importar com ela. Todos tinham coisas mais importantes a fazer, como brigar pelo trono, por exemplo. Ninguém prestava atenção nele.

Porque não havia filhos. Nem esposa. Porque não existia descendência alguma e não havia ordens claras que determinassem o que fazer em caso de morte repentina, e isso trouxera uma época de tormentas.

"Aquele imbecil se sentia imortal. Era mesmo muito inocente se acreditava que, não pensando na morte, nunca iria morrer. Cretino."

Esses pensamentos faziam Kor sorrir maliciosamente. Logo se lembrava de algumas das conversas que tivera com o rei, anos atrás, e que confirmavam que o destino tem seu senso de humor próprio:

"Majestade, com todo o respeito, estive pensando que, se fosse de agrado de Sua Excelência, talvez fosse conveniente tornar alguma destas meninas que rastejam a seus pés... sua rainha. O senhor sabe, Majestade, um herdeiro sempre traz estabilidade e tranquilidade ao reino. Além disso... o povão fica enlouquecido com casamentos e grandes festejos da realeza."

"O que... o que... o que você quer dizer? – respondia irritado, mostrando um nervosismo supersticioso. – Acha que vou morrer? Viu algo nas sombras? Os espíritos dos mortos comentaram algo sobre minha pessoa? Vamos, fale, fale, fale..."

"Não, excelência. É apenas uma sugestão, nada além disso... Desculpe se eu..."

"Cale-se. Não quero mais ouvir falar desse assunto. Cale-se. Guarde suas sugestões para si mesmo, se gosta tanto delas. Você é meu necromante e sua função é adivinhar o futuro. Não me casar ou me arrumar uma esposa. Entendido?"

"Entendido, Majestade. Desculpe, Majestade."

Não havia como fazê-lo ser razoável. O rei tinha medo. Muito medo de ter um sucessor que se cansasse de esperar sua vez e decidisse adiantar o ritmo da natureza. Kor estava convencido de que ele esperaria até ser um velho gagá para ter o herdeiro que assegurasse a continuidade da linhagem dos Adhelon.

Menos mal. As manias do rei haviam salvado Kor.

Se Adhelon VI tivesse seguido seus conselhos, o necromante estaria agora num apuro muito maior. E não poderia se movimentar pelo reino com tanta facilidade entre a tempestade de egos e ambições que despencava sobre Nova Adhelonia.

Eram muitos os que queriam disputar o trono que Adhelon VI deixara vazio. Pouco importava se os aspirantes tinham ou não a mais remota legitimidade para tanto. A única condição era poder empunhar uma arma, dispor de dinheiro suficiente para pagar um exército e ser competente na mentira, na traição, nas alianças inesperadas e nos pactos descumpridos.

O reino estava à deriva.

Até que alguém com o verdadeiro poder não se levantasse, o único rei seriam o caos, a desordem e a barbárie mais impiedosa. Não foram poucos os que preferiram partir e viver fora das muralhas de Adhelonia, fartos de que não se passasse um só dia sem conflitos entre soldados de grupos diferentes. Ninguém conseguia colocar ordem. Ninguém tinha nem autoridade nem vontade de fazê-lo.

Era triste ver como o exército, o grande exército de Adhelon VI, se partira em mil pedaços. Completamente desintegrado. Restavam apenas infinitas facções que apoiavam um ou outro aspirante ao poder, no melhor dos casos. Em outros casos, dedicavam-se a se organizar e aproveitar a situação para percorrer as estradas e saquear terra e gado.

Para todo o mundo, a situação era uma verdadeira tragédia. Para todos, menos para Kor, que encontrara a oportunidade perfeita para se aproximar de Al'Jyder e convencê-lo a acompanhá-lo em sua busca pela ilha de Darcalion.

– Você sabe que sempre o admirei como general, que sempre o apoiei quando necessário. Quando estava ao meu alcance ajudá-lo, ajudei-o. Agora, quero dar-lhe um conselho de amigo... Não... Não quero que me ajude, quero ajudar você. Encare como um presente de alguém que o aprecia, simplesmente.

– Não creio que você esteja numa posição de me prestar ajuda. Mas fale; de qualquer maneira, creio que depois de tudo o que você fez por mim devo-lhe essa – dissera o general, mostrando certa desconfiança em relação a um homem sobre o qual ultimamente não se falava muito bem.

– Bem, muito obrigado... Venha comigo. Acompanhe-me. Assim, de forma direta. Sem mais rodeios estúpidos, porque não há mais tempo. Venha comigo e ajude-me a procurar aquilo que colocará fim a toda essa loucura. Acredite em mim. Não importa quem você apoie, será uma má escolha. Nossa única opção está escondida num lugar remoto. E eu sei onde ela está. Venha comigo e não vai se arrepender.

Al'Jyder não conseguiu esconder a surpresa diante da proposta daquele que acreditava ser seu mentor. Começou a titubear, e o necromante entendeu que o peixe estava rodeando sua rede.

– Não... Não sei se posso acreditar em você. Você matou o rei. Matou o homem que mantinha o reino em paz e em ordem. Diga-me, por que eu deveria acreditar em você? Ele acreditou em você e acabou morto.

Ao ouvir a resposta de Al'Jyder, Kor soube que estava feito, que o tinha apanhado em sua rede. Só faltava tirá-la da água e levar a pesca para casa:

– E você acha que eu não sabia de tudo o que ia acontecer? Porque, se você pensa isso, significa que acha que meu poder não é real, ou que sou muito, muito estúpido...

– Não, não é isso, necromante...

O peixe se debatendo na rede.

– Não, não me interrompa, por favor – dissera Kor fazendo-se de ofendido. – Claro que matei o rei. Agora, diga, se eu o matei... Não acha que foi por uma boa razão? Não,

não precisa responder. Cale-se e escute. Eu já sabia que isso tudo ia acontecer. Estou sempre à frente das coisas... Se você ainda não percebeu. Se não bastou para convencê-lo o fato de eu ter previsto a rebelião que se preparava nos antigos reinos do norte. Lembra-se? Vamos, busque na memória. Por isso lhe digo que você deve vir comigo. Deve reunir alguns de seus homens mais leais e me acompanhar na busca pela ilha de Darcalion. Você não se arrependerá da aventura que nos aguarda lá. Se escolhi você, é porque é o homem perfeito para me acompanhar. Mas não vacile, tenho outros candidatos que...

Não foi preciso dizer mais nada. Al'Jyder aliou-se ao necromante.

Em pouco tempo, tudo estava pronto.

A mesma embarcação de vela tripla que anos atrás fora usada para a incursão ao mar do abismo os esperava na costa. Al'Jyder não teve dificuldade em convencer um pequeno exército de cento e cinquenta homens, bem armados e fiéis ao seu general e às promessas do necromante:

– Asseguro-lhes, fiéis guerreiros – dizia, exagerando no gestual para conseguir o aspecto tétrico e solene que ensaiara tão bem –, que vamos em busca de um tesouro que os fará muito mais ricos do que jamais imaginaram. Todos os que estão aqui poderão voltar cobertos de ouro!

Os soldados adoravam escutar aquelas palavras. Soavam a triunfo, a êxito. Mas Kor, que não queria que ninguém recuasse nos momentos decisivos, quando fosse necessário cruzar o mar do abismo, brincou com os sentimentos daqueles homens, convencendo-os da seguinte maneira:

– Mas vocês já sabem, porque a vida lhes ensinou da maneira mais difícil, que não há glória sem riscos. E vamos correr riscos. E não serão poucos! Mas vocês são os melhores, por isso Al'Jyder os escolheu, por isso leio seus destinos e neles posso ver o lampejo dourado dos grandes guerreiros. Por isso sei que vocês não terão medo de cruzar o mar do abismo e encontrar a ilha de Darcalion. Sim, a mítica ilha. A que cega os homens pela quantidade de riquezas que se amontoam em sua superfície. A mesma ilha mencionada nas lendas. Ela existe. Só temos que conseguir atracar nossos barcos em suas águas negras. Então, tudo será nosso. Acreditem em mim, e vocês ficarão ricos.

Talvez a resposta não tivesse sido tão entusiasmada como antes, mas foi suficiente. Por via das dúvidas, Kor acrescentara:

– E, se serve de consolo, quero que se lembrem que Al'Jyder já navegou as espessas águas do mar do abismo e voltou com vida. Se não encontrou a ilha de Darcalion, foi porque não tinha ordens para tanto. Não há nada a temer. Acreditem em mim. Esqueçam as superstições.

E não fora preciso dizer mais nada.

No coração dos mercenários, a esperança do ouro é sempre mais forte que a promessa de grandes perigos e ameaças. A única informação que Kor omitiu dizia respeito ao fato de que talvez tivessem que lutar contra minotauros. Não era o momento certo.

Puseram-se em marcha.

Seguiram o caminho correto em direção do mar do abismo, até que Kor decidiu desviar um pouco.

Desde que haviam saído, pensara em fazer aquela pequena alteração no trajeto. Na verdade, desde que decifrara o pergaminho, aquela ideia lhe rondava a cabeça.

Não sabia se conseguiria. Não tinha certeza se as informações que tempos atrás recebera eram ou não verdadeiras. Mas tinha que tentar, de toda forma. E ele desejava com todas as forças que os que lhe transmitiram a informação estivessem corretos.

Diante do exército de Al'Jyder, preferiu continuar com sua teatralidade. Uma manhã, antes de retomarem a marcha, reuniu a todos para anunciar a pequena mudança nos planos:

– Oh, sim! Deuses misericordiosos de Nígaron! Esta noite me foi revelado... Precisamos de mais um homem... Falta um entre nós. As vozes que trazem os ecos da terra que existe depois desta vida me disseram. Ainda não podemos ir para as águas sagradas do abismo. Os deuses querem que um homem nos acompanhe. Um homem especial, que nos mostrará os segredos e dará sua sabedoria. Por isso devemos nos aproximar do povoado de Hader, lá encontraremos esse escolhido.

Todos aceitaram. Nem mesmo Al'Jyder opôs resistência. Além disso, não se tratava de um grande desvio no caminho. Apenas um par de dias. Podiam suportar.

O povoado de Hader era o último assentamento humano antes de se chegar às águas do mar do abismo. Como em todos os cantos do reino, lá também se notava o efeito das guerras de Adhelonia, e, como em tantos outros povoados, os habitantes haviam se armado para se defender dos assaltantes e de todos aqueles que se aproveitavam do vazio de poder na corte para saquear e roubar à vontade.

Qualquer visita estranha era, desde logo, suspeita de trazer problemas. E eles não queriam problemas.

Naturalmente, se a visita tomava a forma de um exército de cento e cinquenta homens, o receio se convertia em desconfiança total, que podia degenerar em agressões e conflitos que nada interessavam a Kor. Por isso, ele disse ao general:

– É melhor que eu vá sozinho procurar esse homem. Esperem-me aqui. Não deve levar mais de um dia, talvez as coisas se compliquem um pouco e leve dois. Mas creio que não preciso de sua ajuda. Preciso de você aqui, com os homens. Não quero que se descontrolem.

– Não sei... Não gosto nada disso. Você não está arrumando uma armadilha, não é? Por que não me disse antes que teríamos que desviar o curso?

– Porque eu não sabia. Já lhe disse. Simplesmente vi nos meus sonhos. Precisamos de alguém que está neste povoado.

– De quem se trata?

– Não sei. Os deuses me disseram que, quando eu o vir, serei capaz de reconhecê-lo. Por isso preciso ir sozinho. Sem soldados. Preciso que essas pessoas assustadas confiem em mim. E se eu aparecer com um general tão famoso como você... Acha que alguém vai confiar em mim?

– Está bem. Esperaremos aqui. Mas se em dois dias você não voltar entraremos no povoado e ele será destruído. Não deixaremos pedra sobre pedra.

– Como quiser. Se eu não voltar em dois dias, pouco me importa que não reste pedra sobre pedra. Você, por enquanto, não deixe que seus homens causem problemas. Se queremos terminar nossa missão com êxito, é preciso que... sejamos discretos.

Montado em seu cavalo, Kor entrou nas ruelas empoeiradas do povoado. Passou por poucas pessoas, e todas elas demonstraram, com seus olhares, que não estavam muito dispostas a cooperar. Mas Kor era paciente, encontraria a melhor maneira de ganhar a confiança daquela gente e conseguir a informação que desejava.

"Espero que as informações que me deram estejam certas. Espero que ainda esteja vivo. Nos tempos atuais, nunca se sabe. Em seguida, garantirei que ele venha comigo. Bom, acho que isso não vai ser muito difícil. O pior será quando ele me vir, com certeza vai querer me matar. Terei que ser rápido."

Na sua época, quando era o homem de confiança do rei, quando era o grande necromante do reino de Nova Adhelonia, Kor colocou a seu serviço uma extensa rede de informantes e espiões que lhe contavam tudo o que acontecia no território do rei. Para ele, estar informado era crucial. Se não conseguia ver através das vísceras dos animais mortos, tinha que arrumar outra maneira eficaz de saber como andavam as coisas.

Na maioria das vezes, as informações eram de pouca relevância, não mais que pequenas desavenças entre proprietários. Algumas fofocas mais ou menos escandalosas, o roubo de cavalos... Mas um dia, pouco tempo depois de voltar da expedição do mar do abismo, seu informante próximo do povoado de Hader lhe contara que um acontecimento extraordinário estava na boca de todos. Um homem, exausto e sem forças, chegara ao povoado cambaleando. Meio nu, sujo e com energia apenas para desmaiar logo na entrada do povoado. Muitos pensaram que se tratava de um espírito vomitado pelas serpentes do mar do abismo. Démora ou Aromed, qualquer uma das duas.

Quando aquela história chegou até seus ouvidos, Kor suspeitou que aquele homem fosse Ühr. Não disse nada. Lá, isolado naquelas terras, não o incomodava, e talvez algum dia pudesse precisar dele.

Esse dia chegara.

4

O falcão

Com muita suavidade, Yaruf passava a mão na crina de seu cavalo que, com o sol nascente da manhã, crepitava em lampejos amarelados.

O animal estava tranquilo. Arrancava bocados de grama e os mastigava lentamente, como se estivesse brincando, jogando a comida de um lado para o outro da boca. De vez em quando abanava o rabo, cortando o ar de forma improvisada e voltando quase imediatamente à sua pacífica maneira de começar o dia.

Yaruf, por outro lado, estava inquieto.

Tivera uma noite péssima. Não se lembrava do que ou com quem sonhara, mas o fato é que se levantara mais cansado do que fora dormir.

"Parece que esta noite lutei contra meus sonhos. É uma pena que não me lembre de nada, eles com certeza foram movimentados."

Além disso, ele se levantara com a estranha sensação de que algo lhe escapava, de que talvez tivesse se precipitado completamente. Deveria ser mais prudente? Estaria fazendo os preparativos corretos, ou estaria perdido nos detalhes, incapaz de resolver o que realmente importava? Mas... O que era realmente importante? Não sabia muito bem o que encontraria durante a viagem. Iria deparar com um verdadeiro exército de minotauros, ou com alguns loucos amarrados com grilhões a um labirinto? Ong-Lam dissera que eram muitos... Mas quantos eram muitos?

Deveria repensar sua maneira de iniciar a busca pelo labirinto? Sua cabeça lhe dizia que sim, que precisava de um plano mais elaborado do que aquele que tinha, isto é, começar a caminhar, entrar nas terras do Ordamidon e improvisar algo ao longo do caminho.

Mas o resto de seu ser lhe pedia o contrário, quase exigia que ele se lançasse na aventura imediatamente, se não quisesse chegar tarde demais.

Havia tantas coisas por fazer... Tantas pontas soltas...

O que mais o preocupava era que, até então, fora incapaz de encontrar um grupo de guerreiros fortes e corajosos dispostos a acompanhá-lo. Minotauros que soubessem não apenas manejar seus machados, mas que também se dispusessem a superar seus temores, suas superstições e o medo exagerado do Ordamidon.

– Vamos, eu estive lá... E olhem para mim. Aqui estou. Saí com vida, não é mesmo? Vocês não podem ter medo daquele fantasma. Respeito, talvez. Mas medo... Somos minotauros! Além disso, tenho certeza que ele vai nos deixar passar por suas terras. Sabem por quê? Porque vamos numa missão que pode nos devolver a honra e a glória que os homens nos roubaram na batalha do Vale dos Três Rios. Karbutanlak está conosco. Miomene e suas irmãs também. Todos os deuses estão!

Insistia. De novo e de novo. De clã em clã. De tribo em tribo tentava convencer, persuadir, apelando às Pedras Altas, ao orgulho táurico ou a um destino glorioso... Nada. Não conseguia fazer com que mudassem de opinião. Para a maioria, realmente, o fato de Yaruf ter se tornado um guerreiro capaz de derrotar HuKlio era mostra clara de que algo estranho acontecera na fronteira que marcava o monte dos deuses. Pouco lhes importava que houvesse um clã ou não. Havia até quem pensasse que Yaruf fizera um pacto secreto com o Ordamidon para que este o ensinasse a lutar com as artes secretas dos deuses. Era uma maneira, entre tantas, de explicar sua habilidade com aquele pedaço de madeira que aparentemente não oferecia nenhum risco.

"Talvez seja uma estratégia para nos convencer... Se a expedição de Yaduvé tivesse sobrevivido... Com certeza algum emissário teria vindo nos dizer alguma coisa. É impossível que o que ele diz seja verdade. Talvez o humano tenha sonhado, ou outros o tenham encarregado de nos enganar..."

Para desespero de Yaruf, a maioria dos minotauros se contentava com aquelas explicações. Apesar de Worobul já tê-lo advertido da paralisia que tomara conta dos clãs, Yaruf continuava desesperado. Sabia que tudo seria muito mais difícil.

"Se os guardiões quiserem dificultar as coisas... acho que não vou ver nem a entrada do labirinto. Preciso ir acompanhado de guerreiros de verdade. Não posso fazer esta viagem sozinho."

No entanto, e embora Yaruf não contasse com ele para essas coisas, não estava sozinho. Um minotauro decidira dar-lhe todo seu apoio e acompanhá-lo até o fim do mundo se fosse preciso. Era Hanunek.

– Devo-lhe a vida, amigo. E não uma vida qualquer... Não. Uma vida livre, tranquila, sob a proteção de seu honrado estandarte. Longe da tirania daquele AgKlan sem chifres. Agora ninguém se atreve a se meter comigo... Não vou permitir que o machuquem... Covardes! Para mim tanto faz ser manco. Tanto faz morrer num combate, se for para defendê-lo. E digo mais, não seria uma maneira ruim de abandonar estas terras... Eu morrendo num combate... Seria grandioso! E se está pensando que o fato de eu mancar pode atrasar o grupo não se preocupe. Com minha muleta, se quiser, posso ir tão rápido quanto qualquer um. Se eu não conseguir, eu mesmo lhe dou autorização para me abandonar no meio do bosque.

Yaruf agradecia as boas intenções do amigo. Agradecia sinceramente, mas sabia que elas lhe seriam de pouca utilidade se as coisas ficassem realmente feias.

Outro ponto que o preocupava era encontrar o labirinto propriamente dito. Todas as pistas chegavam até as terras do

Ordamidon. A partir daí, ele não sabia por onde começar a procurar... Nem Ong-Lam sabia.

Justo quando sua cabeça analisava cuidadosamente aquele pensamento, o cavalo ficou nervoso. Yaruf tirou a mão de sua crina e lhe sussurrou ao ouvido:

– Fique tranquilo. O que há?

Yaruf observou o horizonte. Tudo parecia estar em calma, até que apareceu a longínqua silhueta de um falcão que planava desenhando círculos perfeitos, como se apontasse para uma zona específica do céu.

– Parece que quer nos caçar – brincou, afagando o lombo do animal para acalmá-lo.

Mas, por via das dúvidas, Yaruf pegou a hutama. Em nenhum momento pensou que o falcão pudesse atacá-lo. Simplesmente se sentia mais seguro com a arma nas mãos. Se o cavalo ficava nervoso, ele também ficava.

Pensou no falcão que machucara suas costas e que em seguida entrara na caverna de Ong-Lam e roubara sua vasilha. Seria o mesmo?

Yaruf seguiu com a vista o elegante voo do animal.

O cavalo relinchou.

– Fique tranquilo, é apenas um falcão, não vai nos machucar... Somos grandes demais para ele.

Sabia que o cavalo não estava inquieto por medo de que o falcão o devorasse. Não era tolo. Estaria intuindo algo que ele não conseguia ver? O menino ficou meio pasmo, olhando para cima de boca aberta, enquanto contemplava a linda descida do falcão, ágil como uma folha caída do topo de uma árvore com raízes no céu.

Quando finalmente fincou-se na terra, como se pudesse levá-la com as garras, o falcão ficou quieto, encarando Yaruf com seus olhos negros cercados por um amarelo profundo.

– É você! O falcão mau que arranhou minhas costas! Veja só! – disse, dirigindo-se ao cavalo –, veio desculpar-se.

O falcão olhava fixamente para Yaruf. Sem piscar. Hipnotizado. Como se tivesse morrido em pé. Não movia nenhuma das penas, que se alternavam entre o branco mais intenso e o negro mais noturno, desenhando linhas verticais que pareciam uma linguagem secreta escrita na plumagem.

– Lembrei!

Sonhara com aquele falcão, com aquele momento, com aquele exato instante. Exatamente igual. O falcão, o sol, o vento, até o mesmo cheiro de terra seca... Por um instante, tudo se encaixou em sua cabeça. Desapareceu tão rápido quanto aparecera.

– Passei a noite toda perseguindo-o... Sim! Sonhei com você.

Disse isso em voz alta. Mas então o falcão, abandonando a imobilidade que até então parecia impossível de ser quebrada, agitou as asas e levantou voo, sobrevoando Yaruf e voltando a aterrissar um pouco além.

Que jogo era aquele? O que queria o animal?

Yaruf se manteve no mesmo lugar, junto com seu cavalo, que continuava agitado e impaciente. Mais uma vez, o falcão abriu as asas e pousou a alguns passos de Yaruf. Encarou-o novamente.

– Quer brincar? Quer que eu o siga? O que você acha, devemos segui-lo?

O cavalo não pareceu gostar muito da proposta de seu cavaleiro, porque começou a cavar o chão com a pata, como se tivesse algo contra ele.

– Vamos, é só um falcão, não pode nos machucar muito, não é? Somos dois contra um... E, se derrotei HuKlio, creio que posso me defender deste pássaro.

Yaruf abandonou os receios que ainda tinha em relação ao falcão. Em terra, era uma beleza tão deslocada... Algo tão belo não poderia trazer nenhum mal. Também deduziu que talvez o nervosismo do cavalo se devesse apenas ao fato de que a ave interrompera seu momento de tranquilidade matutina.

Assim, aproximou-se lentamente do falcão, que deu pequenos passos para trás. Yaruf correu e o falcão levantou voo e se afastou.

– Mantém a distância, muito bem – disse Yaruf, divertindo-se. – Não sei aonde quer me levar. Mas vamos ver...

Só me lembro que sonhei com um falcão, e justamente hoje você me aparece... Voou dos meus sonhos para a realidade? Sadora o enviou para me entregar alguma mensagem?

Yaruf começava a gostar daquela situação tão pouco usual. Nunca lhe acontecera algo parecido e, de certa maneira, alegrava-o que aquela manhã tivesse começado de uma forma diferente. Um passeio com um falcão seria bom para distraí-lo, ainda que por pouco tempo, de sua busca pelo Labirinto da Aliança.

Montou no cavalo, que pareceu protestar, como se não quisesse acompanhar o amigo naquela aventura, como se tentasse advertir Yaruf sobre algum perigo.

– Bom... Não me importo com o que você faça. Vamos de qualquer forma. Sei que você está com fome, mas logo vai comer. Esse falcão quer que o sigamos. Encare como um jogo... E, quem sabe, na melhor das hipóteses recebemos a mensagem de algum deus... Do Or-da-mi-don talvez... – gritou exagerando e levantando os braços. – Lembre-se da história do falcão e da flecha... Não quero cometer o mesmo erro que Gasadiel.

O cavalo pareceu se conformar. Deixou de se opor e começou a andar num passo arrastado e cansado, como alguém que acaba jogando obrigado pelas circunstâncias.

O falcão voava distâncias curtas. Era evidente que ia devagar, de modo que Yaruf pudesse acompanhá-lo. Algumas vezes pousava no chão, mas em geral parava nos galhos das árvores que encontrava pelo caminho. De vez em quando lançava sons agudos que pareciam dizer wa-co... wa-co... Abria seu afiado bico e emitia o som na direção do humano.

– Já vou, fique calmo. Não estamos com pressa.

Yaruf começava a perseguir o falcão como se fosse um jogo, sem realmente acreditar que o animal pudesse levá-lo a algum lugar. Se fosse isso mesmo, a brincadeira já não seria tão divertida... Porque significaria que o falcão fora treinado, e não parecia haver sinais de adestramento... Pelo menos não por um minotauro.

Podia ter certeza disso? Também não prestara tanta atenção assim. Nos seus olhos, sim. Adorava os olhos dos falcões em geral, e daquele em particular. Quando o animal cravava aquele olhar, infinitamente mais afiado que suas garras ou seu bico, era como se pudesse ver os lugares mais recônditos e profundos de seu ser. Aqueles lugares que apenas animais e feiticeiros conhecem.

Começava a não gostar tanto do jogo.

O falcão continuava com seu plano. Afastar-se e parar. Parar e se afastar, para manter Yaruf sempre à mesma distância. Esperando-o. Guiando-o. Lentamente, levava-o para onde queria, e o caminho ficava cada vez mais confuso. Difuso. Inexato. Uma neblina encobria os olhos de Yaruf. Uma tela fina, que deixava tudo turvo.

– Para onde está me levando, seu condenado?

Yaruf tentava observá-lo cuidadosamente. Procurar o sinal que indicasse que, de fato, fora adestrado por alguém.

"Também não estamos indo ao território de alguma tribo..."

Pensou em HuKlio. Seria coisa dele? Estaria preparando uma emboscada para se vingar da humilhação que sofrera na arena dos deuses? Não podia acreditar nisso. Nem vindo de HuKlio. Era ruim e asqueroso demais. Mas depois de ter jogado areia em seus olhos... Não tinha motivos suficientes para esperar qualquer coisa?

Yaruf preparou-se para o pior.

Aferrou-se à hutama. Não queria que algum perigo o surpreendesse no meio do caminho. Um riacho apareceu de repente. Yaruf mal percebeu. Num instante, era como se estivesse em outro lugar, longe de tudo. A radiante luz do sol desaparecera, mas também não estava escuro. Os sons se multiplicavam. Não conseguia identificá-los. Estava tão acostumado com a floresta, com sua linguagem, seus sons... E ainda assim era incapaz de reconhecer aquelas terras. Seria possível que nunca tivesse estado ali?

Já não falava com o cavalo. Já não lhe dizia coisas. Nem brincadeiras nem comentários de nenhum tipo, embora o cavalo parecesse mais tranquilo. Justo agora, que Yaruf se inquietava porque começava a ficar com sono e tinha que se esforçar para manter seus teimosos olhos abertos...

"Maldito seja... Se é de manhã... De onde vem este sono? Por que estou adormecendo?"

Yaruf beliscou o rosto e a perna, tentando fazer seu corpo reagir e não se deixar enganar por aquele véu atordoante de sono.

Ouviu-se uma voz distante.

"Alguém está cantando! Quem será? Os deuses estão brincando comigo?"

O falcão ia em direção da melodia. Suave, aveludada... Transparente, maravilhosa... Doce e protetora, como uma mãe ninando seu bebê. Mas também havia algo que evocava o ato de lamber uma ferida, como a recordação de uma dor passada.

A melodia parou. A canção se interrompeu; o falcão também.

Tudo parou.

O céu estava mais escuro, como se a noite fosse chegar a qualquer momento. O falcão pousou tranquilamente no antebraço de Yaruf e ficou olhando fixamente numa direção, esperando que alguém aparecesse.

E, de fato, alguém apareceu. Por pouco Yaruf não escorregou do cavalo.

Era uma humana.

Da mesma idade que ele... Tanta beleza concentrada num só ser... Num gesto, num corpo no meio do bosque. Yaruf nunca vira nada tão perturbador. Seus olhos doíam. O coração saltava. Era como se ela carregasse o perfume de todos os dias bons. Vestia-se com uma túnica da cor das violetas que acabam de nascer. Cores radiantes, concedidas pelos deuses para satisfazer a sede dos mortais. Porque algo lhe dizia que ele poderia bebê-la. Era um rio de chuva sagrada. Yaruf poderia ficar ali para sempre. Quieto. Observando. Sem falar. Poderia parar de respirar, porque ela respirava pelos dois.

– Olá, Yaruf. Tinha muita vontade de conhecer você.

Não conseguiu responder.

Estava falando com ele! Sabia seu nome. Sentiu-se feliz por ela lhe dirigir a palavra. Seria um sonho? Se fosse, estaria disposto a dormir para o resto da vida.

– Não fala comigo?

A humana se moveu e tudo estremeceu. Era como se ela arrancasse um pedaço da paisagem de uma forma violenta. Irremediável. Brutal.

Falar com ela! Como? O que dizer? Em que língua?

Então Yaruf se deu conta. A humana falava em táurico! Como era possível?

– Fala minha... língua! Quem é você?

Foi tudo o que conseguiu dizer, e disse com humildade, com total submissão e entrega àquele ser.

– Sou Oroar, rainha dos antigos reinos do norte. Venho ajudá-lo e pedir sua ajuda.

5

Quando o sol não produzir sombras

Sadora tinha um pressentimento. Bom? Ruim? Não sabia. Normalmente, não tinha nenhum problema para identificar os sinais que vinham de seu interior. Os lampejos fugazes de sua intuição jamais haviam falhado. Sabia quando estar preparada para as boas e para as más notícias, quando se preocupar e quando relaxar, levada suavemente pelas circunstâncias.

Aquela manhã fora diferente.

Sentira um calafrio atravessar-lhe as costas como um fio de água gelada eriçando seus pelos, colocando todo seu corpo sob aviso, fazendo com que sentisse uma repentina necessidade de visitar Yaruf. De vê-lo. De abraçá-lo. De estar com ele. Talvez estivesse às voltas com algum perigo obscuro. Ou, no melhor dos casos, precisava simplesmente que ela estivesse ao seu lado.

Não podia esperar.

Queria acabar com suas dúvidas quanto antes, e para isso o melhor a fazer seria visitá-lo e comprovar, pessoalmente, que tudo estava bem.

– Vou ver Yaruf – disse a Worobul, tentando não parecer muito preocupada. – Com certeza você já decidiu se vai acompanhá-lo, não? Sei que ele gostaria muito. Está chegando a hora. Ele está prestes a sair em busca do labirinto, e você ainda não se decidiu.

– Há alguma coisa errada com ele? – acabou a frase secamente. Tentou adivinhar a resposta na expressão dos olhos de Sadora, que, no entanto, permaneciam inexpressivos. Insistiu: – Ele está bem? Você viu alguma coisa?

– Não, não vi nada. E sim, suponho que ele esteja bem. Já demonstrou que sabe cuidar de si mesmo. Você não acha? Já não é aquele bebê indefeso que você encontrou na praia... Só sei que tenho que ir vê-lo. Não acho que esteja mal, embora isso não signifique que esteja bem... Você vai com ele?

– Sim.

– Eu também.

– Você também o quê?

Worobul sabia perfeitamente ao que ela se referia, mas ficara surpreso. Sadora nunca falara sobre acompanhar a expedição, e Worobul precisava de um pouco de tempo para avaliar se aquela era a melhor opção. No entanto, ela já decidira.

– Por favor! Não me venha com essa – protestou Sadora, adiantando-se às objeções mais prováveis de Worobul. – Você sabe que Yaruf não precisa apenas de guerreiros. Pois digo que uma feiticeira não fará mal, sobretudo quando se trata de procurar um labirinto construído não se sabe quando, com minotauros que julgávamos desaparecidos, mas que aparentemente o protegem há muito, muito tempo...

– Está bem... Como queira. Mas...

– Mas? Mas nada. Já está decidido. Agora, vou visitá-lo. Se quiser, pode vir comigo. Eu não sou como você... Não vou fazer nenhuma objeção a que me acompanhe. Talvez seja positiva a companhia de um guerreiro.

– Está bem, vamos. Vou com você.

Worobul sentia-se mais seguro assim. Se Sadora ficava inquieta, ele também ficava. Preferia acompanhá-la. Com HuKlio solto por aí, ficaria mais tranquilo se fosse com ela. E, quanto à expedição, simplesmente não queria expor Sadora inutilmente a perigos desnecessários. Se a perdesse... Preferiria arrancar os dois chifres pelas raízes com as próprias mãos. Mas ela tinha razão, como quase sempre. Talvez fossem precisar de suas habilidades durante a busca, de seus conhecimentos e feitiçarias para superar as armadilhas que o destino lhes reservasse.

Percorreram grande parte do caminho em silêncio.

Sadora caminhava depressa, nervosa. Seu ritmo, agigantado pela impaciência, surpreendeu Worobul.

– Bom, com este passo, não tenho a menor dúvida de que poderá nos acompanhar. Sim, sim… Você pode ir conosco.

Sadora lançou-lhe um olhar enviesado. Não estava para brincadeiras. Queria chegar quanto antes, e não aliviou o ritmo até poder ver…

– Yaruf, Yaruf!

O andar apressado tornou-se corrida.

Yaruf estava caído no chão, de bruços, como se tivesse caído fulminado. Um falcão permanecia a seu lado, imóvel, com a cabeça erguida em direção a um ponto distante no horizonte. Seu cavalo pastava tranquilamente ao lado do corpo de Yaruf.

Worobul chegou antes. Colocou a mão sob o nariz do menino.

– Está vivo, está respirando.

Com suavidade, tentou acordá-lo.

Olhou para seu corpo. Não havia sinais de luta. Nem arranhões. Nem golpes. Nem sangue ao seu redor.

– Não creio que isso seja coisa de HuKlio – disse, pensando em voz alta. – Quem sabe… Talvez tenha perdido os sentidos. Simplesmente isso. Os nervos… Não sei, não conheço muito bem a saúde dos homens, nem os deuses que cuidam de seus corpos.

Worobul, ao lado de Yaruf, levantou o olhar esperando que Sadora dissesse algo ou desse alguma pista. Ela já cuidara do humano antes, talvez tivesse uma resposta melhor. Mas Sadora estava calada. Mantinha-se quase na ponta dos pés, erguendo seu largo pescoço, esticando o focinho, farejando o ar.

Da mesma forma que Worobul procurara marcas de luta, Sadora buscava algum rastro de feitiçaria, algo que indicasse que ali houvera algum tipo de encantamento.

– Alguma pista do que aconteceu aqui?

– Não. Não vejo nada. Tudo parece estar em ordem. Se alguém fez algum encantamento por aqui… Se alguém usou algum tipo de feitiço... Deve ser muito bom, porque não deixou rastro nenhum.

– É... Com certeza não foi uma batalha. Yaruf não tem nenhuma ferida... Nenhum indício de luta.

– É isso que me preocupa – afirmou Sadora, olhando para o corpo de Yaruf. – As feridas que não sangram são as mais perigosas. E também não gosto daquele falcão.

– Não sei... Talvez seja de Yaruf. Lembro que quando estávamos treinando na floresta ele me pediu um... Acho que sempre quis ter um.

Worobul disse aquelas palavras sem muita convicção. Sabia que era impossível que em tão pouco tempo Yaruf tivesse encontrado e domesticado um falcão selvagem.

– Há algo nele que me inquieta. Não sei o que é, mas não gosto de confiar em... – disse Sadora, como quem come as palavras para não dizer nada de inconveniente.

Worobul, que não escutou a última frase de Sadora, aproximou-se do animal lentamente e em seguida deu uma forte patada no chão. Queria assustá-lo. Queria que levantasse voo, que fosse embora. O falcão limitou-se a retroceder, sem dar muita importância à intimidação do minotauro.

– É corajoso e teimoso como Yaruf. Não parece se assustar com minhas ameaças. Talvez seja um enviado dos deuses.

– Não creio. Você não disse que um falcão atacou Yaruf pelas costas? Que o feriu e foi embora?

– Sim. É verdade. Tinha esquecido disso. Você acha que...

– Não sei, mas ele parece estar velando este sono profundo e misterioso...

Em seguida, Sadora se agachou e segurou a cabeça de Yaruf. Fechou os olhos e assoprou com suavidade no rosto tranquilo do humano, que reagiu.

– Está se mexendo, está se mexendo! Está acordando – gritou Worobul, entre a surpresa e a alegria.

Realmente, Yaruf começava a se espreguiçar. Abriu os olhos lentamente e encontrou os de Sadora, enormes lagos desenhados em seu rosto que examinavam e buscavam respostas simples para perguntas complicadas.

– O que... O que fazem aqui? Onde estou?

Yaruf reagiu com um salto impulsivo. Desvencilhou-se dos braços de Sadora. Colocou-se de pé. Olhou ao redor, ainda achando que estava em casa. Viu seu estandarte tremular ligeiramente com o sopro de um vento tranquilo e invisível. Logo voltou-se para o falcão.

– Bom... Então não foi um sonho. Ou talvez tenha sido...

Começou a se lembrar e surpreendeu-se com o pensamento de que daria tudo para voltar a ver a brilhante figura de Oroar. Permaneceu embasbacado, com o olhar enredado na plumagem do falcão.

– Se foi um sonho... não quero acordar nunca mais.

Disse isso baixinho, tão baixo que nem Worobul nem Sadora conseguiram entender, embora suspeitassem que aquela frase tivesse sido pronunciada em outra língua. Humana?

Yaruf abandonou subitamente o atordoamento no qual acordara e começou a falar, falar e falar num torvelinho lúcido de palavras e palavras que, se fossem gotas de água, teriam se convertido numa tempestade de verão.

– Sim. Sim. Sim. Temos que partir imediatamente. Não podemos perder mais tempo. Acabou a espera. É melhor se precipitar do que chegar tarde. Vamos, vamos. Suponho que os dois vão vir comigo, estou errado? Não, creio que não. Claro que não. Você, Worobul, não aguentaria ficar aqui enquanto outros estão decifrando um mistério que durou tanto tempo... O que terá acontecido com o clã de Yaduvé? Em poucos dias, você verá com seus próprios olhos... Sei que está preparado. E você, Sadora, não pode perder uma oportunidade dessas. Um labirinto... Um deus protegendo suas terras... A realidade que anda de trás para a frente. Essa é a expedição de sua vida. Eu também não posso perdê-la. Você tem que vir. Já somos três... E com Hanunek seremos quatro. Bem, é verdade, reconheço. No começo eu também não queria que ele fosse, mas agora sei que ele tem que ir. É preciso, seu destino lhe diz. Falta um. Só um...

– Um? Você está louco? – exclamou Worobul, estupefato com a mudança de planos de Yaruf. – Mas você passou quase uma lua negra tentando convencer os demais de que sem um exército seria impossível voltar com vida de...

– Sim, eu sei. Não é assim. Cinco serão suficientes. Sei quem será o outro... Ele também entrará. Sim, tenho certeza.

– Entrará onde? Quem?

– O quinto inimigo. Mas ele não está aqui. Logo o encontraremos. Está a caminho. Fique tranquilo. Deixe comigo. Sei o que estou fazendo. Acredite em mim. Só quero que, quando o encontrarmos, vocês confiem em mim. Que não se deixem levar por seus medos ou pela desconfiança.

– O quinto inimigo – murmurou Sadora, tentando encontrar um significado para aquelas palavras.

– Você disse... – tentou insistir Worobul.

– Eu disse muitas coisas que devemos esquecer. O caminho começa aqui e agora. Vou buscar Hanunek e partiremos ao meio-dia. É importante sair...

– ... Quando o sol não produzir sombras.

Sadora concluiu a frase, para surpresa de todos.

– Como sabia...?

– Yaruf, vá buscar Hanunek – disse taxativamente a feiticeira, sem querer dar explicações. – E acabemos logo com a espera.

Não houve tempo para mais nada porque, assim que Yaruf voltou com Hanunek, a expedição se pôs em marcha, sem perder mais tempo. O humano, no lombo de seu cavalo, dirigia os passos do grupo. Os outros não tinham problemas em seguir o animal. Pelo contrário, seria difícil saber quem sairia vencedor de uma corrida entre as duas espécies.

– Onde está o falcão? – perguntou Sadora.

– Virá quando precisarmos. Por enquanto, conheço o caminho. É o mesmo que fiz com Worobul.

Durante a primeira parte do trajeto, o silêncio foi o quinto companheiro que Yaruf pouco antes mencionara. Tomava conta de todos. Apenas Hanunek, de vez em quando, tentava fazer alguma brincadeira ou algum comentário que atenuasse a tensão que se instalara no grupo. Não conseguiu.

Cada um tinha suas próprias preocupações, e assim passaram a maior parte do tempo do primeiro dia.

No segundo, foi diferente.

Estavam se aproximando da fronteira, e a partir daquele ponto todos tinham consciência de que deixariam de se sentir seguros; já não estariam sob a proteção de Karbutanlak. Era como se todos buscassem na conversa um ponto de união, um laço que os unisse fortemente diante dos distintos perigos que invadiam suas cabeças. Yaruf, porém, era o mais quieto. Às vezes parecia completamente ausente, muito distante dali. Apenas respondia, com palavras secas e distraídas, a algumas das brincadeiras de Hanunek ou às perguntas diretas e inevitáveis de seu pai. Fora isso, não participava de nenhuma das conversas banais de seus companheiros de viagem.

"Está concentrado. É o líder deste grupo, e está certo em ser precavido, para se adiantar a qualquer ameaça", dizia Worobul, quando alguém comentava sobre o mutismo do humano.

O falcão voltou a aparecer depois que a expedição superou o monte do Ordamidon. Sadora não tirava os olhos do animal. Havia algo nele...

Na quinta noite, já completamente embrenhados nas terras proibidas, Yaruf começou a se impacientar.

"Já deveríamos ter encontrado Ong-Lam. Não é normal que ele demore tanto para chegar. Disse que viria a nosso encontro... É possível que apareça à noite... Talvez prefira falar primeiro comigo, e que eu o apresente ao grupo."

Nada aconteceu.

Enquanto os quatro estavam sentados ao redor do fogo, comendo o animal que haviam caçado, Yaruf prestava atenção ao menor ruído. Mas foram todos falsos alarmes. Seu amigo não aparecia.

Tanto Worobul quanto Sadora perguntaram-lhe se acontecera algo, se ele estava bem. Yaruf respondia que sim, embora sua expressão dissesse o contrário.

Preferia não se adiantar aos acontecimentos. Não mencionara a existência do guerreiro humano, e queria que eles o vissem pessoalmente. Mas ele não aparecia. Todos foram dormir, menos Yaruf, que ficou por mais algum tempo ao lado do fogo, perscrutando cuidadosamente o seio da noite, esperando ouvir um daqueles assobios que só o general sabia fazer. Nada.

– Talvez você saiba o que está acontecendo...?

Dirigiu-se ao falcão como se o animal pudesse ouvi-lo. O falcão não se alterou, limitando-se a observar Yaruf com seus olhos que brilhavam à luz alaranjada da fogueira.

Finalmente!

Alguns passos. Yaruf colocou-se de pé. Eram de cavalo. Tinha que ser Ong-Lam. A espera tornou-se insuportável para Yaruf. Viu uma sombra. Na escuridão, uma sombra começou a se desenhar bem no ponto onde a luz arranhava a noite com suas pontas. Sim, não havia dúvida. Era um cavalo. Não conseguia ver se havia um cavaleiro. Mais próximo. Mais iluminado. Até que finalmente viu uma figura que não estava erguida orgulhosamente em cima do animal, mas desconjuntada, vencida, prestes a cair.

Era Ong-Lam! Estava ferido.

Yaruf correu na direção do amigo. Deteve o cavalo.

– Amigo, amigo... O que aconteceu... Por todos os deuses...

As mãos de Yaruf se tingiram com o sangue de Ong-Lam. O general tinha uma flecha cravada na omoplata e uma ferida profunda nas costas. Arranhões e hematomas no rosto. O combate parecia ter sido brutal.

Yaruf tirou o general de cima do cavalo e deitou-o no chão.

Não estava morto. Ainda lhe restava um pouco de força. Tentava dizer algo.

– Fique calmo, amigo. Logo você vai conseguir falar. Não vai morrer. Não hoje. Não esta noite. Sadora! Sadora! Por favor, venha logo. Traga água.

Yaruf pediu ajuda. Se seu amigo ainda tinha alguma chance, seria com Sadora.

Ong-Lam continuava tentando balbuciar alguma frase. Mas não tinha praticamente mais energia. Falava tão baixinho... Yaruf aproximou-se da boca do general e, por fim, conseguiu entender:

– Vêm atrás de você. Não consegui detê-los, perdão.

Em seguida, perdeu os sentidos, rendendo-se e deixando se arrastar por uma morte que clamava por sua presença.

6

O fim de uma vida

Morto, ou muito pior.

Enterrado vivo. Escavando a terra com as unhas, tentando cavar o buraco mais profundo jamais feito. Chegar às entranhas da terra e lá permanecer. Esconder-se nelas. Para sempre. Um milhão de anos perambulando entre os vivos. Estando com eles, falando com eles, comendo com eles, mas sem se sentir parte deles. Alheio. Estranho. Uma eternidade sem nenhum dia de sol. Uma esperança. Uma luz no fim do túnel. Eternidades! Ele sabia muito bem o que a palavra significava.

Quando Ühr conseguiu sair do mar do abismo com vida, soube que aquele seria seu maior castigo, sua pior punição. Ninguém, em hipótese nenhuma, deveria sobreviver a seus filhos. Nunca. Se os deuses de Nígaron se importassem com os humanos, não permitiriam. Jamais.

Depois de tanto tempo, ainda não sabia como conseguira chegar até a praia. Aguentar. Flutuar. Manter-se na superfície, quando tudo o que queria era se deixar arrastar até o ventre da profundidade perpétua das águas. Ser digerido. Não conseguiu. Seria ele, como na fábula, o pássaro que sai do poço depois de tomar por palavras de incentivo os gritos que lhe diziam para se render, pois tudo estava perdido? Achava a ideia divertida, porque sentia como se tivesse saído de um buraco para cair num outro maior, mais sujo e mais barrento. Mas ali estava ele.

Quando caiu diante das portas do povoado de Hader, pensou que era seu fim. Que finalmente morreria. Que talvez o enterrassem, ou talvez não. Não importava. Ninguém o conhecia. Ninguém sabia nada sobre ele. Na melhor das hipóteses, pensariam que era um fantasma. Conhecendo as superstições populares, tão arraigadas naquele povoado, não teria estranhado se o devolvessem às águas do mar do abismo. Mas não foi o que aconteceu.

Uma mulher cuidou dele.

Chamava-se Yasa, e no povoado todos achavam que era louca. Sem dúvida, o fato de ter cuidado do professor contribuiu para sua má fama.

Yasa era loira, esquelética e com olhos encharcados de um azul sujo, revelador. Era jovem, mas seu corpo parecia gritar que vivera demais. Era como se uma mulher de duzentos anos tivesse tomado um elixir da juventude feito por um aprendiz de bruxo. Funcionava, mas não muito.

Os dias se passaram. O professor se recuperou. Sentiu algo muito parecido com o amor, e Yasa correspondeu. Eram dois amantes involuntários. Nenhum dos dois queria estar ali, mas já que estavam preferiam ficar juntos. Não casaram. Não fizeram cerimônia. Eram coisas para os vivos. E eles não estavam vivos.

O professor nunca disse nada. Nunca explicou sua história. Nem para Yasa nem para ninguém. Decidiu simplesmente ficar ali, com a mulher que salvara sua vida e que lhe dava uma segunda oportunidade que os dois iam, inevitavelmente, desperdiçar.

Não fez mais pesquisas. Queria esquecer tudo sobre os minotauros, as guerras. Já não se importava. Perdera a vontade. Também não pensava em se vingar. Para quê? De quem, exatamente? O rei estava morto. Yaruf estava morto. Ponto final. Só esperava que o destino o levasse. Ele não faria mais nenhum esforço. Seria levado pela corrente.

Mas as coisas se orquestraram de forma contrária aos seus planos. Nunca esperou voltar a ver aquele homem sinistro, aquele homem que ele culpava por todos os seus males. Nunca imaginara que seus caminhos pudessem se cruzar. Nunca sequer concebera uma reação para o reencontro. Porque não cogitava tal possibilidade. Talvez por isso, quando abriu a porta de sua casa e viu a tétrica figura do necromante, tenha conseguido apenas dizer, apertando os dentes com tanta força como se quisesse triturá-los:

– Kor... Maldito seja.

Fechou imediatamente a porta, como se o que tivesse visto não fosse real. Como se, quando a abrisse novamente, seu pesadelo fosse desaparecer. Não foi o que aconteceu.

– Finalmente o encontro, professor. Passei tanto tempo procurando por você que quase perdi a esperança.

O necromante mentia tão bem que, ao dizer aquilo, ele mesmo acreditava. Não queria dar tempo para Ühr reagir. Tinha que atraí-lo, desta vez com a verdade.

– Yaruf está vivo.

Kor esperava que a contundente notícia deixasse o professor absolutamente comovido. Sem reação. Estupefato. Congelado.

Foi o contrário.

Ühr se lançou com violência contra Kor, derrubou-o, colocou-se em cima dele agarrando seu pescoço e apertando, apertando, tirando-lhe o ar. O necromante mal conseguia falar. Teve que se esforçar para dizer as palavras mágicas:

– Vamos... Continue. Mate-me. Mas nunca saberá onde está seu filho.

Ühr afrouxou um pouco, mas ainda era o suficiente para estrangulá-lo. Aquelas palavras o deixaram em dúvida. O necromante tinha razão. Seria uma armadilha? Por quê? Para que tanto incômodo? Ele já estava fora de tudo. Não incomodava ninguém.

Kor viu a fraqueza. A dúvida. Mais uma vez, tinha a presa ao alcance de uma frase. Precisa. Certeira. Era sua especialidade. Outro esforço e...

– Vamos. Aperte. Mate-me, e leve junto a esperança de encontrá-lo. Por que acha que vim? Sei onde ele está e vim buscá-lo para que me acompanhe... Ahhh...

Não conseguiu. Foi incapaz.

Aquelas palavras podiam ser falsas, mas o professor preferia a falsidade esperançosa à desolação de não ter esperança nenhuma. Soltou o pescoço do necromante e desatou a chorar, encolhido no chão como uma criança pequena. Sofrera tanto, sonhara tantas vezes com a possibilidade de ver seu filho com vida, que não pôde suportar. Algo se partiu dentro dele. Aquela esperança era o fim de uma vida. Acontecesse o que acontecesse, nada mais seria igual. Seria melhor, ou imensamente pior. Porque nele florescera a esperança de que Yaruf estava vivo. Era uma flor que talvez estivesse enraizada numa terra mentirosa, mas ao menos era uma flor.

Kor se levantou. Sacudiu a túnica negra e começou a tomar o controle da situação. Mentiu quanto pôde. Sabia que o professor não acreditava em metade de suas palavras, mas sempre ficaria a dúvida. Também aproveitou para parabenizá-lo e louvar seu conhecimento e suas teorias. Ele tinha razão. Havia terra firme para além das águas do mar do abismo. Havia minotauros, e seu filho sobrevivera entre eles por ser um humano especial. Era o encarregado de abrir a porta do labirinto e blá-blá-blá... Todas as coisas que o professor queria escutar juntas no mesmo discurso, na mesma conversa.

– Bom, vai me acompanhar? Vai me ajudar a encontrar Yaruf?

– Sim, vou. Mas, se for mais um de seus truques nojentos, juro que é melhor que você me mate, porque senão eu mesmo o matarei.

– Está bem. Só há um problema. Al'Jyder irá conosco. Aquele bastardo conseguiu um bom exército para mim, e agora preciso dele. Mas fique tranquilo, professor, quando tudo isso acabar vou matá-lo por ter tido a ousadia de atirá-lo pelo convés.

– Primeiro, não me chame de professor. Segundo, para mim tanto faz, com certeza o desgraçado apenas cumpria as obscuras ordens que recebeu de algum obscuro necromante, não é?

– Acredite no que quiser, mas, se fosse assim, por que eu estaria agora neste maldito povoado? Não acha que eu sabia que você podia ser importante para mim?

Quando Ühr e Kor chegaram ao local onde estava estacionado o exército, Al'Jyder perdeu a fala. Ühr! Era aquele o homem que ele fora buscar? Fora ele que aparecera nos sonhos do necromante? Por todos os deuses de Nígaron! Não sabia muito bem por quê, mas estava com medo. Algo estava fora de lugar. Qual era o jogo de Kor?

– Que significa isso? – perguntou com violência.

– Não fale assim comigo novamente, ou acabo com você – foi a contundente resposta de Kor, que não estava disposto a dar explicações sobre coisa nenhuma. – Preciso deste homem. Nenhum humano sabe tanto de minotauros quanto ele. Ninguém dedicou tanto esforço para entender aquelas bestas, então o quero a meu lado... E, naturalmente, ele pediu que eu lhe dissesse que, se você se aproximar, se o olhar ou se se atrever a lhe dirigir a palavra, ele o matará. Acredite em mim, não subestime um pai ferido. Fique longe dele, se quiser continuar vivo.

– Minotauros? – gritou Al'Jyder assustado. – Você não disse que íamos encontrar...

– Isso, homem, muito bem. Grite mais alto. Para que todos ouçam e nos abandonem aqui... Você é idiota, ou o quê? Acho que me enganei ao confiar em você. Você é um frango covarde. Tem medo daqueles chifrudos, general?

Al'Jyder ficou calado, sem saber exatamente o que responder. Por fim, disse:

– Não, não tenho medo, mas acho que deveríamos avisar os outros, para que estejam preparados. Para que não congelem de medo na hora de lutar.

– Sabe por que, apesar de tudo, ainda me mantenho vivo? Sabe? Porque sei que há um tempo para cada coisa, e cada coisa tem que ser feita no seu tempo. Vamos, anote essa lição, é de graça! Preocupe-se com os seus problemas, que eu me preocupo com os meus.

A atitude de Kor em relação a Al'Jyder mudara tanto que o general não sabia mais o que pensar. Sentia-se tão inferior, tão sob suas garras, que conseguia apenas obedecer, sem reclamar.

A travessia pelo mar do abismo foi muito mais tranquila que o esperado. Apesar de ainda haver neblina, ela não era tão espessa quanto na primeira viagem.

Ühr não falava com ninguém. Apenas respondia, de vez em quando, a algumas das perguntas do necromante sobre a possível localização da ilha de Darcalion. Nada mais. Kor sabia que, cedo ou tarde, ela apareceria no meio da névoa.

– Como pode saber aonde vamos? – perguntava o general Al'Jyder.

– Sabendo. Vamos chegar. Porque assim dizem as Escrituras.

Kor tinha em seu poder a pedra circular que Ühr encontrara no cofre da aliança. Guardava-a como um tesouro. Sabia que aquela pedra poderia tirá-lo de algum apuro. Por enquanto, servia para indicar o rumo correto para Darcalion. Para sua surpresa, encontravam-se nas pedras, intercaladas com outros símbolos, as coordenadas certas para se localizar no meio da névoa. A confiança do necromante era tanta que ele nem sequer se surpreendeu quando o vigia gritou, como se não acreditasse nos próprios olhos:

– Terra à vista! Há terra! Pelas Sagradas Escrituras de Nígaron... Terra à vista!

Um grande alvoroço se armou a bordo. Os soldados puseram-se a gritar como se tivessem encontrado um grande tesouro. Kor achou que aquele era o momento certo para dizer:

– Chegamos. Parabéns a todos. Tenho que dizer que vocês são o primeiro exército a cruzar a bruma... A vencer a névoa e a desembarcar na ilha de Darcalion. Quero apenas avisá-los de um perigo. É muito provável, como na sua época alertava o grande professor Ühr, que temos a sorte de ter a bordo, que existam pequenos grupos de minotauros que escaparam com vida da batalha do Vale dos Três Rios...

Kor teve que interromper o discurso por causa do rebuliço causado por suas palavras. Com as mãos, fez um gesto pedindo calma e levantou a voz sobre o barulho dos soldados:

– Fiquem calmos. Vocês não têm nada a temer. Somos mais numerosos e mais fortes. De toda maneira, se nos encontrarmos com eles, por favor, ninguém faça nada antes que eu ordene. Acreditem em mim, se querem voltar para casa com o tesouro... esperem por minhas ordens.

A menção ao tesouro trouxe a coragem de volta àqueles mercenários.

Desembarcaram sem mais problemas e se organizaram na praia. Estava entardecendo.

Kor pensou que o melhor seria ficar ali e esperar pelo próximo dia para entrar na floresta e começar a busca pelo labirinto.

Não acreditava que os minotauros estivessem por perto. Pensou que, se esperasse durante aquela noite na praia, seus homens teriam tempo de se acostumar à pressão, à possibilidade de terem que enfrentar minotauros. Kor se enganou. Ainda não haviam terminado de instalar o acampamento quando um dos soldados gritou enlouquecido:

– Uma besta... Um minotauro! Já estão aqui!

Todos pegaram suas armas. Kor tentou ordenar que ninguém fizesse nada. Al'Jyder se adiantou:

– Vocês seis, vão atrás dele. Não deixem que escape.

– O que está fazendo, seu imbecil! Vocês aí, fiquem parados, não...!

Os gritos de Kor foram inúteis.

Obedecendo às ordens de seu general, o grupo de seis homens pegou suas espadas e correu em direção ao minotauro, enquanto os demais se colocavam em posição de defesa, caso mais minotauros aparecessem.

Foi um desastre. Absoluto. Nenhum dos presentes jamais vira semelhante carnificina.

Armado com um enorme machado, o minotauro destroçou os seis, que mal tiveram tempo de reagir. Num piscar de olhos. Um deles foi atingido por uma chifrada e lançado pelos ares, fazendo a terra gemer com o ruído de seus ossos partidos. Outros quatro foram atravessados por seu machado quase com um só golpe, enquanto o mais sortudo foi agarrado pelo pescoço, erguido nos ares e em seguida jogado ao chão como um galho seco.

Não tiveram nenhuma chance. Não conseguiram nem encostar no minotauro. Os soldados restantes recuaram com as pernas tremendo. Nenhum se atreveu a entrar na batalha.

Ouviram-se passos e na praia apareceram quatro, seis, doze... Vinte e quatro minotauros.

Diante da incapacidade de Al'Jyder de reagir ao desastre, foi fácil para Kor tomar as rédeas da situação. Tinha que fazê-lo, se não quisesse perder seu exército.

– Todos quietos. Ninguém se mexe. Ninguém levante a espada, ou vou matá-los pessoalmente.

Kor aproximou-se lentamente dos minotauros. Ficou parado diante deles, levantando as mãos e inclinando a cabeça. Eles não pareciam interessados em continuar matando os soldados.

O minotauro que parecia estar no comando se adiantou. Colocou-se diante de Kor. Parecia uma montanha com chifres ao lado do necromante que, no entanto, não perdia a compostura. Não podia demonstrar medo. É muito mais fácil atacar um homem com medo do que um que se sente absolutamente seguro, que parece controlar a situação, por mais desesperadora que ela seja.

O minotauro bufou. Baixou o machado.

Kor encarou-o fixamente nos olhos, tentando transmitir um desejo de conciliação, e não de conflito. Naqueles enormes espelhos escuros, o necromante viu que ele estava disposto a dialogar. O minotauro então começou a falar, mas para a surpresa de todos, incluindo Ühr e Kor, as palavras foram pronunciadas em língua humana:

– Não queremos brigar. Foi um erro. Faz tempo que esperamos por vocês. Sejam bem-vindos a Darcalion.

7

Nos braços dos deuses

A febre o fazia delirar.

Transpirava. Balbuciava. Revivia a cilada. Tentava encontrar a vitória que lhe fora negada pela desigualdade do combate.

Ong-Lam só conseguia pronunciar claramente um nome, e o fazia repetidamente: HuKlio, HuKlio, HuKlio...

Podia ser apenas uma recordação impressa em seu cérebro. Mas talvez fosse mais que isso, talvez fosse uma advertência emergindo de seu subconsciente, um último esforço para alertar seu amigo. Como quem, apesar de ter a vida por um fio, o usasse para tecer uma última mensagem.

Yaruf não se alterou. Em nenhum momento pareceu surpreso. Não estava nem um pouco preocupado. Nem com HuKlio nem com nenhum inimigo. Tinha um problema muito maior para resolver.

O que deveria fazer com Ong-Lam? Não podiam esperar que ele se recuperasse. Mas também não podiam deixá-lo ali. Abandoná-lo no bosque seria o mesmo que condená-lo à morte. Se depois de tudo aquilo tivesse de morrer... que pelo menos morresse em combate. Era doloroso para Yaruf ver o melhor guerreiro que ele já conhecera, melhor até mesmo que Worobul, travar aquela penosa batalha contra o desejo de partir de seu próprio corpo.

Consultou sua mãe.

Queria saber a opinião dela. Sadora tinha dúvidas. Tentara baixar a febre do general a noite inteira, preparando, com ervas que trouxera e que recolhera no caminho, unguentos para limpar as feridas e acelerar a recuperação, se é que isso era possível. De qualquer forma, precisava de mais tempo.

– Não sei se ele vai se recuperar ou não, mas tenho certeza de que não será de um dia para o outro. Não conheço os deuses dele, entende? E os nossos não vão mover um dedo por ele. Na verdade, não sei se estou fazendo bem tentando curá-lo. Não sei se não estou ofendendo Hámera...

– Eu estive sob seus cuidados e nenhum deus se irritou por isso. A não ser que você ache que fui seu castigo...

Yaruf fez uma pausa, esperando que a feiticeira desmentisse suas palavras com alguma frase do tipo "mas como você pode dizer isso, sabe que é mentira". Mas ela não disse. Limitou-se a encará-lo fixamente, sem entrar no jogo de Yaruf. O menino concluiu com uma frase contundente:

– Os deuses não podem nos separar, devem nos unir. Outras atitudes já nos trouxeram até esta situação horrível e ainda podem nos conduzir ao desastre.

Agora sim. Sadora não teve resposta para a frase do humano. Ele tinha toda a razão. A feiticeira baixou os olhos, envergonhada com seus comentários.

– Ele consegue se locomover? – perguntou Yaruf, mudando de assunto e tentando ocultar qualquer tipo de escrúpulos, como se falasse de um animal.

– Como assim? Não está vendo? Se mal consegue respirar, como quer que se locomova?

– Se pode ser carregado, eu quis dizer.

Sadora hesitou. Olhou para Ong-Lam e respondeu:

– Não sei. Depende da necessidade. Ele é o quinto inimigo ao qual você se refere?

– Não. Ele não é um dos cinco. Não entrará no labirinto. Simplesmente é meu amigo. Não posso deixá-lo aqui. Sei que nenhum de vocês vai querer ficar aqui para cuidar dele. Você seria perfeita, mas não quero fazer isso. Você quer vir. Tem que vir. Além disso, eu talvez precise de você. Assim, acho que é melhor levá-lo conosco.

– Mas ele está muito fraco... Não vai aguentar...

– Eu sei. Vamos com cuidado. Tive uma ideia que pode funcionar. Preparamos uma maca com galhos e folhas... Vocês são fortes o suficiente para levá-lo, ou então há o meu cavalo. Vamos nos atrasar um pouco, mas poderemos recuperar o tempo perdido fazendo jornadas mais longas.

Sadora ficou impressionada com a forma de pensar do humano. "Sem dúvida, isso o distingue não só dos minotauros, mas também dos outros humanos. Não quer ter que escolher. Não quer se conformar, quer impor suas próprias regras."

Tudo foi feito como Yaruf ordenou.

Ao amanhecer, já estavam em marcha, e antes do meio-dia chegaram à fileira de cabeças de minotauros empalados ao longo do caminho.

– Por todas as eternidades! – gritou Hanunek, depois de conseguir controlar as náuseas que o cenário macabro lhe causara. – Se Kia-Kai voltar e souber disso... condenará a todos nós. Quem pôde fazer uma coisa dessas? Não consigo acreditar que HuKlio teve a ousadia...

– Não, não foi HuKlio – interrompeu Yaruf. – Sem dúvida, isso visto assim, da nossa ignorância, nos parece injustificável. Mas se ficamos sabendo da verdade e de seu significado profundo... Houve um momento em que também pensei que eram sacrifícios. Também me indignei e amaldiçoei o Ordamidon e todos os deuses que permitiram que algo assim acontecesse. Mas eu estava enganado. As aparências enganam. Worobul me ensinou. Para os descendentes de Yaduvé, para o clã maldito, esta é uma maneira de honrar os guardiões mais importantes do labirinto. Assim podem continuar vigiando e cumprindo a missão que acreditam ter. Não são selvagens. Não é um sacrifício, é apenas reconhecimento.

As explicações de Yaruf tranquilizaram a todos. Superado o choque inicial, no entanto, Worobul não pôde evitar a pergunta:

– Como você sabe? Disse que tem certeza de que eles são guardiões importantes... Como tem tanta certeza?

– Porque sei. E só. Por favor, não me pergunte mais nada, ou serei obrigado a mentir.

De fato, Yaruf conhecia a verdade sobre as cabeças que vigiavam o caminho. Oroar lhe falara sobre elas, assim como sobre o quinto inimigo e algumas outras coisas.

Oroar!

Desde que a vira, não conseguia parar de pensar nela um só instante. Não podia tirá-la da cabeça. Ela estava em todas as coisas. Emergia de todas as coisas. Ela o via, o acompanhava a distância. Era impossível se livrar. O simples ato de pensar significava voltar a vê-la. Pensar era voltar a estar próximo dela. Por isso gostava tanto de ficar sozinho. Em silêncio, podia recriá-la infinitamente em sua cabeça:

"Quando poderei falar com você de novo?", lhe perguntara Yaruf, completamente rendido.

"Quando chegar a hora. Não seja impaciente. Agora, você tem que procurar o labirinto. Não pode chegar tarde. Não pode chegar cedo. Tem que chegar na hora certa. Você ainda precisa superar muitas dificuldades, dentro e fora do labirinto. Seu pai táurico uma vez escreveu no chão para você. Você apagou com os pés, cheio de raiva. Ele tinha razão: os que não se encontram estão perdidos. Não se esqueça disso. Agora, vá. Descanse. Está muito cansado, muito cansado..."

A próxima coisa da qual se lembrava era de estar no chão, com Sadora ao seu lado soprando-lhe o rosto, tentando reanimá-lo.

Yaruf não quisera falar com ninguém sobre seu encontro no bosque. Talvez por vergonha, talvez por não querer escutar Sadora dizendo-lhe para ter cuidado. Ele já sabia. Devia ter cuidado com Oroar, mas era tão... Qualquer palavra que pensasse, fosse humana ou táurica, era inadequada para descrevê-la. Porque ela estava além das palavras.

Yaruf nunca vira aquelas terras. Eram novas.

Num dado momento, o falcão levantou voo e desapareceu entre nuvens que arranhavam o azul do céu, manchando-o com horríveis cicatrizes cinzentas.

– Olhem, ali há uma coluna de fumaça negra... Será que chegamos? Será que o labirinto está ali?

Hanunek fora o primeiro a ver a fumaça. Todos voltaram suas cabeças na direção indicada pelo raser lajun.

– Não. Não é o labirinto. Deve ser um grupo de guardiões. Têm postos por todas estas terras, para que ninguém possa sequer se aproximar...

Yaruf franziu o cenho.

Não estava gostando daquilo. Aquela fumaça não vinha de uma fogueira acesa para cozinhar, nem para vigiar. Não pertencia a um fogo controlado, feito com as hata-matuya. Além disso, da mesma forma como acontecera com Ong-Lam, nenhum dos minotauros do clã maldito viera ao seu encontro. Já deveriam ter vindo.

– Vamos até ali. Eles com certeza podem nos guiar.

– Pode ser uma armadilha – disse Worobul, desembainhando o machado do suporte que trazia preso às costas.

– Temos que arriscar. Fiquem todos alertas.

A fumaceira, que se erguia tortuosa como um mau presságio, não estava longe, e o grupo não demorou a ver sete ou oito cabanas de madeira com telhado de palha. Aquelas casas eram muito diferentes das construídas pelos minotauros ao chegar à ilha. Mas o mais surpreendente era que todas ardiam em chamas, caíam devoradas por labaredas que, depois de fazer seu trabalho, se extinguiam, lambendo o solo úmido.

– Chegamos tarde.

Yaruf estava irritado.

Chutou o chão e mordeu o lábio inferior com raiva. Quase se feriu. Sem dúvida, era coisa de HuKlio. Não tivera piedade. Os corpos de aproximadamente trinta minotauros jaziam no chão. Mortos. Destroçados. Com os olhos arregalados de espanto.

– Estas terras estão amaldiçoadas... Amaldiçoadas! – gritou Hanunek assustado.

Enquanto isso, Sadora se agachava ao lado dos corpos, um a um, fechando-lhes os olhos e recitando em seus ouvidos uma antiga oração fúnebre, que era utilizada nos tempos das grandes batalhas contra os humanos para que servisse de consolo e de guia aos espíritos.

Descanse, bravo guerreiro,
Deixe o corpo nesta terra
para que ele também vire terra.
Que seu espírito descanse
pelas três eternidades,
e até o fim das eternidades
nos braços dos deuses.

Worobul aproximou-se do estandarte daquele clã. Estava rasgado, pisoteado, mas não fora queimado.

– Não conheço este estandarte.

Era um estandarte branco, com linhas que se entrecruzavam formando o que parecia ser um labirinto.

– Suponho que os descendentes de Yaduvé tenham decidido criar um novo estandarte do espírito para demonstrar que estavam todos na mesma missão.

Worobul falava sem esperar resposta. Não se dirigia a ninguém em particular, apenas refletia em voz alta. Pegou o estandarte, arrancou a parte que pendia estraçalhada e voltou a cravá-lo no chão.

Yaruf ficou em pé, contemplando o desastre. Tentava permanecer sereno. Não podia fazer mais nada por eles. Tentava manter a cabeça fria, mas foi na cabeça que de repente recebeu um golpe tão forte que perdeu o equilíbrio.

– Quem...?

Era uma pedra!

Alguém atirava pedras em sua cabeça. Desorientado, olhou ao redor tentando descobrir quem era o covarde. Não viu nada.

– Covardes! Quem está tentando me caçar como um animal?

Yaruf, irritado, pegou a pedra, tão grande que não cabia em sua mão. Tocou sua cabeça. Irritado como uma criança, ia atirar a pedra de volta ao bosque, como se quisesse devolvê-la ao esconderijo de quem a lançara. Worobul o impediu:

– Não pense em lançar esta pedra. A culpa é minha. Foi rápido demais. Esqueci de lhe ensinar isso, mas esse sistema não é usado há tanto tempo... Ninguém atacou você. Não há um inimigo escondido no bosque, apenas um amigo invisível que tenta lhe dar um aviso. Por algum motivo, não pode se mostrar. Com certeza está muito longe e usou uma atiradeira.

– Do que está falando? – protestou Yaruf.

– Olhe para a pedra.

Yaruf obedeceu e ficou muito surpreso ao constatar que nela havia uma mensagem:

"Yaruf, vá embora. Agora mesmo. É uma armadilha. Não deixe que o peguem."

Yaruf? Sabiam seu nome? Como era possível? Ele olhou. À direita e à esquerda. Viu uma flecha vindo em sua direção. Resolveu levar a mensagem a sério.

– Cuidado, é uma armadilha! Saiam todos daqui! Vamos para o bosque.

Todos obedeceram imediatamente. Mas já era tarde. Dois minotauros apareceram. Corriam na direção de Yaruf. Worobul tentou impedi-los, mas Yaruf não quis e voltou a dizer:

– Saiam daqui. É uma armadilha.

– Que armadilha?

De fato, os dois minotauros eram apenas uma isca para distrair Worobul. De repente, como se estivessem escondidos sob as pedras, outros três minotauros apareceram e cercaram Yaruf. Worobul tentou lutar, mas foi inútil.

– Deixe-me. Você tem que proteger Ong-Lam – gritou Yaruf, vendo que Worobul estava disposto a lutar. – Fuja daqui. Sei cuidar de mim mesmo.

Worobul ficou surpreso com a reação de Yaruf. Não queria lutar? O que pretendia fazer?

– Confie em mim. Não lute. Encontrarei vocês na floresta.

– Ouça-o, Worobul – disse o minotauro que parecia liderar o grupo. – Nós o queremos vivo. Não nos interessa lutar.

Temos que levá-lo vivo. Precisamos dele para entrar no labirinto. Ele sabe. Todo mundo sabe.

Worobul se calou.

Conhecia aquele minotauro. Era Jusvader, um jovem guerreiro muito influenciado pelas promessas de poder de HuKlio e com um grande problema: sua ambição estava muito além de seu talento.

Mas também não confiava na atitude de Yaruf.

Teria um plano? Mas as palavras do menino eram tão sinceras, tão convictas, que o faziam duvidar.

– Deixem-no passar. Que vá. Se for embora, não toquem nele. Mas, se tentar qualquer bobagem, não hesitem e acabem com a vida dele, e que seu sangue ofenda estas terras.

Os dois minotauros obedeceram e apoiaram seus machados no chão.

– Por favor, obedeça. Eu cuido disso – voltou a insistir Yaruf.

Worobul baixou os olhos e bufou com violência, tentando esconder a irritação. "Maldito humano teimoso. O que estará escondendo?"

– Está bem. Vou para o bosque. Mas Jusdaver, você escolheu o bando errado...

– Cada um escolhe o que pode, amigo – replicou o outro severamente.

– Como quiser, mas não somos amigos. Sua tribo não é mais bem-vinda na minha tribo. E não tenham dúvida, você e estes três capangas que você trouxe para capturar um único humano: se fizerem um só arranhão no menino, um só, matarei todos. Um a um, ainda que seja a última coisa que faça na vida. Meu machado não descansará enquanto não matar cada um de vocês.

Ninguém pareceu se importar com suas ameaças.

Worobul partiu, conformado, mas algo lhe dizia que estava fazendo a coisa certa.

Se Yaruf não queria que ele ficasse, devia ter seus motivos. Em nenhum momento pensou que veria o que estava prestes a ver quando, escondido no bosque, percebeu que Yaruf, ao contrário do que parecia, estava sim disposto a lutar, mesmo em tamanha inferioridade de condições.

– Yaruf, o que está fazendo? Ficou louco?

Foram as últimas palavras que Worobul conseguiu gritar antes que começasse o combate entre Yaruf e cinco minotauros.

8

O círculo

Hesitava. Não estava seguro do que fazer. Não sabia qual caminho devia seguir.

Por um lado, queria atacar. Defender-se da vergonhosa emboscada que HuKlio lhe preparara. No entanto, também queria chegar às portas do labirinto quanto antes, e parecia que HuKlio já as havia encontrado. Ou pelo menos assim pensava Yaruf.

"É um covarde. Não se atreve a vir me buscar. Com sua atitude, ofende todos os membros de sua tribo e de seu estandarte. Não consigo acreditar que a esta altura ainda exista um só minotauro que queira continuar sob suas ordens. Parecem gado em busca de terras verdes para pastar! Com certeza antes de matá-los obrigou-os a lhe dizer onde fica o labirinto."

Pelo menos conseguira convencer Worobul a ir para a floresta. Isso o tranquilizava. Não queria vê-lo envolvido na luta. Alguém tinha que cuidar do grupo.

"Precisam de mim vivo, mas querem matar Worobul faz muito tempo. Desde que resolveu cuidar de mim na praia. Nunca o perdoaram. Por outro lado... HuKlio ficaria furioso se me levassem morto até ele. Para que eu serviria? Todos pensam que estou destinado a abrir as portas do labirinto. É engraçado – pensava, enquanto um sorriso malicioso assomava em seus lábios –, o grande AgKlan passou metade de sua vida desejando minha morte, e agora precisa de mim vivo."

Yaruf se deteve naquele último pensamento, e seus olhos se iluminaram com uma luz que contemplava a remota possibilidade de sair vitorioso daquele círculo maldito.

Exato!

Essa era sua fortaleza. Esse era o ponto fraco dos cinco minotauros que o rodeavam, ameaçando-o com os machados a meia altura. Porque eles só podiam fazer isso: ameaçá-lo, não matá-lo. Porque, se o matassem, teriam que se entender com HuKlio depois.

Só havia um problema... Estava completamente cercado, de forma que não podia sequer tentar lutar sem que as bestas se lançassem sobre ele, o imobilizassem e o levassem como se fosse a caça do dia. Tinha que encontrar uma maneira de lutar, mas... qual?

– Vamos, venha conosco e não faça nenhuma besteira – disse Jusvader, com um tom de voz que revelava sua disposição de acabar com aquilo quanto antes, sem maiores complicações.

– Cinco... Que número mais bonito – disse Yaruf com ironia. – Parece que essa cifra me persegue. Ultimamente, o cinco está por todas as partes. O que nunca pensei ver é isto: cinco minotauros para um humano! Não têm vergonha? Vocês não se cansam de encher esse seu enorme focinho para contar como em outros tempos eram necessários vários homens para acabar com um minotauro, por pior guerreiro que fosse. É, acho que eram outros tempos mesmo, não é?

Yaruf tentava semear a dúvida entre os cinco. Procurar a pouca honra que ainda lhes restava para usá-la a seu favor. E fazia isso girando a hutama nas mãos, enquanto também andava em círculos ao redor dos minotauros para desafiá-los encarando-os diretamente nos olhos.

Não conseguiu seu objetivo. Os minotauros lentamente fechavam o círculo. Yaruf irritou-se com a determinação dos inimigos:

– Acham que sou um animal ou algo parecido... Pensam que estão em Kadasta Resta? Não gosto de ser cercado como um animal.

– Yaruf – insistiu Jusvader, com um respeito que encheu o humano de orgulho. – Não queremos machucá-lo. Queremos apenas levá-lo a HuKlio. É nosso dever.

– Dever? Vocês não sabem o que esta palavra significa. Era dever de vocês matar estes pobres minotauros? Olhe para eles. Foi divertido matá-los? O que eles fizeram para vocês?

– Eram traidores.

Não foi Jusvader quem disse isso, mas FuJdar, o minotauro que estava atrás de Yaruf. FuJdar era impetuoso e violento. Sempre obedecera a HuKlio e não parecia disposto a decepcioná-lo. Continuou a falar enquanto o brinco de ouro que lhe atravessava o focinho brilhava brutalmente com os reflexos do sol.

– Eles nos enganaram durante muito tempo. Fizeram nossos antepassados acreditar que eles haviam sido devorados pelo Ordamidon...

– Basta! Cale-se já! – gritou Jusvader, que não queria que aquilo se tornasse um debate sobre a legitimidade de terem matado os traidores. – Eu estou no comando. Deixemos de idiotices. Entregue-se ou...

– Ou... o quê? Não me ameace, Jusvader. Juro por meu estandarte que, se fizer isso de novo, será atravessado pelo chifre de Sredakal. HuKlio encontrou o labirinto? – acrescentou, como se não tivesse acabado de lançar aquela advertência.

Jusvader vacilou. O humano o deixava nervoso, e ele não tinha certeza se Yaruf preparava uma estratégia de combate ou realmente tentava obter uma informação que o minotauro não sabia se estava autorizado a dar. Só recebera ordens de levar o humano com vida. Hesitou. Manteve-se em silêncio. Mas não conseguiu sustentar o olhar de Yaruf, que se cravava no seu como um punhal ensanguentado. O que estaria pensando o maldito humano? Jusvader não sabia. Não conseguia nem imaginar o que passava pela cabeça do menino, que não parava de girar a hutama nas mãos. Para um lado, para o outro, para um lado, para o outro, pensando em como sair do círculo de minotauros que o impedia de lutar.

"Vamos, vamos. Você tem que encontrar uma solução. O que diria Worobul se estivesse aqui?"

Nesse momento, lembrou-se de algumas palavras que ele lhe dissera no meio da floresta, quando estavam treinando: "Os defeitos, se usados a seu favor, podem ser sua maior virtude. Se você é pequeno, seja rápido. Se não é forte, seja ágil. Se é diferente dos outros, seja único."

Claro!

Descobrira. Já sabia o que fazer. Tinha que usar tudo o que havia ao seu redor. Usá-lo a seu favor... Fossem os minotauros vivos, que o rodeavam, fossem os mortos, que semeavam a terra. Precisava fazer isso de forma ágil e rápida.

Os cinco minotauros intuíram que algo estava para acontecer quando Yaruf deteve bruscamente o giro da hutama, colocou um pé diante do outro em posição de ataque e disse:

– Não sabem ou não querem responder? Vamos, Jusvader, se quer que o acompanhe pacificamente, terá que me dizer aonde vamos. Não quero cair numa armadilha... Como posso saber se vocês não estão preparando outra armadilha como esta? HuKlio não conseguiu me vencer na arena dos deuses, então não sei, talvez agora queira me matar sem honra, sem que eu possa me defender.

– Não é isso. Ninguém quer matá-lo... Não faça nada de que possa se arrepender depois.

– Talvez eu tenha que fazer. Porque não vou acompanhá-los. Então... Como resolvemos isso?

– Não nos obrigue a... Você sabe que sua situação não é exatamente boa. Somos cinco e estamos muito bem armados com estes machados. Não nos dê um motivo para usá-los.

– Sim, já percebi que estão armados, obrigado.

Assim que Yaruf terminou de dizer estas palavras, começou a correr na direção de Jusvader, como quem prepara um ataque.

"Espero que desta vez dê certo..."

Yaruf sabia que aquela era a parte mais fraca de seu plano. Pedia apenas que o elemento surpresa fosse seu aliado e Jusvader não tivesse tempo de se lembrar dos movimentos de ataque que ele fizera na arena dos deuses.

Não tinha muito espaço. Tinha que decidir. Por cima ou por baixo...

Foi por baixo.

Yaruf saiu do círculo dos minotauros por baixo das pernas de Jusvader. A manobra deixou boquiabertos os cinco, que demoraram para reagir. Especialmente Jusvader, que se sentiu estúpido por se deixar enganar pelo mesmo truque que Yaruf usara com HuKlio.

Mas agora havia uma diferença importante, porque o humano não aproveitara para atacar alguém. Limitou-se a correr. Correr sem parar. Veloz como se fugisse dos deuses.

Finalmente, os cinco minotauros reagiram, desfizeram o círculo e passaram a persegui-lo. Eram rápidos. Muito mais do que Yaruf. Mas o humano serpenteava, mudava de rumo bruscamente. Sem direção. Era como se quisesse apenas correr, nada mais. Dava voltas, mas não entrava na floresta. Era como se não quisesse escapar. E, além disso, saltava por cima dos cadáveres dos minotauros do clã maldito com a agilidade que faltava aos que o perseguiam. Por um momento, seus perseguidores pensaram que ele estava louco.

– Vamos, peguem-me se puderem – disse Yaruf orgulhoso. – Porque os mortos voltam para se vingar dos vivos.

Os minotauros o seguiam perguntando-se para onde ia o humano, o que pretendia. Difícil saber.

Depois de um bom tempo de perseguição, os dois minotauros mais lentos tropeçaram num dos cadáveres. Houve um estrondo espantoso. Eram Hasdad e Trekolar, dois guerreiros jovens que não se destacavam exatamente por seu virtuosismo no combate ou na luta. Hasdad conseguiu se levantar, mas Trekolar caiu de forma tão desajeitada que cravou na planta do pé um punhal que um minotauro morto ainda empunhava, como se das portas da eternidade quisesse ajudar os homens. Ferido, não podia continuar com a perseguição.

Jusvader percebeu e gritou furioso:

– Vamos, estúpidos. A verdade é que os tempos de paz criam guerreiros incapazes e preguiçosos.

Yaruf soube que chegara o momento. O grupo estava desfeito. Apenas Jusvader continuava a caçada.

O humano se deteve, virou-se como uma lufada de ar e plantou-se no solo com firmeza. Sabia que tinha pouco tempo.

Jusvader se aproximou. Yaruf atacou primeiro. Com violência. Sabendo o que estava fazendo. O minotauro tentou se defender. Não conseguia adivinhar por onde viria o próximo golpe de hutama. Num dado instante, Yaruf pôs a arma entre as robustas patas de Jusvader e levantou-a com todas as forças. O minotauro caiu no chão. Yaruf aproveitou para desferir um potente golpe no meio de seus chifres. Jusvader perdeu os sentidos imediatamente.

– Isso vai doer quando você acordar.

O segundo perseguidor se aproximava. Era FuJdar. Mas Yaruf preferiu continuar correndo. Os minotauros estavam ficando esgotados. Yaruf também estava, mas sabia que aquela era sua única chance. Começava a lamentar o fato de não estar no lombo de seu cavalo.

FuJdar parou diante do corpo caído de Jusvader, que tombara fulminado por um raio em forma de hutama.

– Que os deuses o detestem em sua morte! Não importa o que HuKlio disse. Vou matar você – disse cuspindo no chão.

Yaruf continuou correndo e gritou, num tom despreocupado e brincalhão:

– Primeiro vai ter que me alcançar.

O minotauro acelerou o passo. Atrás dele vinha Tradero, que não conseguia manter o ritmo. Yaruf parou diante de um dos cadáveres do clã maldito, pegou um punhal e atirou-o com tanta força que era difícil até ver sua trajetória. Mas FuJdar girou o corpo e se esquivou sem problemas, mostrando ter bons reflexos.

– Você falhou, besta humana! Comigo não vão...

FuJdar não pôde acabar a frase. Um grito de dor o fez girar a cabeça. Tradero fora atingido na coxa e se retorcia de dor, sem saber se caía no chão ou não, embora cair fosse seu único desejo.

– Quando eu atirar o punhal em você, não haverá sofrimento; atingirei seu coração – disse Yaruf, parando de correr para lutar.

– Você vai se arrepender, ainda que HuKlio me arranque os chifres, eu prometo.

FuJdar estava furioso. Atacou primeiro, sem dar tempo a Yaruf. O menino, apesar de não ter tomado a iniciativa, conseguiu se esquivar do golpe com segurança e um pouco de temeridade. Mas, quando seu ataque já parecia ter falhado, o minotauro conseguiu virar a cabeça e atingir Yaruf pelas costas, fazendo-o voar pelos ares.

– Não é tão difícil derrotá-lo. Você teve sorte, mas a sorte também acaba.

Yaruf estava no chão. Tinha uma ferida bastante profunda. Doía. Muito. Sangrava. Era como se subitamente suas forças escapassem por uma brecha aberta pelo minotauro. Respirou profundamente, com o rosto desfigurado. Pela primeira vez, hesitou. Seria aquele o seu fim?

"Minha hutama, tenho que encontrar minha hutama, sem ela está tudo acabado. Não pode ser..."

Mas sua arma estava distante e o minotauro se aproximava com passos que soavam como se a terra fosse virar de ponta-cabeça, como se as raízes de todas as árvores fossem sair das profundezas da terra.

Levantou-se como pôde. Mas a dor o subjugava.

FuJdar aproximava-se com o machado erguido. Ia parti-lo em dois. Por um instante, Yaruf desejou que Worobul não o tivesse ouvido. Que seu pai aparecesse detrás de alguma rocha e o tirasse daquela difícil situação.

Mas ele não apareceu.

FuJdar se colocou diante dele. Muito próximo. Tapava a luz do sol e encobria o humano com sua sombra. O menino nunca sentira uma sombra tão fria.

– Seu fim chegou.

Yaruf viu o minotauro erguer o machado. Não podia correr. Não tinha escapatória. Diante de si, um minotauro agigantado pela possibilidade da vitória.

– Como vai sair dessa?

Mas o humano, apesar de sua fraqueza, teve energia suficiente para tentar um último ataque, recorrendo pela primeira vez na vida aos deuses táuricos.

Assim, quando FuJdar erguia o enorme machado, Yaruf se lançou em sua direção. Não o atacou. Não tentou golpeá-lo. Abraçou-o como quem reencontra um velho amigo. O minotauro ficou perplexo diante da reação de sua vítima. O que podia significar aquilo?

– O que está fazendo? Saia daqui! Se aprendeu alguma coisa com os minotauros, trate de morrer com dignidade.

A única resposta de Yaruf foi abraçá-lo com ainda mais força. Parecia querer cercá-lo completamente com os braços. FuJdar ficou nervoso. Não sabia o que fazer.

– Saia daqui!

Tentava golpeá-lo com os cotovelos, mas não tinha espaço suficiente para que o golpe tivesse a força necessária.

– Muito bem, morrerá em meu colo. Ainda que seu sangue espirre em meu rosto, vou matá-lo. Sem honra. Como o humano que você é.

Levantou o machado disposto a partir as costas de Yaruf, que fechou os olhos e prendeu a respiração, porque queria escutar o interior do minotauro. Tinha que saber quando a besta ia descer o machado, quando ia matá-lo. Era sua única opção.

O coração de FuJdar começou a se acelerar.

Yaruf sentiu a força do sangue do monstro percorrendo todo seu corpo. Estava prestes a desferir o golpe definitivo, a tirá-lo da terra, do mundo dos vivos, com apenas uma machadada.

Era a hora certa.

Agora. O machado descia. Yaruf fez um rápido movimento para escapar do impacto. O machado chegou a encostar em sua pele, mas ele conseguiu se esquivar do golpe. A lâmina afundou no estômago do minotauro, que caiu no chão sem entender o que ocorrera. Sua língua brotava da boca e o sangue jorrava como uma fonte de lava.

Vencera. Yaruf vencera.

FuJdar estava morto. Jusvader continuava inconsciente. Tradero, ferido, não parecia querer lutar, assim como Trekolar. Só restava Hasdad, que acompanhara o duelo sem ousar participar.

– Só falta você – disse Yaruf, apontando para Hasdad com o dedo pingando sangue.

– Não seria um combate justo.

Não era a voz de Hasdad. Era Worobul, que vinha acompanhado pelo cavalo.

– Vá, Hasdad. Vá embora daqui.

Hasdad não disse nada. Partiu de cabeça baixa, vencido sem sequer lutar.

– Você está bem, Yaruf?

– Perfeitamente.

Yaruf disse isso e em seguida desmoronou no chão, manchando-o com seu sangue.

9

Às portas

Eram tranquilos e pacientes. Em suas vidas, não haviam feito nada além de esperar; estavam acostumados. Como seus pais, e os pais de seus pais. Desde o nascimento, haviam se preparado para o grande momento, sem ter muita certeza de que eram os escolhidos para vivê-lo. Agora, estavam tão perto que em seus olhos a esperança se alvoroçava em lampejos.

A única coisa que desejavam era ver, por fim, como se abriam as descomunais portas de ouro do labirinto. Mas todos sabiam que, para isso, seria preciso esperar a chegada do legítimo portador da máscara da aliança.

Kor sentia o oposto.

Não queria esperar. Não podia! A cada sopro de tempo, a impaciência o devorava um pouco mais. Depois do longo caminho, de tudo o que tivera de suportar, de tudo o que fizera, não suportava não poder entrar. Estar diante das portas e não poder fazer nada, a não ser esperar.

E ele tentara. Por O que tentara! Tentara porque abrigava em si a pequena esperança de não precisar de ninguém para entrar no labirinto. Estava disposto a se lançar nele como quem se lança ao mar quando as chamas consomem o navio.

Lia repetidamente as grandes pedras que, como enormes soldados encantados, vigiavam as portas. Tentava dar-lhes um significado, uma finalidade. Pressionava sua inteligência para encontrar alguma pista que indicasse como abrir uma fresta. Mas quanto mais passava os olhos pelas cicatrizes gravadas na pedra, mais se desesperava, pensando que elas não falavam dele.

Aquelas frases o excluíam. Deixavam-no de fora, sobretudo as últimas cinco, que pareciam um resumo do passado e uma aposta no futuro:

OS INIMIGOS ENTRARÃO DEPOIS DO FILHO
DO ARQUITETO DO LABIRINTO.

ESPERARÃO AQUELE QUE DERROTOU OS CINCO.

O CÍRCULO QUE NÃO SE FECHA NÃO É UM CÍRCULO.
O QUINTO ROMPE OS CÍRCULOS PELOS QUAIS
VAGA O DESTINO.

HÁ LUGARES MAIS PROFUNDOS ONDE NEM AS ÁGUIAS
SE ATREVEM A CAÇAR, POR MEDO DE NÃO PODEREM
VOLTAR A VOAR. AÍ DESCERÁ O QUINTO.

APENAS ELE PODE VENCER, PORQUE APENAS ELE PODE
SE DERROTAR.

Quando se cansava, pedia para Ühr ler.

Interrogava-o. Fazia-lhe milhares de perguntas. A maioria das respostas Ühr desconhecia, e as que sabia, guardava para si. Não estava nem um pouco disposto a ajudar o necromante, que suspeitava disso e se enfurecia. Gritava:

– Se soubesse que você não serviria para nada, teria me encarregado pessoalmente de matá-lo. A culpa é minha por ter sido generoso demais.

Ühr não se deixava intimidar.

Não se sentia ameaçado. Kor não tinha poder para isso. Os minotauros do clã o protegiam. Não permitiriam que algo de mal lhe acontecesse. Nem a ele nem a ninguém.

"Este é um lugar sagrado. É proibido que o sangue saia do corpo com violência. Ofenderia o labirinto e os deuses de ambos os lados. Se alguém tem a intenção de lutar, deve fazê-lo fora deste território, ou terá que se entender com todos nós e com as leis que Yaduvé estabeleceu."

Aquela fora a única proibição explícita de Sasaren, a minotauro que fora eleita Grande Possuidora da Sabedoria do Labirinto, cargo que, no território do clã maldito, substituía o tradicional AgKlan.

De resto, todos os membros do clã, sem exceção, haviam se esforçado para tratar os humanos com cordialidade, e faziam o possível para que eles se sentissem confortáveis. Tratavam-nos como convidados. De igual para igual. Haviam até mesmo oferecido, sem restrições, suas cabanas de madeira e teto de palha para que eles passassem as noites. Mas os soldados humanos, com Al'Jyder à frente, estavam tão assustados e impressionados pelo fim macabro de seus companheiros que mal se misturavam, pouco falavam e raramente aceitavam as gentilezas. Preferiam ter aquelas bestas a distância. Haviam acampado fora da interminável esplanada do labirinto, onde se amontoavam desordenadamente as cabanas de todos os membros do clã.

Não era o caso do professor.

Os minotauros não lhe haviam feito nenhum mal. Os humanos é que haviam arrancado seu coração e acabado com sua vida por tanto tempo. Sasaren se oferecera para hospedá-lo em sua casa, e ele aceitara sem hesitação.

Para Ühr, aquilo era um sonho. Ainda não tinha certeza se era um sonho bom ou o pior dos pesadelos, mas ao menos sabia que era um sonho.

"Prefiro correr o risco de que isso tudo seja um pesadelo do que renunciar a sonhar", repetia durante as longas noites de insônia que o invadiam e o dominavam desde que ele pusera os pés em Darcalion.

Pouco importava o fato de não conseguir dormir. Ou comer. Nada importava. O professor estava maravilhado.

Deixava-se arrastar pela fascinante atração de ter encontrado o Labirinto da Aliança. Suas teorias viravam realidade! Ele tinha razão. Ele estivera no caminho certo. Os demais haviam se deixado levar pelo medo de ofender o falecido

Adhelon VI e seu perigoso necromante. Pagara um preço muito caro, é verdade, mas pelo menos não fora em vão.

Passava os dias conversando com Sasaren, obtendo qualquer informação, qualquer história que pudesse. Naqueles poucos dias, sua investigação avançara mais do que ele teria conseguido em três vidas.

Sasaren contou-lhe tudo o que sabia. Confiava no professor, no pai humano de Yaruf.

– Desde que chegamos aqui, falamos as duas línguas. Yaduvé era um grande conhecedor de tudo o que dizia respeito aos humanos. Este é o Labirinto da Aliança! Nós acreditamos num futuro em paz, no qual nos entendamos e possamos compartilhar o mesmo Céu Azul Eterno. Para que isso aconteça, precisamos nos conhecer, conversar. Para voltarmos a confiar, o escolhido deve ser o outro e o outro deve ser o escolhido.

– Essa frase estava no cofre da aliança...

Para o professor, aquelas recordações pareciam tão distantes que era como se não as tivesse vivido de verdade, como se fossem apenas uma história que alguém um dia lhe contara. Nada mais.

– Você acha que Yaruf, meu filho, é realmente o quinto inimigo? Sabe se ele está bem? Sabe se vai chegar logo?

Quando se tratava de perguntar sobre seu filho, Ühr ficava nervoso. As palavras saíam engasgadas de uma boca desenhada por lábios finos, pobremente avermelhados. Queria tanto ver o filho novamente... mas tinha medo. Tanto tempo se passara que ele já não sabia o que encontraria.

Iria reconhecê-lo?

Yaruf estaria zangado com ele por tê-lo abandonado naquelas terras?

Sasaren lhe respondia, tentando tranquilizá-lo:

– Não sei, amigo. Sou mais parecida com você do que com o obscuro necromante com quem você chegou. Fui eleita Grande Possuidora da Sabedoria do Labirinto, não grande feiticeira. Meu poder não é saber o que acontecerá no futuro, mas sim ter consciência do que aconteceu no passado.

Pode parecer um poder pequeno, insignificante. Mas não é. Os que esquecem o passado chegam ao futuro sem saber nada, sem ver nada, e tudo os surpreende e os supera. Só posso dizer que sei que há um humano, que todos chamam de Yaruf, que está vindo para cá. Mas também me contaram que houve uma luta, um combate... Não sei mais nada. Se ele está vivo ou morto, saberemos logo em seguida.

– Um combate? Ele está bem? Meu filho não pode lutar contra minotauros, não está preparado...

Sasaren sorriu e encarou Ühr fixamente antes de dizer:

– Você não tem ideia do que seu filho é capaz de fazer. Histórias extraordinárias sobre ele chegaram até mim. Sobreviveu muito tempo entre os minotauros. Tornou-se um deles. E não só isso. Também fez amigos e inimigos. Riu e chorou. Foi corajoso e aceitou com valor e orgulho desafios que fariam tremer de medo o melhor dos seus guerreiros. Só lhe resta enfrentar o labirinto. Ele é nossa esperança. Se ele não é o quinto inimigo, se não é o legítimo portador da máscara da aliança, temos que continuar esperando.

– Mas, comparado a vocês, ele é tão pequeno...

– Professor, parece mentira você dizer isso – disse com um tom de reprovação. – Os humanos inteligentes sabem que só os tolos confundem grandeza com tamanho. Você é inteligente. Yaruf é grande. Enorme. Descomunal como as portas deste labirinto. Tem apenas um problema, apenas um rival...

Sasaren fez uma pausa como se quisesse que Ühr terminasse a frase. Mas o humano estava tão absorto, tão levado por aquelas palavras, que esperou que a minotauro sentenciasse:

– Ele mesmo. As Pedras dizem, por isso acredito que Yaruf é o quinto inimigo. Deve ser o quinto inimigo. Pelos deuses, espero que seja.

– Mas o que há dentro do labirinto? Qual é o grande poder? Qual é a sua força? Não entendo.

– Ninguém sabe. Ninguém entende. O labirinto está dentro de cada um. O labirinto somos todos nós. Nem sequer a Yaduvé foi revelado o significado das palavras que as Pedras gritam. Apenas quando os cinco inimigos entrarem saberemos. Por enquanto, o poder do labirinto se manifesta no fato de que estamos aqui, um minotauro e um humano, tranquilamente sentados compartilhando uma conversa. Só por isso já mereceria ser chamado Labirinto da Aliança. Para mim, sempre foi uma esperança. Esse é o grande poder. Há poder maior que a esperança? Porque...

Sasaren não pôde terminar a frase. A noite começou a rugir gravemente. Solene.

– São os chifres dos deuses! Os vigilantes estão alertando. Alguém está chegando à ilha.

Ühr se pôs de pé. Disse com dificuldade:

– É meu filho? É Yaruf?

– Creio que não... Espere...

Sasaren ouvia o som dos chifres vazios como se fosse uma linguagem que ela entendesse perfeitamente. E, na verdade, era isso mesmo.

– Não, ainda não. É uma tropa de minotauros, é HuKlio, o minotauro do chifre de ouro e seus seguidores.

O ruído, profundo, voltou a reverberar, tão grave que até as estrelas tremeram.

– Alguns desembarcaram, mas outros ainda estão no mar.

– O quê? – perguntou Ühr, sem ter ideia do que Sasaren falava e sem entender por que um sorriso leve assomava em sua face.

– Este sim. Aí vem. Este é Yaruf. Está...

– Está bem?

– Está ferido. Eu temia algo assim. Ouça-me, vá até as portas de ouro e espere ali, vamos levá-los diretamente para a entrada.

– Vamos levá-los? São mais de um?

– Creio que chegou a hora.

Ühr não pôde fazer mais perguntas à Grande Possuidora, que saiu correndo como se começasse um incêndio. A única coisa que podia fazer era obedecer.

Acompanhado pela noite, foi até a entrada do labirinto, que na escuridão se desenhava como a boca de um leão adormecido. Era impossível saber onde terminava o caminho, porque as portas estavam diante de uma montanha.

"A não ser que o labirinto seja a própria montanha ou desça até o centro da terra, não consigo entender sua forma."

O professor pensava nessas coisas para tentar distrair sua mente. Não conseguia. Andava em círculos, atento a qualquer ruído. Não aguentava mais. Era-lhe insuportável. Todo seu corpo se movia, todo seu ser estava impaciente. Súbito, escutou passos. Virou-se na direção deles. Era Kor.

– O que está fazendo aqui? – perguntou o necromante com desprezo.

– Espero o filho que você tirou de mim – respondeu o professor cheio de repulsa.

– Isso não é jeito de tratar um velho amigo, não acha? Enfim. Tanto faz.

Os dois ficaram calados e atentos. Até que começaram a escutar um ruído que se expandia pelo ar como a água se esparrama no chão.

Não era possível entender nada. Falavam em táurico e pareciam brigar, ainda que só com palavras; os machados, até o momento, permaneciam mudos.

Num certo momento, o professor conseguiu identificar a voz potente de Sasaren. Em seguida, todos se calaram, e não demorou para que um minotauro aparecesse.

– Já somos três. De acordo com as Pedras, só faltam dois. Encantado em conhecê-lo, belo chifre de ouro.

Kor se aproximou de HuKlio com a mão estendida, enquanto Ühr encarava o minotauro com receio, desconfiança e um profundo e inexplicável ódio.

HuKlio não apertou a mão do necromante. Em vez disso, deu-lhe um forte empurrão que o fez cair no chão. Kor se levantou imediatamente e, sacudindo sua túnica, disse:

– Você acaba de ganhar um inimigo.

Os três ficaram calados de novo. Olhavam-se de vez em quando. Examinavam-se. Tentavam adivinhar os pensamentos uns dos outros.

Durante um bom tempo, nada aconteceu.

A noite, silenciosa, não dava aviso nenhum. E assim foi até que, com o despertar do sol, a escuridão começou a se desfazer.

HuKlio, Kor e Ühr estavam sentados no chão, atentos e sem sono. Esperavam. E assim permaneceram até o amanhecer, quando a sombra de Worobul e um cavalo que arrastava uma maca feita de galhos e folhas verdes apareceram. Nela, estava Yaruf, que com a máscara de minotauro no rosto parecia pronto para ser sepultado como um rei.

Ühr ficou parado, congelado. Parecia um irmão das Pedras Altas. Worobul e HuKlio se encararam. Apenas isso. Nenhuma palavra. Kor parecia se divertir com a situação.

O professor se levantou lentamente e foi até o cavalo. Colocou-se ao lado do filho, que estava inconsciente, adormecido. Rompeu em prantos. A emoção era tanta que ele caiu de joelhos no chão, ao lado do cavalo. Eram lágrimas grossas, emanadas das fontes perdidas que nascem das dores indeléveis. Não suportava ver seu filho daquele jeito. Não queria que ele morresse. Não estava disposto a perdê-lo de novo. Era cruel demais.

Worobul entendeu que aquele devia ser o pai de Yaruf. Colocou uma mão em seu ombro e o levantou. Ühr entendeu que aquele minotauro cuidara de seu filho. Abraçou-o. Em seguida, voltou a observar Yaruf e perguntou com a voz embargada:

– Está vivo?

Worobul não entendeu as palavras do humano, mas soube perfeitamente o que ele estava perguntando. Afirmou com a cabeça e sorriu.

– Bom, já somos cinco. E agora, o que fazemos? As portas não se abrem. É porque o menino está morto... Que seja.

Kor interrompeu seu monólogo. Ninguém prestava atenção. O necromante era o único que continuava sentado no chão, numa atitude desafiadora.

– Bom, vamos entrar ou não?

HuKlio virou-se na direção de Kor e o ameaçou com o machado. Surtiu efeito. O necromante calou-se imediatamente.

– Deixem-me ver o ferido.

De onde saíra aquela jovem humana?

Todos a olharam. Um falcão descansava pacientemente em seu ombro. Era muito bela, quase divina. Sua túnica branca esvoaçava ao sabor de um vento inexistente. Era como uma aparição. Como uma promessa falsa e maravilhosa. Até os minotauros entenderam que ela era rara, um tesouro encontrado inesperadamente. Um lugar ensolarado para se descansar ao longo do caminho.

– Quem é você? – gritou Kor no chão.

– Sou uma amiga de Yaruf. Sou Oroar, embora você me conheça como Qüídia.

Quando a jovem pronunciou aquelas palavras, Kor teve a impressão de vê-la mudar de aspecto. Foi uma sensação fugaz, mas viu Qüídia, a feiticeira, aquela que o enganara.

– Como, como é possível?

10

O labirinto

Pela primeira vez na vida, Worobul e HuKlio fizeram algo juntos. Uniram-se, impulsiva e involuntariamente, em prol de um objetivo comum. Se alguém tivesse perguntado, eles não teriam conseguido dar uma explicação convincente para seus atos. Simplesmente fizeram. Quando viram que Kor se erguia furioso, como se a terra tivesse se convertido em brasas, e se lançava em direção à jovem para pegá-la pelo pescoço, souberam que tinham que impedi-lo.

Kor perdera completamente o controle.

Em seus olhos era possível ver o sangue ferver, borbulhar de raiva em rios finos que tingiam o branco de seus olhos. Conseguiu ser rápido e fechar as mãos em torno do pescoço daquela mulher tão diferente de Qüídia, mas que ele tinha certeza que era a feiticeira.

– É você! Filha dos deuses expulsos de Nígaron! Encantadora das sombras! Bruxa! O que quer de mim? O que quer? Você destroçou minha vida... Que obscuras artes lhe foram reveladas?

Kor não parecia se importar com a imponente presença dos dois minotauros. Estava disposto a matá-la ainda que fosse a última coisa que fizesse na vida. Mesmo que para isso tivesse que renunciar a entrar no labirinto. Estava disposto a tudo. Mas era fraco. Teve que se submeter à força. Render-se às evidências e ver, impotente, como Worobul separava sua mão dedo a dedo do pescoço da feiticeira, que não parecia muito impressionada com a reação do humano.

Apenas *Noc,* o falcão dos pequenos sóis nos olhos, levantara voo do ombro de sua dona, como se não quisesse participar daquele teatro.

– Como você é dramático, necromante! Esse é seu problema – disse Oroar, alisando a túnica. – Você é impulsivo e age sem pensar. Seu orgulho não lhe permite ver que, na verdade, lhe fiz um favor maior do que você jamais mereceu. Eu quase poderia dizer que, com isso tudo, você foi o maior beneficiado. Olhe para você! Aqui está você, às portas do Labirinto da Aliança, prestes a viver algo que há algum tempo não ousava nem sonhar. Aqui dentro, atrás destas portas de ouro, pode haver um novo começo para todos. E existe a remota possibilidade de que você seja o principal protagonista.

"O certo é que vocês que aqui estão serão testemunhas de um poder jamais visto sob o Céu Azul Eterno. Mas você... Você só chora, como uma criança que se perdeu dos pais. Preocupado com o miserável Adhelon? Não acredito. Nem você mesmo acredita. Por acaso gostava de viver no colo dele como um animal adestrado? Se ele morreu, é porque tinha que morrer. Você o matou porque desejava com todas as forças que ele morresse. Eu não fiz nada. Você fez tudo sozinho. Você verá. Mas para isso terá que sair do labirinto. A entrada é grande, a saída nem tanto.

Kor não respondeu.

Para falar a verdade, não escutara com muita atenção. Se tivesse escutado, teria achado as últimas palavras da feiticeira muito, muito estranhas. Mas estava tão furioso que... não conseguia. Inspirava o ar da mesma forma que um faminto come depois de dias sem colocar nada na boca. Continuava querendo se lançar na direção dela e quebrar-lhe o pescoço.

– Quem é você? – disse finalmente, tomado pela ira.

A feiticeira respirou profundamente e disse as seguintes palavras, que, embora ninguém percebesse, cada um entendeu em sua própria língua:

– Sou Oroar, filha dos antigos reinos do norte e...

– ... E Grande Possuidora da Sabedoria do Labirinto.

Era a voz de Sasaren, que apareceu acompanhada de trinta minotauros armados, de Sadora e de um Ong-Lam parcialmente recuperado, que se sustentava debilmente agarrando-se ao braço de Hanunek.

– Faz tempo que está conosco. Às vezes acho que faz parte do labirinto. Foi ela quem se encarregou de trazê-los até aqui. Ela alterou o curso dos tempos... Criou um novo curso, por onde as águas dos acontecimentos se precipitam numa grande cascata.

Assim que Sasaren terminou de pronunciar suas enigmáticas palavras, o exército humano de Al'Jyder irrompeu na esplanada. A tropa colocou-se atrás de Kor.

– Ouvimos gritos – disse o general. – Aqui estamos, preparados para morrer honradamente. O que aconteceu na praia não ocorrerá de novo. Simplesmente nos deixamos arrastar pela surpresa. Nossos antepassados venceram estas bestas, e agora nós honraremos...

Al'Jyder teve que interromper bruscamente suas palavras ao se dar conta da presença de Ong-Lam.

– General, pensei que estivesse morto. Fico feliz em vê-lo. Não está com um aspecto muito bom, mas de qualquer forma está melhor do que se poderia esperar.

Ong-Lam, fraco e respirando com dificuldade, conseguiu encontrar as forças necessárias para emitir um fio de voz que lhe serviu para tecer algumas poucas palavras:

– Se não fosse por Sadora, eu não estaria aqui. Estaria morto, como você queria. Mas parece que, como diria Sasaren, os tempos me reservaram um caminho mais longo que o previsto, antes que eu descanse em Nígaron. Gostaria de ficar feliz em vê-lo, segundo no comando Al'Jyder. Mas não estou. Cedo ou tarde, eu e você vamos acertar algumas contas pendentes. Traidor.

Al'Jyder quis exagerar e se fazer de ofendido. Desembainhou a espada. Kor o deteve.

– Guarde-a. Agora não é a hora. Fiquem aqui e não façam nada até que eu ordene. Não cometa outra estupidez igual à da praia. Ouça-me desta vez.

– Não posso tolerar uma ofensa dessas – quis protestar Al'Jyder, para não perder a autoridade diante de seus homens.

– Você não tem nem ideia do tamanho da paciência que um homem pode ter. Das ofensas que é capaz de suportar. Espere sua hora e guarde a espada. Sejamos inteligentes.

Ong-Lam não se atrevia a perguntar.

Ali estava o homem que prometera que, se o general não cumprisse sua missão, sua mulher morreria. Ali estava o necromante que, com seus poderes, salvara a mulher de Ong-Lam de uma morte certa, havia tantos anos. Com seus olhos cansados, encarava o necromante implorando por uma resposta espontânea. Uma frase do tipo: "Ora, é você, o antigo general dos exércitos de Adhelon VI! É claro que sua mulher e seus filhos estão sãos e salvos e continuam esperando você voltar para casa."

Nada disso. Era como se não se conhecessem, como se fosse a primeira vez que se vissem. Indiferente a seus olhares interrogativos, Kor continuava a falar com Al'Jyder, tentando convencê-lo a não se precipitar e obedecer-lhe. Ong-Lam preferia continuar tendo esperanças a saber a verdade. Não aguentaria uma resposta ambígua. Não aguentaria uma resposta negativa, mas também não sabia se não enlouqueceria se lhe dissessem que sua mulher continuava viva. Preferiu se calar.

– Já chega! Não estamos aqui para resolver essas besteiras.

Sasaren gritou com autoridade. Todos se calaram. A discussão acabou.

A Grande Possuidora táurica estava cansada de tantas bobagens. Fez um sinal e os minotauros do clã maldito marcaram um círculo com grandes archotes, cuja luz se perdia no tímido amanhecer. O círculo era amplo e cobria quase toda a esplanada, rodeando os que se encontravam diante das portas de ouro. Uma vez posto o último archote, a Grande Possuidora disse a Oroar:

– Faça o que tiver que fazer com Yaruf. Ele está ferido. Tentei curar suas feridas. Sadora também, mas temo que não seja este o problema. É como se ele se deixasse levar rio abaixo pelas águas negras da morte. É como se já não quisesse lutar. Como se justo agora quisesse dar meia-volta e abandonar tudo. Fiz todo o possível, mas meus conhecimentos não vão além disso. Preciso de você. Sem ele, não conseguiremos abrir a porta do labirinto. Estaremos perdidos. Se ele não é o quinto inimigo, aquele que falta, teremos que esperar outra eternidade, até que os céus voltem a estar preparados como hoje. E nós duas sabemos que não temos mais muito tempo.

Oroar abriu caminho até a maca.

Tirou Ühr do lado do menino. O professor acariciava o braço do filho, numa inútil tentativa de despertá-lo do profundo sono em que se encontrava.

A feiticeira apoiou a cabeça no peito de Yaruf, como se assim pudesse escutar os lugares mais recônditos do corpo do humano. Em seguida, retirou a máscara da aliança e descobriu um rosto tranquilo e sereno. Começou a murmurar cânticos que os que estavam dentro do círculo de fogo não conseguiam entender. Era uma língua estranha, ancestral, de origem divina. O céu escureceu e finas gotas de chuva começaram a pingar.

Todos os olhos estavam sobre Oroar. Ninguém se atrevia a dizer nada. Ninguém ousava incomodar a misteriosa jovem, que beijou as bochechas de Yaruf e assoprou seu rosto, como Sadora fizera algum tempo atrás.

Yaruf pareceu se mexer.

Ühr se aproximou lentamente.

Se seu filho acordasse, queria que a primeira coisa que visse fosse seu pai. Enquanto isso, Oroar continuava com seus cânticos secretos. No céu, a garoa se converteu numa fina cortina d'água que, no entanto, era incapaz de apagar os archotes.

Yaruf abriu os olhos.

Olhou ao redor. Levantou-se e ficou olhando as portas de ouro, tão perfeitamente lisas que, quando a luz do sol e o brilho dos archotes se mesclavam, pareciam arder raivosas, impacientes por serem abertas.

Como se não houvesse ninguém mais, como se estivessem em casa de novo, sem errar a construção das frases, como se se lembrasse de tudo perfeitamente, como se nunca tivessem se separado, Yaruf disse a seu pai:

– Papai... Encontramos o Labirinto da Aliança.

Ührabraçou o filho com força.

– Acordei Yaruf – disse Oroar –, mas é o labirinto que deve terminar de curá-lo. Se em três dias não tiver saído das entranhas de pedra, o humano morrerá.

Ninguém soube o que responder, exceto Yaruf:

– Se eu não conseguir sair do labirinto, todos morreremos.

Sasaren não entendia nada.

Tentou pedir explicações a Oroar, mas a única coisa que conseguiu foram palavras que apenas colocaram mais dúvidas no coração da Grande Possuidora:

– Querida Sasaren, Yaruf deve entrar no Labirinto. Se ele conseguir absorver o poder, as feridas que tem por dentro, muito embaixo da pele, vão sarar. Senão... o menino não voltará a ver a luz do sol. Ele se tornará o próprio labirinto.

Oroar se pôs a andar, desapareceu e disse:

– Meu trabalho aqui está concluído.

– Não, não vá... – gritou Yaruf com a voz entrecortada, como se ela atravessasse um longo trajeto, desde o fundo de sua cabeça até a ponta da língua.

– Não se preocupe, Yaruf, vamos nos ver novamente, e talvez então seja você quem fará algo por mim. E, se não nos virmos, um dia eu também entrarei neste labirinto...

– Mas eu...

Oroar não deu tempo para mais nada. Esvaiu-se com a chuva. Quando ela desapareceu, parou de chover.

– Bom, e agora? O pirralho está vivo, ou meio vivo, mas as portas do labirinto estão tão fechadas como quando chegamos.

Yaruf colocou a máscara de minotauro e disse a Ühr:

– Acho que me lembro de tudo. Vi coisas. Vi você sair do mar do abismo. Vi você chorando por mim. Vi como sofreu. Obrigado, papai.

Voltaram a se abraçar.

Yaruf se afastou e acrescentou:

– Não quero que entre no labirinto. Não quero que nada de mal lhe aconteça. Não sei por quê, mas tenho a sensação de que, se você entrar, algo de ruim vai acontecer.

– Ele tem que entrar – interrompeu Sasaren, que escutava a conversa dos humanos. – Ele é um dos cinco.

– Mas Ong-Lam poderia...

– Você sabe que não. Sabe que Ühr chegou até aqui porque o labirinto assim o quis. O filho e os dois pais. Um humano. Um minotauro.

Yaruf entendeu que não havia nada que pudesse fazer. Então, aproximou-se de Kor e lhe disse:

– Também me lembro de você. Sei quem você é. Sei do que seu coração é feito.

Kor ficou calado, tentando manter uma atitude digna, mas algo naquela criança o fazia tremer.

– Dê-me a pedra que meu pai e eu encontramos dentro do cofre da aliança.

Kor hesitou.

– Não quero ter que arrancá-la de você.

Sem dúvida, o menino tinha autoridade.

– Está bem, pirralho. Aqui está.

Pôs as mãos sob a túnica e tirou a pedra. Yaruf, com a pedra circular numa mão e a máscara da aliança na outra, aproximou-se das grandes portas de ouro.

Como se fizesse uma oferenda ao labirinto, deixou a máscara e a pedra no chão. Em seguida, simplesmente empurrou com força e as portas, sem opor nenhuma resistência, se abriram, liberando um estranho perfume de verão e grama recém-molhada. Centenas de archotes se acenderam, iluminando um corredor infinito de ouro.

Yaruf se virou e disse:

– Aqui começa o caminho.

Sem esperar por ninguém, atravessou as portas de ouro e começou a percorrer o longo corredor. Worobul, HuKlio, Kor e Ühr o seguiram. Eram eles os que deviam entrar, ninguém tinha dúvidas quanto a isso.

Era como se o labirinto os chamasse e eles se deixassem arrastar.

IV

O QUINTO INIMIGO

1

Ouro

Dentro; finalmente.

Sentindo-se parte... sendo parte de tudo! Das paredes, do chão, do teto... Avançando impaciente por suas veias, da mesma forma que o sangue cansado tenta chegar ao coração. Um novo impulso esperava por ele. Yaruf precisava daquele impulso. Tinha a impressão de que, sem ele, não teria energia suficiente para continuar. Em direção de quê? Impossível adivinhar. Não tinha como saber. E também não estava preocupado.

Mas apesar de tudo... finalmente dentro.

Yaruf andava com passos decididos. Respeitosos, mas fortes. Sem vacilar. Encabeçava o grupo. Sentia-se o líder, o responsável por suas vidas. Lembrava-se de um velho provérbio táurico: "Quando for o líder de um grupo, você deve ser justo. E deve sê-lo tanto para os que estão de acordo com você quanto para os que não estão. Para os que querem o seu sucesso, para os que desejam seu fracasso. Se não entender isso, deixe o comando antes que uma revolta lhe tire a vida."

Aceitava-o. Acreditava nele. Se tivesse que lutar por HuKlio, ou até mesmo por Kor, esperava fazê-lo com a mesma determinação que faria por Ühr ou Worobul.

Assim, convencido e sentindo-se capaz de superar qualquer obstáculo, abria um caminho que estivera obscurecido pela lenda por muito tempo. Avançava consciente de que não podia mais voltar atrás. Sabia que estava onde tinha que estar. Dentro do Labirinto da Aliança.

Não sabia o que ia acontecer. Por mais que tentasse, era incapaz de imaginar o que viera procurar. O que se esperava que ele encontrasse. Qual seria o grande poder de que tanto ouvira falar. No entanto, tinha certeza de que existia algo, e que esse algo iria surpreendê-lo. Existia algo. Ainda que fosse uma razão, uma desculpa, um motivo. Se não existisse, o destino iria se incomodar tanto para levá-lo até ali? Não. O destino pode gostar de jogar, mas nunca de perder tempo.

Em certos momentos, chegara a pensar que o labirinto seria sua tumba. Sua última aventura. O fim de seus dias. Agora, tanto fazia. Não era isso o importante.

"Se tenho que morrer em algum lugar, por que não aqui? É um lugar como qualquer outro."

Esse pensamento só valia para ele mesmo. Não valia nem para Ühr nem para Worobul. Se algo acontecesse com eles... Yaruf não suportaria. Talvez isso o fizesse fraco, mas ele se recusava a ser mais forte se para isso precisasse renunciar a seus entes queridos.

Todas essas coisas giravam como um redemoinho em sua cabeça enquanto Yaruf avançava pelo interminável corredor de paredes de ouro puro. Guardava um silêncio respeitoso, compartilhado por seus companheiros. Os demais também preferiam não perder nenhum detalhe da monótona paisagem dourada que aparecia diante de seus olhos como uma repetição sem sentido. Sem fim. Quanto tempo já se passara? Quanto tempo sem que eles fizessem a menor curva? Sem encontrarem uma só bifurcação, um único desvio? O tempo parecia ter parado. Seus passos pareciam flutuar e desaparecer num eco longínquo, débil. Podiam sentir a magia. Um poder estranho, ancestral, antigo. Uma mescla de paz e violência, similar à caminhada do general pelo campo de batalha após o combate. Suas respirações eram absorvidas pelo ar espesso, quente e pesado. Transpiravam. As gotas de suor escorriam pelas frontes dos humanos e se enredavam na pelagem grossa dos minotauros. E não apenas a respiração era sufocante. O corredor era estreito o suficiente para que todos se sentissem presos, asfixiados em cada movimento. Especialmente os minotauros, que, quando se desviavam um pouco do centro, roçavam os ombros nas paredes de ouro. Uma sensação fria e desagradável, apesar do calor que os archotes cuspiam no ambiente como serpentes de línguas ardentes. O teto estava mais acima. Mas quanto? Não conseguiam ver seu fim. A luz se perdia no meio do caminho. Mergulhava nas trevas no que parecia ser uma abóbada de pedra viva, rugosa e enegrecida pela fumaça dos archotes, que subia para tentar escapar do labirinto.

Tudo cheirava a terra morta, havia muito tempo sem dar frutos. Era um odor que impregnava o nariz, ofendia-o e chegava até o cérebro, perturbando as ideias, causando estranhamento ao olfato. O ouro e esse odor não combinavam. Eram contraditórios. Uma mistura infeliz. HuKlio e Worobul, sobretudo, ficavam nervosos, prestes a explodir. Seu olfato apuradíssimo, muito superior ao dos humanos, deixava-os num estado de tensão contínua. Mas ninguém se queixava. Continuavam avançando sem querer parar, sem querer descansar. Atravessando a luz nova, recém-acesa. Como se concebida especialmente para que eles pudessem ver o caminho. E o ouro. Quem se encarregara do fogo? Ou ele era inextinguível, fruto de alguma poderosa feitiçaria?

– Nunca pensei que fosse enjoar tão cedo do metal dos deuses. Se sair daqui coroado rei, juro que vou passar a usar mais prata.

Kor quebrara o silêncio com um comentário típico, isto é, entre irônico e ofensivo. Ninguém deu atenção. No entanto, todos se sobressaltaram, sobretudo os minotauros, que não haviam entendido absolutamente nada do que dissera o necromante. Ninguém dissera uma só palavra desde a entrada no labirinto. E a voz soou apagada, engolida pelas paredes. Seca. Sem vida. Mortiça. Inquietante.

Yaruf quis ver se sua voz soava da mesma maneira, quer dizer, quase como se falasse com uma mão na frente da boca ou do interior de uma prisão de pedra sem janelas.

– É mesmo. É estranho.

A resposta foi seca. O menino não queria entabular uma conversa. Só queria saber se sua voz soava do mesmo jeito. E soava. E ele não gostou. Virou-se. Ühr o seguia. Perguntou-lhe:

– Você viu como as palavras soam aqui? É como se... alguém quisesse roubá-las. Como se chegassem depois de um esforço enorme... Não sei se consigo explicar.

– Consegue, sim – assentiu o professor, ciente da preocupação de Yaruf. – O labirinto parece tragar as palavras, e apenas o que sobra chega até nós...

– Não gosto disso.

– É inquietante, mas não se preocupe. Já estive em outros lugares de pedra que soam mais ou menos assim, até mesmo pior. As antigas masmorras do rei Adhelon VI, por exemplo. Não creio que seja uma ameaça. Em algumas ocasiões, os sons têm um efeito estranho, como o gotejar de uma fonte no meio da floresta... Sabe? Quando ele parece inundar e submergir todos os outros ruídos, por mais fortes ou belos que sejam.

Yaruf não sabia por quê, mas ouvir Ühr falando o deixava tranquilo. Tudo o que seu pai dizia estava repleto de algo tão especial que o menino não conseguia definir o que era. Se ele dizia que não havia motivo para se preocupar, Yaruf imediatamente relaxava. Era a coisa mais próxima da magia que ele jamais experimentara.

Todos continuavam avançando em silêncio.

Reto. Reto. E reto. E plano e reto e mais corredor de ouro. E mais passos. E passos e reto e reto e corredor de ouro. Repetição atrás de repetição atrás de repetição. Era possível dormir e continuar avançando sem medo de se chocar com algum obstáculo... Mas se alguém tivesse dormido teria cometido um erro. Porque por fim, na distância, uma curva, uma mudança total de sentido. A parede fazia um cotovelo perfeito. Não se podia ver a continuação do labirinto. Se Yaruf estivesse distraído, bem que poderia ter dado com o nariz nas paredes.

– Bom, pelo menos isso me anima! Talvez agora comece a ação de verdade – disse Yaruf em táurico.

– O que há, o que há? – perguntou o necromante, que fechava a fila e por isso não conseguia ver nada. – O que há? Só consigo ver estes selvagens na minha frente.

– Há uma curva.

Foi a resposta de Yaruf. Rápida e sem se esforçar para ser amável, esforçando-se até para não parecer amável. Tinha preocupações mais importantes do que tratar com simpatia aquele homem que tanto mal causara a seu pai. Talvez tivesse que desembainhar a hutama por ele, mas nenhum provérbio táurico falava sobre a necessidade de ser simpático com os inimigos.

– Uma curva? Uma curva para onde? Para o norte, para o sul? Rapaz! Você poderia ser mais claro. Seu pai é tão metódico...

– Uma curva. Não é você que adivinha as coisas? Pois deveria saber, não? – respondeu com irritação e com vontade de devolver a ofensa velada que Kor lhe lançara.

– Sim, muito bem. Assim você vai apodrecer.

O simples fato de ouvir o necromante já fazia seu sangue ferver de raiva.

"Se não fosse por estarmos num lugar sagrado, e por você ser um covarde, e porque agora não é a hora... gostaria de arrancar seus dentes com um soco", pensava Yaruf enquanto se aproximava da curva.

Antes de virar, espichou-se e deu uma olhada. Lentamente. Como qualquer um faria antes de entrar numa casa que parece desabitada. Yaruf não estava disposto a correr riscos desnecessários. Negava-se a se deixar levar pela impaciência. Queria estar preparado para qualquer perigo. Era sua responsabilidade.

Tudo tranquilo... Mais ouro. Mais corredor. Porém mais curto, muito mais curto, porque uns poucos passos à frente se vislumbrava uma nova mudança de direção. Não tão acentuada. Yaruf dirigiu-se primeiro para o novo corredor. Seguiram-no Ührr, Worobul, HuKlio e...

Kor?

Não estava.

– Ei, humano, um dos seus desapareceu.

Era HuKlio. Tinha parado. Tentava não parecer surpreso. Não conseguia. Ficara estático, olhando para trás.

– O que quer dizer? – Yaruf fez uma pergunta cuja resposta já conhecia, mas queria ouvi-la de toda maneira.

– Que ele sumiu. Vinha logo atrás de mim... O imbecil estava tão perto que eu podia sentir sua asquerosa respiração em meus pelos. Agora não sinto mais.

– Kor... Fique aí então – ameaçou Yaruf em língua humana, esperando ouvir alguma ironia ferina vinda do necromante. – Vamos continuar sem você. Está ouvindo? Para mim tanto faz, mas juntos somos mais fortes que sozinhos... Você também.

Nada.

– É alguma artimanha. Vamos continuar – acrescentou Worobul.

Yaruf ficou surpreso com o fato de ninguém querer dar uma olhada para descobrir se algo acontecera com o necromante, ou se ele simplesmente brincava.

– Ninguém vai ver se ele está no outro corredor?

Yaruf repetiu a pergunta em táurico. Ninguém se importou. Todos esperavam que o outro tomasse a iniciativa.

– Bom, então vou eu. Não sei o que acham que pode ter acontecido, mas com certeza não é verdade.

– Isso, vá você – respondeu HuKlio, que sem saber por que sentia o mesmo medo que se tem diante de um precipício abissal. – Assim quem sabe... Você é um humano, e não faria nenhuma diferença se arrebentasse a cabeça contra esta parede de ouro.

Yaruf não respondeu, embora fosse fácil encontrar alguma ofensa para retrucar ao minotauro. Não era o momento. Mostrando sua irritação, abriu caminho entre a fila e voltou a virar na esquina de ouro.

Nada!

Nem rastro. Onde Kor tinha se metido? Como podia ser? Não gritara. Não dera nenhum alarme. Não podia ter desaparecido daquela maneira. Não havia nenhum outro caminho. Seria alguma estratégia? Algum truque, como HuKlio precipitadamente sugerira?

Yaruf olhou e olhou. Apalpou as paredes. Tinha que haver alguma entrada para outra sala, para outro corredor. Não. O necromante desaparecera sem deixar rastros. O humano se virou para reencontrar o grupo. Todos o encaravam. Esperavam uma explicação. Queriam saber o que acontecera com o necromante, porque também poderia acontecer com eles. Yaruf não tinha a resposta.

– Não está. Desapareceu.

– Não pode ser... Não há nenhum caminho além deste – disse Worobul, negando-se a acreditar e temendo que o necromante fosse apenas o primeiro a desaparecer. – Não ouvimos absolutamente nada. Tem certeza de que as paredes não escondem uma porta secreta? Vou ver.

– Faça o que quiser, mas estou dizendo que ali não há nada – replicou Yaruf, sem conseguir evitar que Worobul fosse ver com os próprios olhos o que ele lhe contara.

– Tem ou não tem uma entrada? – perguntou o humano, do outro lado da curva.

Ninguém respondeu.

– Worobul? Não tem graça. Worobul?

Silêncio.

HuKlio, Ührev e Yaruf se encararam sem se atrever a dizer o que todos estavam pensando.

– Worobul?

Sem resposta. Yaruf resmungou um par de vezes. Mais uma vez, virou naquela curva que lhe causava tantos problemas. Segurou a respiração. Engoliu em seco. Ficou imóvel como pedra. Não havia ninguém! Worobul também desaparecera. Não conseguia acreditar. Fora engolido. Sem mais nem menos. Sem deixar rastros. Já eram dois os desaparecidos.

– Worobul! Worobul! Onde você está? Se consegue me ouvir, faça algum som... Por favor. Vou resgatá-lo. Diga algo.

Não estava gostando nada daquilo. Não queria perder Worobul. Não queria ficar sem seu guerreiro mais valoroso.

Se tivessem que lutar, contava com a experiência dele, com seu modo de ver as coisas. Voltou a procurar, embora não soubesse exatamente o quê. Não havia nenhuma fresta. Nenhuma reentrância. Nem no chão nem nas paredes. Olhou para cima. O teto estava escuro. Não conseguia ver nada, mas não acreditava que eles tivessem saído pelos ares. Não, isso sim era impossível.

– Worobul também desapareceu... Não está aqui... Papai? Está me ouvindo?

Outra vez?

Não, não era possível. Aquilo não era possível. Ninguém respondia. O que estava acontecendo? Virou mais uma vez, com o pior dos pressentimentos. Tornou-se realidade. HuKlio e Ühr não estavam onde deviam estar. Também haviam desaparecido. Agora, estava sozinho. Perdera todos.

"Que grande líder virei!"

– Se é uma brincadeira, não tem graça nenhuma... Por favor...

Yaruf não sabia por que dissera aquelas palavras. Porque aquilo podia ser tudo, menos uma brincadeira. Sentia-se frustrado. Tinha vontade de chorar. De espernear. De dar chutes no chão, socos na parede. Perdera todo o seu grupo. Seu estômago se embrulhou. Todos haviam desaparecido. Não sabia o que dizer. Como explicar. Agora estava só, e não gostava nada daquilo. O que fazer?

"Fique calmo. Deve ser uma das provas do labirinto. Não se deixe levar pelos nervos."

Não estava tão seguro, na realidade, quanto em seus pensamentos. Desprendeu a hutama das costas. Com ela à mão, sentia-se mais seguro. Esperava não perdê-la também e não ter que usá-la, mas não hesitaria se tivesse que fazê-lo.

"Não sei o que aconteceu com eles, mas tenho que seguir em frente. Podem ter sido raptados... Quem sabe não fui eu quem os perdi, mas sim eles que me perderam. Quem sabe. Talvez estejam todos em outro corredor, ou em alguma outra sala me procurando... Não tenho como saber. Tenho que seguir em frente. O que é isso? Alguém está cantando?"

Uma voz cheia de harmonia se fez ouvir. Maravilhosa. Ampla, como se cantasse ao ar livre. Sedutora. Transparente, como se fosse possível ver o fundo de sua alma. Deslizava dentre as paredes como a chuva desliza sobre o gelo. Yaruf não pôde evitar.

Seguiu o fio da canção.

Não entendia o que ela dizia. Não sabia se tinha ou não letra. Mas era mais que isso. Conseguia entender, de qualquer forma. Sabia o que ela estava dizendo. Humano? Táurico? Não existiam essas barreiras. Não naquela voz. Foi em sua direção. Hipnotizado e sem se preocupar com o fato de estar sozinho. Não se sentia mais só. A melodia o acompanhava, ninava-o em seu colo embriagante. Acelerou o ritmo. Cada passo seguido mais de perto pelo seguinte. Cada pernada mais próxima da que estava por chegar. Ao fim, quase sem perceber, estava correndo por corredores de ouro cada vez mais curtos. Curvas cada vez mais acentuadas. À direita. À esquerda. À esquerda e novamente à direita e à direita e à esquerda. As mudanças de rumo se sucediam como se ele margeasse um perigoso penhasco. O novo caminho começava a se tornar mais acentuado, com uma descida que o obrigava a inclinar o corpo para trás, se quisesse manter o equilíbrio e não sair rolando. Cair não o incomodaria. Cairia se fosse necessário, se fosse para continuar indo em direção da voz que ouvia cada vez mais a seu lado. Tão próxima de seu ouvido que conseguia sentir o hálito doce em sua pele. Quem quer que fosse, estava cantando apenas para ele. Para que apenas ele escutasse. Os archotes se apagaram de repente.

Yaruf freou como um cavalo que se recusa a cruzar o rio. A voz cessou. Fez-se novamente luz. Não estava em nenhum corredor. Estava diante de três portas.

Nada de ouro. Nada de canções.

"O que aconteceu comigo? Onde estou?"

Era como despertar de um sonho do qual não se quer acordar jamais. E Yaruf estava diante de sua primeira decisão. Chegara o momento de escolher um caminho.

Mas não podia escolher sem cometer um erro, pelo menos não sem antes ler a estranha inscrição arranhada na parede.

"Não é possível... Isto é... uma charada? Mas que desgraça..."

2

Água até o pescoço

Três frases, três portas
três trilhas abertas.

Duas frases mentem,
uma é verdadeira.
Pense bem e veja,
para uma escolha certeira.

Três frases, três portas
três trilhas abertas.

Duas trilhas mortais
tiram-lhe a vida,
o enchem de males,
não têm saída.

Três frases, três portas
três trilhas abertas.

Com sua arma em festa
saia da cilada.
A resposta certa
nesta charada.

Três frases, três portas
três trilhas abertas

A sala inundada,
repleta de água.
Você não diz nada?
Na dor se afoga.

Três frases, três portas
três trilhas abertas.

Só o escolhido
saberá responder,
encontrará o sentido,
a coragem e o poder.

Três frases, três portas
três trilhas abertas.

No exato momento em que Yaruf terminou de ler a última palavra do último verso da charada, soou um estrondo impressionante. Uma pedra descomunal, saída diretamente do nada, da irrealidade, desgarrou-se, fazendo o chão tremer para em seguida encaixar-se com perfeição no buraco circular da entrada da sala. Nenhuma fresta. Nem um único fio de luz penetrava do exterior. Dali, nem o ar podia escapar. Sua respiração se acelerou. Virou-se, sobressaltado. Esperava algo parecido, mas sem aquele ruído escandaloso, como se uma montanha se partisse ao meio. Tinha a sensação de que ele era o primeiro a entrar ali. Sua intuição lhe dizia que aquela sala o esperara por muito, muito tempo. E que, de alguma maneira, ele também estivera esperando. Fora feita apenas para que ele entrasse. E ele nascera apenas para entrar. Ou talvez já tivesse estado ali. A realidade se misturava com a imaginação. O passado com o presente. Os deuses tropeçavam e não podiam controlar a ordem das coisas. Era uma dança preparada desde que Karbutanlak cravara o chifre de Sredakal para prender a terra ao vazio. Tudo fora preparado para que ele se virasse e visse a pedra obstruindo seu caminho. Para que ele ficasse preso. Prisioneiro. Para, como dizia a inscrição esculpida na pedra rugosa, saber se era capaz de sair dali escolhendo a porta certa. E isso ele estava disposto a fazer. Sair.

Não havia tempo para distrações. Tinha que colocar mãos à obra. Por sorte, restara um archote na sala, archote órfão, solitário, que projetava mais sombras que luzes. Mas era o suficiente para iluminar o verso e as frases inscritas em cada porta.

Antes, queria ler mais uma vez o que a pedra dizia. Não queria se distrair, nem se perder na forma e no ritmo do verso. Precisava ficar atento, concentrar-se ao máximo. Tentou pensar no que diriam seus pais táuricos, sobretudo Sadora, uma grande especialista em todo tipo de adivinhações e charadas.

Não conseguiu.

A água pretendia enganá-lo. Despistá-lo. Subia e subia. Fria e transparente. Água pura do degelo dos cumes. Seus pés doíam. O coração disparou, sua cabeça se encharcava. Os músculos se retesavam. Precisava ter coragem. A sala estava sendo inundada, afundando em meio ao mar. Uma ilha condenada a desaparecer. Saía em borbotões furiosos. De todos os lados. Não podia demorar a escolher o caminho, a abrir a porta. Caso contrário, como ameaçava a inscrição, morreria naquela sala pequena e escura.

Yaruf tentou se animar.

“Não é hora de pensar na água, pense na charada... Que nada o distraia. Fique atento ao que importa, ao que é importante. Leia com atenção. Não tenha pressa, não mais do que a água tem em afogá-lo.”

Repassou os versos escritos em táurico. E pensou que era sorte os versos estarem em sua língua, como considerava o táurico, porque a língua humana ele já esquecera. Completamente. Era como se a prova tivesse sido feita para um minotauro... Ou para alguém como ele. Esse pensamento o animou. Para ele, e ninguém mais.

Agora sim.

Colocou-se no meio das três portas, uma de pedra quase branca, a do meio de pedra cinza e a outra de pedra escura, calcinada. Leu cada uma das frases com os olhos bem abertos, para não perder o mínimo detalhe. Para absorver toda a informação, tentando ver através das palavras. Além delas. Isso foi o que viu:

A SAÍDA ESTÁ AQUI

A SAÍDA NÃO ESTÁ AQUI

A SAÍDA NÃO ESTÁ NA PORTA DE PEDRA BRANCA

Ficou um bom tempo olhando, mas sua mente estava em outro lugar. Descontrolada, corria por outros caminhos. Não se concentrava. Estava distraído e surpreendeu-se pensando em Sadora. Não era hora para isso, mas não conseguiu evitar. Se ela estivesse ali... Com certeza ele não teria problemas para escolher. Mas ele... Era melhor com a hutama do que com a cabeça. Muito melhor. Nunca tivera a paciência necessária, e Sadora sempre o repreendia quando se equivocava.

"Você é tão inteligente quanto impaciente. Espere. Pense bem. É a cabeça que deve funcionar a toda velocidade, não a língua. Você responde imediatamente e nem pensa no que diz."

Sadora tinha toda a razão.

Ele se atirava sobre qualquer alternativa que lhe parecesse mais ou menos lógica, a primeira que encontrava, e, se não encontrava nenhuma, se rendia. Então se irritava. Queria que Sadora lhe desse a solução. A minotauro se negava. Neste ponto, era inflexível.

"As charadas devem ser resolvidas, não explicadas. Senão, que graça teriam? Seria como dar uma fruta mastigada, para poupá-lo do esforço. O gosto seria igual? Você gostaria de algo assim? Ou não? Ou prefere morder a fruta madura, que acabou de cair da árvore?"

Sim, claro que preferia. Mas para Yaruf as frutas e as adivinhações não tinham nada em comum, eram coisas completamente diferentes. No entanto, ali, na penumbra da sala, com a água subindo-lhe pelas canelas, lembrou-se de uma vez em que Sadora lhe dissera:

"De que se deve encher uma vasilha para que ela pese menos do que vazia?"

Yaruf não soubera responder.

Nunca conseguira, e Sadora, por mais que ele insistisse, nunca dera a resposta, permanecendo fiel ao seu princípio de não dar a fruta mastigada.

"Algum dia você saberá. A solução aparecerá, brilhante, em sua cabeça. Talvez seja no momento menos adequado, na situação que considerar menos oportuna, mas você acabará resolvendo. Aí então terá uma sensação incrível. Reconhecerá o sabor de ter resolvido a charada sozinho. É doce, açucarado e queima tanto que percorre todo o corpo... Você vai me entender."

Claro! Já sabia! Era isso. Resolvera a charada de Sadora... Como era possível? Por todos os deuses conhecidos e os ainda desconhecidos... Quão caprichoso é o pensamento. Que ilógico. Por que só agora lhe ocorrera a resposta para a charada de Sadora?

"Maldito seja! Não devo pensar nisso. Yaruf, por favor, concentre-se, agora não adianta nada saber do que se deve encher uma vasilha para que ela pese menos do que vazia. Agora me interessa apenas sair pela porta adequada, para que esta sala não se encha de água comigo dentro... Tenho que sair daqui, nem que seja apenas para dizer a resposta a Sadora."

Suspirou. Mexeu a cabeça para os lados e olhou novamente para as três portas. Leu as frases escritas. Quais mentiam? Qual dizia a verdade?

A primeira intenção de Yaruf foi ir diretamente para a porta de pedra branca. Não foi. Pensou melhor. Leu mais uma vez as palavras do verso táurico: "Duas frases mentem, uma é verdadeira." Isso não se encaixava com sua escolha. Porque, se a saída estava na porta branca, como anunciava a frase, a porta de pedra cinza também diria a verdade...

"Não, não pode ser a porta de pedra branca, tenho certeza, mas devo me apressar se não quiser me afogar aqui..."

A água continuava subindo num ritmo espantoso. Logo ela ultrapassaria seus joelhos. Era difícil andar. Mas Yaruf pelo menos conseguira descartar um dos caminhos. Agora só tinha duas opções. Se a porta de pedra branca estava descartada... então tinha que escolher entre a porta de pedra cinza e a de pedra negra. Era óbvio! Só podia ser a porta do meio.

"A saída não é aqui." A frase mentia. E, se aquela frase mentia, isso queria dizer que a branca também mentia, mas que a negra dizia a verdade. Tinha certeza. Certeza? Não podia se arriscar. Tinha apenas uma oportunidade de empurrar a porta certa, de encontrar a saída adequada. Ainda podia pensar um pouco. A água já alcançara seu umbigo e continuava subindo.

"Ela procura minha boca para entrar em mim e me afogar. Já dizia o provérbio: o fogo tem senhor, a água não."

Tinha que continuar pensando. Não se precipitar com a primeira escolha. Desta vez, era para valer. Sadora não estava lá para adverti-lo ou dizer se a escolha que ele fizera era ou não a correta. Ele só saberia se continuasse vivo. Cruel assim.

Pelo menos fizera uma escolha, agora só tinha que comprovar se estava realmente correta. Estava quase convencido. Mas... o suficiente para apostar sua vida?

A água continuava subindo.

Era cada vez mais difícil manter os pés no chão. A água o levantava, fazia-o flutuar, empurrava-o na direção de um teto que se aproximava cada vez mais de sua cabeça. O tempo se esgotava, se afogava. Além disso, sentia frio. Muito frio.

"Não posso esperar mais. Ou morro afogado, ou morro congelado, ou saio daqui."

Estava decidido. Escolheria a porta do meio, a de pedra cinza. Apostaria tudo. Para empurrar a porta, teria que mergulhar fundo. E mergulhou. Que frio! Percebeu a água acariciando seus cabelos, eriçando-lhe o couro cabeludo, fazendo o sangue latejar em suas têmporas.

Do chão, a água borbulhava. Queria arrancar a pedra. Grandes bolhas transparentes subiam para estourar na última fronteira entre a água e o ar. Impediam-no de ver com clareza a porta certa. Seus olhos ardiam, e ele tinha de piscar frequentemente. Não era um exímio nadador, mas também não era ruim. Teve que sair para pegar ar.

Ahhhh... Ahhhh...

Encheu os pulmões com o ar viciado. Voltou a mergulhar.

Abriu bem os olhos. Aguentou a irritação causada pela água. Manteve as pálpebras bem abertas. Encontrou a porta cinza. Pôs as mãos nela, nadando como um cão para manter sua posição. Para não subir. Para não se deixar arrastar. A porta não cedia. Tentou até ficar sem ar. Não aguentava mais. Sempre pensou que abriria a porta com facilidade. Estaria enganado? Não era a hora de hesitar. Não tinha tempo para pensar em outra resposta. Era tarde demais.

Saiu para respirar. Voltou a desaparecer no meio da água, que se tornara turva com a terra que arrastava.

Uma nova tentativa. Empurrou a porta com todas as forças. Mas seu corpo não queria continuar submerso e forçava na direção da superfície. Yaruf não conseguia concentrar toda sua força num único ponto. Mais uma vez, seu ar acabou. Mais uma vez, teve que sair, mas mal havia espaço para sua cabeça. A água já chegava até o teto. O archote se apagou.

Aspirou tanto ar quando pôde, porque só lhe restava uma tentativa. Mergulhou em direção à porta cinza. Conhecia o caminho. O tato. Podia distinguir três silhuetas negras. A do meio era a sua. Empurrou e empurrou. Não parou. Não podia. A água chegara até o teto. Tudo era água. Uma prisão submersa. Cada vez tinha menos força. Cada fez lhe faltava mais ar. Já não podia subir à superfície, não havia mais superfície.

Num último suspiro, exatamente antes de Yaruf ter de abrir a boca desesperadamente e respirar água, a porta cedeu e se levantou, dando uma volta e fechando-se logo depois, mas deixando Yaruf do outro lado, numa sala com piso de mármore que rapidamente se encharcou. O humano bateu a própria cabeça contra o chão e girou três ou quatro vezes sobre si mesmo. Estava salvo.

Resolvera a charada!

Yaruf tomou ar.

Estava feliz de poder respirar. Por um momento, pensara que nunca mais o faria. Respirou várias vezes seguidas, enchendo os pulmões e esvaziando-os lentamente, para em seguida enchê-los de novo.

Quando finalmente se recuperou, examinou o lugar onde se encontrava. Não havia archotes. Uma luz muito suave entrava por uma abertura ofuscante. Yaruf pensou que provavelmente era luz natural, luz direta do sol. Do contrário, de onde viria? O som ricocheteava, resvalava sobre o mármore branco.

"Olá", gritou, como se alguém fosse responder.

"Olá, lá, lá...", foi a resposta.

Havia um pequeno caminho cortado por uma cortina feita de folhas verdes recém-cortadas. No chão, uma mensagem do labirinto.

"Só você pode se derrotar. Só você pode se vencer. Você é seu pior inimigo."

Não havia dúvida de que precisava cruzar aquela cortina. Mas não conseguia encontrar um significado para a frase misteriosa.

Estava esgotado pelo esforço. Continuava com frio. Não tinha vontade de novos desafios. Queria secar-se junto ao fogo. Mas não podia ficar ali. Só podia continuar avançando.

O que esperava por ele detrás daquela porta?

Não tinha como saber.

Tampouco teria sido capaz de imaginar.

3

O pior inimigo

Yaruf afastou cuidadosamente a espessa cortina de folhas verdes, frescas como se acabassem de ser arrancadas. Não reparou de que tipo de árvore se tratava; estava inquieto demais para isso. Queria sair dali. Descobrir o que lhe reservava o labirinto. Esperava uma nova prova, um novo desafio, um problema que continuasse a testá-lo.

Nada disso.

Yaruf se decepcionou. Voltou para... Não queria voltar para lá. Começar de novo? Parecia ser isso. Porque estava num corredor de ouro puro. Com uma só direção. Uma grande reta que parecia interminável. Quase igual ao corredor que tragara seus quatro companheiros de viagem, que o separara de Ührr e de Worobul. Quase igual? O mesmo? Apenas parecido? Difícil saber. Mas temia que aquela fosse mais uma das brincadeiras de mau gosto do labirinto.

De novo os archotes, de novo as paredes reluzentes. De novo o inquietante som opaco, como uma tempestade furiosa. De novo no mesmo caminho. E Yaruf não conseguia responder a uma pergunta: era um bom ou um mau sinal?

Ao ler a charada, não teve dúvidas de que abrir a porta significaria desvendá-la. Significaria estar salvo. Mas não era exatamente assim. Porque o verso táurico dizia que apenas um caminho estava correto, mas não dizia que as outras duas portas não podiam ser abertas. Não. Na verdade, Yaruf se lembrava estrofe por estrofe, símbolo por símbolo que a água tragara. Apesar de ter lido apenas três ou quatro vezes, era capaz de recitá-lo de memória, como se o tivesse aprendido na infância. Numa das estrofes, ficava claro que:

Duas trilhas mortais
tiram-lhe a vida,
o enchem de males,
não têm saída.

Dois caminhos conduziam à morte, um não... Portanto, não tinha como saber se estava em perigo. Se estava a salvo ou podia começar a rezar para algum deus capaz de ajudá-lo. Não sabia se aquele caminho levava à vida ou à morte.

Com muito cuidado, deu um passo. Desconfiava de tudo. Esperava que algo acontecesse... Nada.

Deu outro, e nada.

Mais outro, e mais outro, e assim Yaruf começou a avançar com a hutama desembainhada, preparado para usá-la se necessário. Não pôde. Tudo aconteceu muito depressa e, sem saber como, viu-se no chão. Algo o golpeara de surpresa. No meio do caminho, um grande bloco de madeira interrompia a passagem.

"De onde saiu isso?"

Yaruf tocou seu nariz, que estava sangrando.

No meio da madeira, uma mensagem escrita em linguagem táurica:

POR ACASO SE PODE REGRESSAR AO MESMO CAMINHO?
É MAIS SIMPLES IR QUE VOLTAR,
ENTRAR QUE SAIR.
MUDAMOS DURANTE O CAMINHO,
POR QUE NÃO DEVERIA O CAMINHO MUDAR?

Era óbvio. Yaruf voltara ao início. Ao mesmo caminho, mas diferente.

Depois de tudo o que acontecera em tão pouco tempo, encontrava-se novamente no mesmo lugar. Mas ao menos o advertiam de que o caminho podia mudar. De que, na verdade, já mudara. E faziam isso por meio de outro provérbio táurico, outra conexão com Sadora. Sadora estava em todas as partes daquele labirinto!

"É pena ela ter ficado do lado de fora. Sadora adora recitar esse provérbio. Há tantas coisas que ela teria entendido sem fazer muito esforço... Estranho que ela não seja um dos cinco inimigos, porque é como se esperassem que ela também estivesse aqui..."

Não deu maior importância àquele fato. Coincidência, com certeza. Levantou-se do chão pensando: "Até que esta trombada não foi tão ruim. Nem vi de onde veio esta tábua, mas se tivesse sido outro tipo de armadilha... O fato de me avisarem é apenas um detalhe..."

Apesar da situação em que se encontrava, seu pensamento o fez sorrir. Animou-se um pouco e recuperou energias.

"Bom, acabou a diversão. É hora de ir em frente."

Yaruf teve que se espremer contra a parede para conseguir se esquivar da madeira. Apesar de ser muito magro, entalou nas paredes estreitas e ganhou um arranhão profundo nas costas, que sangrou bem mais que a pancada que recebera no nariz.

"Labirinto estúpido – protestou de uma maneira um tanto infantil, enquanto acariciava a estreita linha de sangue salpicado que se formara. – Um minotauro não passa por aqui... Mas poderia derrubar a parede com uma machadada..."

Uma vez superado o obstáculo, retomou a marcha.

E não demorou muito tempo para voltar a ouvir um rangido leve, levíssimo. Quase imperceptível. Mas lembrou-se de que, antes de cair ao chão com o nariz sangrando, escutara algo parecido. Pensara então que fora a hutama roçando no chão ou na parede. Agora, sabia que não era. De novo, algo queria derrubá-lo. Agachou-se instintivamente. Uma enorme folha de machado zuniu roçando-lhe a cabeça. Esperou que voltasse. Atento ao movimento. Mas ele não voltou. Desapareceu sem mais, afundando no teto.

O humano se pôs de pé lentamente.

Era evidente que o caminho era uma armadilha. Olhou ao redor. Já não estava tão seguro de ter resolvido a charada.

Seria aquele um dos dois caminhos que o conduziriam a uma morte anunciada? Se assim fosse, estava disposto a lutar. Se tivesse que lutar contra o labirinto, lutaria. Para ele tanto fazia, mas venderia caro sua vida. Não importava se tinha acertado ou errado.

Observou as paredes como se fossem inimigos prestes a atacá-lo. Em seguida, gritou levantando os braços:

– Vamos, venha. Aqui estou. Venha se quiser. Ataque-me. Estou preparado.

Yaruf disse isso mais para desabafar. Não acreditava realmente que algo ou alguém aceitaria o desafio.

Mas o labirinto aceitou.

Outro ruído. Desta vez, pôde perceber com clareza que o barulho vinha do chão. Não era um estalido, como os dois anteriores. Era mais longo, um zunzum cansado e metálico: o anúncio do que estava para acontecer.

Do chão, começaram a brotar espadas em busca de um pé no qual se cravar. Não eram uma, nem duas, nem três... Eram centenas delas. Apareciam e desapareciam das fendas no chão, como espinhos repentinos sem flores. Yaruf começou a pular para se esquivar dos golpes. Aterrissava na ponta dos pés e voltava a pular. Sabia que, se errasse e uma delas peso atingisse, estaria perdido, e ninguém viria resgatá-lo.

Avançava em zigue-zague. Começava a entender. Encontrara uma certa repetição, uma constância na subida e descida das lâminas afiadas. Pulava já sabendo o que fazer no próximo salto... Mas começava a se cansar. Percebeu quando uma espada atingiu sua panturrilha. Com muito esforço, conseguiu se sustentar. Tinha que continuar. Cair significaria não se levantar nunca mais.

Continuou pulando e pulando, se esquivando e se esquivando, até que por fim o chão do labirinto parou de cuspir espadas. Yaruf atirou-se no chão, exausto pelo esforço que tivera que fazer. Arfava, tentava encher os pulmões do ar fresco que não encontrava naquele corredor. Suava. Era difícil se recuperar. Tossiu. Cuspiu no chão.

"Será possível... Não sei que aliança este labirinto quer, mas comigo ele não quer nenhuma. Quer é me matar. Qual será a próxima?"

Tentou se levantar, mas acabou caindo de barriga para cima com os braços estendidos, como se flutuasse no mar. Ainda precisava descansar um pouco mais. Olhou para o teto. Não era muito alto. Fechou os olhos e, quando voltou a abri-los, o teto estava ainda mais perto. Não conseguia acreditar, mas era verdade. Percebeu como o chão começava a subir. O labirinto queria esmagá-lo.

Yaruf começou a correr como um condenado, como nunca correra na vida. Estava esgotado, mas, se permanecesse imóvel, nunca mais poderia correr.

Tinha que fechar os olhos e suportar a dor de seus músculos que, de tão tensos, pareciam que iam arrebentar a qualquer momento. Mas Yaruf forçava. Apertava os olhos, movia a cabeça como os cavalos fazem em subidas, ajudava as pernas com todo o corpo. Estava sofrendo de verdade. Percebia que cada passo lhe custava uma força que não tinha. O chão continuava subindo. Estava cada vez mais perto do teto, logo teria que começar a avançar de cócoras e não sabia se suas pernas aguentariam.

"Vamos, vamos, com certeza há uma saída. Com certeza há algo..."

Tentava pensar, encontrar alternativas, usar o cérebro que já o tirara de tantos apuros. Alguma estratégia. Não conseguia. Estava preocupado demais em abaixar a cabeça para não arrebentá-la contra o teto. Por mais que se esforçasse, não conseguia correr mais depressa. No fim, caiu no chão e começou a se arrastar. Logo notou como a hutama roçava no teto, fazendo um barulho muito desagradável. Houve um estalido de luz, um ruído de madeira quebrada, um cheiro de cabelo queimado e veio a escuridão mais absoluta.

Ficou quieto. Se o chão continuasse subindo iria amassá-lo, esmagá-lo como um grão de trigo. Não sobraria nada. Mas, por sorte, o movimento parecia ter parado.

Mal conseguia se mexer. Mas continuava avançando. Rastejando. Arrastando-se como uma serpente. Ferindo os cotovelos com as pedras. Mas não pensava em parar.

"Se tenho que morrer aqui, não quero que fique um corpo que diga que não lutei o suficiente."

Lutar.

Por enquanto, o labirinto estava ganhando. Quantas surpresas mais teria preparado para torturá-lo? Não era justo. Estava convencido de que dera a resposta certa para a charada. De que cruzara a porta certa... O chão se inclinou e Yaruf começou a rodar e rodar. Podia ver seu corpo quicando cada vez mais depressa contra o ouro das paredes.

Seria o fim?

Estava nas mãos do labirinto, à sua mercê, e já não podia se defender. Rodou e rodou até cair com todo seu peso em outra sala, produzindo um enorme estampido.

Levantou-se. Já não sabia se estava vivo ou morto... Levantou os olhos e viu... a si mesmo, repetidas vezes.

Um Yaruf. Dois Yarufs. Yaruf e Yaruf por todas as partes. Era uma sala cheia de espelhos e mais espelhos, que lançavam sua imagem como uma ameaça ou uma maldição. Olhou para si mesmo. Seu estado era realmente deplorável. Arranhões por toda a parte. O cabelo úmido e desfeito, caindo de qualquer jeito sobre sua testa. O olhar cansado. A expressão ferida. A boca inchada, os lábios ressequidos. Parecia ter acabado de acordar do sono da morte.

Não gostava do que estava vendo. Os espelhos riam dele, e naquela sala só havia espelhos. Só zombaria. Nenhuma saída.

Olhou para cima e viu o buraco pelo qual caíra. Não conseguia alcançá-lo. Entendeu as palavras da mensagem que o labirinto lhe dera: "Só você pode se derrotar. Só você pode se vencer. Você é seu pior inimigo."

Tinha que lutar contra os espelhos?

Parecia-lhe uma estupidez. Por mais que refletissem todos os seus movimentos, eles não tinham vida própria.

"Vou acabar com minha imagem – brincou sem ter vontade de rir, pegando a hutama que caíra a seu lado e preparando-se para começar a destruir tudo. – Mas pode ser bastante divertido."

Com um só golpe, quebrou um espelho que se desfez em milhares de pedacinhos no chão.

Bom. Ia ser simples.

Repetiu a manobra.

Outro. E outro. E outro. E muitos mais.

Começava a se animar. A dar ritmo a seus golpes. A quebrar e quebrar espelhos vindos de todos os cantos, de cantos que nem sequer existiam. Yaruf, por todas as partes. Como se um exército de Yarufs tivesse lhe preparado uma emboscada. Como se ele tivesse feito uma armadilha para si mesmo, para acabar com tudo.

Já não parecia tão simples.

Conforme destroçava os espelhos, ficava cada vez mais nervoso. Não era divertido. O meio sorriso com que iniciara aquela peculiar batalha desaparecera de seu rosto, como se apagado pelo vento que leva as pegadas na areia fina e revela uma rocha cheia de arestas e cicatrizes.

Pouco a pouco, uma mistura de ira e violência se apoderou dele. Nunca dera tantos golpes seguidos com a hutama. E nunca com tanta vontade de apenas destruir. Porque aquele era seu objetivo. Destruir-se. Odiava sua imagem. Queria aniquilar o que via, e via a si mesmo mexendo-se, fazendo a hutama girar em suas mãos. Presunçoso e vaidoso. Estúpido. Ridículo. O que ele achava que era? Melhor que os outros? Realmente pensava que era o escolhido para alguma coisa? Estava envergonhado. Não se suportava. Sentia pena e repulsa.

Durante muito tempo, pensara que era melhor que todos. Que merecia mais. Que o destino o escolhera para algo importante. Que por isso o mantivera com vida durante tanto tempo. Mas ele não queria. Não pedira por nada daquilo. Alguém lhe perguntara? Queria apenas voltar a viver com seu pai, com a mãe que ele nunca conhecera. A mãe que partira quando ele saíra de seu ventre. A mãe que ele matara sem querer, ainda tão pequeno. Estava destinado a destruir aquilo que amava. A perdê-lo. Sentia falta dela. Tanto... que ele se tornaria o pior ser da terra, se essa fosse a condição para vê-la, uma vez que fosse. Queria partir com ela. Queria que ela voltasse. Não queria ser o líder de nada nem de ninguém. Queria que lhe devolvessem a vida que lhe haviam tirado. Se os humanos e os minotauros se odiavam... o que ele podia fazer? Que se matassem e que ganhasse o melhor. Mas que o deixassem em paz.

A raiva era tanta que, a cada golpe, lágrimas saltavam de seu rosto. Estava chorando! De tristeza? Talvez. Não sabia por que ou por quem sentia aquela tristeza. Era universal, cósmica e divina. Uma tristeza por tudo e por todos. No fim, nada valia nada. As lágrimas não eram a única coisa a saltar naquela sala. Porque dos espelhos saltavam também estilhaços que o feriam. A maioria não o alcançava, mas caía no chão. Precisava ter cuidado com os pés... Havia vidro por todas as partes.

Perdera a cautela. Não se importava em pisar nos estilhaços. Era como um castigo dos deuses. Quanto mais espelhos ele quebrava, mais seu rosto se enchia de pedacinhos de vidro. Tornava-se espelho. Quem refletia quem?

Continuava golpeando e golpeando e quebrando e quebrando. Entrara numa repetição, num redemoinho sem fim, numa espiral que girava cada vez mais depressa até que, por fim, um enorme pedaço de espelho se desprendeu e se cravou em suas costas.

Abriu os olhos e acordou do feitiço. Chorando, com lágrimas escorrendo pelo rosto. Respirou profundamente, colocou a mão na ferida. Sangrava muito. Sangue vermelho sobre espelhos quebrados pingava no chão.

Começava a ficar enjoado. A sala o deixava tonto, esfumando-se, aparecendo e desaparecendo, enganando-o repetidamente. Colocou-se de joelhos. Arrancou o pedaço de vidro cravado em suas costas, e foi como arrancar o próprio coração, como extirpar uma parte de si mesmo, uma parte vital para continuar vivendo. Tentou rastejar no chão, afastando os estilhaços que restavam. Já não conseguia, estava tão cansado... Das profundezas do seu ser, algo o chamava.

Não sentia medo, sentia apenas aquela tristeza que encharcava seus olhos e inundava suas veias.

Algum Yaruf vencera, mas não ele. Quem vencera, então?

4

Um encontro inesperado

Com cuidado, Yaruf tentou abrir os olhos. Era como se aquele ato fosse produzir uma dor enorme, ou como se ele não tivesse vontade de fazê-lo. Sentia-se melhor dormindo.

Suas pálpebras pesavam, não conseguia dar o impulso necessário para abri-las. Fechavam-se sozinhas. Não tinha a força necessária, seria exigir demais dele. Não queria se expor. Não queria mostrar ao mundo os seus olhos cansados.

Suspirou. Deu-se uma trégua.

"Depois tento de novo."

Outra vez a escuridão, e com ela a segurança de ter seu olhar a salvo. Estar sozinho! Não sentir nenhuma responsabilidade, não ter que responder às expectativas que os outros haviam colocado sobre seus ombros. Sim. Queria descansar, continuar dormindo tranquilamente por mais um milhão de anos. Ou, ainda melhor, por três eternidades. Quando Kia-Kai voltasse, que o encontrasse ali, balançando no vazio. Sem sonhos, porque sonhar é ter a responsabilidade de cumprir o sonhado. Não queria aquilo. Eternidades inteiras sem despertar. Estava tão cansado... Tão perdido. Como era sua vida antes de estar naquele lugar frio, úmido e silencioso, tão silencioso que o som de sua respiração era um ruído ensurdecedor?

Tentou fazer um esforço, mas não conseguiu grande coisa. Se naquele momento alguém quisesse saber seu nome, ele teria que pensar muito antes de dar uma resposta. Sua cabeça flutuava num mar de águas turvas, espessas. Sem vida.

Mas não estava tão mal... No fim das contas, nada o atacava. Ninguém queria matá-lo.

Matá-lo? Atacá-lo? As imagens começaram a desfilar diante de seus olhos, um exército vencedor que voltava do esquecimento.

Novamente, olhou ao redor. Não conseguia se mexer, nem sequer tentava. Por fim, sobre sua cabeça, uma imagem. Uma parede de rocha nua, manchada pela umidade, irregular e salpicada de arestas pontiagudas e ameaçadoras.

Uma caverna?

Era isso! Estava no interior de uma caverna mal iluminada. Muito pouca luz, mas suficiente. Ainda que não pudesse ver a origem da claridade, supôs que era proveniente da tremulante chama de uma vela. Espreguiçou-se, continuou sem conseguir se mexer. E então um raio atingiu sua cabeça e ativou sua memória, e de repente tudo fez sentido. Reagiu.

Estava amarrado! Grossas correntes de ferro imobilizavam suas mãos em cruz e separavam suas pernas, como se ele fosse uma estrela-do-mar. Naquela posição, ficava totalmente vulnerável. Estava nas mãos de... De quem? Tentou se libertar, arrancar as correntes com um golpe seco dos braços. Como se sua força tivesse sido multiplicada por cem. Pura ilusão. Ninguém mais precisava lhe dizer como se chamava, ou onde estava. Lembrara-se de tudo.

O labirinto. O corredor de ouro. A água. A charada. A sala dos espelhos. Tudo. Sentia-se como se tivesse voltado à vida e recebesse uma nova oportunidade. Se não estivesse amarrado...

Retorcendo-se, conseguiu ver suas costas. Pôde ver a ferida e notar como o ritmo de seu coração se manifestava nela, dando compasso para a dor. Sua pele fazia um enorme esforço para se regenerar, para fechar o corte. Alguém o curara. Um curativo branco e radiante se tingia do sangue que ainda se negava a permanecer em seu corpo.

Os espelhos haviam ganhado a partida. Seria aquele seu castigo final? Significava que ele não era o escolhido? Que não sairia com vida do labirinto? Por que curá-lo, então?

Para amarrá-lo como se fosse o mais perigoso dos inimigos? E falando em inimigos... Havia alguém dentro do labirinto além dos cinco inimigos que haviam entrado? Quem? Por quê? Não conseguia responder a nenhuma daquelas perguntas. Além disso, não gostava das respostas que ele imaginava.

Um calafrio percorreu suas costas. Sentiu a pedra fria sobre a qual fora estendido e imobilizado. Yaruf estava num ponto elevado, como numa mesa de um ritual de sacrifício. Alguém iria oferecê-lo aos deuses? Era esse seu fim dentro do Labirinto da Aliança? Mexeu-se mais uma vez, deslocando-se até onde suas correntes permitiam. Queria ver mais do interior da caverna.

Não havia grande coisa. Na verdade, quase nada. Apenas a vela que ele imaginara que ali estaria, numa saliência de pedra. Nada mais. Ah, sim, sua hutama estava encostada numa das paredes. Esperando por ele.

"Malditos sejam todos os deuses que se riem de mim – disse, ofendendo suas crenças para não se sentir tão impotente. – Se pelo menos pudesse ter minha arma, estaria muito melhor.

Impossível.

Longe demais. Estendido ali, daquele jeito, o cômodo parecia pequeno, estreito. Mais parecido com uma masmorra escavada nas entranhas da montanha do que com um lugar ao qual se leva um ferido para que ele se recupere. Também não havia nenhuma entrada, ou pelo menos não que ele pudesse ver.

"Não é possível que me tenham trazido até aqui atravessando as paredes."

Supôs que a porta deveria estar bem atrás de sua cabeça. Talvez HuKlio estivesse com um machado prestes a cortar-lhe o pescoço, e ainda assim ele não teria visto nada. Essa ideia o inquietou. Não por acreditar que HuKlio estivesse atrás dele, mas sim por estar à mercê de qualquer um. Sem possibilidade de se defender. Sem poder fazer nada para salvar sua vida. Surpreendeu-se travando um diálogo com ninguém, tentando não parecer preocupado.

– Tem alguém aí atrás? Digo isso porque, se estiver prestes a me matar, por favor, tenha a delicadeza de me avisar antes. Gostaria de saber quando minha hora chegar. Gostaria de ter tempo para pensar em quais deuses vou colocar minhas esperanças. Você sabe... Se me conhece, sabe que não consigo decidir se meus deuses são táuricos ou humanos, nenhum deles nunca demonstrou muito afeto por mim.

Quando terminou, percebeu que dissera tudo em língua táurica. Seria a que ele sentia mais próxima? A que considerava própria? Ou, simplesmente, era mais simples imaginar um minotauro matando-o do que um humano. Ou talvez se sentisse mais confortável falando aquela língua.

Não tinha como saber. E também não se preocupou muito com isso.

Preocupou-se, sim, em saber onde estavam seus quatro companheiros de aventura. Ühr, Worobul, HuKlio e Kor... Onde estariam? Prisioneiros, talvez? Mortos, já? Sacrificados em homenagem aos deuses? O prognóstico não era positivo, mas talvez eles estivessem próximos, em alguma caverna igual à dele. Talvez, se gritasse, pudesse conseguir algo. Não serviria para muita coisa, mas, com companhia, as situações desesperadoras parecem menos terríveis. E, na pior das hipóteses, poderia avisar seus captores de que já estava acordado e eles poderiam fazer o que quisessem. O que não suportava era não fazer nada. Não escutar nada. Não saber o que o labirinto escondia, se é que ele ainda estava nele. Não duvidava, mas também não tinha certeza de muitas coisas.

– Worobul, Ühr, podem me ouvir? Onde estão? Estou aqui, preso. Vocês me ouvem?

Não houve resposta.

Tomou ar e insistiu, com todas as forças:

– Se alguém pode me ouvir, por favor, que diga algo logo!

Gritou tanto que teve vontade de vomitar. Um espasmo percorreu-lhe o esôfago, mas conseguiu controlá-lo. Yaruf não esperava conseguir nenhum resultado. Por isso, surpreendeu-se tanto que deu um salto horizontal ao ouvir uma voz bem atrás dele:

– Eu ouço você. Não precisa gritar com tanta força. Guarde-a para quando precisar. E vai ser logo.

Gelado. Frio. Congelado. De pedra. Uma pedra muito mais fria que a mesa de pedra sobre a qual se encontrava. Esperou que a voz dissesse algo mais. Que o mandasse se calar, ou dissesse que ele fora feito prisioneiro por tal e tal motivo. Mas a resposta se apagara.

Aquela voz não era táurica. Em que língua lhe falara? Não conseguia se lembrar.

– Quem é você? Por que não permite que eu veja você? – foi a tímida pergunta de Yaruf.

– Você sabe quem sou eu.

Tinha razão.

Aquela voz... ele a conhecia. Era humana. Era ao mesmo tempo bela e perigosa e inquietante, como a verdade quando é revelada. Era... Oroar. Não havia dúvida.

Aquela bruxa, feiticeira, rainha da magia... Aquela que fazia seu coração sair pela boca só de aparecer em seus pensamentos. Yaruf não respondeu. Não disse nenhuma palavra. Mas ela disse.

– Exato. Você adivinhou. Sou Oroar. Embora eu tenha muitos outros nomes, foi esse que lhe disse, e é com esse que você me chama. E, embora eu tenha mais aparências do que você pode imaginar, foi essa a que escolhi para você. E sim, você continua no Labirinto da Aliança. Passou nas primeiras provas. Venceu. Parabéns.

Parabéns?

Se havia uma coisa que ele não esperava era ser parabenizado. Especialmente por algo que não conseguira.

– Não venci nada nem ninguém. Se não me engano, perdi os sentidos. Um espelho me feriu como nenhum mortal jamais conseguiu. Se não estou morto, deve ser por... Não sei. Além disso, estou aqui, sou seu prisioneiro... – acrescentou com má vontade e um quê de impertinência fingida na voz.

– Por que acha que não venceu?

– Por quê? Acabo de dizer! Por todos os deuses!

– Que deuses? Já escolheu?

Yaruf suspirou.

Irritado. Estava muito irritado, e cada vez que pensava na sua situação ficava mais irritado. Não queria perguntas estúpidas. Queria respostas. Porque ele já tinha perguntas. Muitas. Muitíssimas perguntas.

– Por quê? – insistiu Oroar.

– Por que o quê? Por que não escolho meus deuses, ou por que não venci? Não posso responder à primeira pergunta. A segunda é muito clara. Não venci. Isso é tudo. Quando alguém vence, não fica na posição em que estou agora. Não é mesmo?

– Você não pensa, Yaruf. Fala como se perdesse ar pela boca. Não pensa. Não use as palavras em vão. Elas são poderosas. Se usa um poder para coisas sem sentido, o poder deixa de ter sentido. Se não estou errada, você veio procurar um grande poder neste labirinto e...

– É mesmo? Não tenho certeza disso – respondeu Yaruf com sinceridade, invadido por um tom melancólico na voz. – Acho que é o poder que está procurando por mim faz muito tempo. Eu era muito feliz com minha família.

– Não, não é verdade. Não era tão feliz. As dúvidas o assaltavam. Você mal falava com as pessoas. Estava a muitas, muitas jornadas de ser algo remotamente parecido com uma pessoa feliz. Estava apenas acomodado. Tinha se acostumado. Vocês humanos têm uma grande facilidade para confundir felicidade com comodidade. São duas coisas muito diferentes. Uma casa no meio do caminho não é a mesma coisa que chegar a seu destino.

Yaruf meditou naquelas palavras proferidas por Oroar. Não queria reconhecer, mas a verdade é que a feiticeira tinha razão.

– Está bem. Mas por que estou amarrado? Nós nos conhecemos. Não sou um perigo para você. Não vou atacá-la...

– Não, a mim não.

Foi a enigmática resposta de Oroar. Em seguida, silêncio. E um pouco mais tarde passos. Suspensos no ar. Seguros. Lentos. Implacáveis. E Oroar apareceu. Tinha uma longa faca nas mãos. Com a empunhadura de ouro e pedras de várias cores incrustadas.

– O que... o que vai fazer com isso? Não quer me matar...

– É bonita? Acha que é uma faca bonita? – disse Oroar, como se não tivesse escutado Yaruf.

– Sim... Bem... Depende do que você vai fazer com ela... Se vai cravá-la em mim, então não, não me parece muito bonita...

– As armas nunca são bonitas. Não podem parecer bonitas, porque nesse caso matar seria algo belo. E não é. Ainda que seja um inimigo, matar é algo que nunca é bom. É injusto, e você não tem esse direito. Rouba algo da vida. Porque a vida não lhe pertence. Quando alguém mata, contrai com a vida uma dívida que é difícil de pagar.

– Bom, mas às vezes precisamos comer.

– Sim. Por isso, todos temos uma dívida impagável com a vida. Uma dívida tão grande que só pode ser paga com a própria vida. E, cedo ou tarde, acabamos pagando. Por isso ninguém sai com vida deste mundo. Aprenda isso. Que seja parte de você. Porque, se você sair deste labirinto, gostaria de acreditar que tem isso na cabeça.

Oroar aproximou-se lentamente. Yaruf ficou nervoso. Se ela quisesse arrancar seu coração, ele não poderia evitar. Mexeu-se. Queria se libertar.

– Por que sofre? Não confia em mim?

– A verdade é que não confio em ninguém que tenha me amarrado e se aproxime de mim com uma faca na mão. E gostaria de saber o que você está fazendo aqui. Você estava do lado de fora. Ninguém podia entrar no labirinto... Apenas os cinco inimigos. E você não era uma das cinco. Assim, não consigo imaginar o que está fazendo aqui.

– Creio que sim.

– Que sim o quê?

As respostas da feiticeira tiravam Yaruf do sério.

– Você consegue imaginar. Você sabe desde que me viu pela primeira vez. Algo em você sabia. Uma parte de você veio me procurar. Eu sou uma das Destinatárias do Labirinto. Nossa missão é empurrar o destino para que ele se cumpra, e temos feito isso geração após geração. Destinatárias que entregaram suas vidas à espera deste momento. Seu momento. Sasaren é a Grande Possuidora da Sabedoria do Labirinto, você a chamaria de AgKlan, e ela é a encarregada de dirigir o clã maldito para que cumpra sua missão na terra. Nós cuidamos do labirinto para que cumpra o destino para o qual ele foi edificado. Somos as únicas pessoas que podemos entrar sem ter que renunciar a nada, porque já renunciamos a muitas coisas... Mas agora nossa missão acabou, ou melhor, está prestes a acabar. Com você, tudo acaba, e tudo começa de novo. O poder deve sair destas paredes. E a única pergunta é... será você o responsável por levá-lo?

Yaruf não sabia o que responder. Estava surpreso com o fato de Oroar lhe dar tantas explicações, de se empenhar em descrever as estruturas de poder do clã maldito. Era como se tentasse prepará-lo para algo. Isso o deixava nervoso. A feiticeira estava de pé. Ao seu lado. Ele não conseguia parar de olhar para ela. Seus olhos eram de um azul pálido, como quando o céu está prestes a se tornar nebuloso. Mas, quando Yaruf percebeu a lâmina da faca sobre seu coração, sentiu um arrepio que chegou até sua alma.

– Não sei o que vai fazer, mas faça logo.

– Como quiser.

Em seguida, Oroar fez um pequeno e profundo corte na pele de Yaruf, que não gritou nem protestou. Não queria pedir clemência. Nem piedade. Nem nada. Se quisesse matá-lo, que matasse logo.

Oroar banhou sua mão no sangue que saía da ferida e, quando esta já estava tingida de vermelho, observou-a.

– Vermelho. Corajoso. Vigoroso. Um pouco vaidoso, embora capaz de agir com justiça. Você é impulsivo. Uma torrente furiosa que busca um rio no qual se dissolver. Você é o irmão de Kriyal. Mas não sei se poderá...

– Se poderei o quê?

– Perdoar.

– A quem?

– A mim.

Uma voz soou atrás dele. Táurica. Profunda. Tão conhecida que Yaruf não pôde acreditar que era ela. O menino não disse nada. Limitou-se a ficar quieto, esperando que a voz assumisse um rosto.

– Olá, Yaruf.

– Suponho que você seja a segunda Destinatária do Labirinto da Aliança.

– Sim – respondeu Sadora, acariciando-lhe a cabeça como costumava fazer naqueles tempos que já pareciam tão distantes.

– Foi tudo uma grande mentira – disse Yaruf cuspindo no rosto da pessoa que ele sempre considerara sua mãe.

5

Buracos!

A raiva percorria suas veias, descontrolada e selvagem; incontrolável. Não conseguia domá-la. Era muito superior a ele. Era uma força tão grande, tão descomunal... que não cabia em seu corpo, que tentava expulsá-la em forma de violência. Naquele momento, chegou a ficar feliz por estar amarrado. Por ter algo para contê-lo e impedi-lo de se lançar contra Sadora. Teria acabado com ela sem hesitar.

Sim! Se estivesse livre, se não tivesse aquelas correntes aferrando suas pernas e braços, teria arrancado os chifres da feiticeira com as próprias mãos. Maldita minotauro enganadora! Tinha vontade de lhe arrancar a pelagem, de puxá-la com toda a força. De arrancá-la em tiras, no talo, pela raiz. Era como se quisesse apenas machucá-la. Sem nenhum objetivo além de machucar. Machucar por machucar, apenas para que ela pudesse sentir a dor que ele estava sentindo. E se negava a escutar. Não queria ouvir nenhuma explicação, nenhuma desculpa. Não havia nenhuma que pudesse convencê-lo. Não queria dar a Sadora a oportunidade de se defender, de se explicar. Não queria receber nada dela. Nenhuma palavra, nenhum olhar. Nada!

Para Yaruf, estava tudo muito claro. Não havia mais nada a ser dito.

Ela o enganara, o usara, o traíra e o vendera como todos os outros. E ele que sempre pensara que os abraços dela eram seu último refúgio, o último lugar ao qual retornar. Sua verdadeira casa. Casa? Prisão! Tudo fora queimado, e as cinzas cheiravam mal. Nunca imaginara que ela pudesse jogar assim com ele.

Sentia-se tão idiota, tão inocente e tão estúpido por ter se entregado a uma traidora... Ele, que por tantos anos acreditara que Sadora se preocupava com ele desinteressadamente... Que o amava como a um filho. Sem nenhum plano oculto. Sem a obrigação de ter que amá-lo.

Mentira, mentira. Tudo mentira. Falso!

Queria apenas estar perto dele para vigiá-lo. Para verificar se ele era ou não especial. Ele não queria ser especial por ter os olhos de cores diferentes, nem por parecer com Kriyal, nem por ser o encarregado de entrar no labirinto e conseguir o poder. Queria ser especial para Sadora e mais nada. Sem nenhuma outra razão a não ser o amor materno.

– Yaruf, escute-me...

– Não quero escutá-la! – gritou, virando o rosto para não encontrar os olhos de Sadora. – Não quero falar com você. Não quero nada com você. Se quer me matar, mate. Mas não diga nada!

– Não, Yaruf. Não vou matá-lo – respondeu a feiticeira inclinando-se sobre Yaruf e buscando seu olhar esquivo. Não vou me calar. Você terá que me ouvir. Está amarrado e não tem outra opção.

– Então sou seu prisioneiro, finalmente você se revelou – disse Yaruf ameaçando voltar a cuspir, mas pensando duas vezes.

– Pense o que quiser. E, se faz você se sentir melhor, vá em frente. Cuspa em mim. Quantas vezes quiser. Se isso o consola... Posso apenas dizer que me dói como se você cravasse um punhal em meus olhos. Mas vá em frente, você mesmo.

– Cravaria se eu pudesse. Porque você é uma traidora que vem enganando a todos... Ou talvez Worobul também saiba? Confesse... Ele também mentiu?

– Não coloque seu pai nisso...

– Ele não é meu pai... Meu pai se chama Ühr e é um humano como eu.

– Worobul o ama como a um filho.

– Já entendi... Ele também é um maldito traidor. É igual a você, não é? Enganou-me todo esse tempo, fazendo-me acreditar que eu era importante para ele, mas suponho que ele também era um falso. Traidor, traidor, traidor...

– Já basta!

Sem prévio aviso, Sadora desferiu uma poderosa bofetada contra Yaruf.

O humano ficou mudo. Não esperava por aquilo. Abriu os olhos e percebeu que estava prestes a chorar de raiva. Não queria chorar. Não diante dela. Mordeu o lábio inferior com tanta força que começou a sangrar. Doía um pouco, mas pelo menos acalmava a dor que ele sentia por dentro.

– Já chega. Não fale assim de Worobul. Ele é o melhor ser que já conheci, e duvido que você conheça um melhor, ainda que viva três eternidades. Não tem o direito de falar assim do minotauro que fez tanto por você... Que aceitou abandonar e enfrentar seu próprio clã, seu próprio estandarte, apenas para protegê-lo. Não sei como pode duvidar dele.

Yaruf se acalmou um pouco. A bofetada o tirara das nuvens. Pensou um pouco. Não tinha resposta para aquilo. Era simplesmente verdade. Se alguém fizera algo por ele, esse alguém era sem dúvida Worobul. Não tinha nenhum direito de duvidar. Sentiu que merecera aquela bofetada, e talvez outras vinte mais.

– E onde ele está? Está bem?

Yaruf esperava uma resposta diferente do silêncio reflexivo de Sadora. Um "como se atreve a dizer isso?", ou "não acredito que você esteja sugerindo que eu possa ter matado seu pai", por exemplo. Mas não houve nada semelhante. Sadora limitou-se a se calar. A olhar para o chão e a afastar os olhos.

– Onde estão os outros? Responda! – insistiu nervoso e com o sangue dos lábios manchando-lhe os dentes. – Se algo aconteceu com eles... juro que não poderei perdoar você. Juro que... – Yaruf não se atreveu a dizer "vou matá-la", não para Sadora. Por mais irritado e decepcionado que estivesse.

– Vamos, diga-me onde eles estão. O que fez com Worobul e Ühr?

– Yaruf, não podemos fazer nada por eles – Oroar se juntou à tensa conversa. Até aquele momento, ela permanecera em segundo plano, distraída, dedicando-se a observar a cena de longe, como se não se importasse muito. Agora se aproximara da mesa de pedra na qual Yaruf continuava amarrado, esforçando-se para se levantar. – O labirinto quer que o escolhido seja aquele que os salvará ou os condenará. Nós não temos este poder. Não podemos fazer nada. Quando vocês entraram aqui, já sabíamos. Mas se você é o escolhido, se você é aquele que sairá vitorioso do labirinto, eles não vão correr nenhum perigo.

– Sadora, o que está querendo dizer? – perguntou Yaruf com medo de que a resposta fosse demolidora.

– Você verá, filho. Mas pode ter certeza de uma coisa: eles não estão mortos...

– Então estão vivos? Todos os...

– Eu disse que não estão mortos. Isso não significa que estejam vivos... Eles terão uma oportunidade, e a oportunidade é você.

– E se eu não sou o escolhido? Então quer dizer que todos vocês erraram? Vocês não podem me tornar responsável por isso. Eu nunca disse que era o escolhido para nada. Vocês não podem fazer isso comigo.

– Mas você é. Tenho certeza – respondeu Sadora encarando-o fixamente nos olhos, como se quisesse ver através deles.

– Como pôde colocar Worobul numa armadilha dessas? Ele ama você. Confia em você... Não posso acreditar que você o tenha enganado desse jeito...

– Tive que fazer muitas coisas das quais não tenho orgulho nesta vida. Mas pertenço ao clã maldito. E isso passa por cima de tudo. O mesmo aconteceu com meus pais... E com os pais de meus pais... Muitos dos minotauros que estão do outro lado do monte do Ordamidon são membros do clã, são vigilantes da aliança, aliados do labirinto. Ninguém sabe disso. Ninguém suspeita, mas não há outro modo, era a única forma de levar a cabo a missão da qual o destino nos encarregou e que agora pode finalmente chegar ao fim.

"Nós fizemos o mito do Ordamidon prosperar. Fizemos com que ninguém quisesse ultrapassar estas terras convencendo os demais de que uma terrível maldição pesava sobre elas. De que um deus sem povo fizera um pacto com nossos deuses. Não sei dizer se o que fizemos foi certo ou não. Não posso garantir que, quando Kia-Kai voltar, ele não castigará todos os membros do clã maldito. Mas, se fizemos isso, foi pensando no bem de todos os minotauros, no bem de todos e de cada uma das tribos, dos clãs, dos estandartes. Não podíamos permitir que encontrassem o labirinto, que começassem a fazer perguntas, que quisessem penetrar em suas lendárias profecias. Que começássemos entre nós uma guerra pelo poder. Já estamos divididos demais, nossas tribos estão reduzidas demais para começarmos uma guerra cruel entre nós. Não. Yaduvé já sabia. Assim tinha que ser. E que os deuses nos perdoem se os ofendemos ao mentir usando seus nomes."

Sadora continuou falando. Revelando todos os segredos que durante tanto tempo guardara no coração e que tanto mal lhe haviam feito.

– Quando o encontraram na praia, todos os membros do clã maldito soubemos que podia ser você. Senti que o momento que esperávamos durante tanto tempo chegara. Porque você chegara. E cumpria todos os sinais, todas as profecias: atravessou o mar do abismo, trouxe consigo a máscara da aliança, e como se não fosse suficiente tinha esses olhos... Como as Pedras descrevem os olhos de Kriyal. A mesma cor. O mesmo tom. Vermelho banhado em água. De que outras provas precisávamos para impedir que os medos e as vinganças estúpidas acabassem com você? Mas, se não fosse por Worobul, toda a esperança teria acabado. Ele, sem saber a razão, não permitiu que HuKlio acabasse com você. Agiu por instinto. Porque sentiu que devia. Enfrentou HuKlio. Colocou a vida em risco por você e quase a perdeu. E, quando você chegou, quando o vimos... quando cuidei de você... soubemos que tínhamos que fazer algo. Agir rapidamente. Muitos nunca aceitariam que você fosse criado entre nós. Nárena, a velha feiticeira que teve que decidir sob o estandarte que não deve tocar a terra, também era uma maldita. Na verdade, herdei seu posto de Destinatária, fui sua aprendiz até ela morrer. É assim que funciona. Não foi difícil separá-lo dos outros. Proibir que se aproximassem de você. Impedir que o machucassem até que você crescesse e estivesse preparado para entrar no labirinto. E aqui está você. Superou todas as provas. O labirinto abriu as portas para você. Deixou-o, e agora você está muito perto do grande poder que há tanto tempo espera para ser libertado...

– Qual é esse poder? De que se trata? – interrompeu Yaruf, que estivera escutando Sadora sem nem respirar, para não perder nenhuma parte do relato.

– Você verá. Não posso adiantar nada. São as regras. E não fomos nós que as fizemos.

– Mas para que serve esse poder? Que devo fazer com ele? Como devo utilizá-lo?

– Você saberá quando estiver diante dele – insistiu Sadora. – Só posso dizer que o labirinto foi criado há muitos, muitos anos, quando o tempo era jovem e todas as coisas novas, homens e minotauros conviviam em paz... Sei que é difícil de acreditar, mas houve um tempo que algo assim aconteceu, e alguns de nós querem que isso volte a acontecer. No entanto, dois magos, um humano e um táurico, previram que a convivência seria rompida. Que os tempos mudariam. Iriam tornar-se violentos, perigosos, escuros. Adivinharam que o ódio lentamente encontraria refúgio nos corações das duas espécies, e que ambas desejariam se destruir e ser a única na terra. Resta dizer que os dois tinham toda a razão. Acertaram em cheio.

– Então criaram o labirinto...

– Exato... Criaram para abrigar um grande poder. Uniram seus conhecimentos, suas artes. Trabalharam conjuntamente para, primeiro, criar um poder tão grande que pudesse devolver o equilíbrio. Para unir homens e minotauros novamente. Para que voltassem a conviver em paz. Uma vez terminado seu trabalho, perceberam que, se caísse nas mãos erradas, o poder poderia ser utilizado para aniquilar o inimigo. Isso não podia acontecer. Por isso, criaram o Labirinto da Aliança. Apenas o escolhido cavalgaria sobre aquele poder. Apenas ele estaria preparado para unir humanos e minotauros. Essa pessoa é você. E essa é sua missão. Mas, antes, o poder tem que reconhecê-lo e decidir estar a seu serviço...

– E se eu não conseguir?

– Se não conseguir, teremos que esperar... Continuar esperando pela chegada do grande unificador, o Príncipe Oceânico do qual falam tanto as Pedras táuricas como as Sagradas Escrituras de Nígaron. O ser capaz de nos unir. Yaruf, se você não for o responsável por trazer o poder à luz, com certeza não restará muito tempo para nós, minotauros, sob este sol...

– Por quê? Vocês são fortes... e corajosos... e... Podiam lutar. Enfrentá-los.

– Você esquece que somos muito poucos. Nada comparável com os exércitos humanos. Por mais fortes que sejamos, não somos invencíveis. Olhe para você. Parece frágil, mas venceu todos os minotauros que enfrentou. Todos. Até cinco de uma só vez. Não, não se trata de ter mais ou menos força, trata-se de saber usá-la de forma mais inteligente, e você, por exemplo, deu uma lição a todos nós.

– Mas se continuarmos vivendo aqui, longe dos homens... – disse Yaruf, que mudara completamente de atitude. Tanto que agora não estava mais irritado com Sadora ou, se estava, já não se importava. Tudo o que ela explicara, tudo o que contara, o fizera pensar que a feiticeira talvez nunca tivesse tido outra opção. Sem sombra de dúvida, ela era apenas mais uma vítima do labirinto. Afinal, devia haver uma razão para que o grupo se chamasse "clã maldito".

– Não, é impossível. Agora já há muitos que sabem que nos escondemos aqui. Até Kor conseguiu chegar, com ajuda, é verdade, mas você sabe que homens são como uma maldição. Primeiro chega um. Logo são três. Em seguida uma expedição. E no fim querem o território para eles. Porque eles pensam que a terra lhes pertence. Os minotauros, pelo contrário, sabemos que somos nós que pertencemos à terra. Portanto, é apenas uma questão de tempo para que eles cheguem e terminem o que começaram na batalha do Vale dos Três Rios...

– Por sorte – acrescentou Oroar –, agora estão brigando entre si, o que nos dá um pouco mais de tempo. Por isso era necessário que Adhelon morresse. Por isso tive que enganar Kor. Sem a ajuda dele, ainda que involuntária, não teríamos ganhado este tempo que nos resta e que é mais valioso que todo o ouro que você já viu nos corredores do labirinto...

– Kor é repugnante.

– Mas não se esqueça, pequeno humano – Oroar continuou –, que você precisa dele. Que vai precisar dele. Este é o Labirinto da Aliança, o que quer dizer que aqui dentro se fazem estranhos aliados. Aliados que, fora, são impensáveis. Mas aqui dentro as coisas são diferentes. Está certo, é seu inimigo, mas se você odeia seus inimigos torna-se mais vulnerável.

– E por que vocês me prenderam?

– Era necessário – apressou-se a responder Oroar. – Você é impetuoso. Selvagem em algumas de suas reações, precisávamos ter a oportunidade de lhe contar tudo isso. E, além disso, você estava ferido.

– Sadora, você não poderia ter me contado isso antes? Se sou o escolhido, se você suspeitava disso, poderia ter me...

– O que pertence ao labirinto deve ser resolvido no labirinto. São as normas. Não podia. Acha que eu não queria? Acha que não tive que morder meus lábios até sangrarem, como você mordeu?

Sadora, com uma vasilha cheia de um líquido esverdeado, molhou os lábios de Yaruf, que estava mais calmo e quase conseguira aceitar os motivos da feiticeira. Ao ver a vasilha, disse num tom tranquilo:

– Buracos.

– Buracos? – respondeu Sadora, sem entender.

– Ora, vejam! Sou uma adivinha, mas não sei do que seu filho está falando – disse Oroar, sem saber se era uma brincadeira do humano, uma ameaça ou simplesmente uma impertinência.

– Buracos! Buracos! Você não se lembra? – insistiu Yaruf animado.

– Não – respondeu Sadora intrigada.

– Do que se pode encher uma vasilha para que pese menos que vazia? Lembra da charada? Resolvi. De buracos!

Sadora sorriu. Aquilo fora há tanto, tanto tempo... Mas agora a imagem voltara a sua cabeça como se tivesse sido ontem. Exato! Buracos.

– Resposta correta.

Sadora desamarrou Yaruf, que desceu da mesa de pedra e foi imediatamente pegar sua hutama. Sadora e Oroar se encararam, ainda que nenhuma das duas pensasse que ele pudesse atacar.

– Onde está o poder?

– Venha conosco. Mas cuidado, pode ver coisas desagradáveis. Não se deixe levar pelos primeiros sentimentos, os que surgem como uma reação, os que sentimos assim que somos libertados, mas não temos certeza de sentir realmente. Eles são uma reação, um impulso, mas muitas vezes não são reais. Seja prudente. Se não for, pode ser que você nunca mais saia daqui.

6

O lago circular

Sadora, Yaruf e Oroar. Nessa ordem. Um atrás do outro. Mantendo a distância. No mesmo compasso. No mesmo ritmo. Os três avançavam pelo labirinto.

Os archotes se acendiam e se apagavam à medida que eles entravam ou abandonavam um novo corredor. Um ruído similar a um seco *plof* acompanhava a explosão de luz. Algo muito parecido com um suspiro precedia a escuridão.

Yaruf examinava tudo cuidadosamente, como se tivesse que memorizar o caminho de volta. Mas, se as duas guardiãs resolvessem deixá-lo sozinho, não sabia sequer se seria capaz de voltar à caverna onde ficara por... quanto tempo? Não sabia. Queria perguntar, mas nem Sadora nem Oroar falavam muito. Na verdade, não falavam nada.

Em silêncio, continuaram avançando por corredores escavados na rocha, naquele grande vazio tirado da pedra. Espaço oco. Caminhos estreitos abertos por mãos humanas e táuricas. Quentes. Cada vez mais. E um pouco baixos, sobretudo para Sadora, que tinha que se agachar para não encostar os chifres no teto. Não eram muito longos, e as sombras se projetavam irregulares sobre a rugosidade das paredes. Deslizando e se deformando, mudando de sentido de acordo com a chama dos archotes, tochas com empunhaduras de prata. Todas irregulares, como se feitas com indiferença.

Os três subiam e desciam sem sentido aparente. De quando em quando, algum degrau quebrava o ritmo. Eram degraus soltos, esquecidos e perdidos para sempre no labirinto. Yaruf pensou que um degrau não era uma escada, e que, se não havia escada nenhuma, para que colocar um degrau? Mas a distração durava pouco. Voltava logo a observar. A prestar atenção nos detalhes. A contemplar o interior daquela serpente de pedra retorcendo-se sobre si mesma. Hipnotizando-o com seu veneno. Confundindo-o com aquele odor sufocante. Hermético. Que nunca tocara o sol. Um odor triste, mas necessário, como a saudade ou a esperança de um futuro melhor. Um odor que... Mudança súbita. Inesperadamente, as sensações se apagaram e uma brisa acariciou o rosto de Yaruf. Era nova, sincera, eufórica, ainda que não gritasse. E vinha acompanhada de um murmúrio alegre. Era um... rio? Sim. Não podia ser outra coisa. Conseguiu ouvi-lo conversar com a pedra, correr subterraneamente umedecendo tudo no seu caminho. Tranquilizava-o saber que havia água próxima. Água! Tinha sede e fome. Não conseguia se lembrar havia quanto tempo não comia ou bebia. Comera dentro do labirinto? Era uma boa pergunta.

– Estou com fome e com sede. Vocês não? Não sei nem quanto tempo faz que estou aqui sem comer um mísero pedaço de pão.

A minotauro e a humana se entreolharam. Nenhuma tinha pressa para responder. Talvez não soubessem a resposta. Talvez simplesmente não quisessem responder. Depois de algum tempo, no qual Yaruf perdera toda a esperança de receber uma resposta e abandonara qualquer tentativa de insistir, Oroar disse:

– Acho que não há comida por aqui...

– E vocês? Sadora, seu corpo de minotauro precisa de muito mais comida que o meu, e o meu está protestando. Se vocês são guardiãs...

– Nós? – interrompeu Oroar com sua voz suave como a flor do algodão e seu tom de canção de ninar. – Você que disse. Durante toda nossa vida cuidamos do labirinto, longe das ambições de humanos e minotauros. Preparando o caminho para você, mas esta não é nossa casa. Podemos entrar uma vez a cada doze luas, não mais que isso. Nossa missão aqui dentro é assegurar que tudo esteja em ordem e preparado para quando o escolhido chegar. Só isso. Por isso, não precisamos de muita coisa. O labirinto sempre acaba lhe dando aquilo de que você precisa. Sei que parece estranho, mas este lugar é estranho, você já deve ter percebido.

Yaruf se lembrou de que Sadora, exatamente uma vez a cada doze luas, partia para, segundo dizia, poder refletir sozinha e ouvir as coisas que se escutam quando se está sozinho. "Devemos nos afastar do dia a dia para permitir que os deuses nos aconselhem e nos guiem." Agora, entendia que aquilo era apenas mais uma mentira. Mas não disse nada. Limitou-se a esboçar um ligeiro sorriso e a continuar observando Oroar, porque ele queria que fosse ela quem respondesse. Assim, insistiu:

– Mas estou ouvindo um rio... Há água por aqui e eu... – Nesse ponto, interrompeu-se, surpreendendo-se com a beleza avermelhada de seus lábios e perdendo o fio da conversa por um instante. – Eu quero tomar um gole – concluiu enquanto voltava o olhar para a frente.

– Yaruf, temos coisas mais importantes a fazer. Aguente um pouco. – Foi a resposta de Sadora.

– Não acho bom ter que fazer as coisas com o estômago vazio e a boca seca – protestou, começando a ficar impertinente.

– Yaruf, isso não é próprio de um líder – replicou Oroar detendo os passos, adiantando-se ao humano e colocando-se diante dele. Yaruf não conseguia encarar aqueles olhos, que faziam seu pulso acelerar e o levavam a se sentir capaz de qualquer loucura para chamar a atenção dela.

– Os líderes morrem de sede? – Tentou se sair com uma resposta engenhosa para fugir daquele olhar.

– Se for preciso, sim. Porque um líder só come depois que suas tropas já comeram, só bebe depois que os soldados saciaram sua sede e só dorme quando a última chama da última tenda se apaga. Um líder é o primeiro a se levantar quando há problemas, e o último a celebrar quando há motivo para tanto.

– Mas eu não tenho tropas...

– E, se continuar se comportando assim, nunca vai ter.

– Não me importo – mentiu baixando os olhos.

– É claro que se importa. Olhe para mim.

Yaruf teve dificuldade em obedecer, mas sabia que não podia se recusar. Não podia recusar muitas coisas a ela. Levantou a cabeça e a encarou, ao mesmo tempo que mordia nervosamente o lábio inferior, ainda dolorido e inchado, e tocava a ponta do próprio nariz com a mão esquerda.

– Assim está melhor. Yaruf, se não estou enganada, você não sabe onde estão os quatro companheiros que entraram com você. Só sabe que não estão mortos, mas também não sabe se estão vivos. É difícil imaginar um estado intermediário, mas aqui acontecem coisas difíceis de acreditar. Sadora e eu garantimos que depende só de você, de suas ações. Seus atos podem fazer com que os quatro saiam do labirinto ou fiquem aqui para sempre, para ser parte dele para toda a eternidade. Logo, sua única preocupação deveria ser acabar com tudo isso. Ainda que tenha que fazer isso morrendo de fome. Ainda que sua boca fique mais seca que a terra do deserto ao meio-dia. Essa teria que ser a sua preocupação. A única. Você não deveria querer parar até consegui-la. Agora, a decisão é sua. Continuamos ou paramos para procurar água.

Oroar acabou seu discurso. Virou-se e continuou andando pelos corredores estreitos do labirinto. Yaruf estava um pouco envergonhado. Não sabia o que responder. Não sabia como contestar a feiticeira. Irritava-o profundamente ter que reconhecer que ela estava certa. Se fosse Sadora, seria diferente. Mas diante dela... Parecer um menino mimado diante de uma humana de sua idade, ou pelo menos que parecia ter sua idade, era humilhante. Engoliu tudo o que ia dizer. Deu por perdida qualquer possibilidade de ficar por cima de Oroar. Era hora de obedecer e engolir seu orgulho. Uma retirada a tempo era mais digna do que continuar com aquela atitude. Assim, continuou andando pelo corredor. A ordem mudara. Agora, ele fechava o grupo e Oroar se colocara entre ele e Sadora.

Durante um bom tempo, ninguém disse nada. Nenhum comentário. Nem sequer um suspiro. Todos mantinham as bocas fechadas, como se fossem câmaras secretas que deviam ser protegidas a qualquer preço. Até que, por fim, Yaruf viu um pequeno desvio no caminho que Sadora e Oroar ignoraram tentando não lhe dar importância. Mas o caminho era importante, e Yaruf percebeu. Decidiu colocar as duas feiticeiras em apuros.

– Aonde leva este caminho aqui?

Desta vez, não houve um longo silêncio antes da resposta. Era como se as duas estivessem esperando que a curiosidade do humano tomasse forma de pergunta. Sadora encarregou-se de responder:

– Este não é o nosso caminho. Temos que seguir por aquele outro para chegar o mais cedo possível à caverna das maravilhas.

– Caverna das maravilhas? O que é isso? – protestou Yaruf detendo-se diante do corredor. – Você acabou de inventar esse nome. Acha que sou um bebê que pode ser enganado com nomes pomposos?

– Não é truque nenhum. Vamos por ali. A caverna sempre se chamou assim, está escrito nas Pedras Altas. A caverna das maravilhas é o lugar onde seu destino tomará forma. Se é uma forma boa ou ruim, não temos como saber. Só depende de você.

– Pois acho que a caverna terá que esperar.

– Não, Yaruf, ouça o que digo. Por favor. Por aqui não vamos encontrar nada de interessante.

Yaruf não gostou nem um pouco de não o deixarem avançar pelo outro caminho. Também não se importava muito, ou pelo menos no começo não se importava muito, mas a reação de Sadora atiçara sua curiosidade. Agora, a única indagação que lhe ocorria era por que ele não podia seguir aquele caminho.

"Se não querem que eu siga por este caminho, é melhor que me deem um bom motivo."

Ameaçou tomar o rumo do caminho proibido.

Oroar pegou-o pelo braço. Yaruf estremeceu. Era a primeira vez que sentia o tato daquela feiticeira na própria carne. Seria capaz de se atirar num precipício para que ela tocasse em seu braço mais uma vez. Yaruf olhou-a nos olhos, tentando parecer seguro de si:

– Por que não me detém com seus poderes de feiticeira? Você podia ter me paralisado a distância.

– Você está entrando em território perigoso – respondeu enquanto um meio sorriso se desenhava em seu rosto.

– Fala do corredor?

Oroar não respondeu. Ainda segurava o menino pelo braço. Com firmeza, mas sem apertar. Sentindo a extraordinária energia que emanava dele, tendo consciência de que um dia teria que enfrentá-la e tendo quase certeza de que não seria capaz de controlá-la. Yaruf viu nos olhos de Oroar essa faísca de dúvida, de emoção, de algo que não sabia descrever. Sentiu-se bem, tornou-se mais corajoso. Ganhou a energia necessária para dizer:

– Quantos anos você tem? Qual é sua aparência real? Por que parece ter minha idade? Por que aparece diante de mim assim, tão...? – Yaruf não se atreveu a dizer "bela". Deixou a frase pairando no ar e acabou fazendo uma pergunta para a qual não esperava nenhuma resposta. – O que quer de mim?

Quando Yaruf terminou a frase, pareceu-lhe incrível que tivesse conseguido perguntar tal coisa. Que tivesse reunido a coragem suficiente para se atrever daquela maneira. Mas Oroar o fazia perder a cabeça. Era o vaivém de sua túnica amarela. Era a cor de sua pele. Era tudo o que vinha dela. Até o mais leve dos suspiros. Até o gesto mais insignificante, o menor dos gestos tornava-se gigantesco. Perturbador. E ele começava a se assustar. Desde que cruzara o mar do abismo, desde que conseguira colocar os pés em terra, desde os instantes que precederam o aparecimento de Worobul naquela praia, não tivera aquela sensação de estar indefeso, de não controlar a situação, de estar ao sabor dos acontecimentos. De ter medo.

Oroar não respondeu. Limitou-se a soltar o braço de Yaruf, e o menino sentiu que perdia uma parte de si mesmo.

Yaruf aguentou o olhar de Oroar como se sua vida dependesse daquilo. Por fim, foi ela que, incrivelmente, retirou-se do duelo, sacudindo a cabeça e dizendo:

– Vamos pelo caminho que Sadora indica. Vamos para a caverna das maravilhas.

– E se eu não quiser? – Yaruf tornava a situação cada vez mais tensa.

– Nem sua mãe táurica nem eu vamos impedi-lo. Se você seguir por este caminho...

– O quê? Está me ameaçando? Só preciso de uma boa razão, e você não está me dando nenhuma. Só uma... Um motivo, porque estou farto de obedecer por obedecer.

– Yaruf – foi Sadora quem falou, com uma preocupação nos olhos que inquietou o humano –, não podemos impedi-lo de ir por esse caminho. No fim, você encontrará um lago circular. Nas Pedras Altas ele é mencionado com este nome.

– Então é importante. Se as Pedras Altas falam dele... É porque é importante.

– Sim, é claro que é.

– Por quê?

– Se você for lá, vai descobrir. Se me seguir, descobrirá um pouco mais tarde.

– Acho que prefiro saber agora.

– Você mesmo. Se tem que ser assim, será porque o labirinto assim quer.

– Mas não pode... – tentou contestar Oroar.

– Se ele é o escolhido, pode – respondeu a feiticeira táurica com muita má vontade, deixando Oroar muda.

– O que eu posso?

– Ir adiante, apesar de tudo.

– Estou farto de charadas e frases ambíguas. Se querem me seguir, sigam. Mas vou ao lago circular.

– Vá em frente.

– Será melhor que... – Oroar insistiu em seus protestos.

– Não podemos fazer nada. Não podemos obrigá-lo a nada. Que seu destino fale.

Yaruf entrou no corredor lentamente em direção ao lago circular. Não sabia por que era tão importante seguir aquele caminho, mas era.

Sadora e Oroar se encararam.

– Não podemos fazer nada – disse a minotauro.

– Fico preocupada com a reação dele ao descobrir – disse a humana.

– E eu fico preocupada com aquilo que você quer dele – disparou com aspereza a minotauro.

– Não sei o que você quer dizer – disse a humana, tentando desviar da pergunta que Sadora lançara, tão direta como uma flecha atirada contra um falcão.

– Claro que sabe. Talvez não seja a hora de falar disso. Mas Yaruf tem razão. As palavras dele me fizeram pensar... Por que você tem essa aparência?

– Sempre me apresentei diante de você com este aspecto.

– Sim, sempre com a idade que Yaruf teria no momento de entrar no labirinto. Não acho que tenha sido coincidência. Você não tinha essa aparência diante de Kor. Nem diante dos humanos do reino de Adhelonia.

– Você sabe que, com esta aparência, eles não teriam acreditado em mim. Sabe que os homens não escutam a beleza, apenas a contemplam, abobados. Não conseguem ver nada mais. Não me interessava que isso acontecesse.

– Então me explique por que você escolheu justo uma moça de sua idade para se apresentar diante dele. Você sabe que ele não está acostumado com a beleza humana, e que isso o torna fraco diante de você. A verdade é que começo a duvidar de suas intenções.

– Como sempre, clara como a água do lago que o humano está prestes a encontrar.

– Não esqueça que ele é meu filho. Sinto como se fosse meu filho. E estou sempre alerta.

– Faça o que achar melhor. Mas agora creio que temos uma missão a cumprir.

Sadora franziu o cenho e suspirou, encarando a outra guardiã do labirinto com desconfiança.

Vamos – acrescentou entrando no corredor.

Mas mal haviam entrado no corredor ouviram a voz de Yaruf. Gritando. Xingando. Desesperado. Insultando Sadora e Oroar.

– Bruxas malvadas! Asquerosas companheiras das sombras! Por todos os deuses, o que vocês fizeram com eles?

Sua voz ricocheteava nas paredes do corredor.

– Sadora, você não devia ter permitido que ele entrasse no lago circular. Ele ficará confuso. Não está preparado...

– Se acha que ele não está...

A minotauro não pôde terminar a frase. O som de um mergulho a interrompeu. Yaruf se jogara na água.

7

Três enormes pedras cheias de vida

Quando Yaruf saiu do corredor, a única coisa que pôde fazer foi arregalar os olhos tanto quanto a boca, como se pretendesse abarcar todo o espetáculo imóvel diante de si. Não queria perder nenhum detalhe, embora estivesse consciente de que essa era uma tarefa absolutamente impossível. Mesmo sabendo que fracassaria.

Depois de tantos corredores estreitos e apertados, depois de tanta monotonia, que cansava a vista e atordoava os demais sentidos, depois de tudo isso, o labirinto agora se abria numa câmara espetacular, generosamente agradecendo o esforço dos que chegavam até ali.

Uma caverna, se é que se podia chamá-la assim, imensa e maravilhosa, esculpida no interior da terra pelo passar dos anos, dos séculos, dos milênios. Existe melhor arquiteto do que o eterno passar dos dias? Alguma imaginação, por mais fecunda que seja, pode se igualar a ele? Yaruf tinha respostas claras para essas indagações.

O humano se surpreendeu com a altura do teto, que não parecia um teto, mas um céu petrificado sobre sua cabeça, com estrelas inclusas, mas sem lua para romper o conjunto. No entanto, não parava aí. Porque o que realmente silenciou seus pensamentos foi perceber que, no que parecia ser o centro exato daquele espaço quase divino, jazia o lago circular, como se fosse uma joia exposta por um rei orgulhoso. Deitado. Despreocupado. Descansando em seu castelo secreto.

Um espelho de água cristalina, transparente, tão plana que parecia que alguém retesara a superfície, como a pele dos tambores de guerra táuricos.

Impenetrável. Insondável. Insubmergível em si mesmo; incrível. Yaruf estava maravilhado.

"Por que aquelas duas não queriam que eu visse isso? Um lugar assim não pode esconder nada de ruim. Se esta não é a caverna das maravilhas, não sei o que pode ser."

Com essas palavras, o humano tentava espantar a inquietude que as palavras e a reação de Sadora lhe haviam causado. Não queria pensar nela. Se pensasse, poderia chegar à conclusão de que, no fundo, ela sempre acabava tendo razão. E se Sadora reagira daquela maneira... entre triste e melancólica, preocupada e impotente. Sabendo que talvez não pudesse fazer nada para impedir o que gostaria de impedir.

Yaruf se convenceu de que tudo era fruto da pressa da feiticeira. De querer acabar quanto antes com a dúvida de se ele era ou não o escolhido. Desde que Sadora lhe confessara que pertencia ao clã maldito, que sacrificara tantas coisas apenas para comprovar se era sobre aquele humano que as Pedras falavam... Yaruf compreendeu que ela estava tão envolvida naquilo quanto ele. Até mais. Porque ela renunciara a tudo para cumprir sua obrigação. Pelo dever de dar sequência ao legado de seus antepassados. E Yaruf, criado entre minotauros, sabia perfeitamente que ela sempre trairia a si mesma, seus sentimentos, seus sonhos e sua vontade, antes de trair a memória dos seus. De seu estandarte. De seu clã. De sua árvore da vida.

"Não sei o que há neste labirinto, mas duvido que seja mais belo que este lugar. Se pudesse ficar aqui para sempre, ficaria. Esqueceria de tudo. De ser ou não o escolhido."

Cada vez que a palavra "escolhido" passava por sua cabeça, ele se sentia mal. Tenso. Estranho a si mesmo. Por um lado, não queria decepcionar ninguém, desejava com todas as forças ser o escolhido. Por outro, não queria sê-lo.

Mantinha-se nesse equilíbrio perfeito. Cruzando um desfiladeiro tão estreito que mal cabiam os pés. E ele se acomodara neste equilíbrio até chegar a sentir algo próximo da estabilidade. Mas o desfiladeiro chegava ao fim. Aproximava-se o momento da verdade. Yaruf tentava evitar o instante em que teria que descobri-la. Qualquer opção era ruim. Qualquer resposta, pior que a anterior.

"Vou ter um problema de verdade quando sair daqui", repetia para si mesmo, deixando-se hipnotizar pela quietude do lugar.

Yaruf aproximou-se do lago. Queria tocar sua superfície escurecida pelos reflexos das paredes, que por sua vez lampejavam com seus múltiplos reflexos.

"Quem fez este labirinto tinha pleno domínio da luz do sol."

De fato, Yaruf ficara surpreso com a quantidade de luz que havia em certos pontos do labirinto. Especialmente naquele. E pensou nas velhas formas de iluminação sobre as quais uma vez Worobul lhe falara, para quando não se podia usar o fogo. A mais chamativa e engenhosa era a que utilizava espelhos para levar o sol até os lugares mais remotos e obscuros.

Yaruf ficou algum tempo em frente ao lago. Respirando profundamente. Desfrutando aqueles momentos que tanto se assemelhavam à tranquilidade. O descanso não lhe caía nada mal. Um tempo para parar e beber um pouco de água.

Seria potável? Será que era permitido bebê-la?

Supôs que sim.

"Uma água assim não pode fazer mal", pensava, convencido e seguro de que, se houvesse algum problema, Sadora teria dito. De Oroar ainda duvidava, mas de sua mãe, no fundo, não podia suspeitar.

Fincou os joelhos no solo. Apoiou as palmas das mãos na terra com cuidado, quase fazendo uma reverência. Aproximou a boca, como se fosse desencantar a água com um beijo e ficou... De pedra?

Não, de pedra não. Porque de pedra estavam Worobul, Ühr e HuKlio.

Levantou-se com um salto, jogou-se para trás. O lago estava zombando dele? O que significava aquilo? Outro truque? Uma alucinação? Um engano?

No fundo do lago circular, podia ver claramente os dois minotauros e seu pai humano convertidos em estátuas de pedra. Três grandes blocos com suas formas, suas feições, seus... Tudo. Eram eles.

Que tipo de lugar era aquele? Estavam sob a tutela de quais deuses?

Debruçou-se novamente. Não havia dúvida. Eram eles. Não eram estátuas. Eram seus corpos convertidos em pedra. Teriam sido enganados? Teriam sido enfeitiçados pelo lago circular, por ter bebido de suas águas? Teriam sido feitos prisioneiros com as artes obscuras de Sadora e Oroar? Não sabia. Era essa a razão pela qual as duas feiticeiras não queriam que ele se aproximasse para refrescar os lábios ressecados naquelas águas tão belas, tão profundas e tão claras?

Irritou-se. Muito.

Começou a gritar. A xingar desesperado. Insultando Oroar e Sadora. Em voz alta, para que pudessem ouvi-lo.

– Bruxas malvadas! Asquerosas companheiras das sombras! Por todos os deuses, o que vocês fizeram?

Debruçou-se mais uma vez.

Tentou se acalmar.

Respirava rápido. Seus olhos brilhavam em fogo. Se tivesse que enfrentar o lago, enfrentaria. Se tivesse que lutar contra ele para tirar Ühr e Worobul de seu fundo, lutaria. Não tinha medo. Apenas Oroar lhe dava medo, e era um medo muito diferente daquele que se tem de um inimigo, era o medo de... Não queria dizer. Nem pensar.

Agora não.

Conseguiu ver mais claramente as três enormes pedras cheias de vida. Entendeu o que as duas Destinatárias haviam dito. Aquelas palavras reverberaram em sua cabeça. Podia lembrar-se delas exatamente como haviam sido ditas.

"Você não sabe onde estão os quatro companheiros que entraram com você. Só sabe que não estão mortos, mas também não sabe se estão vivos. É difícil imaginar um estado intermediário, mas aqui acontecem coisas difíceis de acreditar."

Agora ele entendia.

Três deles haviam sido convertidos em pedra.

E Kor? Onde estava o necromante? Ele fora o primeiro a desaparecer.

Sua ausência fez Yaruf duvidar. Deu uma volta ao redor do lago. Rápida. Analisando o fundo. Não estava lá. Seria ele o culpado? Teria sido o necromante o responsável por convertê-los em pedra, para continuar procurando o poder que o labirinto escondia? Estaria o necromante aliado a Sadora e Oroar?

Como tantas outras coisas, não tinha como saber. A única coisa que sabia era que precisava fazer algo. Não podia virar o rosto para o outro lado. Não podia fingir. Oroar deixara bem claro: "Seus atos podem fazer com que os quatro saiam do labirinto ou fiquem aqui para sempre, para fazer parte dele durante uma nova eternidade."

Sem hesitar. Sem calcular as probabilidades de êxito ou os riscos de sua ação, lançou-se na água.

"Se sou o famoso escolhido, não acontecerá nada. Se não sou, meu destino está unido ao deles."

O impacto foi tremendo. A água estava tão fria que, por um momento, Yaruf pensou que também estava se convertendo em pedra, que tudo estava perdido. Moveu-se na água tão rápido que era como se fosse esvaziar o lago. Conseguiu esquentar seu corpo e alegrou-se ao perceber que ia se acostumando ao frio penetrante da água.

Continuava sendo de carne e osso.

Mergulhou e nadou com ímpeto. Foi na direção de Ührr. Se quisesse levar os três à superfície, o humano era o menos pesado. Se não aguentasse com ele, não aguentaria com nenhum deles.

Ührr estava cravado no fundo, como se o lago quisesse ocultá-lo entre seu solo de areia e suas pedras afiadas. Engoli-lo para sempre.

Prestou atenção em seus olhos, tão penetrantes como a pedra branca em que haviam se convertido. E eles gritavam, pediam ajuda. Ou talvez dissessem que Yaruf se afastasse dele, que ele estava amaldiçoado. Por mais que todo o resto de seu pai fosse de pedra, seus olhos mantinham algo de vida irredutível.

Yaruf subiu à superfície.

Inspirou o máximo de ar que conseguiu.

Voltou a nadar na direção de seu pai. Agarrou-o pela cintura e tentou puxá-lo. Impossível. Pesava demais. Por mais que Yaruf agitasse as pernas com toda a força que havia em seu interior, não conseguia nada. Tão inútil como se tentasse arrancar o cume de uma montanha. Todo esforço era em vão. Toda força, desperdiçada.

Não queria, não podia se render. Não naquele combate. Não por Ühr. Não por Worobul.

"Maldito seja! Perdi-os nos corredores de ouro e agora estão aqui, amaldiçoados para sempre, convertidos em pedra."

Começava a perceber que estava envolvido numa batalha perdida. Mas ele se importava? Não. Nem um pouco. Tanto fazia. Não podia deixar as coisas daquele jeito. Se necessário, tinha que tentar até ficar sem ar, até que seus pulmões arrebentassem.

Subia repetidamente à superfície para tomar ar, mas era impossível conseguir o mínimo resultado.

Numa destas subidas, conseguiu ver os pés de Sadora plantados diante do lago. Observando seu esforço, sem fazer nada. Yaruf emergiu e tomou o ar necessário para esbravejar:

– Não sei o que isso tudo significa, mas vou tirá-los daqui. Se você quiser, pode me ajudar.

– Você não acha que, se pudesse, eu já os teria tirado?

– Olhe, bruxa maldita! Aqui embaixo está Worobul. Logo, não me diga que o ama e o respeita mais do que qualquer outra coisa neste Céu Azul Eterno.

– Se eu pudesse fazer algo, faria. Mas só você pode.

– Você está enganada. Eu não tenho força.

Oroar juntou-se a Sadora na margem das águas calmas, movidas apenas pelo corpo cansado de Yaruf, que se mantinha à deriva.

– É melhor você sair – disse a humana.

– Não quero. Não diga nada. Não posso deixá-los aqui. Digam-me o que está acontecendo. Preciso saber.

– Eu lhe disse – respondeu Sadora cortando a intervenção de Oroar que estava prestes a começar – que você tinha que ir primeiro à caverna das maravilhas. Você decidiu vir ao lago circular. Muito bem. Aqui está. E você viu. Já sabe o que ele esconde. Mas se quer consertar a situação, se quer tirá-los daqui, não vai conseguir deste modo. Nem que eu o ajudasse. Não conseguiríamos. Nem que duzentos minotauros se lançassem na água... O lago não vai soltá-los. Nunca. Jamais...

– A não ser que... – continuou Oroar, fazendo com que Sadora a encarasse com uma desconfiança semelhante à de uma presa que, em segurança, contempla seu perseguidor – ... Que você venha conosco até a outra caverna. Lá você terá a oportunidade de consertar tudo. Lá está o grande poder.

– E como posso saber que não é outra trapaça?

– Não pode – disse Sadora.

– Não quero deixá-los aqui. Eles precisam de minha ajuda.

– Pois ajude-os. Venha conosco...

– Você já me enganou muitas vezes, Sadora. Vem me enganando a vida toda. Por que eu deveria acreditar em você agora?

– Porque eu sacrifiquei toda a minha vida por este momento. Você sabe disso. Não me castigue mais ainda. Eu já me castigo. Acompanhe-me. Venha à caverna das maravilhas. Confronte o poder. Mas não os use como desculpa.

– O que você quer dizer?

– Que você tem medo de vir conosco. Que teme ter que confrontar finalmente o poder. Não posso garantir que você vai ficar bem. Não sei. Só sei que, se você não sair daqui, nenhum de nós sairá.

– O que você quer dizer? – Yaruf repetiu a pergunta que acabara de fazer, querendo demonstrar que cada pergunta trazia consigo uma nova pergunta e uma nova pergunta e uma nova pergunta...

– Que nós decidimos que você entrasse. Quisemos que o labirinto o recebesse. Mas, se você não for quem pensamos que é, nós também não sairemos daqui...

– Está dizendo isso para que eu confie em você.

– Não, digo porque é verdade. Digo porque, se esses olhos não são os de Kriyal, se seu olhar é fruto do acaso, se tudo o que você viveu não significa nada, nós duas nunca poderemos sair daqui. Assim como todos os que entraram com você.

– Entendi, então o destino já está escrito.

– Não. Não é exatamente assim.

– Bom, então como é?

– É que você tem que aceitar o poder e o poder tem que aceitar você. Não sei do que se trata. Só você pode entrar na caverna.

– Yaruf, saia daí. Acompanhe-nos. Acabemos logo com isso. Salve os seus, por favor.

Era a primeira vez que Oroar se mostrava humilde, quase aceitando que tudo estava nas mãos do humano.

– E não peça que eu use meus poderes para tirá-lo daí. Meus poderes não funcionam como eu quero com você. Por isso acredito que você vai abrir a porta da caverna das maravilhas. Por isso creio que você sairá de lá vitorioso, e que você é a única esperança para que o equilíbrio entre as forças seja restaurado. Para que humanos e minotauros vivam em paz.

Yaruf escutava as duas e sabia que, se quisesse ter alguma chance, tinha que sair dali e acompanhá-las.

Não podia recusar.

Com um gesto rápido, abandonou o lago. A água deslizava por seu corpo como as lágrimas de uma pessoa abandonada. Oroar percebeu.

– É difícil para o lago deixá-lo ir. Não me surpreende.

– Oroar! – replicou Sadora. – Não confunda Yaruf. Não agora.

– Você não entende nada.

– Pois então me explique.

– Posso saber do que estão falando?

– De nada – disseram as duas quase ao mesmo tempo.

– Por onde vamos?

Sadora colocou as mãos nos ombros de Yaruf. Em seguida, agarrou-o fortemente pela cabeça e disse:

– Vamos, filho. A caverna das maravilhas o espera.

8

A caverna das maravilhas

– A partir daqui, você deve continuar sozinho. Nós não podemos mais acompanhá-lo. Boa sorte, filho. Se voltarmos a nos ver, será fora deste lugar. Aqui termina o trabalho pelo qual sacrifiquei toda a minha vida. Já não há nada que possamos fazer por você.

Fazer algo por ele? Isso era engraçado. O que elas tinham feito até o momento? Yaruf não via exatamente como elas o tinham ajudado. Nem elas nem ninguém, com exceção de Worobul, com quem ele sempre estaria em dívida por salvá-lo na praia. Mas os outros... elas... dentro do labirinto...

Elas por acaso tinham estado ao lado dele quando ele quase se afogara, antes de resolver a charada? Por acaso o tinham ajudado a resolvê-la? E quando aquele corredor quase o esmagara, quase cortara seus pés, quase o despedaçara? Elas estavam lá?

Ele não as viu. E não acreditava que estivessem escondidas atrás das paredes.

Não. Não achava que elas tinham feito muito, além de enganá-lo e falar com evasivas o tempo todo. Isso sim.

Continuar sozinho. Mas claro! Como quase sempre. Porque sozinho estivera durante todo esse tempo, e sozinho sempre acabava se sentindo. E suspeitava que, por mais minotauros e humanos que houvesse ao seu redor, sempre acabaria se sentindo sozinho. Sempre acabaria sozinho.

“Minha árvore da vida tem as raízes fora da terra.”

Não queria se lamentar. Lamentaria quando estivesse fora, se é que um dia sairia. Se é que um dia veria a luz do sol novamente. Agora, só queria entrar na caverna das maravilhas, e estava a uma única porta de distância.

Descomunal. Gigante. Construída com dois enormes blocos de pedra surpreendentemente lisos. A vista deslizava sem encontrar a menor interrupção. Sem obstáculos. Sem alterações produzidas por falta de perícia. Como se aquele que a construíra tivesse se esforçado muito para que o visitante pudesse se concentrar na decoração, nos desenhos perfeitamente delimitados, cuidadosamente perfilados.

Dois olhos. Amendoados, algo rasgados, exagerados, ilusórios, mas ainda assim mais verdadeiros que quaisquer outros olhos.

Um tinha a íris de cor vermelha; o outro, verde-escura. O pigmento se aferrava à pedra com intensidade. Como tinta fresca. Talvez porque o efeito fosse de um olhar novo, luminoso. Nem um pouco cansado pelo passar do tempo. Como olhos recém-abertos.

Yaruf chegou a pensar que, se apoiasse a mão sobre eles, poderia sujá-la. Mas não sujou.

Não restava dúvida. Eram os olhos de Kriyal. Eram seus olhos. Era como olhar-se no espelho.

Sobre o olhar da porta, coroando a entrada, em língua táurica, letras desenhadas com o que parecia ser tinta de ouro, reproduzidas abaixo do que Yaruf supunha serem os símbolos que os humanos usavam para escrever. Símbolos de traço firme e seguro, sem exageros.

Leu e agradeceu o conselho, porque era disso que se tratava, de um conselho. Por sorte, não era uma charada ou alguma frase estranha. Yaruf entendeu que a mensagem era parecida com algum provérbio táurico, embora ele nunca tivesse ouvido falar dele. Mas gostou. Refletia bem os valores que Sadora e Worobul sempre haviam tentado incutir nele. Por isso, pela primeira vez em muito tempo, sentiu-se como se estivesse em casa, ou pelo menos num lugar vagamente conhecido.

Yaruf ficou um bom tempo olhando para a inscrição, para não esquecê-la, para que não fosse inútil caso ele precisasse de um bom conselho:

NUNCA PRODUZIU BONS RESULTADOS
PENSAR "NÃO SEI FAZER".
PENSAR "TENTAREI FAZER"
ÀS VEZES CONSEGUIU GRANDES COISAS.
"FAREI" CONSEGUE MARAVILHAS.

Depois de observar a inscrição até se cansar, Yaruf colocou as mãos na pedra. Cada uma das mãos em cima de um olho. Ele achava que era assim que tinha que fazer.

Lançou seu olhar contra os olhos de pedra. Retesou todo o corpo. Olhou para suas mãos. Empurrou com força, pensando que precisaria de toda a energia para conseguir mover aqueles dois grandes blocos.

Não precisou.

Suaves. Dóceis como o animal que reconhece seu dono, as duas enormes folhas cederam.

Yaruf estava dentro da caverna das maravilhas e entendeu perfeitamente o porquê de seu nome.

Da entrada, podia ver a seus pés um fosso no qual se perfilava, imóvel, esperando ordens... um grande exército de pedra composto por homens e minotauros.

Dali de cima, era como se ele tivesse saído à sacada de um castelo para falar com suas tropas. Para discursar, para infundir-lhes ânimo e coragem.

Podia ver estandartes, bandeiras, pendões. Tambores, timbais e trombetas. Tudo de pedra. Podia ver os uniformes dos soldados humanos. Suas armaduras, lanças, espadas embainhadas, seus elmos com morriões, viseiras e golas de metal, seus cavalos com rédeas, suas couraças e escudos. Tudo de pedra. Podia ver os minotauros com machados de lâmina dupla, chifres afiados, torsos cobertos por placas de metal, munhequeiras, falcões, arcos e flechas. Tudo de pedra. Podia vê-los dispostos em grupos de dez, que se uniam em grupos de dez e formavam companhias. Tudo de pedra. Podia vê-los. Minotauros e humanos petrificados, unidos num exército imóvel que parecia aguardar, paciente e disciplinado, a chegada de seu general. Seu líder. Para que os guiasse. Para que lhes fizesse um sinal e eles começassem a marcha em direção ao campo de batalha. Em direção à vitória.

As estátuas eram perfeitas. Mais realistas que a própria realidade. Além disso, a caverna das maravilhas era iluminada debilmente por claraboias posicionadas no ponto mais alto da cúpula, o que realçava o espetacular efeito.

Era esse o grande poder? Um exército de pedra? Como ele deveria movê-lo? O que deveria fazer com ele?

Yaruf desceu pela escada em caracol. Plantou-se diante do soldado que estava mais avançado. Era um homem alto, robusto, de músculos definidos e olhos ligeiramente rasgados. Um grande bigode escondia seus lábios. A mão direita segurava a empunhadura da espada; a esquerda se mantinha estendida e firme, sustentando uma tábua com inscrições nas duas línguas. Yaruf olhou para os olhos daquele general responsável pelos soldados.

Em seguida, leu:

> Se você chegou até aqui, é porque demonstrou ter uma grande fortaleza, uma força interior que sabe usar nos momentos decisivos. Você tem a coragem necessária para encarar os problemas sem medo.
>
> Parabéns, você cumpriu metade do caminho.
>
> A força não basta para liderar um exército.
>
> Não basta ser corajoso para que seus soldados também sejam. Não basta ser forte para que seu exército também seja. Não basta confiar em si mesmo para que seus soldados confiem em você. Nada disso basta para que eles lhe obedeçam na batalha e respeitem na paz. Para que não hesitem em segui-lo. Em morrer, se necessário.
>
> Não basta ter a força, é preciso saber transmiti-la. Você será capaz?
>
> Será digno de conseguir o poder do exército de pedra?

De que ele se movimente por você?

Tente!

Fale com eles. Convença-os. Porque quem não consegue convencer com as palavras não vencerá com as armas. Quem não comove com um discurso não conseguirá conduzir os seus à vitória.

Mas cuidado! Se não tiver sucesso antes que o último grão de areia do relógio caia, você virará pedra. Tomará um lugar ao lado do exército. Que espera eternamente. Espera pela chegada daquele que saberá movê-los, comovê-los com as palavras.

Se conseguir fazer isso, tudo o que no Labirinto da Aliança se converteu em pedra será libertado. Mas você tem que fazer com que o poder não se volte contra você, e lembrar-se sempre que o melhor general é o que consegue vencer sem ter que entrar em batalha. Que a arma mais poderosa é aquela que não precisa ser usada.

Yaruf terminou de ler e olhou para sua hutama, leu a inscrição nela. Era a mesma do texto do soldado humano. O mesmo provérbio táurico. Mas não duvidou de Worobul. Pensou que o destino coincidira com aquele provérbio. E, se isso acontecera, era porque com certeza era importante levar aquelas palavras em consideração.

As portas da caverna das maravilhas se fecharam.

Um grande relógio, localizado num dos cantos escuros da caverna, começou a liberar areia, lentamente.

A contagem começara. Cada grão de areia anunciava um fim mais próximo.

Yaruf não sabia muito bem o que dizer às tropas. Como agir. Na verdade, sentia-se ridículo tendo que falar com blocos de pedra, por mais reais que parecessem. Pensou em Worobul e Ühr submersos nas sedutoras águas do lago circular. Era diferente. Se tivesse tido que falar com eles, teria falado com a sinceridade do desespero de salvá-los. Porque conhecia os dois, amava-os, e o outro... Bem, HuKlio não, mas, se necessário, pactuaria com seu pior inimigo para salvar Worobul e Ühr.

Yaruf insistiu em olhar ao seu redor procurando algum rastro de vida. Mas não havia nada.

Subiu novamente pelas escadas em caracol e plantou-se naquela sacada improvisada para ver melhor as tropas.

Não sabia o que dizer. Também não conseguia acreditar que ele poderia virar pedra. Não, aquelas coisas não podiam acontecer com ele. De algum modo, sentia-se invulnerável.

Suspirou. Tentou se recompor. Tentou algo:

– Vamos, venham. Vamos sair daqui! Sigam-me.

Nada aconteceu.

Ele não estranhou.

Não precisava ser feito de pedra para não dar atenção a ordens tão pouco críveis. Nem ele se comovera. Mas é que se sentia tão estranho... Falso. Nunca falara em público. Nunca tivera que convencer ninguém. Ele já tinha problemas suficientes para ter que liderar um exército inteiro. Já fazia muito se colocando de acordo consigo mesmo.

Pelos deuses! Nunca imaginara que o que o labirinto escondia era isso... Um exército. Sempre pensara em algum tipo de objeto. Um anel, uma arma, um medalhão... Algo que lhe desse imediatamente um grande poder. Que o tornasse invencível. Como nas lendas e nas histórias que se contam às crianças. Mas aquilo de ter que estar sempre atento para que o poder não se volte contra você... Aquilo de que a aliança fosse de verdade: homens e minotauros aliados por um objetivo comum, aquilo ele não esperava. Além disso, qual era o objetivo? Viver em paz? Não se incomodarem? Cada um no seu canto? Era esse o objetivo? Yaruf não acreditava. A ignorância mútua é outra forma de desprezo. Não uma aliança real e duradoura. Não. Se existia algum objetivo comum, ele deveria encontrá-lo. Mas não sabia como.

Tentou novamente:

– Por favor... Quero sair daqui... Se me acompanharem, prometo que... que...

Que o quê? Não sabia continuar. Não sabia o que lhes prometer. Nenhuma promessa. O que se promete a um exército de pedra? Riquezas? Grandes tesouros? Batalhas sangrentas? Ele lá sabia!

Pegou a hutama com as duas mãos. Fez força com ela. Começava a ficar nervoso. O relógio de areia ia gastando o tempo. Era um relógio muito grande, da altura de quatro ou cinco minotauros. Mas a areia caía rapidamente. Não sabia exatamente quanto tempo lhe restava. Cada vez menos, isso estava claro, e ainda se sentia longe, muito longe de conseguir fazer algo parecido com um discurso.

Sentou-se no chão. Não queria encarar o exército. Fechou os olhos. Tentou buscar em seu interior algo que fosse útil, algo que realmente tivesse valor, algo que o emocionasse. Porque, se conseguisse encontrar palavras que convencessem a si próprio, poderia convencer qualquer um. No entanto... Em que língua? Ali havia humanos e minotauros... Deveria falar nas duas línguas? Como se comunicar?

Yaruf ficou sentado por algum tempo. Nervoso. Com os olhos fechados, para não ver nada. Apenas pequenos pontos de luz se mexiam no negrume. Pequenos e brincalhões. Divertidos. Movendo-se sem sentido. Flutuando em sua falta de visão. Distraía-se com eles, pensando em como podia vê-los, como podia seguir seus movimentos se mantinha os olhos tão fechados como se nunca mais fosse abri-los novamente.

"O corpo é um mistério para nós mesmos", filosofou.

Quis se levantar.

Foi difícil. Muito difícil. Uma sensação estranha lhe invadia as pernas. Estavam pesadas. Não conseguia se movimentar com facilidade. Olhou para o relógio. Muita areia já caíra. Não podia ser, mas era. Não havia dúvida. Suas pernas estavam se tornando pedra. Ficou um pouco assustado. Tinha que reagir. Apoiou-se na hutama, fazendo de sua arma uma muleta improvisada.

Era como se por suas veias corresse granito. Era a sensação mais desagradável que jamais sentira. Começava a se desesperar. Preocupava-se muito com o relógio. Nem lhe passara pela cabeça que a ameaça de convertê-lo em pedra fosse real. O pior era que, se não conseguisse despertar o exército, Worobul e Ühr também continuariam adormecidos.

Seus pés estavam completamente petrificados. As panturrilhas iam pelo mesmo caminho, e o estranho processo ameaçava chegar aos seus joelhos. Ia cada vez mais rápido. Já não conseguia se mexer. Estava cravado no chão. De frente para o exército. O relógio continuava impassível, depositando no bulbo inferior a areia que caía do bulbo superior. Incontrolável.

Tinha que fazer algo. E tinha que ser imediatamente. Suas pernas já estavam completamente petrificadas. Sua pele se tornara esbranquiçada. Morta. Sem vida aparente. Só conseguia se mexer da cintura para cima.

– Por favor, acordem. Vamos sair daqui. Por favor!

Não conseguia continuar. Assim que começava, se calava. Não encontrava as palavras exatas para exprimir o que sentia.

– Se querem continuar sendo pedras, que continuem, mas eu não quero ficar aqui!

Yaruf golpeou o solo com a hutama, com raiva.

A pedra continuava a avançar em seu corpo. Subia e subia. Bateu em suas pernas, e o som era de rocha pura.

Estaria tudo perdido? Seria esse seu fim? O relógio de areia dizia que sim, mas Yaruf não aceitava. Negava-se a aceitar. Lembrou-se das palavras que um dia seu amigo Hanunek lhe dissera: "As palavras são pura magia, com certeza sua mãe lhe ensinou isso. Não, não me olhe assim. Porque é verdade. Com as palavras você pode fazer rir ou chorar, fazer as pessoas felizes ou tristes. Machucar ou curar. E sem tocar. A distância. Por escrito, se for preciso. Quem tivesse sempre uma palavra a tempo, no momento adequado, não precisaria ter armas nem riquezas de nenhum tipo, porque já teria tudo. Você tem essa magia, amigo, porque sempre que estou com você ouço coisas que me fazem sentir bem. Não hesite, quando tiver que usar as palavras, use-as com respeito. Elas são poderosas."

O bom Hanunek. Seu amigo. Seu leal amigo. Com suas reflexões estranhas. Com suas ideias nascidas de não poder ser como os outros. O estranho. O raser lajun. Seu amigo, que ele amava como a um irmão. Lembrou-se dele. De sua casa. De tudo. Teve que fazer um esforço para não chorar, mas não pôde evitar que a pouca pele que lhe restava se arrepiasse.

"Sim, as palavras são pura magia. O raser tem razão. Devo deixar que fluam, diretas. Assim farei."

A pedra já passava de seu umbigo. Agora, tanto fazia. Encarou o exército. Seu exército. E decidiu começar, alto e claro:

9

Inveja

– Não sei se podem me ouvir. Na verdade, nem sei se a esta altura importa muito. O que tenho que dizer é, sobretudo, para mim mesmo. Sem segredos. Sem enganos. E exatamente por isso, como não quero que haja segredos nem enganos entre nós, se realmente devo liderá-los, vou dizer tudo em voz alta. E em voz alta quero que saibam uma coisa: eu os invejo! Muito. Muitíssimo. Tanto que, se essa inveja que sinto pudesse se tornar força bruta, eu não precisaria de vocês. Nem de vocês nem de suas armas. Não precisaria de vocês para nada. Mas desde pequeno me ensinaram que a inveja não ajuda, que é uma força que age contra nós mesmos. Só isso.

"Por que os invejo? É uma boa pergunta. Eu não sabia direito a resposta. Hesitava. Agora, não. Agora já sei. Agora sei que daria o que fosse preciso para ficar aqui, para fazer parte de seu grupo. Para deixar que esta pedra que agora me corre pelas veias chegue até meu coração e o petrifique. Que o deixe imóvel. Sem vida. Sem sentimentos nem preocupações...

"Asseguro-lhes que, por mais pesada que seja a pedra, mais pesada é a preocupação por aqueles que amamos. Por isso não posso. Por eles não posso. E por isso os invejo. Porque vocês podem. A mim não está permitido ficar à margem, ao largo desse caminho de ódio que tanto mal já nos fez. Dessa incompreensão. Dessa ignorância mútua... Não posso! Porque eu sou Yaruf, filho de Ühr, um humano. Porque eu sou Yaruf, filho de Worobul e de Sadora, dois minotauros. E não posso me manter à margem... Faço parte das duas. Porque, se uma das espécies desaparece, desaparece algo de mim. Se uma aniquila a outra, uma parte de mim morrerá. E eu não quero morrer, ainda não. Nem um pedaço. Quero viver inteiro ou morrer para sempre. Não sei muito bem como faremos. Não tenho certeza do que devo fazer para superar o medo que homens e minotauros têm uns dos outros. Não sei como fechar essas feridas, como fazer para que o sangue não continue a macular tudo.

"A única coisa que sei é que, se não sair daqui hoje com vocês ao meu lado, os tempos escuros voltarão. Tempos nos quais rezamos aos deuses não para pedir saúde para os que amamos, mas desgraças para os que odiamos. Tempos nos quais não trabalhamos os campos para que as colheitas deem seus frutos, mas os convertemos em campos de batalha onde florescem cadáveres. E assim vai, até que um extermine o outro. Não digo que não teremos que lutar. Não digo que não teremos que morrer. Teremos, e o faremos quando necessário. Mas nosso inimigo não serão os humanos nem os minotauros, e sim o medo. Não lutaremos em busca da vitória, mas em busca da aliança. E, quando tudo isso terminar, se um dia terminar, viveremos juntos. Se alguém de vocês quer me seguir, que o faça agora, porque meu tempo está acabando, dentro e fora deste labirinto."

Yaruf terminou.

Exausto. Sem forças. Com a boca seca. Dissera tudo o que tinha para dizer. Já não restava nada dentro de si. Olhou para o relógio de areia. Viu como o último grão caía no exato momento em que a pedra estava a ponto de alcançar seu coração. Não havia mais nada a fazer. Apenas esperar que o que tivesse que acontecer acontecesse.

Um ruído. Outro. E mais um.

O exército estava despertando, libertando-se do feitiço. A pedra estava se mexendo. Os soldados começavam a andar. Yaruf não conseguia acreditar.

Seu discurso funcionara. Olhou para suas pernas. Voltavam a ser de carne e osso. Um estrondo. Pó por todo o ambiente. E então soou um coro que gritava um "ehhh" sincero e profundo, acompanhado de seu nome. Os soldados levantaram as armas oferecendo-as ao vento, saudando seu líder. Celebrando o fim da espera.

Yaruf os encarou.

Com a mão direita, ergueu a hutama. Mais gritos de júbilo. Era uma visão espetacular. Até onde alcançava a vista, podiam-se ver armas sendo brandidas ao vento. Com fúria. Com raiva. Convencidos da tarefa que estavam prestes a empreender.

O general no comando, o que mostrara as instruções do labirinto quando ainda era de pedra, subiu pelas escadas em caracol e apresentou seus respeitos.

– Yaruf, sou Uderká, e faz muito tempo que estamos esperando por este momento. Você é este momento. Em nome de todos, quero expressar nossa lealdade. Vamos ajudá-lo de todas as formas possíveis para que você cumpra sua missão, que é a missão de todos.

– Uderká, diga aos soldados que sou eu que apresento meus respeitos – disse solenemente o humano. – Agora, diga-me, quem os criou? Eu quero saber tudo sobre vocês. Durante muito tempo, a história deste lugar foi ocultada pelo poder do mito, da lenda, dos rumores e da fantasia.

– Como quiser, general.

Uderká fez uma breve pausa antes de prosseguir:

– Os deuses nos criaram. Como criaram você e qualquer outra criatura que vive sob o Céu Azul Eterno.

– Mas vocês não são o fruto de um feitiço dos sábios...

Uderká sorriu.

– Senhor, não é exatamente assim.

– Explique-se.

– Como já deve saber, houve um tempo que humanos e minotauros conviviam em paz. E não só isso. Muitos de nós éramos vizinhos. Amigos. Trabalhávamos juntos. Cantávamos juntos. Ríamos juntos. Mas as coisas começaram a mudar. Devagar. Pouco a pouco. Sem nos darmos conta, começamos a colocar a culpa por nossos problemas na outra espécie. Se uma colheita era ruim, a culpa era dos minotauros. Se uma família se arruinava, a culpa era dos minotauros. Se uma casa pegava fogo, culpa dos minotauros. E para eles era a mesma coisa. Tudo era culpa dos outros. O ódio ia se enraizando nos corações e encontrava na desconfiança o adubo perfeito. Por isso, cinco sábios decidiram se adiantar aos tempos. Tinham consciência do que ia acontecer. E não porque fossem adivinhos. Nem feiticeiros. Eram apenas conhecedores do funcionamento das mentes, fossem táuricas ou humanas...

– E decidiram criá-los – interrompeu Yaruf, absorvido pela conversa.

– Não. De forma nenhuma. O que decidiram criar foi o labirinto. E encerrar nele um grande exército de homens e minotauros que acreditassem na vida em comum, que acreditassem que o Céu Azul Eterno é azul e eterno o suficiente para cobrir ambas as raças. Mas para isso tiveram que nos converter em grandes blocos de pedra. Só assim poderíamos chegar no tempo adequado, no momento adequado. Só assim poderíamos chegar até você. Era uma forma de viajar pelo tempo. Para nós, parece que foi ontem que renunciamos a muitas coisas...

– Vocês tinham família? – perguntou Yaruf quase afirmativamente, surpreso.

– Sim, claro que tínhamos família. E amigos. E esposas. E um lar... Renunciamos a tudo isso para que nem humanos nem minotauros desaparecessem da face da terra. Esse foi o preço que todos os que você vê a seus pés tiveram que pagar.

Yaruf ficou pensativo. Sentiu-se injusto. Entristeceu-se. Mas o pior é que se sentia ridículo. Ridículo por ter reclamado tanto em tantas ocasiões.

Aqueles soldados que agora lhe entregavam sua lealdade, para que ele usasse da maneira que quisesse, eles sim tinham pagado um preço muito alto. Renunciar a tudo. Sem sequer ter a certeza de que um dia seriam libertados. Sem saber se seu esforço serviria para algo.

Yaruf olhou para Uderká e disse:

– Mas e se não conseguirmos a vitória? Se fracassarmos em nossos objetivos?

– Se isso acontecer... a vida que vivemos há tanto tempo não terá servido para nada. Porque de que serve viver, se sabemos que tudo aquilo em que acreditamos vai desaparecer?

– Mas se você não tivesse decidido virar pedra teria vivido com sua família. Com os que você ama.

– Sim, e entre outras coisas estaria morto. E não só eu, mas tudo aquilo que a época em que vivi representou. Não. Nós somos soldados e juramos manter a paz entre as raças onde ela estivesse ameaçada. E, se ela está em perigo hoje, aqui estamos.

Yaruf assentiu com a cabeça.

– E por que tantas precauções, tantos segredos?

– Os criadores do labirinto tinham que se assegurar de que o exército não caísse nas mãos erradas. Tinham que ter certeza de que ele estaria do lado da aliança, não de interesses particulares. Por isso foram muito cuidadosos na escolha de seus membros. Por isso tiveram muito cuidado em preparar as provas, em fazer com que o destino se aliasse com nossa missão, em fazer com que você fosse nosso líder.

– Mas não sei se estou preparado para...

– Yaruf, nunca temos como saber se estamos ou não preparados para as coisas que devemos fazer. Mas o que significa estar preparado? Não coloque estas armadilhas em sua cabeça, são apenas desculpas. Lembre-se da inscrição que você leu antes de entrar na caverna: "'Farei' consegue maravilhas."

Yaruf assentiu com a cabeça e acrescentou:

– Sabe se os que estavam no lago circular estão bem?

– Sim, sem dúvida. A esta hora já devem estar fora do labirinto.

– Já? E nós? Como vamos sair daqui?

– Esta é uma boa pergunta.

Yaruf esperou que Uderká terminasse de responder. Mas ele não respondeu.

– E?

– Espere um segundo, que ele aparecerá.

– Quem?

– O que tem o mapa da saída.

– Mas... precisamos de um mapa?

– Claro. Para sair de um labirinto é sempre necessário um mapa. Agora estamos bem no centro do labirinto. Em seu coração de pedra, que éramos nós. Temos que sair rápido daqui. Em breve, o labirinto desmoronará.

– Como?

– Agora que estamos livres, o labirinto já não tem razão de ser. Deve desaparecer. Foi erguido na terra, e na terra desaparecerá.

– E se não conseguirmos sair? Pensei que as provas já tinham acabado – disse Yaruf, um pouco contrariado por aquelas preocupantes notícias, às quais Uderká não parecia dar muita importância.

– Sim e nunca.

– Como?

– Sim, conseguiremos sair. Nunca se acabam as provas. Nem para você nem para ninguém.

– Mas quem tem o mapa? Onde está ele?

– Ele não deve demorar muito a cruzar a porta pela qual você entrou.

Yaruf deu meia-volta. A porta estava fechada.

– E os outros? Ühr, Worobul e HuKlio? Não precisam de um mapa também?

– Não.

– Por quê?

– Porque eles não chegaram até aqui. Até o coração do labirinto. Quando acordarem de seu sono de pedra, estarão fora do labirinto. Logo não saberão se o que viveram aqui foi sonho ou realidade.

Yaruf percebeu que o solo começava a tremer. Levemente. Mas tudo se moveu.

– Já começou. Espero que ele não demore muito para chegar.

– Quem? Já tem bastante gente aqui dentro... Ninguém sabe onde é a saída?

– Não... Só aquele que...

Uderká não pôde terminar a frase. As portas começaram a se abrir. O chão voltou a tremer.

– Ele chegou. Quanto tempo ainda temos?

– Espero que o suficiente – respondeu Uderká.

Yaruf não conseguia afastar os olhos da porta. Um pouco mais e conseguiria ver quem faltava. Um pouco mais e...

– Kor? Pelos deuses, o que você está fazendo aqui?

10

Os olhos do inimigo

Yaruf e Kor mantiveram seus olhares fixos. Atentos. Um sobre o outro. Mas sem se desafiar. Sem se vigiar. Sem sequer se recriminar. Por um momento, era como se vissem no outro uma parte de si mesmos havia muito perdida, uma parte que procuravam havia muito tempo em lugares errados. Estaria aquela parte diante de seus olhos? Ou seus olhares estariam se entendendo? Entendendo que o labirinto iria cobrar seu preço? Fosse o que fosse, os dois temiam que não iriam gostar.

– Bem-vindo. Suponho que você foi o último a entrar no labirinto. O primeiro a desaparecer, mas o que encontrou o caminho sem ajuda nenhuma e renunciou à sua vida anterior – disse Uderká com uma amabilidade que quase ofendia Yaruf.

– Sim.

Essa foi a sucinta resposta de Kor. Sem comentários ofensivos no meio.

O necromante limitou-se a se calar, pensativo e apontando o olhar na direção da multidão de soldados que esperavam por ordens no fosso. Era um olhar relaxado, como se não se surpreendesse por vê-los ali. Qualquer um teria sentido algo muito diferente da indiferença ao testemunhar aquele maravilhoso espetáculo. Ele não. E foi exatamente isso que surpreendeu Yaruf. Porque algo no rosto de Kor havia mudado. Todo o resto de sua aparência continuava igual. Nenhum arranhão. Nenhuma ferida. Nenhum sinal de cansaço no rosto. Nada que indicasse que ele tivesse experimentado sequer metade da penúria a que Yaruf fora submetido. Como era possível? O labirinto o tratara bem? Aquele traidor? Aquele peçonhento? Aquela cobra venenosa, covarde?

Yaruf não conseguia acreditar. Por quê?

Kor pareceu adivinhar os pensamentos do humano.

– Parece que o labirinto tinha coisas reservadas para nós dois. Fico feliz em ver que você levou a pior parte.

– Obrigado. Não esperava mais da sua amabilidade – disse Yaruf notando que o chão voltava a tremer com força cada vez maior. – Como se livrou do lago circular? Por que não está com os outros? Onde esteve?

– Na verdade, a julgar por seu aspecto lamentável, num lugar melhor que você. Mas não acho que isso seja muito importante agora. Agora só importa sair daqui. E que história é essa de lago circular?

Yaruf demorou a responder. Parecia-lhe incrível que Kor não soubesse sequer o que era o lago circular. Era como se ele tivesse estado num labirinto muito diferente daquele em que o menino estivera. No entanto, os tremores de terra cada vez mais frequentes o levaram a perder o interesse por aquele problema.

– Tem alguma ideia? Sabe de algo que possa nos ajudar? Talvez o labirinto tenha contado coisas a você que eu não sei.

– Não, fique tranquilo. Isso não aconteceu. Mas acho que não vai demorar muito para este lugar vir abaixo. Não gostaria de estar aqui quando isso acontecer.

Outra vez. Com violência. O chão se mexeu. A distante cúpula notou o novo tremor e deixou cair um ameaçador pó marrom escuro. Era o começo. O anúncio de que era inevitável que o teto e o chão se unissem num estrondo esmagador.

– Assim não dá. Desse jeito não vamos resolver nada. Nenhum dos dois sabe o que temos que fazer. Além disso, o labirinto tratou cada um como merecia ser tratado. Como o destino determinava.

– É isso que eu quero ouvir.

Yaruf pensou que não era justo, que ele não merecia passar por tudo o que passara. Não era justo. Preferiu não dizer nada. Não queria choramingar como uma criança pequena. Optou por assentir com a cabeça, como se estivesse completamente de acordo com o que Uderká dissera.

– Este é o Labirinto da Aliança. Cinco tiveram que se colocar de acordo para entrar aqui. Dois mais terão que se entender para sair. E levar junto o exército.

– Está bem, está bem... Então temos que pactuar... Isso é interessante – disse Kor num tom que não agradou nem um pouco Yaruf.

– Mais que isso.

– Mais que pactuar? Também não precisamos ser amigos, não é? Acho que a criança não vai querer. Turerká, ou seja lá como for seu nome.

– General Uderká! – gritou impaciente Yaruf, que via o labirinto pouco a pouco vindo abaixo. – Chama-se Uderká e é o primeiro general de meu exército. Do exército que o labirinto decidiu me dar. E você sabe o que dizem... O labirinto dá a cada um o que cada um merece.

– Sim. Sim. Como quiser – disse pensativamente, como se planejasse algo.

– Vocês terão que confiar um no outro – continuou como se nunca tivesse sido interrompido. – Se vocês não forem capazes de fazer isso, morreremos todos aqui. Todos. Até o último dos soldados. Todo o esforço e todo o sacrifício que fizemos terão sido inúteis. Tudo aquilo a que renunciamos será sepultado aqui. Para sempre.

– E o que temos que fazer? Como podemos sair daqui? Acho que o labirinto está ficando irritado.

– Sim. É uma boa pergunta, Yaruf. Vamos, *Tuterká* – Kor se enganou de propósito apenas para irritar o general –, diga o que temos que fazer. Estou ficando cansado de tanta parede e tanta pedra.

– É muito simples. Um de vocês tem o mapa – apontou para Kor com o dedo indicador.

– Eu? Você acha que se eu tivesse o mapa estaria aqui? Teria ido embora sem olhar para trás. Olha, Yaruf, este cara não sabe o que diz.

Uderká esperou pacientemente Kor terminar com suas ironias, para em seguida prosseguir:

– E um de vocês – disse apontando para Yaruf desta vez – tem o poder de ler o mapa. Portanto, vocês precisam um do outro. E nós precisamos dos dois.

Houve um silêncio demolidor, só quebrado por Yaruf.

– Mas onde está o mapa?

– Se eu quisesse colocar sua inteligência à prova, responderia com uma charada que diria...

– Uderká, por favor. Não acho que seja hora de charadas – cortou Yaruf taxativamente, fazendo com que o general se enquadrasse.

– Desculpe, senhor. Você tem razão – respondeu com humildade e tanto respeito que incomodou Yaruf. – O mapa está em seus olhos. Sempre esteve. De geração em geração, desde que o labirinto foi criado. Sua linhagem é uma das escolhidas, ainda que ele não acredite. Yaruf, você é o portador da saída do Labirinto da Aliança.

– Obrigado. Gosto de seu general – Kor fez uma reverência exagerada.

– E eu? Que devo fazer?

– Apenas uma pessoa pode ler o mapa que está escrito nos olhos dele...

Uderká teve que parar. O movimento do chão foi tão forte que uma rocha se desprendeu do teto e caiu no meio das tropas. Por sorte, não acertou a cabeça de ninguém, mas eles começavam a ficar nervosos. A se remexer inquietos. A murmurar. A intranquilidade tomava conta deles. Um minotauro colossal, muito mais alto, robusto e corpulento do que todos os outros que Yaruf já conhecera, saiu da fila e gritou:

– Temos que sair daqui, temos que ir imediatamente. Se não encontrarmos rapidamente o caminho, vamos todos morrer.

Yaruf, sem pensar, disse numa profunda e autoritária língua táurica:

– Se você não voltar para a fila, morrerá agora. Ficarei pessoalmente encarregado disso. Ainda que você queira subir aqui e me desafiar. Estou preparado. Mas se decidir ficar, se decidir que é melhor continuar aí embaixo, enquanto encontro uma forma de sairmos daqui, pode ir agora mesmo. Entendido? Sim? Então todos a postos. Que ninguém se mexa, ainda que o céu caia sobre nossas cabeças. Você é um soldado, comporte-se como tal.

A ordem foi tão contundente que o minotauro suspirou, humilhado, e todos voltaram ordenadamente a seus postos. Uderká assentiu com a cabeça, satisfeito com a autoridade demonstrada pelo jovem líder que, dirigindo-se a Kor, disse:

– Parece que nós dois vamos ter que resolver isso. Acho que, se nos agarrarmos pelos braços enquanto eu leio o mapa em seus olhos, poderemos guiar todos.

– Sim, claro. Que maravilha.

Yaruf entendeu que aquela era a peculiar maneira de Kor concordar com seu plano. Por isso, aproximou-se e estendeu os braços, mas o necromante o rechaçou:

– Senhorita, não quero dançar neste baile.

– Mas qual é seu problema, seu estúpido?

Outro pequeno terremoto.

– Não percebe que tudo está acabando? – insistiu Yaruf.

– Sim, claro. Veja como estou tremendo. Ah, não. Não sou eu. São estas estúpidas pedras. Tão estúpidas como você deve pensar que eu sou, não?

– Não entendo você. Mas não creio que tenhamos tempo.

Outra pedra se desprendeu do teto. Desta vez, acertou a cabeça de um minotauro que desmoronou no chão. No entanto, nenhum dos soldados se atreveu a mexer um só dedo. Yaruf percebeu e disse:

– Os três que estão mais próximos dele vejam se está vivo ou morto. Os demais, aguardem. E, a partir de agora, os três que estiverem mais próximos dos que forem atingidos devem atendê-lo. E você – disse a Kor –, o que você acha que está...

– Pare, menino, pare. Não sou nenhum de seus soldados. Sabe? Esse não é o melhor jeito de se falar para conseguir uma aliança, um acordo. Eu não sei, não estou interessado em sair daqui. Não a qualquer preço.

– Não, não... Não sei o que... – Yaruf ficou tão desconcertado com as palavras do necromante que não conseguia pedir explicações.

Outro tremor. Muito mais forte. Mais feridos. Mais barulho.

– Não, não fique nervoso. Mas se quiser ler o que tenho aqui, nestes olhos que mais cedo ou mais tarde a terra há de comer, terá que me dar algo. Olhe para você... Parece que um exército inteiro de minotauros o atropelou... Eu disse exército? Sim, disse. Pois é, você tem um exército, e eu... nada.

– É meu exército. Eu ganhei a confiança dele.

– Muito bonito. Mas não vou sair deste labirinto de mãos vazias. Se você quer uma aliança, temos que pactuar...

– Mas vamos morrer...

– E? Não me diga que tem medo da viagem a Nígaron... Bem, é verdade, pode ser que os deuses humanos não o aceitem... Bom, de qualquer forma... Quero a metade de seus homens. Se não... Fico aqui, sentado. E com os olhos fechados.

– Mas não posso!

Outro tremor.

– O labirinto está se mexendo, meu caro. Não sei se de alegria ou tristeza, vendo como você é estúpido. Por que não pode? É seu exército.

– Mas... É impossível. Completamente impossível. Estes soldados renunciaram a muita coisa para chegar até aqui, até hoje. São soldados honrados... Não posso pedir-lhes isso. Não tenho autoridade para isso. Acho que eles nem me obedeceriam.

– Ha, ha, ha – riu exageradamente Kor. – Isso é tão bonito... Especialmente se fosse verdade, mas não é. Bom, é um pouco. Porque muitos que estão aqui são honrados e tudo isso que você diz, mas muitos, muitíssimos, não são.

– O que quer dizer? – perguntou Yaruf desconcertado.

– Ora, muitos são criminosos e assassinos que receberam como castigo servir a este exército tão... não sei como dizer... Pitoresco.

– Isso é mentira. É verdade, Uderká?

Mas Uderká baixou os olhos.

– Verdade, Uderká? – insistiu Yaruf.

– O necromante demonstra seu poder. É verdade o que ele diz.

– Mas… por que você mentiu para mim?

– Senhor, eu tentei…

– Uderká será o primeiro a ir com você, Kor.

– Mas… – o general tentou protestar.

– Mas nada. Cale-se. Não quero ao meu lado um general que suavize as coisas, quero alguém que me diga a verdade sempre, por mais desagradável e dolorosa que ela possa ser. E você, Kor, terá seu exército. Todos aqueles que estiverem neste labirinto porque foram obrigados podem ir com você, necromante.

– Então você poderia vir comigo.

Yaruf não respondeu.

Desta vez o tremor durou bem mais. Houve um número considerável de feridos.

Mais feridos. Mais pedras. Uma grande fenda ameaçava abrir-se no chão, dividindo-o. Yaruf gritou para as tropas:

– Todos os que foram obrigados a se juntar a este exército coloquem-se à esquerda da fenda. Os que não foram, à direita.

O labirinto pareceu entender o que Yaruf disse, porque a fenda tornou-se ainda mais profunda, marcando claramente os dois lados. Os soldados desfizeram as filas e obedeceram a Yaruf. Dois exércitos. Yaruf se dirigiu aos novos soldados de Kor.

– Vocês já não estão sob minhas ordens. Kor será responsável por dirigi-los a partir de agora. Saúdem seu novo comandante.

Todos levantaram as armas, como se realmente estivessem satisfeitos com a mudança. Kor sorriu embevecido.

– Já podemos sair daqui?

– Sim, podemos.

– Como sei que não vai me trair?

– Essa, jovem Yaruf, é a essência de uma aliança. Você nunca tem certeza de que não será traído. Que graça teria se você tivesse?

– Para que você quer um exército tão numeroso?

– Para o mesmo que você. Para unir as terras num único reino... O meu. Não pergunte coisas que já sabe, e saiamos logo daqui. Não quero morrer – disse Kor, exageradamente afetado.

– Vamos.

Yaruf agarrou os braços de Kor e olhou em seus olhos. Olhos negros, encharcados por um brilho de inteligência mal usada.

– Não vejo nada – advertiu preocupado.

– Senhor, preste bastante atenção – disse com ressentimento Uderká.

Kor abriu mais os olhos. O chão continuava a tremer. Yaruf fixava cada vez mais o olhar, deixando-se arrastar pela escuridão dos olhos do necromante. E, súbito, um mapa perfeitamente desenhado apareceu no reflexo de suas pupilas. Yaruf não sabia dizer como nem por quê, mas de repente conseguia entender todo o labirinto. Conseguiu entender para onde devia ir. Como sair dali. Começou a puxar os braços de Kor. Um grande ruído ecoou no fosso. Grandes comportas se abriam nas laterais. Yaruf desceu pelas escadarias em caracol arrastando o necromante.

– Por aqui, por esta entrada. Sigam-me todos em ordem. Primeiro o exército de Kor, em seguida o meu.

E assim foi. Yaruf e Kor. Quase abraçados. Colaborando para sair do labirinto. Andando juntos. Unidos numa aliança que parecia impossível. Um pacto no qual ninguém teria acreditado.

Direita. Esquerda. Esquerda. Direita. Yaruf precisava apenas olhar nos olhos de seu pior inimigo para sair do labirinto, enquanto Kor devia apenas seguir o humano que ele tanto ferira. Confiando. Porque os dois tinham muito a perder. Mas também muito a ganhar. Absorto nos olhos de Kor, Yaruf lembrou-se de quando Worobul lhe dizia: “Se uma pessoa se encarregar de colocar a comida no prato, a outra escolherá o prato. Dessa forma, aquele que repartir a comida será muito cuidadoso e não cometerá injustiças. Se todos têm medo ou um objetivo em comum, o pacto é fácil." E assim era.

Assim, chegaram finalmente a dois corredores que, de acordo com o mapa, levavam a duas saídas diferentes. Na parede, estava escrito:

DUAS SAÍDAS.
DOIS EXÉRCITOS.
CADA UM POR UMA.
CADA UMA PARA UM.

– Então o labirinto já tinha tudo preparado, já sabia que o poder seria dividido – disse Yaruf em voz tão baixa que ninguém entendeu suas palavras.

Kor, saindo do estado de fascinação que a magia do caminho lhe provocara, disse:

– Aqui se separam nossos caminhos. Meu exército e eu sairemos por aqui. Gostaria de poder desejar-lhe boa sorte, mas isso pode significar má sorte para mim. Adeus.

Não disse mais nada. Fez um gesto e saiu do labirinto acompanhado por seu exército.

Yaruf suspirou e disse para seu exército:

– Vamos sair daqui.

O exército começou a percorrer o corredor que lhe permitiria sair das entranhas da terra. Yaruf se sentia como se tivesse passado toda uma eternidade naquele local. Sentia-se como seus soldados. Eles haviam deixado uma vida inteira para trás esperando por aquele momento; ele também, embora não soubesse dizer se a decisão fora sua ou do destino. Como ter certeza? Impossível.

Mas Yaruf tinha consciência de que, lá fora, tudo o que fora feito, tudo o que fora vivido, já não servia para mais nada. Pelo contrário. Novas aventuras e novos perigos aguardavam na escuridão dos dias para lançar-se sobre ele como lobos famintos. E Yaruf não sabia se teria forças para vencer, para continuar, para simplesmente começar de novo.

Esses pensamentos foram bruscamente interrompidos.

O menino parou sua caminhada, no que foi imitado por seu exército.

Pendurada na parede, havia uma máscara de minotauro que parecia esperar por ele. Lembrava-o da máscara que ele deixara na porta do labirinto, embora as diferenças saltassem à vista. Esta era de ouro novo, recém-polido, brilhante. Como a sua, também tinha um olho de cada cor, mas um era coberto por uma esmeralda, e o outro por um lindo rubi. Um olho verde, o outro vermelho. Era a máscara de Kriyal. Como a que ele e seu pai haviam encontrado no interior do cofre da aliança, mas de verdade. Como se a primeira tivesse sido apenas uma brincadeira, uma prévia que engrandecesse o brilho da nova máscara.

Yaruf sabia que, se a máscara estava ali, ele devia pegá-la. Não havia a menor dúvida.

Pegou-a e, como se ela sempre lhe tivesse pertencido, colocou-a. Todos os seus soldados sentiram o impulso de se ajoelhar à sua frente, e ele não os impediu. Porque não estavam se ajoelhando diante de sua pessoa, e sim diante da história, diante do próprio Kriyal, diante de seus antepassados. E, naquele corredor, ele representava tudo isso, e algo em seu interior o deixava satisfeito e orgulhoso.

Worobul, Sadora, Ühr, Ong-Lam, Oroar, Al'Jyder e seu exército de mercenários... Todos aguardavam diante das portas do labirinto, que tremiam como se estivessem prestes a vir abaixo. Apesar disso, eles continuavam esperando que Yaruf saísse, porque tinham certeza de que conseguiria. Sabiam que não podia falhar. Por isso, quando as portas do labirinto se abriram e viram que Yaruf saía com a hutama em punho, a espetacular máscara de minotauro no rosto e um grande exército de homens e minotauros que o seguia, todos saltaram de alegria, até mesmo Al'Jyder.

– Filho, filho, como você está? – gritou Ühr antes de se aproximar para abraçá-lo, assim como fizeram Worobul e Sadora.

– Bem, estou bem – disse livrando-se do abraço e levantando sua máscara. – Vocês viram Kor?

– Não, nem rastro dele. Está vivo? – perguntou Al'Jyder, sem ousar se aproximar muito.

– Mais que nunca, eu temo.

– Este é o grande poder, não é? – disse Ühr.

– Sim, mas...

– Mas nada. Não se preocupe. Está tudo acabado. Acabou. Estamos a salvo – insistiu Ühr.

– Não, papai, não. Está apenas começando.

Glossário

A

acuw-acuyas: instrumentos táuricos utilizados somente para cerimônias e rituais de grande importância. Em combates pela honra na *arena dos deuses*, são usados para manter a ordem entre os espectadores e obrigá-los a se sentar. De acordo com as normas, apenas os que estão lutando podem permanecer de pé, defendendo sua honra. Os demais, por serem simples espectadores, devem ficar em silêncio e permanecer sentados, para não distrair os duelistas.

Adhelon VI, o Unificador: filho de Arim-Adhelon, o Grande, e rei de *Nova Adhelonia.* Conseguiu unificar os mais poderosos e importantes reinos humanos, sobretudo os antigos reinos do norte, aniquilando seus reis e apropriando-se de toda a riqueza daquelas terras. No entanto, os habitantes daqueles reinos não querem estar sob a coroa de Adhelon. Por isso, são frequentes os tumultos, revoltas e protestos.

AgKlan: título que cada chefe de tribo táurico recebe. Dentre eles, escolhe-se o *Gen AgKlan*, o minotauro que governa todos os demais. No entanto, desde que as tribos sobreviventes atravessaram o mar do abismo, nenhum minotauro teve esse privilégio.

Al'Jyder: segundo a bordo do general *Ong-Lam.*

Ang-Al: cerimônia táurica de iniciação. Os que superam a prova do Ang-Al são considerados guerreiros.

Ang-aladê: prova que um minotauro tem de superar para terminar seu *Ang-Al.* Trata-se normalmente de provas físicas, como subir o rio Retra ou conseguir sobreviver sozinho e sem armas no meio da floresta. Mas sua principal dificuldade é psicológica. Cada aspirante a guerreiro enfrenta a si mesmo. Durante todo o tempo, um triunvirato composto por um membro de cada uma das três tribos táuricas restantes acompanha o iniciado (sem jamais ajudá-lo), para avaliar se sua atitude é nobre, valorosa e digna.

arena dos deuses: lugar no qual se celebram os combates pela honra de um clã ou uma tribo que tenham sido ofendidos por outro. Normalmente, trata-se de um círculo delimitado por pequenas pedras abençoadas por uma feiticeira de cada uma das partes em confronto. Considera-se que a feiticeira colocará as pedras que tragam a maior e melhor energia a seu protegido. Antes do início do combate, joga-se sal na arena, para que nada além da honra e da vitória brotem de uma luta justa. Quando dois membros de diferentes clãs táuricos entram nos limites da arena dos deuses, eliminam-se automaticamente as diferenças de qualquer tipo. Desse modo, assegura-se que o combate seja justo e que não haja medo de represálias. Como reza um célebre provérbio táurico: "Tudo o que acontece dentro da arena deve ser julgado pelos deuses e admirado pelos mortais."

Os *acuw-acuyas* fazem parte da cerimônia.

Depois de um duelo pela honra na arena dos deuses, celebra-se uma grande festa ao redor do fogo em honra de *Kia-Kai*, para que ele veja, onde quer que esteja, que o combate foi justo e realizado sob as regras que ele próprio legou a seus filhos, *Karbutanlak* e *Sredakal.* Para isso, acende-se uma fogueira no meio do campo de batalha.

Aromed: nome de uma das três cabeças da serpente criada por *Moramed* para vigiar as portas de *Nígaron*, nos limites do *mar do abismo.*

árvore da vida: junto com o estandarte do espírito, a árvore da vida é o que há de mais sagrado para um minotauro. São as raízes que o unem a tudo o que foi antes de existir. É o equivalente da árvore genealógica dos humanos, mas seu significado é muito mais profundo.

Asda: protagonista de uma das lendas mais antigas entre os humanos, o pastor Asda perdeu seu rebanho em virtude das intensas chuvas que devastaram a terra nos primórdios dos tempos. Faminto e revoltado com a sorte que os céus lhe reservaram, convenceu sua irmã menor a ir ao templo dos sacrifícios roubar carne, verduras, moedas de ouro e outros bens que os fiéis ofereciam aos deuses para que eles os protegessem das adversidades. "Eu recebi dos deuses apenas tristeza e infortúnio. É hora de acertar as contas com eles", justificava-se o jovem pastor. Assim, durante a noite, aproveitando-se do fato de o sacerdote encarregado da vigilância dormir profundamente, Asda e sua irmã *Dasa* invadiram o templo. Enquanto Dasa fazia um fardo com sua túnica, Asda o enchia com tudo o que encontrava pelo caminho. No entanto, o sacerdote acordou e flagrou os dois gatunos. "Ladrões, devolvam tudo o que vocês roubaram." Asda, que era muito inteligente, disse: "Eu não estou com as oferendas, e minha irmã não as roubou", o que não deixava de ser verdade.

O sacerdote deixou-os ir, atordoado pela força do argumento do pastor. Os deuses ficaram profundamente irritados com o pastor, mais por sua astúcia que pelo ato em si. Querendo ensinar uma lição a Asda, converteram-no numa árvore e o imobilizaram com raízes profundas e emaranhadas. Dizem que toda noite sua irmã vai até um canto da floresta conhecido como Raízes de Asda para tentar desfazer o nó formado pelas raízes. Quando conseguir, ambos estarão livres.

C

cabana de transe: nas cabanas de transe ou Trema-Dikhé, os feiticeiros táuricos entram em êxtase graças a uma fogueira, que enche de fumaça espessa o pequeno receptáculo, e às ervas sagradas, que ou são ingeridas ou passadas pelo corpo. Assim, entram em contato com os deuses, que os advertem e os aconselham sobre como agir no futuro imediato. Supostamente, foi numa Trema-Dikhé que *Malen-Daben* foi advertido pelos deuses de que para além do *mar do abismo* havia uma terra onde era possível viver em paz por algum tempo. A expressão "por algum tempo" foi enfatizada em várias ocasiões pelo feiticeiro. Desde a morte de Malen-Daben as cabanas de transe não são mais utilizadas.

cofre da aliança: ao longo dos tempos, o cofre da aliança procurou aquele sobre o qual falam as pedras. Em seu interior, há uma pedra circular e uma máscara que se assemelha ao lendário Kriyal, elementos imprescindíveis para entrar no labirinto.

Conselho de Sábios das Guerras Táuricas: conselho criado por Arim-Adhelon, o Grande, pai de *Adhelon VI*, com a missão de compilar toda a informação possível sobre os heróis humanos das Antigas Guerras Táuricas e classificar todo o folclore popular nascido em sua homenagem. Isso inclui saber o máximo possível sobre os minotauros, seus deuses, costumes, alfabeto... Ou pelo menos assim pensava *Ührv*, um de seus membros mais destacados.

D

Darcalion, ilha de: as *Sagradas Escrituras* situam a ilha de Darcalion logo às portas de *Nígaron.* Segundo a lenda, quem conseguir chegar a suas praias verá o maior tesouro já visto por um ser vivo. Durante muito tempo se pensou que Darcalion era apenas isso, uma lenda.

Darruil: minotauro da tribo de *Erdirer* e membro do triunvirato que acompanha Worobul em seu *Ang-aladê.*

Dasa: irmã de *Asda*.

Démora: nome de uma das três cabeças da serpente criada por *Moramed* para vigiar as portas de *Nígaron*, nos limites do *mar do abismo.*

Deray: irmão gêmeo de *Yared*, filhos de *Worobul* e *Sadora.* Embora possa acontecer, é muito raro o nascimento de gêmeos no seio de uma família táurica. Esse fato é recebido como um sinal de grande prosperidade. Para celebrar o acontecimento, os recém-nascidos são nomeados com um palíndromo (ou seja, a palavra é lida da mesma forma da esquerda para a direita e da direita para a esquerda: neste caso, "yaredderay"). Em seguida, o nome é escrito na areia e os pais, simbolicamente, partem-no em dois pedaços e distribuem as metades a cada um dos gêmeos. Considera-se que, se eles compartilharam o ventre da mãe, também devem compartilhar o nome.

Dui, o retornado: sua história é a mais popular entre as muitas histórias tétricas que aterrorizam os que se lançam no *mar do abismo*. Dui partiu em seu pequeno barco para pescar perto da costa do abismo. Tinha consciência de que não devia afastar-se muito, do contrário seria presa fácil de monstros, maldições e serpentes gigantes, para não falar de *Démora* e *Aromed*, mas quis o destino que ele dormisse profundamente. O mar, com seu suave vaivém, foi afastando-o da praia. Quando o pobre pescador acordou, viu-se perdido no meio de uma espessa bruma, gélida e aterradora. Dui começou a remar e remar, com todas as forças que tinha e também as que não tinha, tomadas emprestadas do desejo de ver novamente sua esposa e sua filha de sete anos. O coração do pescador aliviou-se ao ver a costa. "Estou salvo", pensou o marinheiro. Assim, aportou perto do lugar de onde partira apenas algumas horas atrás. Naquele momento, uma estranha sensação o invadiu. Não reconhecia nenhuma das pessoas com as quais cruzou no caminho para casa. Quando finalmente chegou, bateu à porta esperando ver sua linda esposa e sua maravilhosa filha. No entanto, quem apareceu foi uma mulher muito, muito velha. Encurvada e fraca, mantinha seu precário equilíbrio com uma retorcida bengala. "Onde está minha mulher?", perguntou o pescador, ansioso. Ela o encarou e começou a chorar. "Esperamos por você por oitenta anos", replicou a velha. Dui não conseguia acreditar. Aquela não podia ser sua mulher. Devia ser uma bruxa querendo enganá-lo. Mas numa coisa ele tinha razão: aquela não era sua mulher, e sim sua filha. O que para ele haviam sido apenas algumas horas, em terra firme correspondiam a oitenta anos. A velha morreu pouco tempo depois, e Dui não pôde suportar. Sem esposa. Sem filha. Sem nenhum de seus amigos... Aquele não era seu tempo. Aquele não era mais seu lugar. Por isso, lançou-se ao mar pela última vez, para adentrar a espessa bruma e pedir a Démora e Aromed que o deixassem passar para *Nígaron*, pois aquela já não era sua terra.

E

Erdirer: chefe de tribo táurica.

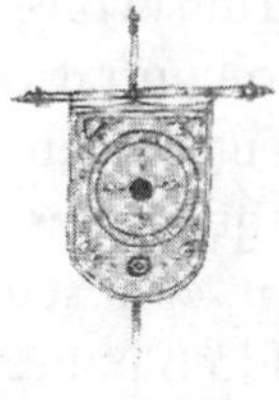

estandarte da tribo: no duelo que opôs o *Primeiro Guerreiro* a seu gêmeo, *Sredakal*, *Karbutanlak* foi ferido treze vezes. Para se recuperar, decidiu descansar na terra que havia criado. Do sangue de suas feridas que caiu no chão brotaram os doze estandartes das futuras *doze tribos táuricas*. Cada tribo engloba vários clãs, com seus respectivos *estandartes do espírito.*

estandarte do espírito: cada núcleo familiar táurico tem seu próprio estandarte, conhecido como estandarte do guerreiro, ou também do espírito. Nele residem as almas e as forças dos antepassados de cada família ou clã, inspirando as ações heroicas de cada membro do núcleo. Por sua vez, cada um desses estandartes familiares está sob a autoridade do grande *estandarte da tribo*, que responde ao *estandarte que não deve tocar a terra.*

estandarte que não deve tocar a terra: nasce do sangue da primeira ferida do *Primeiro Guerreiro*, que caiu sobre sua mão e não regou o solo. Ao redor deste estandarte, os chefes das tribos se reúnem e tomam as decisões que afetam o futuro dos minotauros. Diz-se que, se o estandarte cair e tocar no chão, a nobre espécie dos minotauros desaparecerá da face da terra.

F

Faqüua: falcão de *Gasadiel.* No mundo táurico, os falcões ocupam um lugar importante. Os minotauros são especialistas na arte da cetraria, e além disso os feiticeiros táuricos empregam seus falcões como mensageiros para se comunicarem com os deuses. Nas asas das aves, são pintados símbolos secretos e mensagens só entendidos pelos deuses, que desse modo podem atender às preces e pedidos dos feiticeiros. A história de *Faqüua* dá origem ao estandarte da tribo de *Worfratan.*

Frasera: feiticeira do clã de *Orjakan.*

FuJdar: minotauro violento e impetuoso da tribo de *Orjakan.*

G

Gad: antepassado distante de *Ühr.* Sem dúvida, o maior arqueiro de todos os tempos e um dos grandes heróis das Antigas Guerras Táuricas. Com sua incrível pontaria, conseguia cravar uma flecha entre os olhos de um minotauro a uma distância impressionante. Ainda hoje, em *Nova Adhelonia*, as linhagens (como esta de Gad, a de Gavalan, Serius-Gasé, ou Jaster) que tanto contribuíram para a vitória, de acordo com a tradição, continuam a ser respeitadas.

Gadiluan: chefe de tribo táurica.

Gálorion: membro da tribo de *Gadiluan* e do triunvirato que acompanha *Worobul* em seu *Ang-aladê.*

Gasadiel: último dos *GenKlan*; às portas da morte previu que as tribos táuricas seriam incapazes de escolher novamente um líder que unisse todos os minotauros, acima de suas tribos e clãs. E previu que ou o responsável por essa honra viria de outras terras ou não haveria ninguém para realizar a unificação. A lenda de Gasadiel e seu falcão, *Faqüua*, passou de geração a geração.

Gátere: minotauro membro da *Ordem dos Cinco Inimigos.*

Gen AgKlan: chefe de todas as tribos, eleito entre todos os chefes de tribo táuricos. O último Gen AgKlan foi *Gasadiel.*

Ghrab: por sua culpa, o homem foi expulso de *Nígaron*, porque o deus temia sua sabedoria e o invejava porque ele fora criado pelo próprio *O*, o primeiro deus, dono e senhor do tempo. Para acabar com os homens, Ghrab criou os minotauros, chamados popularmente de "filhos de Ghrab". Sua criação fez com que ele também fosse expulso de Nígaron, mas não foi sozinho: outros deuses o acompanharam e juraram não parar até que o último humano estivesse morto e o "belo azul", como a terra era conhecida, estivesse limpo da repugnante presença dos homens.

Grande Vitória, a: a que teve lugar após a batalha do *Vale dos Três Rios*, que declarou os humanos vencedores contra os filhos de *Ghrab.* Os humanos sempre acreditaram gozar da ajuda dos deuses de *Nígaron* e, de fato, um dos mais populares romances humanos começa justamente com essa ideia:

De Nígaron os deuses saíram,
conduzem-nos preces de ajuda e dor.
De Nígaron à terra chegaram,
armam-se os homens com grande valor.

A cada ano, a Grande Vitória é festejada com a recriação das batalhas entre humanos e minotauros. Um grande desfile inunda as ruas principais de *Nova Adhelonia.* Por sorteio, determina-se quem fará papel de minotauro e quem fará papel de homem. Os primeiros vestem disfarces, para dar mais realismo e grandiosidade aos desfiles, e cobrem suas cabeças com máscaras que representam os minotauros com enorme fidelidade. As crianças adoram brincar de Antigas Guerras Táuricas, e são poucos os que não têm uma máscara em suas casas para personificar os minotauros. As máscaras dos desfiles são cuidadosamente trabalhadas, e seu realismo é impressionante.

H

Hámera: deusa da enfermidade e irmã mais velha de *Miomene*, encarregada de curar os deuses que, por diferentes razões, ficam doentes. Um deus táurico pode ficar doente quando, por exemplo, os mortais não se preocupam mais em oferecer sacrifícios em sua homenagem, ou quando já não lhe dirigem orações, súplicas ou atos de gratidão. Aí ficam doentes e trazem desgraças e muitos maus presságios. Hámera é a encarregada de curá-los, e para isso se utiliza da saúde dos minotauros guerreiros. Portanto, na cultura táurica, a enfermidade é vista como um serviço aos deuses.

Hámera não permite que ninguém, com exceção da feiticeira de cada tribo, atenda os minotauros que ficam doentes na terra. Apenas no campo de batalha ou entre membros de um mesmo exército há a obrigação e a possibilidade de ajudar os feridos.

Essa proibição se deve ao fato de que a deusa envia sinais por meio das enfermidades ou das feridas que apenas uma feiticeira iniciada nos segredos que se escondem sob a pelagem dos minotauros sabe interpretar. O desejo de Hámera é utilizar a saúde dos minotauros para que eles saiam das enfermidades mais fortes e poderosos, agradecendo assim o serviço prestado aos deuses.

hammala: a planta de hamma produz um tipo de cogumelo usado com fins esotéricos desde tempos imemoriais. No entanto, o caule da planta de hamma tem outras utilidades, especialmente para temperar certas comidas ou fazer sopas durante o inverno. Isso faz com que muitas vezes, quando os caules não estão perfeitamente lavados e "descontaminados", produzam-se graves intoxicações, popularmente conhecidas como "fogo dos deuses". Nesses casos, as pessoas começam a sentir um forte ardor na pele, acompanhado de alucinações. A crença popular atribui esses casos de loucura coletiva aos maus espíritos que, por diversos motivos, castigam os habitantes de uma região.

Trata-se, definitivamente, de uma substância muito perigosa, que já nos tempos de Adhelon VI poucos feiticeiros se atreviam a usar.

Hanunek: grande amigo de Yaruf, uma malformação na pata direita o tornou centro de vários comentários jocosos na sua tribo, que a entendia como sinal de sorte catastrófica para o grupo e lhe valeu o mal-intencionado apelido de "raser lajun", que significa, literalmente, "ferido sem batalha". Se a deficiência de Hanunek tivesse sido causada por um combate, teria sido vista como sinal de grandeza e enaltecimento para o clã ao qual pertencia. Se tivesse perdido uma perna na batalha, não haveria quem se metesse com ele. O apelido de raser lajun é muito mais ofensivo do que parece à primeira vista, porque indica que ele foi ferido sem lutar e que, além disso, a ferida o impediria de combater no futuro. Nesse duplo significado reside a verdadeira natureza maliciosa do apelido que deram a Hanunek.

Harat: babá de *Yaruf*. *Ühr* contratou-a pouco depois da morte de *Yriat*.

Harion: primeiro dos onze míticos *Príncipes Oceânicos*, neto de *Rambutên* e filho da bruxa branca Dione e do guerreiro Ktulu. Nasceu segurando um coágulo de sangue na mão direita. Segundo relatam as *Sagradas Escrituras de Nígaron*, desafiou *Ghrab* e, com seu desafio, uniu as populações humanas dispersas, até conquistar a terra de mar a mar. Outras versões da lenda contam que milhares de minotauros que não queriam ficar sob a autoridade tirânica de um criador que pouco se importava com os minotauros o acompanharam em sua luta contra Ghrab. Ele pensava apenas em se vingar dos homens. Assim, e sempre de acordo com essa versão da lenda, os minotauros preferiram ser donos de seu destino e de suas vontades.

Hasdad: minotauro da tribo de *Orjakan*.

hata-matuya: literalmente, "pedras dos pequenos sóis". É a primeira ferramenta que um minotauro recebe, e a primeira que ele sabe manejar com total destreza. As pedras dos pequenos sóis devem seu nome metafórico ao fato de que, se bem utilizadas, podem esquentar e iluminar as noites mais frias e escuras, assim como cozinhar e preparar os alimentos. O sistema é tão simples quanto funcional: duas pedras, uma bastante plana e outra com bordas irregulares que, quando golpeadas convenientemente, produzem faíscas capazes de fazer fogo. Não há minotauro que saia de casa sem elas atadas à cintura, porque nunca se pode saber ao certo aonde o dia vai levar nem onde será preciso passar a noite.

Hímone: irmã de Hámera, deusa da enfermidade. Hímone é a deusa do sonho, ou da pequena morte. Na tradição táurica, os sonhos são pequenas mortes que, ao longo da vida, preparam-nos para a passagem para a outra vida e anunciam essa travessia.

HuKlio: filho de *Orjakan*, seu caráter temperamental e agressivo despertava tanto respeito quanto repulsa entre os demais clãs. Era considerado um dos melhores guerreiros entre todas as tribos, e sua destreza com o machado era largamente conhecida.

Hüon: as *Sagradas Escrituras de Nígaron* contam sua história no livro do profeta Lahj-Lam: Hüon, como fazia todo dia depois de comer, deixou seu rebanho pastoreando nas verdes e belas terras situadas no profundo vale de Edsa. Como costumava fazer, acomodou-se à sombra de uma falésia com rochas pontudas. Naquela tarde, dormiu profundamente e sonhou que, naquele mesmo lugar, uma rocha despencaria e acabaria com sua vida. Quando acordou, assustado, foi recorrer à anciã sacerdotisa do templo de *Meromed* para saber o que tinha que fazer. A sacerdotisa disse que, diante dos decretos dos deuses, não havia nada a ser feito, mas que ele talvez pudesse suavizar sua sorte com o sacrifício de metade de seu rebanho. Além disso, a sacerdotisa insistiu que em nenhuma hipótese ele deveria deixar de fazer sua sesta naquela sombra sob aquela falésia tortuosa e com rochas pontudas. Se os deuses suspeitassem que ele estava tentando escapar de seu decreto, o castigariam e a todas as suas futuras gerações. O pastor Hüon fez tudo o que a sacerdotisa mandara. Dia após dia, foi fazer a sesta no mesmo lugar em que tivera o funesto sonho. Ao acordar, seus ombros estavam repletos de areia, que Hüon sacudia com cuidado. A pedra caiu, durante anos, sobre os ombros do pastor. Pouco a pouco, e sem provocar-lhe nenhum dano. Exatamente como a sacerdotisa profetizara, os decretos divinos podem ser suavizados, mas nunca eliminados.

Acredita-se que Hüon foi o único humano que *O* deixou sair com vida de Nígaron, para que ele pudesse levar os ensinamentos dos deuses aos homens e ensinar-lhes o caminho da virtude que conduz a Nígaron, onde se vive eternamente ao lado dos deuses.

hutama: nome que Yaruf dá à arma que recebe de *Worobul*. Em seu sentido mais popular, hutama significa "bastão queimado", em referência à cor dos ramos que se carbonizam nas fogueiras. Também pode ser utilizada para designar, especialmente dentro de casa, todas as coisas quebradas sem possibilidade de conserto, que só servem para fazer uma boa fogueira. No caso da arma de Yaruf, é uma vara negra, brilhante e quatro palmos mais alta que o humano. No meio, é laminada com um cabo de pesada prata opaca, onde está forjado seu nome em língua táurica e uma inscrição misteriosa...

J

Jadomed: companheira de *Worfratan*, mãe de *Worobul*, *Selimed* e *Worfrasen*.

Jugh-I-Del: cerimônia que, a cada oitenta luas negras (essa é a denominação táurica para a lua nova), reunia as trezes tribos táuricas para homenagear o deus *Karbutanlak*.
Júnane: filha de *Orjakan*, irmã de *HuKlio*.
Jusvader: jovem minotauro do clã de *Orjakan*.

K

Kadasta Resta: festa táurica celebrada na chegada do verão. As fêmeas de cada clã se reúnem, fazendo um enorme círculo ao redor das terras em que seus rebanhos pastoreiam. Ao ritmo dos tambores e de ossos ocos de boi, cantam e dançam enquanto fecham o círculo. Desse modo, reúnem todas as ovelhas. Os machos de cada clã as tosam e recolhem a lã. Depois, o círculo é quebrado, e começa uma grande festa em homenagem aos dias do sol que lhes são concedidos pelos deuses.

kalanue: quando as tribos se reúnem sob o estandarte que não deve tocar a terra, prepara-se a ancestral receita do kalanue. Todos os que tomam a palavra ou decidem intervir devem fazer um bochecho com o líquido e cuspir na fogueira, para demonstrar que suas palavras são puras, sem intenções secretas ou duplos sentidos. A fórmula é uma mistura de água do mar, terra vermelha, água de chuva de verão e de inverno e o sangue do braço esquerdo dos quatro chefes. É servido numa vasilha de madeira com os símbolos de cada uma das tribos presentes, no caso: a águia de duas cabeças, os machados cruzados, o triângulo de estrelas da constelação das eternidades e o falcão capturando uma serpente.
Karbutanlak: segundo a mitologia táurica, Karbutanlak foi o *Primeiro Guerreiro* e o criador da Terra. Enfrentou seu irmão gêmeo *Sredakal* para conseguir a bela deusa *Miomene*. Lutaram incansavelmente durante as duas primeiras eternidades dos tempos. Karbutanlak lutou armado com um machado de lâmina dupla, utilizando o sol como escudo. Sredakal usou uma espada de lâmina cruzada e a

lua crescente como escudo. Karbutanlak venceu e arrancou os chifres de Sredakal. Com a base do chifre direito criou a Terra, e atirou o sangue que manchava as lâminas de seu machado em direção às profundezas do céu, criando as estrelas, símbolo da vitória do Primeiro Guerreiro e protetoras da terceira eternidade dos tempos. Com o chifre esquerdo de Sredakal, Karbutanlak atravessou a terra para prendê-la ao céu.

No duelo com seu irmão, Karbutanlak foi marcado por treze feridas. Para recuperar-se, resolveu descansar na terra que ele criara. Do sangue de suas feridas brotaram os estandartes das futuras tribos táuricas. Miomene, ao vê-lo caído, e acreditando que ele estava morto, chorou os mares e os rios.

Kia-Kai: deus supremo e criador dos primeiros deuses táuricos, *Karbutanlak* e *Sredakal*, aos quais, antes de partir para outros universos, ele deu sete eternidades. Na religião dos minotauros, espera-se que Kia-Kai algum dia volte e mostre sua forma aos que nele acreditaram e por ele lutaram, sejam deuses ou simples mortais.

Kriyal: escolhido Grande Guerreiro pelos treze chefes das treze tribos táuricas, tentou chegar a um acordo com os humanos, mas seus planos fracassaram e ele acabou sucumbindo na batalha do *Vale dos Três Rios.* Muitos acreditam que ele tinha consciência de que o tempo dos minotauros na terra estava prestes a terminar. As antigas lendas dizem que um humano terá seus olhos, seu olhar, ou seja, que tentará estabelecer um pacto com as duas raças e que talvez saia vitorioso, ou talvez fracasse, assim como ele fracassou…

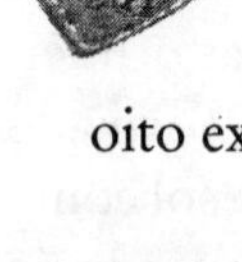

krop: moeda de *Nova Adhelonia.* O krop, de ouro e em forma quadrada, para representar os quatro reinos antigos, equivale a trinta kles, que são de prata e têm forma octogonal, para representar os oito extremos da terra habitável.

L

Labirinto da Aliança: Muito se falou sobre a existência do Labirinto da Aliança, tanto nos reinos humanos como nas tribos táuricas. Para alguns, é apenas uma lenda. Nas *Sagradas Escrituras de Nígaron*, apenas um pergaminho o cita, e muitos estudiosos consideram que se trata de uma fantasia, de um símbolo ou de uma metáfora que pouco ou nada tem a ver com a realidade. Para outros, como para o professor *Ühr*, o labirinto existe e nele reside um grande poder, que poderia unir humanos e minotauros.

M

Malen-Daben: lendário feiticeiro táurico, antepassado de *Sadora*, tentou avisar a expedição liderada por *Yaduvé* sobre a existência de um estranho e malvado deus chamado *Ordamidon*.

mar do abismo: para os humanos, o mar do abismo desemboca nas *cataratas de Démora* e *Aromed*, porta de entrada para *Nígaron*, terra da qual os homens foram expulsos e para a qual regressarão depois de cumprir o castigo da vida. Em várias passagens das *Sagradas Escrituras de Nígaron* se faz referência ao mar do abismo como "o mar sem nome" ou "mar que não se pode nomear". *Moramed* deu um nome ao mar, mas *Démora* e *Aromed*, demonstrando sua voracidade, engoliram o nome e o esconderam nas profundezas de suas águas, para que apenas as almas dos mortos pudessem conhecê-lo em sua viagem para a terra eterna de Nígaron.

Melastania: é a voz de O. Diz-se que O tem uma voz tão potente que, se um homem a escuta, primeiro fica louco, depois sua cabeça explode. Por isso, O, para poder revelar seus segredos àqueles humanos que por sua especial devoção, valor ou integridade o mereçam, utiliza a Melastania, uma deusa que fala com os homens em seu nome e da qual pouco se sabe, porque sua única função é transmitir as palavras do deus supremo.

Miomene: deusa pela qual *Karbutanlak* e *Sredakal* lutaram durante duas eternidades. Miomene, ao ver Karbutanlak ferido, chorou os mares e os rios. É irmã das deusas *Hámera* e *Hímone*.

Moramed: deusa encarregada de levar as almas dos mortos até o *mar do abismo*, para que se purifiquem antes de estarem preparadas para regressar a *Nígaron*.

muhar haluks: conhece-se com esse nome o compêndio de histórias célebres de antepassados ilustres que, com seus exemplos, podem iluminar os membros dos clãs táuricos. Essas histórias são transmitidas oralmente. Embora cada narrador ponha ênfase em algum ponto que queira destacar, mantiveram-se por séculos e séculos quase sem alterações.

Para dar dois exemplos:

Uma das mais conhecidas muhar haluks conta a história do grande jarro de madeira, que pode ser resumida da seguinte forma: certa vez, um minotauro recebeu um presente de seu pai, que estava morrendo: "Tome este grande jarro de madeira, pode ajudá-lo em tempos difíceis." O filho não entendeu como um velho e pesado jarro de madeira meio podre poderia ajudá-lo, mas aceitou o presente para não causar desgosto ao pai moribundo. Sem muito entusiasmo, guardou-o em casa. Passaram-se os anos e o minotauro se arruinou. Não tinha o que comer. Suas armas estavam enferrujadas, e não havia ninguém para ajudá-lo a sair daquela situação. Dia após dia se lamentava, dia após dia via o velho jarro que recebera do pai tempos atrás. "Velho tolo, podia ter me deixado alguma coisa de valor. Que vou fazer com esta porcaria?" Num ataque de ira, deu-lhe um forte soco. O jarro caiu ao chão e se quebrou. Qual não foi a surpresa do minotauro ao perceber que o jarro estava repleto de pepitas de ouro, com uma nota que dizia: "Às vezes, as coisas e os minotauros são mais valiosos pelo que não são do que pelo que parecem ser." De fato, o valor do jarro estava no vazio que ele deixava. Um vazio precioso, repleto de ouro.

Também é muito conhecida a muhar haluk que conta a história dos dois pássaros; algumas vezes, o cenário ou os animais podem mudar. Mas, sem dúvida, sua mensagem permaneceu inalterada pela passagem boca a boca. A versão mais pura e popular conta que dois pássaros distraídos, sem saber muito bem como, caíram num poço profundo, cujas águas estavam marrons pela quantidade de barro, lodo e sujeira que havia nele. No princípio, os dois agitaram freneticamente as asas, para tentar retomar voo e sair daquela armadilha mortal. Mas não havia como. O barro era tanto, e impregnara suas penas de tal maneira, que os pássaros conseguiam apenas esvoaçar por alguns segundos antes de cair novamente. Os outros animais, que escutavam os gritos dos desafortunados passarinhos, debruçaram-se para ver. Vendo seus inúteis esforços, gritaram: "Não façam esforço. É impossível sair daí. É melhor vocês desistirem. É tudo inútil." Tanto eles repetiram, e tantos foram os esforços frustrados dos pássaros, que um deles resolveu escutá-los e desistiu, morrendo preso ao lodo do poço profundo. O outro pássaro, no entanto, persistia. "Você não vai conseguir. Renda-se. Deixe-se ir. Será muito pior continuar." Mas o pássaro não desistia. Não ouvia os outros animais. E tanto se esforçou, tanto esvoaçou que finalmente livrou-se de todo o barro das asas e conseguiu sair do poço. Os outros animais lhe disseram: "Você não nos ouviu? Não ouviu como dizíamos para você desistir?" O passarinho, surpreso, respondeu: "Não, olha só! Sou um pouco surdo. Pensei que vocês estavam me animando. Por isso não parei de tentar." Assim, é preciso ter muito cuidado com as palavras que se dizem – conclui o muhar haluk –, pois elas podem terminar por afundá-lo. E também é importante não levar muito em conta aqueles que, de fora do poço, acham que as coisas são impossíveis. Porque, quando se está dentro dele, a possibilidade é a única esperança capaz de fazê-lo sair.

N

Nárena: minotauro pertencente à tribo de *Orjakan*, é a mais idosa de todas as tribos.

Nígaron: paraíso original do qual o homem foi expulso pela inveja de *Ghrab*. Suas portas são guardadas por uma serpente de três cabeças, cujas duas primeiras respondem pelos nomes de *Démora* e *Aromed*, e uma terceira cujo nome é conhecido apenas por *Moramed*, a deusa criadora da serpente encarregada de levar as almas dos mortos ao *mar do abismo*. Se algum humano conseguisse adivinhar o nome da terceira cabeça, poderia transitar entre os dois mundos sem problema nenhum, tornando-se praticamente um semideus. Mas tem-se apenas uma chance. Se alguém pronuncia o nome errado, sua alma é devorada pelas outras duas cabeças: Démora e Aromed. Segundo a lenda, a função de Démora e Aromed é também vomitar de volta a este mundo os mortos que, no momento de saltar da catarata, vacilam e dão um passo para trás. Para ir a Nígaron, é preciso acreditar em Nígaron.

A crença popular, por sua vez, assegura que um fantasma vomitado por Démora não quis saltar por ter um assunto pendente neste mundo, ao passo que aquele que é vomitado por Aromed não teve coragem ou fé suficiente para se precipitar pela catarata. No entanto, é preciso assinalar que esse aspecto da serpente não consta das *Sagradas Escrituras de Nígaron.*

O único humano que o próprio *O* permitiu entrar e sair com vida de Nígaron, para que pudesse levar os ensinamentos dos deuses aos homens, foi *Hüon.*

Noc: falcão de Qüídia.

Nova Adhelonia: localizada entre os rios Maseron e Ardelid e sob a proteção do monte Crasto, a cidade se abastece dos campos do vale de Asio. Muitos são os camponeses que abandonam os campos para tentar a sorte em Adhelonia, a cidade humana que, segundo reza um ditado popular muito em voga entre as classes próximas do rei, os deuses teriam feito na Terra. E o fato é que, com Adhelon VI, a cidade goza de reformas arquitetônicas e urbanísticas e de um esplendor do qual apenas as classes privilegiadas desfrutarão, restando o sofrimento e a resignação aos mais desfavorecidos. No fim das contas, não há guerras durante os tempos de Adhelon VI, e a ameaça táurica desapareceu por completo...

O

O: primeiro deus e criador da raça humana. Apaixonou-se pela primeira Mãe, *Rambutên.* Também é o criador do tempo. Diz-se que a paramnésia (a sensação de já ter vivido algo em outra ocasião) é resultado de um pequeno tropeção de O que, se não o derruba, basta para produzir esse tipo de alterações.

A inveja de *Ghrab* fez com que O expulsasse os humanos de *Nígaron* e determinasse que nenhum deus deveria ajudar os homens em seu desterro pelos próximos sete mil anos.

Ong-Lam: general do exército de Adhelon VI.

Ordamidon: espírito antigo ao qual há muito tempo ninguém mais presta homenagens. Viveu nas novas terras antes da chegada das tribos táuricas. Desde que os minotauros conseguiram cruzar o *mar do abismo*, o Ordamidon os aterroriza. Segundo as crenças, o Ordamidon fez um pacto com *Karbutanlak* para que os filhos deste vivessem em paz, longe das guerras com os homens. O pacto determinava também que apenas os sacerdotes e feiticeiros (mortais sagrados) soubessem seu nome, e que todos aqueles que morressem em suas terras lhe pertenceriam.

Orjakan: chefe da tribo de *HuKlio* e seu pai.

Oroar: líder dos antigos reinos do norte.

P

Pedras, as: também conhecidas como "Pedras Sagradas" e "Pedras Altas". Nome habitual que a cultura táurica atribui aos gigantescos blocos de pedra onde estão gravadas as leis e todos os acontecimentos que de alguma maneira determinaram o destino dos minotauros, para que eles perdurem na memória das novas gerações e sirvam de inspiração ou de advertência às gerações futuras. Localizam-se num ponto central, de onde partem todas as habitações. As mais próximas são as dos chefes dos quatro clãs, e assim por diante, até chegar à última (quanto mais distante das Pedras está a tribo, maior é o afastamento das leis e, portanto, dos deuses, e menor é sua importância na hora de opinar sobre as decisões que afetam a todos).

Além disso, cada núcleo familiar tem a sua "grande pedra", onde são registrados os grandes êxitos alcançados por seus membros ou qualquer detalhe que mereça ser guardado para as gerações futuras. Normalmente, a pedra é colocada na face nordeste da casa, porque os minotauros acreditam que os deuses observam a partir dessa posição.

Primeiro Guerreiro: ver *Karbutanlak*.

Príncipes Oceânicos: até o momento, foram onze os príncipes oceânicos que viram a luz da história. O último deles foi *Harion*.

Pruj'Hy: minotauro que se rebelou contra *Kriyal* e separou, pela primeira vez desde sua mítica criação, as treze tribos. O professor *Ühr* suspeitava que Pruj'Hy preparava havia tempos uma fuga pelo *mar do abismo*. O professor acreditava até mesmo que milhares de minotauros já haviam desembarcado na outra margem no momento em que começou a batalha do *Vale dos Três Rios*. Isso demonstraria que os minotauros já sabiam da existência daquelas terras, independentemente das superstições humanas. Essas teorias feriram profundamente o orgulho dos humanos, que sempre consideraram os filhos de *Ghrab* bestas incapazes de ter conhecimento superior ao humano.

Q

Quatro Reis, os: Olma, o Grande; Lura, o herdeiro; Guejo, o negro, e Riman Adhelon, da linhagem dos Adhelon, foram os Quatro Reis que, na batalha do *Vale dos Três Rios*, uniram-se aos mais poderosos reis humanos para terminar de uma vez por todas com a ameaça táurica.

Qüídia: misteriosa feiticeira que aparece em *Nova Adhelonia* para sacudir as bases da existência de *Kor*, o necromante.

R

Rambutên: segundo as *Sagradas Escrituras de Nígaron*, *Rambutên* foi o primeiro ser humano criado por O. Era uma mulher de beleza incomparável (indescritível, segundo as Escrituras), pela qual o deus se apaixonou perdidamente. No entanto, mesmo sendo o senhor do Tempo, não conseguiu conquistar o coração de Rambutên. Sem sucesso, O tentou de tudo, até que, desesperado, decidiu oferecer-lhe o grande segredo das Três Portas do Tempo como mostra de seu infinito amor. Para que ela não pudesse revelar seu segredo, O colocou o dedo indicador sobre a boca de Rambutên, dobrando os lábios da bela e quebrando seu queixo. Assim, o segredo permaneceu eternamente guardado. Qualquer humano que colocar seu próprio indicador sobre a boca perceberá que o dedo coincide perfeitamente com o sinal de fazer silêncio. Exatamente embaixo do nariz, há um pequeno buraco, se é que ele pode ser chamado assim, como se o dedo de um deus ordenasse silêncio. É a marca de Rambutên, a primeira Mãe, que todos os humanos, sem exceção, possuem.

raser lajun: ver *Hanunek.*

S

Sadora: feiticeira táurica da tribo de *Worfratan.*

Sagrada Congregação de Nígaron: representa a máxima autoridade religiosa. A Congregação transmite os desejos dos deuses e tem uma profunda influência sobre os monarcas das diferentes épocas dos reinos humanos. No entanto, *Adhelon* se impôs como principal autoridade da Congregação e representante direto de *O* na terra. Para isso, desfez-se dos sacerdotes e sacerdotisas que protestaram contra sua decisão e colocou fantoches em seus lugares, homens servis que obedeciam cegamente às suas ordens. *Kor*, o necromante, apesar de não ser da Congregação, teve grande influência sobre o rei.

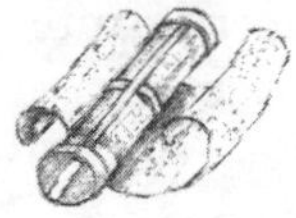

Sagradas Escrituras de Nígaron: os primeiros homens que povoaram a terra receberam dos deuses os ensinamentos e segredos que se escondem detrás das portas de *Nígaron*, um compêndio de normas e elogios à verdadeira terra dos homens, à qual a humanidade voltará quando estiver preparada. Quando isso acontecer, de acordo com as Escrituras, a Terra será destruída porque já não será necessária. Ela é uma mera prisão, um castigo imposto pelos deuses. Os primeiros homens decidiram que o melhor a fazer para não perder as palavras que haviam sido ditadas pela voz de O, também chamadas de *Melastania*, seria produzir cem cópias do discurso. A mais antiga delas está guardada na biblioteca real do castelo de Adhelonia. Ver também *mar do abismo*, *Darcalion*.

Sasaren: minotauro herdeira do poder e da missão de Yaduvé.

Selimed: irmã mais nova de *Worobul*, filha de *Worfratan*.

Sredakal: irmão gêmeo de *Karbutanlak*. Na tradição táurica, os terremotos e movimentos violentos da terra são atribuídos a Sredakal e seu chifre, aquele que Karbutanlak cravou na terra para prendê-la ao céu. Diz a lenda que, quando Sredakal se lembra da batalha, no lugar que ocupa entre os deuses mortos, seu chifre cortado dói, e sua irritação faz toda a terra tremer.

T

Tradero: membro da tribo de *Orjakan*.

Trekolar: membro da tribo de *Orjakan*.

Três Portas do Tempo, as: passado, presente e futuro. Essas são as três portas do tempo. Quando se cruza a porta do presente, ela se fecha para sempre com os ferrolhos do passado, e quando se cruza a porta do futuro ela é fechada com violência, a violência do presente.

Diz-se que quem descobrir o segredo das três portas poderá entrar e sair por elas quantas vezes quiser, podendo assim transitar livremente entre passado, presente e futuro. Esse segredo O revelou para *Rambutên*, mas jamais foi passado para a frente.

treze tribos: as que nasceram do sangue das treze feridas de Karbutanlak, em sua luta fratricida que ocupou as duas primeiras eternidades dos tempos. Cada tribo tem um chefe e um estandarte.

trono dos deuses: localizado na parte mais alta do monte sagrado, o trono dos deuses foi o local escolhido para os rituais e celebrações em homenagem aos deuses táuricos assim que os minotauros se estabeleceram nas novas terras situadas além do *mar do abismo*.

U

Ühr: pai de *Yaruf*, membro do *Conselho de Sábios das Guerras Táuricas.*

V

Vale dos Três Rios, a batalha do: última grande batalha que opôs humanos a minotauros e terminou com a *Grande Vitória*. (Ver *Kriyal*; os *Quatro Reis*; *Pruj'Hy*.)

W

Worfrasen: irmão mais novo de *Worobul*, filho de *Worfratan.*

Worfratan: chefe da tribo e pai de *Worobul*, *Worfrasen* e *Selimed.*

Worobul: minotauro filho do chefe de tribo *Worfratan* que terá papel fundamental na vida de *Yaruf*.

Y

Yaduvé: líder da grande expedição que partiu para descobrir o que havia para além das terras em que se assentaram os minotauros depois de cruzarem o *mar do abismo.* Essa expedição, que contava mais de uma centena de minotauros de todas as tribos, partiu com a missão de verificar se havia terras melhores no interior ou se algum perigo espreitava. Jamais regressaram. (Ver *Ordamidon*; *Malen-Daben.*)

Yared: irmão gêmeo de *Deray*, filhos de *Worobul* e *Sadora.*

Yaruf: filho de *Ühr*, seu nascimento já teve ares de lenda... E talvez esteja destinado a virar uma.

Yasa: mulher do povoado de Hader com fama de louca e excêntrica.

Yriat: mãe de *Yaruf*, não chegou a conhecer seu filho. Morreu no parto.

Yuyuy: falcão de *Worfratan*, que o dá de presente a *Worobul* após seu *Ang-Al.*

Orgrafic
Gráfica e Editora
tel.: 25226368